让我
克制又沸腾
的喜欢

上弦月 著

时代出版传媒股份有限公司
安徽文艺出版社

图书在版编目（CIP）数据

让我克制又沸腾的喜欢/上弦月著.—合肥：安徽文艺出版社，2020.9
ISBN 978-7-5396-6935-9

Ⅰ．①让… Ⅱ．①上… Ⅲ．①长篇小说－中国－当代
Ⅳ．①I247.5

中国版本图书馆 CIP 数据核字（2020）第 061855 号

RANG WO KEZHI YOU FEITENG DE XIHUAN
让我克制又沸腾的喜欢

出 版 人：段晓静
责任编辑：秦 雯　周 康　　　　　装帧设计：小 乔

出版发行　时代出版传媒股份有限公司　www.press-mart.com
　　　　　安徽文艺出版社　　www.awpub.com
地　　址　合肥市翡翠路 1118 号　邮政编码：230071
营 销 部　(0551)63533889
印　　制　山东临沂新华印刷物流集团有限责任公司 (0539)7873338

开本：880×1230　1/32　印张：10　字数：275 千字
版次：2020 年 9 月第 1 版　2020 年 9 月第 1 次印刷
定价：39.80 元

（如发现印装质量问题，影响阅读，请与出版社联系调换）

版权所有，侵权必究

目 录

第一章 克制（一） *001*

第二章 克制（二） *018*

第三章 克制（三） *036*

第四章 克制（四） *057*

第五章 克制（五） *076*

第六章 沸腾（一） *095*

第七章 沸腾（二） *113*

第八章 沸腾（三） *132*

第九章 沸腾（四） *151*

第十章 沸腾（五） *172*

第十一章 沸腾（六） *192*

第十二章 喜欢（一） *212*

第十三章 喜欢（二） *230*

第十四章 喜欢（三） *249*

第十五章 喜欢（四） *267*

第十六章 喜欢（五） *287*

番外·结婚 *311*

第一章

克制（一）

晚上七点，夜色降临。市内规模最大的一家格斗俱乐部中声浪如潮，迎来了今天的第一波对抗巅峰。

高大漆黑的八角形铁笼中，两个选手刚刚分出输赢。胜者擦着嘴角的血迹，将败者狠狠地压在膝下，败者发出痛苦的呻吟声。

狂热的格斗爱好者们畅快欢呼，有人等不及发问："下一个挑战者是谁？"

他的音量够大，响彻格斗场的嘈杂声随即消失，所有人不约而同地把注意力转向光束聚焦的擂台入口。那里的帷幕刚好被拉开，一道修长的身影迎着光缓步而出。

在他即将踏上通往铁笼的通道时，站在暗处的俱乐部老板压低声音开口道："别怪我没提醒你，铁笼赛可是综合格斗里最危险的一种。你要是跟我签了长期协议就等于签了卖身契，两年之内必须无条件为俱乐部服务！"

少年长长的睫毛动了动，问："我只要打败现在笼里的对手就能签？"

他的声音清冷干净，犹如玻璃杯中的碎冰相撞，与周围的场景格格不入。

"是。"

他再次确认："签了以后，五十万马上到账？"

"马上。"

少年点头,毫不犹豫地走入通道。在灯光把他全身照亮的那一刻,全场一片哗然,不少女观众发出亢奋的尖叫声,质疑声也开始此起彼伏。

"哪来的偶像明星?走错地方了吧?"

"搞不好一个回合就得叫救护车!小孩儿,你还是去参加选秀节目吧!"

少年精致俊俏的脸上没有表情,一双桃花眼深不见底,高挺的鼻梁下,漂亮的淡红色薄唇漠然地抿紧。

他看起来不过刚刚成年,身形挺拔瘦削,与一般格斗选手魁梧的身材完全不同。白皙的肌肤如流线般紧实地铺陈在骨骼上,泛着玉石般的光泽,令人赏心悦目。

铁笼里的胜者瞥他一眼,不屑地嗤笑,把他当成不堪一击的蝼蚁。

少年入场,铁笼关闭,裁判举起手介绍:"新一轮挑战者,沈星离。"

观众情绪沸腾,等着看美少年被打的惨状。

然而,接下来发生的事情让观众目瞪口呆。

沈星离低着头,默默地站在笼边。在裁判高喊比赛开始的那一刻,他猛然抬头,冷厉的寒光从眼中迸出,干净纤长的手指握紧,一拳挥出,暴烈凶猛,准确地击中了对手的下巴。

这个比他壮实许多的胜者,在第一次交锋中就砰的一声被击倒在台上。

现场顿时一片沉寂,紧接着响起几乎要掀翻屋顶的惊呼声。

接下来的五分钟里,沈星离像不知疲倦的战斗机器一样持续出拳。他的动作干脆利落,每一次出手都叫人胆寒,直到对手再也支撑不住蜷缩着主动认输。

裁判没反应过来,愣愣地看着这一幕,忘记了宣布比赛结果。

沈星离根本不在乎,转身就走。他在喧闹的喝彩声中回到后台,径直走到老板面前拾起笔,在协议上签了名字。

按手印时,手腕处传来的疼痛感越来越明显,他咬着牙没有表现出来。

老板上下打量他,好奇地问道:"是碰上什么急用钱的难事了?你一个名校大学生,以前也就随便打打普通单场混个赏金,怎么现在连命都要豁出去了?"

002

沈星离不回答，冷冷地要求："把钱给我。"

等转账信息一到，他立刻往外跑。

老板盯着他的背影，似笑非笑地说："沈星离，别以为这次赢了就了不起。往后的每一场，你都得做好付出代价的准备。"

沈星离的脚步没停。

不需要别人警告，他在做决定的时候就明白自己将要面对什么。

他一口气冲到俱乐部外，刚想把钱转出去时，来电铃声突然响起。他看到屏幕上的名字，整个人瞬间柔软起来，眼睛里的戾气消散一空，剩下的全是眷恋，跟刚才铁笼里那个像凶悍猛兽的人判若两人。

她终于给他打电话了。

沈星离心里想着"念念"两个字，却不敢真的叫出口。他忍了又忍，仍是十几年如一日的"姐姐"。

他音调不自觉地拖长，语气又乖又软："姐姐，我去找你，你答应了今晚一起吃饭的。"说话时，他受伤的手腕疼得直发抖。但一想到能跟她见面，能帮她解决麻烦，他就忽略掉疼痛感了。

电话那头的女孩儿顿了几秒，说出来的却是拒绝的话："星离，我打电话就是想告诉你，我今天有急事，改天一起吃饭吧。"

程以念结束通话，用力地捏着胀痛的眉心，深深地吸了一口气。

她独自坐在马路边的长椅上，乌黑的头发被夜风吹乱，遮住惨白的半张脸颊。

来往的行人都在偷偷看她，她的五官极美，整个人明艳动人。她明明状态不好，单薄的脊背却依然挺得很直，样子实在吸引人。

程以念对周围的目光视而不见，疲倦地闭上眼睛。

她为了假装镇定，不让沈星离听出异常，刚才的电话挂得特别快，不知道他会不会偷偷地难过。

毕竟，他们姐弟已经好多天没见面了。

程以念不忍心，又给沈星离发了一条微信消息："真的有急事，下次再找你，你自己吃点好的。"

发完消息,她看了看卡上可以支付的余额,给自己留下五十元钱,其余的都转给沈星离了。

这是她全部的钱了,之前攒的所有积蓄都用来支付影视公司的赔偿金了,可还差五十万。影视公司本来答应这五十万可以宽限几天,但没想到忽然变卦。他们今天上午通知她,两天内如果她凑不齐五十万,他们就会正式向法院提起诉讼。她没有胜算,所以现在很可能是她最后一次给沈星离生活费了……

程以念揉了揉眼睛,咬住干涩的唇。

手机屏幕再次亮了,电话是漫画社主编童宁打过来的。

童宁带着哭腔:"以念,这次抄袭事件的影响太恶劣了,我一直在想办法解决。但是漫画社的决定,我真的左右不了,对不起。"

童宁气得咬牙切齿,哽咽道:"在这个关头解约,等于把你往绝路上逼,他们太没良心了!还有那五十万赔偿金,如果我有钱,我一定给你……"

程以念唇齿间全是苦味,轻轻地打断她:"宁姐,你帮我的已经够多了。"

三年前,她用笔名"合月"在漫画圈出道。因为她画的一部校园题材的清新少女漫画在当时反响热烈,所以她获得了当年的最佳新人奖,签了童宁所在的这家漫画社。从签约到现在,她一天也没有休息过,热门的新作品一部接一部,为社里创造了不少价值。

但一周前,在她最新完结的一部漫画的评论下面,出现了几条怀疑她抄袭的评论。她问心无愧,自然不会放在心上。可没过两天,网上忽然有个不知名的写手发布长微博,指控当红漫画家合月抄袭了她半年前写的小说。

这个写手有备而来,把漫画和小说中相同的剧情依次比对,雷同之处竟然高达三十多处。而且,漫画连载的时间晚于小说创作时间,这就把合月推到了风口浪尖上。

程以念被这件事情弄得措手不及,她当然没抄袭,甚至连这本小说都没听过。可她没有记录大纲的习惯,哪怕她的构思在一年前就有了,她也拿不出证据。何况,黑她的人不少,这部漫画又特别红,一夜之间,她被骂得狗血淋头。

漫画的影视版权上个月才卖掉,她还没来得及告诉沈星离她有钱送他去国外读书了，就面临被网友们唾骂的局面。按照合同，影视公司要求她必须高额赔偿负面新闻给他们带来的损失。她掏空存款还缺整整五十万元，现在又被漫画社解约。

合月在短短几天之内，从被无数粉丝追捧变为蒙受骂名。

程以念攥着黑屏的手机，把头埋进臂弯里。不一会儿，第二通电话响起，这次的来电人是房东。

房东的语气很不耐烦："房子你到底住不住了？要是交不起下一年的钱，今晚抓紧搬走。搬之前把屋里损坏的东西修好，被我发现有一处坏的，你得以十倍价钱赔给我！"

程以念的喉咙哽住了，说不出话。等房东骂骂咧咧地挂了电话以后，她望向漆黑的夜空，硬是把眼眶里的泪水忍住了。

她在路边坐了很久，才微微地摇晃着站起身。她想回去把坏掉的电路和水管修好，连夜搬到廉价的群租房里去。

打车太贵，公交和地铁停运，她穿着高跟鞋一路走回家。回到自己住的楼层时，她已经筋疲力尽了。

02

程以念拖着酸痛的双腿一步一步往家门口挪，走廊里灯光渐亮，勾勒出墙角一团黑乎乎的影子。她吓了一跳，壮着胆子仔细一看，蓦地睁大眼睛。

暖黄色的灯光下，蜷在她门边的分明是个少年。他穿着一套黑色的衣服，宽大的外套罩在清瘦的身上衬得他越发瘦削。他双臂抱住膝盖，侧着头露出一截雪白的脖颈，像是睡着了。

程以念屏住呼吸，慢慢地向他靠近。

少年听到脚步声，急切地仰起头，露出一张俊秀的脸。他眼中荡着水光，委屈又温顺。他目不转睛地凝视她，嗓音软软的："姐姐，你回来了。"

程以念没想到他会来，有些震惊，生怕自己的处境被他看穿，连忙把脆弱隐藏起来，故作平静地问："不是说好了今晚不一起吃饭吗，你为什么在这儿？"

她站着，他坐着，身高差明显。

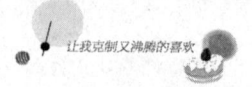

沈星离抿紧唇，指尖拽住她的裙摆晃了晃，声音沙哑地回答："因为，我想你啊。"

一句"想你"，触到程以念心里最软的地方。她不禁鼻子一酸，在他头上揉了揉："就你嘴甜。"

弟弟眼巴巴地找上门了，她就算再难受也不能把他拦在外面。

程以念一边转动钥匙，一边把沈星离从地上拉起来。等他站直，她才突然发觉他都这么高了。以前那个绕在她身边跌跌撞撞的小家伙，现在比穿高跟鞋的她还高出不少。

门被打开，狭小的公寓露出全貌。家具陈设极其简单，没有装饰物，除了收拾得干净整洁之外，不太像是年轻女孩儿住的地方。

沈星离每次过来都要皱眉，他看不惯这个房子。要不是程以念说房租交了不能退，他早就帮她换了。

终于，他等到了房租到期的时候。

一个小时前，房东脸色阴沉地上门收租，看到他在走廊守着，便劈头盖脸地数落他。不难想象，房东对待程以念会是什么态度。

沈星离掩住眼中的厉色，搭着程以念的肩，把她推进去，蔫头耷脑地诉苦："姐姐，你说赶稿，一个多月没理我了。我好不容易盼到跟你一起吃饭，你又变卦扔下我。"

少年语速很慢，咬字清晰，却句句透出被她忽略的失落感。

他滚烫的气息吹拂过来，程以念感到耳郭有些麻，她下意识地躲了躲，纠结要怎么才能瞒过他。

她这个弟弟和她没有血缘关系，却是她在这世上唯一亲近和在乎的人。他从小就又乖又招人疼，头脑聪明，反应快，对她的心思猜得很透，想骗他什么事都没发生真的不容易。

何况她的时间不多了，天亮前必须搬出去，只能想办法赶紧让他走。

程以念准备狠心撵他离开时，沈星离的动作比她更快。他把她按到沙发上坐下，从包里拎出一个大袋子，里面各种工具齐全。

"你干什么？"

"把坏的地方修一修。"沈星离脱下外套，卷起卫衣袖子，露出线条优美的修长小臂，"你坐着别动，我很快就能修好。"说完，他拿了一把椅子走到厨房，站到椅子上抬手修理厨房短路的顶灯。

程以念震惊地追过去："你怎么知道的？"

沈星离低头一笑，眼睛弯成月牙儿状，看上去乖巧又可爱，偏偏他什么都不肯说。

他三两下就把灯弄亮了，光线洒在他精雕细刻的五官上，他脸上的皮肤亮得仿若白玉，看得程以念有些发愣。

沈星离跳下椅子，又去卫生间折腾漏水的管道。

卫生间比较昏暗，在程以念看不见的角度，他在剧痛的手腕上重重地捏了一下。疼到极限就变成麻木，他还能坚持。

沈星离把几处问题全解决后再看墙上的钟，已经十点多了。

念念肯定还没吃饭，得快点哄她搬家。

程以念站在沈星离后面，沈星离保持蹲着的姿势转过身。高高大大的男生特别自然地张开手臂扑向她，把头往她腰间一靠，磨蹭两下，软软地央求："能不能求仙女姐姐一件事？"

"不能！"程以念对他早有免疫力了，拨开他的脑袋推远，不肯放过之前的问题，追问道，"你先告诉我你怎么知道的。"

她最担心的是，他既然对她住的房子的情况了如指掌，会不会也知道了她画画用的笔名，看到了她在网上的那些消息，知道了她的麻烦？

没能力送他出国，不能陪他成长，已经够让她痛苦了，如果他再被这件事影响……

沈星离说："上次你在家和我视频时，灯光一直在乱闪，卫生间里还传出滴答滴答的漏水声。要不是你最近太忙不让我来，我早就替你收拾好了——"说到最后，他的尾音拖得很长，满是思念和酸楚。

程以念愣住，悬着的一颗心突然放下。

沈星离又往她身上拱了拱,贴得更近了,说:"现在能听我说请求了吗?"

"你说。"

沈星离眼睛发亮,乖乖地跪坐在她面前,乌黑的长睫毛颤了颤,开始撒谎,还说得无比可怜:"姐姐,你帮帮我。我室友在校外租了一套房子,让我一起合租。没想到最后他放我鸽子,房租都交了,他却临时决定不住了,那么大的房子就剩我一个人!"

程以念感觉这件事情不太对劲,但沈星离根本不给她思考的机会,头一歪,亲昵地靠向她,说道:"我找不到人合租,房子还不能转租,自己住太孤单了。姐姐,我求你,你这边房子既然到期了就过去陪我吧。"

陪他一起住?

不等她反对,沈星离主动解释道:"我是用奖学金交的房租!房子够大,我保证不打扰你。而且我经常住宿舍,回去的次数少,不会影响你工作!你要是不去,我的奖学金就全浪费了……"

程以念还想反驳,沈星离突然停下,抬起一双水光荡漾的眼睛,眼中像揉进了窗外夜空的星辰,光芒和晦暗相互交替。

他直勾勾地望着她,低声说:"姐姐,我只有你,你就当陪我,行吗?"

程以念手指一紧,胸腔中涌上无法言说的一种酸涩感。

沈星离太苦了,从小到大,他受尽折磨,一无所有,真的只有她。

她又何尝不是?

入行以来,她不分昼夜地拼命画画、努力赚钱,就是为了能送弟弟出国,让他去国外名校读他喜欢的建筑专业,实现他的梦想。

她即将被起诉,不知道还有几天安稳日子,与其躲着,不如让他多感受一些温暖。反正他对她的困境一无所知,她假装没事,等危机来了再悄悄走。

沈星离钩住她的手臂,力道不轻不重,哀求道:"姐姐,求你了——"少年声音软软的,不断地哀求她,动听且磨人,"你就当救救我——"

程以念紧绷的情绪在他一声声"姐姐"中变得柔软。她戳了戳沈星离的额角,放弃抵抗:"好,我先住一晚。如果觉得不方便,我再换。"

这样就算出事了,她也能找到离开的借口。

03

等收拾好东西,已经后半夜了。沈星离预约了车,一趟又一趟地往返搬运行李。程以念的脚上磨出了水泡,走路吃力。沈星离一眼就看出来了,强行把她留在客厅里休息。

最后,门口只剩下两个手提袋,程以念拎得动,于是她拎着它们锁了门出去。走到电梯口时,沈星离刚好从电梯里出来,正皱着眉狠狠地按压手腕。

"你的手怎么了?"程以念之前就留意到他右手好像不太自然。

沈星离当然不会说出真相,特意把骨节分明的双手伸到她眼前展示了一番,笑眯眯地哄她:"好得很,能搬能扛,还能照顾你。"

他模样诚恳,程以念信以为真,轻轻地拍他:"我比你大了四五岁,哪需要你一个小孩儿照顾。"

沈星离垂下眼帘。

即使他早就成年上了大学,但在念念心里,他仍然是个什么都不懂的小孩儿。

可是,姐姐又怎样?大四五岁又怎样?他每日每夜想的都是守在她身边,照顾她,让她属于他。

新房子离得比较远,要二十多分钟的车程。路上,程以念一直走神,倦怠得没力气说话,脑子里盘旋的全是悬在头顶的那五十万巨款。

沈星离很清楚她在愁什么,但一句也没提。

他做的事丝毫不敢让她知道。

车开进一片高档住宅区,停在一栋三十多层的楼房前面。

程以念环顾周围,单看环境就知道这里的房子价格不菲,等跟着沈星离上楼后,她更吃惊了。

房子目测有一百多平方米,家具用品崭新齐全。她的那间卧室,沈星离已经提前收拾好了,布置得精致温馨,甚至称得上华丽,像她从前还是大小姐时住的屋子。

程以念不安地问:"租金是不是很贵?"

沈星离看着她的眼神,心口泛上苦涩。

他的念念,从前生活得锦衣玉食,用惯了各种好东西,对钱从来不在意。可现在,她连住一套大一点的房子都要提心吊胆……是他不够好,让她受委屈了。

沈星离咽下苦涩,摇头说:"跟同学一人一半。他不能出来住了,让我用期末补习交换他的租金,所以没花多少钱。再说我已经长大了,我能赚钱。"

程以念强调:"上大学了就好好地学习,不准乱打工,等大三一到,我就送你……"

"出国"两个字没说出口,生生地卡在了她的唇边。

她不是以前那个当红漫画家了,她连自己都保不住,还怎么去奢想他的未来?

程以念扭过头掩饰伤感情绪,沈星离赶忙把她拉到餐桌边。她才坐下,他点的外卖就到了。

他把几个热腾腾的餐盒铺在她跟前,掰开筷子递到她手里,托着下巴甜甜地说:"姐姐,都是你喜欢的,趁热吃。"

程以念被他逗得心情好了些,问:"你不吃吗?"

沈星离刚想缠着让她喂,手机就嗡嗡振动起来。他低头一看,目光闪了闪,笑着解释:"是我室友,估计又是学校里那些闲事,太吵了,我去阳台接,你别等我。"

他离座走向阳台关上门,在夜风中接通电话。

漫画社主编童宁的声音传了出来:"五十万我已经安排出去了,影视公司的问题明天一早就可以解决。至于抄袭事件,你找到的那段视频很有用,等我发布出去后应该能帮念念。"

沈星离皱着眉心,都怪他没能早一点想起那段视频,否则念念不会这么被欺负。

他一改在程以念面前的乖巧模样,冷冰冰地说道:"别让她知道是我。"

"我可以瞒着,"童宁忍不住刨根问底,"不过,沈星离,你一个普通学生,这么一大笔钱到底怎么来的?"

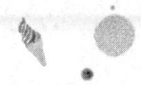

"钱干净,我没犯法,没做错事,别的你不用管。"

他正准备挂断电话时,童宁冷不防地问道:"你对以念不是弟弟对姐姐的感情吧?"

听了这句话后,沈星离深邃的桃花眼中似有火苗窜动。

童宁有些不自在,但还是坚持提醒:"就算金额不少,你确实帮了大忙,但也不要因为这个就强迫以念必须回报你。她完全把你当弟弟,她喜欢的人也不是你这种类型。"

最后两句话,如冰锥捅伤了沈星离,他攥着手机的五指蓦地收紧,骨节泛出青白。

"别怪我说话直,我也是为你好,免得你以后失望,"童宁干脆把想法全说出来,"以念很疼你,但只是以姐姐的身份,你别惦记不可能的事。"

过了片刻,沈星离笑出声来,声音像刀刃般凛冽,让电话那头的童宁一震。

他逐字逐句地说:"可不可能,我说了算。我跟她的事,谁也没资格干涉。"

沈星离关掉手机随手放到口袋里。他双手撑在阳台栏杆上,压下满腔翻滚的情绪后,才重新站直走回餐厅。

程以念已经趴在桌上睡着了。

她吃得不多,主食还剩下一大半,大概怕碰到碗筷,她把自己缩成一团,只占据了很小的一块地方。

沈星离小心翼翼地摸了摸她的头发,指尖抚过她温柔却憔悴的眉眼。

"念念,"他唤得很轻,呼吸间满是不敢说出口的汹涌爱意,"念念。"

沈星离叫了好几声,叫到自己眼眶酸涩。

他鼓起勇气弯下身,一只手搂过她的肩,另一只手钩住她的腿,把她轻轻地抱起。

这双手在格斗场上强硬凶狠,受了伤也看不出来。可现在,仅仅隔着衣服碰触她暖热的身体,这双手就止不住地战栗。

少年想吻一下她的鼻尖,滚烫的唇挨过去,在快要贴上时又卑微地抬起。

"对不起姐姐,我不想做你的弟弟。"

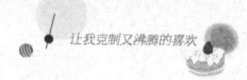

"我知道我没资格,配不上。

"但是……我不要别的,我只想要你。"

程以念做了整晚的梦,梦里全是沈星离小时候的样子。

她第一次和沈星离见面,是在程家的别墅里。

六岁的小男孩儿穿着一身洗得发白的旧衣裳,脸上没有任何新奇感,只是局促地低着头,小手攥得很紧,抬头看人的时候,眼睛里满是戒备和自卑。

那年,她十岁,站在二楼的露天阳台上摆弄画板,画笔不小心掉下去,颜料蹭在了他单薄的脊背上。

她赶忙跑下楼说"对不起",很自然地朝他伸出手,想牵着他去换件衣服。沈星离却躲开了,盯着她看了好半天,问:"你不嫌我脏吗?"

他那么小,声音奶声奶气的,说话却像大人。

她不以为意,坚持牵着他往房间里走,笑着说:"你长得这么好看,哪里脏了?"

她家没有男孩儿的上衣,好在沈星离瘦小,穿她的衣服也不违和。她专门挑了件黑色的崭新的休闲装给他。在他躲进角落里换衣服时,她无意中扭头瞥到了他遍布全身的可怕伤痕。有些青紫瘀血,有些皮开肉绽,本来白嫩的一副身体被虐待得体无完肤。

沈星离抗拒般把自己蜷起来,像受了重伤的小兽一样朝她低吼:"你别看!"吼完,他又紧紧地抠着手心,眼眶发红地道歉,保证会把衣服还给她。

两人第二次见面是几个月之后,在程以念放学回家的路上。

她坐在车里百无聊赖地望着窗外的风景。等红灯时,她意外地看到街边小巷子里,沈星离被一群孩子围住踢打。他身上全是泥水和污血,咬着唇一声不吭,不知道是死是活。

她吓坏了,急忙带着司机冲过去。那群比沈星离高大的孩子被吓得一哄而散,但她还是听清了"恶心""真脏""他爸妈都想让他死""没人管他,随便打"这样的话。

沈星离颤抖着从垃圾堆里艰难地爬起来，瘦弱的手臂上满是血迹和伤痕，还拼命地护着怀里破旧的小包。

司机跟在后面叹气，碍于她年龄小也没说得太详细："这孩子命苦，父母都厌恶他，他妈还有躁狂症，两人都拿他出气，把小孩儿往死里打。他的伤太多了，总被人欺负。"

她听得难受，拿干净的手帕给沈星离擦脸。

沈星离避开她的触碰，伤痕累累的脊背紧贴着墙，声音沙哑地说："你别碰我，我脏。"

他精致漂亮的脸上黑黑黄黄的，他伸手随便抹了抹，从包里找出一个用白纸叠成的方块给她："衣服坏了，赔你钱。"

她看到包底露出的熟悉衣角，伸手拽出来，发现衣服上面的扣子被扯坏了，被针线粗糙地缝着。衣服破成这样，他仍然珍惜地叠得方方正正。至于那个纸包，哗啦哗啦地响着，她拆开一看，里面有一大堆硬币和纸币。

沈星离别开头，嘴唇咬得直渗血："我知道衣服很贵，钱不够，我会再攒。"

她这才明白，沈星离出现在这条街是因为想去她家里把存的钱给她。

沈星离踉跄着往前走，她拉住他，仔细地给他擦了脸。他还是躲，但眼睛里渐渐地有了泪，倔强地抗拒："别管我。"

她轻轻地问："疼吗？"

他用力摇头，执拗得不想服输。可从未有过的温柔落在他心上，他竖起的尖刺根本抵挡不住，最后他坚持不下去了，眼泪落在脏兮兮的鞋面上，他轻轻地点头。

疼。

特别疼。

她张开双手搂住他，说："别哭，以后你把我当姐姐吧。"

那天傍晚，昏暗巷子里这一声"姐姐"，一叫就是十几年。直到她二十三岁，还是和他紧紧地绑在一起，割舍不了，也从来没想过会发生变化。

程以念是被铃声吵醒的，睁眼时天已经大亮。她已经连续失眠好几天了，没想到刚搬过来的第一晚竟然能睡熟。不过昨晚，她好像累得趴在桌子上就没意识了，怎么会在床上醒过来……

来不及回忆太多，铃声急促地响起第二轮。她连忙摸过手机，当看到来电人是童宁时，她顿时清醒了。她扯过被子蒙住头，低声接听："宁宁，你直说吧，我有心理准备。"

五十万数目太大，而且对方又要得急，她就算神通广大也不可能在两天之内弄到这笔钱。抄袭事件和影视公司的合约本身就有些蹊跷，摆明了是有备而来，专门给她布下的陷阱。

走红的这两年里，她不知不觉得罪了不少人，看她不顺眼的同行也多。无论是谁在背后操纵，目的都是要让她万劫不复。

她无路可走了，好在手里还有几件妈妈的遗物一直珍藏着。如今到了这个关头，她也顾不了那么多了。虽然卖不了多少钱，但至少能够让星离安稳地上完大学。

程以念沉下心，攥着被角问道："已经正式起诉了？还是网上的骂战又升级了？"

"都不是，"童宁神秘地停顿了两秒，在程以念备受煎熬时，童宁的语调猛地一变，"以念，你冷静听我讲——麻烦搞定，峰回路转了！"

程以念蒙了："什么？"

童宁心里想，接下来要骗以念了。但不能怪她，是沈星离不让她说实话的，她也没办法。她只能把这天大的情意和功劳都安到别人身上了。

"咱们漫画社有个同事，"童宁含糊地对程以念说，"昨天半夜翻出旧手机，在里面找出一段随手拍的视频，正巧是一年前你在社里口头聊起漫画梗概的时候拍的。你虽然是口述，但把剧情走向、重要情节都说了，这样一来情况就逆转了！你的构思比那篇小说早了半年！"

程以念难以置信会出现这样的转机。

一年前，她的构思刚成形，确实在社里谈过一次，但不过是私下闲聊，有谁会在这样的情况下拍下来？对方既然能出手帮忙，证明没有恶意，那么……

"真的，不信你自己看看。"

程以念手指微微颤抖，点开童宁发来的视频。

视频的画面看上去居然恬静唯美，她托腮坐在小沙发上，神采飞扬地描述着新奇的故事，被拍摄却浑然不觉。拍摄者坦荡大方，不过他可能有一些紧张和羞涩，镜头略微摇晃着从侧面记录下她。

视频并不长，不是她想象中的偷拍，反而透露出难言的深切情感。不像生硬的镜头，倒像某人含情的眼睛，把她镌刻得明亮又灿烂。

程以念问童宁："到底是谁拍的？"

童宁总不能说是你的好弟弟沈星离，她不得不敷衍道："这个不是重点，对你有用就行了。我用主编账号发布之后，现在网上的风向已经逆转了。念念，你熬过去了！"

程以念苦笑："就算逆转了，负面影响也已经有了，影视公司不可能轻易地放过我，那五十万还是……"

童宁的音量不禁提高："这个已经解决了，你可以彻底放心了！"

程以念心头一震，猛地从床上坐起来。

童宁硬着头皮，讲出提前编好的说辞："漫画社虽然选择跟你解约，但不能否认你带来的价值。所以副社长力排众议，从社里拿了五十万，钱已经打到影视公司的账上了。"

副社长？那个跟她同校毕业一直对她很照顾的师兄?!

童宁唯恐程以念再追问，以程以念的聪明程度，真要刨根问底搞不好会穿帮。于是童宁主动总结："总之就当是他出的力吧，你也不需要谢他。你给社里赚了那么多钱，为你花钱天经地义！"

又叮嘱了几句后，童宁心有不安地挂了电话。

程以念坐在床沿，好半天没回过神，她以为的穷途末路竟然转眼间成了柳暗

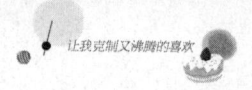

花明。

她刷新了微博,看到情况真的在往好的方向发展。有视频为证,即使还有很多人在骂她,但她的粉丝们有了底气,开始奋起反击,网上的评论积极了很多。

影视公司的人也给她发了信息:"钱款已清,好聚好散。"

确实解决了,不是她在做梦。

程以念倒在床上捂着冰凉的额头,想来想去还是给副社长发了一条微信:"谢谢。"

副社长很快回过来:"应该做的,那段视频是我情不自禁拍的,没有冒犯的意思,希望你原谅。"

原来视频也是他拍的!那里面呼之欲出的爱意……

程以念一时心情复杂,没再回他。

如有神明相助,麻烦的事情发生转折,程以念平复了许久才勉强静下心来。她揉揉胀痛的太阳穴,目光落在陌生的床单上,突然想起自己不是住在原来的小公寓了,她跟沈星离一起搬到了新房子里。再一看时间,已经中午十一点多了。

程以念懊恼地匆匆下床,刚一穿上拖鞋就感觉到脚上有点不对。她低头一看,愣了愣。

高跟鞋磨出水泡的几个位置都贴了创可贴,仔细感受,还有丝丝的凉意,像是涂了药。拖鞋也极软,棉花似的,走路时起水泡的地方都不会感到疼。

沈星离……

程以念推开卧室门,喊道:"星离!"她喊了两声,没有人回应。

他房间的门开着,门上粘了只小熊玩偶。程以念跑过去细看,小熊玩偶怀里塞着一张彩色纸条,上面写了几个字:姐姐,摸摸我的头。

她手指覆上去,小熊玩偶头上有个隐蔽的开关,刚一按下就有录音播放出来。少年柔软的声音格外清亮动听,像夹着电流往她耳朵深处钻。

"姐姐,我去学校啦。早餐做好了,放在冰箱里,你用微波炉热一热再吃。"他故意拖着声音,黏糊糊地说着,又可怜巴巴地问,"我们晚上一起吃饭,好不好?"

要是不答应，总觉得下一秒就会听到少年委屈般的呜咽声。程以念揉揉小熊玩偶的脸，在它鼻头上点了点，哭笑不得。

星离，姐姐有出路了，能继续赚钱了。姐姐能送你出国，让你去你喜欢的学校了。

她低下头，杏仁眼里缀满柔光，往沈星离的微信上发了一个字："好。"

沈星离却没回复。

隔了半个多小时，沈星离该下课了，程以念打电话给他，他也没有接。

程以念以为他在忙，或者跟同学一起吃饭所以没有听见。

她无论如何都想象不到，此时此刻，沈星离正在俱乐部封闭的八角铁笼里。他的脊背重重地撞上了粗糙冰冷的铁笼框上，殷红的鲜血顺着他玉石似的脸颊滴答滴答地流下。

第二章

▼

克制(二)

01

沈星离是在上课时接到俱乐部老板的通知的,老板要他尽快赶过去。他态度强硬地回绝:"表演赛不都是在晚上吗?我现在没时间。"

老板没想到他敢用这种语气说话,嗤笑说:"沈星离,你以为五十万那么好拿的?看来我需要教教你卖身契到底是什么意思。"

沈星离坚持上完课,来不及吃饭便赶到了俱乐部。刚一进门,他就被特地等着他的三四个壮汉揪住衣服摔进铁笼里,然后门哐的一声关闭了。笼中的对手肌肉结实,狞笑着扣住沈星离的肩膀直接一拳挥过来。

俱乐部老板在下面冷眼看着沈星离,教训道:"随叫随到是最基本的。我上次说过了,想赢没那么容易。让他好好教教你,在我这里打比赛赚钱,怎样才叫听话。"

沈星离眼中渗出寒意,浅红的唇角微微上扬,他敏捷地侧过身,抬手抓住那只如铁铸一般的拳头朝后推搡。他看起来瘦削苍白,筋骨里却蓄满了狠辣的力量。只要他想,就能爆发出来。

对手被他推得跟跄着后退,察觉到他的右手不够灵活,被他的实力震惊之余又立刻逮住他的短处，逼过去猛攻。

沈星离受到限制，不得不用右手去挡。可腕上剧烈的疼痛感，让他的动作慢了半拍。对手趁机故意用戴着戒指的手出拳，挥向他的太阳穴。戒指的金属棱角重重地刮过他的眉骨，血顿时就淌了下来。

皮开肉绽的感觉，沈星离从小到大再熟悉不过了，不过此时明面上的伤口最能激怒他。他晚上想回家，想跟念念一起吃饭。现在脸上挂彩，他就没办法面对她！

沈星离眼神变了。对手被这眼神震慑到，失神片刻，失去了最佳反击时机，之后便再无还手之力，沈星离全面反击。比赛结束时间还没到，对方就被压制得站不起来。

裁判惊讶地宣布："沈星离，胜。"

沈星离喘着粗气，回头看了老板一眼，声音沙哑，冷冷地说："我既然签了卖身契，就什么比赛都敢接。我知道擂台不好打，再权威的国际比赛都有可能重伤死人，不需要你反复提醒。从今以后，该我上的，我保证按时来，后果我自己负责。但你想让我听话？做不到。"说完，沈星离利落地踹开笼门，从老板身旁走过。

老板不禁愕然，沈星离不驯服的脾气和实打实的能力都出乎他意料。别看这孩子年纪小，长得漂亮，倒是一个难得一见的硬骨头，要是用得好，价值远不止五十万，说不定能为他征战更高的赛场，帮他赚大钱。

他非但没生气，反而笑出来："这么有本事？那今晚七点，给你挑个更厉害的对手，我就不信你能一直赢下去。"

沈星离在门口捡起被拽掉的外套，手机上显示出程以念的微信消息和电话。他看到那个"好"字时，喉结滚动了几下便急切地拐进卫生间。

一照镜子，他就明白完了，他回不了家了。他的眉骨旁边被划破了一片，血流到了衣领上，不可能藏得住。

疼痛对沈星离来说是家常便饭。他简单洗洗，面无表情地用创可贴把伤口贴住，想去隔壁商场买一件干净的衣服换上。

他点开微信看了看，余额不多了，念念给他转的钱他没收。他攒的钱，一小

部分交了整年房租,大部分给了童宁用来引导对念念有利的舆论。除去饭钱,还有两百元。

沈星离走进商场专挑便宜的男装店看,目光不经意一扫,却被玻璃橱窗里的一条连衣裙吸引了。

灰蓝色,是念念喜欢的颜色。衣服的料子看起来也很软,袖口有一圈荷叶边。她很长时间没买新裙子了,穿上一定漂亮。

沈星离走近一看,这件连衣裙是当季上市的新款,价格九百八十元。他屈指算了算,九百八十元……把这个月饭钱算上,够了。

他轻轻抿着的嘴角微微上扬,为买得起这条裙子而开心,他对导购说:"这件连衣裙我要最小码的。"

沈星离小心翼翼地抱着装有裙子的纸袋子离开商场,在街边的小店里给自己随便买了一件衣服并当场换上。程以念的电话又打过来了,他迫不及待地接听:"姐姐。"

程以念含笑说:"我在超市,晚上想吃什么?姐姐给你做。"

沈星离感觉喉咙里泛苦,眉骨边的刺痛感再次传来,他艰难地说:"我……我晚上在学校有活动,不能回家吃饭了。"

他想她,每时每刻都在想她。之前一个多月没见,他都快把她的照片刻进脑子里了。现在他们好不容易住在一起了,可他连家门都不敢进。

念念一心一意想让他出国学建筑,他却跟格斗俱乐部签了两年的卖身契。念念讨厌和暴力有关的一切,他却偏偏脱离不开。五十万的由来更是必须咬死的秘密。

他唯一能做的就是瞒着,绝对不能让她知道。

晚上七点,当沈星离第二次公开出现在俱乐部的铁笼里时,观众比前一晚多了三成。他们都是慕名而来,为这个年少又俊俏的新人疯狂呐喊。

程以念正在家里听童宁不断地报喜。沈星离则站在满场喧嚣声中,用受伤的手腕迎战面前铁塔似的强悍对手。

七点半,沈星离连胜三场,带着新添的伤痕踏出铁笼。在老板诧异的眼神里，他抹掉汗和血直接离开俱乐部，坐车回家。

他又累又痛，哪里也不想去，只想回到念念身边。

就算不能上楼，在楼下坐着，抬头望望有她出现的窗口也是好的。

程以念搂着抱枕坐在家中的沙发上，下意识地去瞄墙上的钟，眉头忍不住微微地蹙起。

电话里副社长江若明语气和缓，叫的是她的笔名："合月，我这边听到消息，有好几家公司都有意向签你，你有个心理准备。新一届的'漫画大赏'也快开始报名了，你若发挥自己的全部实力，拿下最高的金奖，就可以选个好东家。你有任何不懂的可以随时问我。"

程以念轻轻地说"好"。她今天在电脑前待了大半天，连一个分镜都画不出来，总是心神不宁。

江若明沉吟了一会儿，又问："对了，听别人说你在找房子？我能帮忙吗？"

程以念果断地说："谢谢，我已经找到了。"

江若明一顿，有一丝失望："你别总跟我道谢，过几天出来一起吃个饭吧，见面再细谈。"

程以念本能地想回绝，但转念想到那五十万的救命钱和那段视频，不由得停了一下。

江若明适时笑着补充："除了我，还有社里的其他同事，大家一起聚聚。解约毕竟是社长的决定，我们其他人是无辜的。"

程以念心里有些顾虑，但江若明说话有分寸，要求合理。他帮了她那么大的忙，吃一顿饭是应该的。她答应了，却觉得有些胸闷，踱到阳台去透气。一开窗，风呼呼地刮进来，带着深秋刺骨的寒意。

天气阴沉，雷声沉闷，淅淅沥沥的雨点掉下来，像随时会有大雨。

她听不清江若明在说什么，只想给沈星离发个消息问问他带没带伞。出神的片刻，她视线向下移，在楼下苍绿色的植物中间敏感地捕捉到一个人影。

隔着十二层楼的距离，她也能看清楚那人修长的身形。他怀里抱着一个袋子，正仰着头一动不动地望着她的方向。

眼神相撞,他身形一顿,向后退了一小步,转身就想跑。

程以念嗓子发紧,急忙大喊:"沈星离!你给我上来!"

他肯定是出事受伤了!他小时候就是这样,被父母和外面的人打得身上带伤,就一个人躲起来,离得老远才有胆子偷瞄她。他明明想到她身边来,却害怕她看到他的样子会不高兴,连头发丝也不敢露出来。要不是她开窗发现,他八成会在楼下淋雨,还不知道要躲她躲到哪天!

"沈星离!你再敢跑!"

程以念穿上鞋就下楼去追沈星离。在一楼大厅里跟沈星离撞上时,他垂着头,全身湿漉漉的,却拿外套护着怀里的纸袋子。

"姐姐……"

程以念几步走上前,抬起他的下巴,一眼就看到他沾了雨水后眉骨边摇摇欲坠的创可贴。她伸手撕下来,被狰狞的伤口吓得不轻。

沈星离略微弯着背,用力地抓住她的手,心急如焚地说:"姐姐,真是意外,我……"

"别说话!跟我上楼!"

进了家门,沈星离觉得自己哪里都脏,老老实实地站在玄关处不动,泛白的唇抿紧,雨水沿着头发落在脚边。

早知道会这样,他就不应该回来……可被念念当场发现了,他就必须上楼,不能转身跑掉,否则会让她更担心。

沈星离正想着,程以念已经从他房间出来走到他跟前。她丢开沈星离紧紧抱住的袋子,将衣服和毛巾全塞到他手里,把他往浴室里推:"你快去洗澡!"

盯着他进了浴室后,程以念的胸口像火在烧一样,她又气又心疼。沈星离长大了,不会再像小时候那样被人欺负,那为什么他还这么心虚?肯定是跟人打架了!

在程以念因左思右想而呼吸急促时,一具熟悉的滚烫身体从她身后逼近,不由分说就贴了上来。某人揽住她的肩膀,还带着一点水汽的额头也随之埋进她的颈窝里,哼哼唧唧地拼命乱蹭,动听的嗓音一声一声地消磨着她的意志:"姐姐——我错了——不要生我的气——"

又来这招!

程以念深吸一口气,把黏在背上的"牛皮糖"拽下来,将他推到就近的餐椅上,拿起药棉做出敲打的动作,在碰到他的伤口时,力道却极其轻柔,生怕弄疼他。

沈星离乖乖地抬头,一脸迷恋地盯紧她,都舍不得眨眼,仿佛身上的剧痛不存在一样。他钩着她的衣摆,微微泛红的眼睛低垂,说话的语调很软:"不生气,好不好?"

程以念责问:"你是不是跟同学起冲突,然后动手了?"

沈星离的喉咙滚了滚,笑了,点头说:"是,我跟同学闹了一点小矛盾,不过已经被我摆平了。"

"这是最后一次,以后不许打架、不能受伤!你过去吃的苦还不够多吗?"

沈星离深沉的目光追随着她,心里有些疼。他咳了一声,温顺地靠在她的手臂上合眼,贪婪地索取她的温柔:"好,我听话,不打架、不受伤。"他很清楚自己说的是假话,忍不住用低沉的声音问,"但是如果……如果再有,你会……"

程以念听到他这种假设的话,气得吓唬他:"那我就不理你、不管你,干脆不认你!"

沈星离顿时浑身僵硬,颤抖着抱住她,有些哽咽。

程以念当他是在撒娇,推开他说:"你几岁了?还和小时候一样黏人。"

沈星离提高音量,不肯放手:"两岁、三岁,几岁都行!哪怕当只猫、当只狗也行……你别说这样的话……别把我扔下……"

他反应这么大,程以念不明所以。转眼看到他双手和小臂上居然也有伤,程以念连忙挣脱他的怀抱,把他的衣袖卷起来仔细地检查,给他上好药后又抓紧时间去厨房给他做饭,生怕他饿着。

02

程以念做了四道拿手菜,最后一盘蔬菜丸子出锅后,沈星离走过来凑近她,拿起一颗丸子喂到她红润的唇边。

程以念道:"我吃过饭了。"

"尝尝。"沈星离固执地喂她,想用他们之间的亲昵感来压制心底的恐惧。

程以念抬头,猝不及防地看到他眼睛里的复杂情感,炙热又浓烈。

程以念下意识地张嘴含住丸子,柔软的嘴唇轻轻地擦过沈星离的指尖,她却没有察觉。当她再想仔细地看一眼他眼中的情感时,沈星离已经垂下了睫毛挡住眼睛,整个人还是那么乖巧、天真。

程以念怪自己多心,笑着摇了摇头,端着菜去了餐桌,只剩沈星离独自留在厨房里。他的胸口正猛烈地起伏着,他盯着被她蹭过的手指,举到唇边,在无人注意的角落里缓缓地吻了上去。

念念……

只要能保护你,我做任何事都心甘情愿。可如果有一天,你知道了真相,到时候怎么生气、怎么罚我都好,能不能别丢下我一个人……

吃过晚饭,沈星离争着收拾碗筷,却被程以念坚定地拒绝:"你手背上蹭破好几处,刚上了药,别沾水。"她是治疗他所有恐惧和不安的药。

沈星离寸步不离地跟着她,站在她身后,把下巴靠在她肩上蹭了蹭,小声地说:"姐姐真好。"

美少年身上满是沐浴露的清爽香味,还带着一点点奶香味。混合的香味随着他的气息飘散出来,让人心里舒服。

程以念感觉自己像被一只高大又缠人的家养宠物给赖上了。这只宠物又乖又黏人,还长得特别漂亮,耍赖皮的时候,让人无法抵抗。她就算再不习惯,对他也凶不起来。更何况他还受伤了,小模样可怜得不行。

"好啦!"程以念伸手点了点他的额头,"我不生气了,你不想说打架的原因,我也不勉强你,只要你能保证下不为例就行了。"

沈星离没说话,往她颈边蹭了蹭。

程以念的脖子被他的发梢蹭得又痒又麻,用手肘轻轻地撞他:"你不许撒娇了,快出去,别在这里捣乱。"

被撵走的沈星离回到客厅，准备把装着连衣裙的纸袋给程以念，可想了想又犹豫了。念念什么东西都舍得为他买，对她自己却特别节省，总说她一个画画的宅在家里不用穿新衣服。如果直接送给她，她肯定会怪他浪费钱。

沈星离趁程以念不注意，轻手轻脚地走进她的卧室，把连衣裙的吊牌摘掉，领标也用小剪子认真地剪干净，然后认真地写了一张小纸条夹在裙子中间，才把裙子叠好藏进她的衣柜深处。

准备走时，沈星离看到桌边的垃圾桶里塞了不少废弃纸团。在帮她收拾时，他却意外地在垃圾桶里的纸团中捡到一只素圈耳环。耳环很旧，掉了色，应该是她扔掉的。

沈星离舍不得扔掉程以念戴过的东西，他将耳环放到手心里摸了摸，一脸爱惜地套在自己左手中指上，戴上去居然刚好，就像戒指一样。

沈星离开心得手都不知道该放在哪里好。突然，他听到一阵连续的嗡嗡声，是桌上程以念的手机在振动。

手机屏幕被锁着，但微信消息却一条条地往外跳，内容一字不落地落入他的视野，全都来自一个叫"江若明"的人。

"打电话的时候，你好像有事突然就挂了，我很担心你。"

"你遇到麻烦记得找我，我可以随叫随到。"

"还有，我约好了人吃饭，我来安排时间和地点，你等我。"

江若明的微信消息不断地从手机屏幕上跳出来，言辞之间满是暧昧。

沈星离感觉全身的血液瞬间涌到头顶，他攥紧手机冲出卧室，问程以念："这个姓江的是谁？"

程以念一时没反应过来，等看清屏幕上的名字后她的心脏剧烈一跳，唯恐江若明发了不该发的内容，让沈星离知道她这些天经历的事。

她把手机抢过来，镇定地说："你紧张什么？他是我上大学时的学长，也是之前漫画社的同事。"程以念边说边快速地扫了一眼微信内容，还好，江若明没提到敏感的话题。

沈星离却眼角发红，吃力地说出四个字："他喜欢你。"

程以念一愣,脱口而出:"你一个小孩儿懂什么,别乱说。"

"我不是小孩儿,我今年十九岁了,是一个成年人了!"沈星离盯着她,不肯放过她脸上的一丝表情,"你同意跟他吃饭了吗?"

程以念:"我……"

还不待程以念说完,沈星离生气得手腕发抖,他用力地握着拳说:"你才二十三岁,还那么小,你理他做什么?"

此时,程以念眼中的沈星离,活脱脱是一只捍卫领地的"小怪兽"。她完全没往其他方面想,单纯地觉得弟弟是怕她吃亏,在维护她。她哑然失笑,捏了捏他的鼻尖:"看你语无伦次的,前一句说十九岁是成年人,后一句就说二十三岁太小。他是我的学长又是前辈,最近……他还帮了我特别大的忙,为了感谢他,我才答应吃饭的。何况还有其他人一起去,我对他没有别的想法。"

这些言语并不能安抚沈星离,反而在提醒他:程以念到了可以恋爱的年纪。她随时可能爱上别人,而他在她眼里仅仅是一个小孩儿,是她的弟弟。

他的心脏像被带刺的绳索捆紧,一寸一寸地往里勒,疼得他说不出话。过了一会儿,沈星离咬牙问:"他帮的忙有多大,能让你这么在乎他?"在乎到明知对方目的不纯,她还不能回绝。

程以念没有回答沈星离,推着他往房间里走,顺手塞给他一管药膏:"你就不要操那么多的心了,老实地回房间睡觉。这个药是用来祛除疤痕的,等伤口愈合后,你记得每天涂药,不许在脸上留痕迹。"

沈星离不肯接,忍了半晌,要求:"我不留疤,那你也不许给他希望!"

"本来就不会给。"

沈星离低下头:"我涂不好药,你帮我涂。"

程以念拿他没办法,在他背上拍了拍,说:"那你记得天天回家,做一个乖弟弟。"

在这种情况下,"弟弟"这个称呼沈星离听着格外刺耳。他握着中指上的旧耳环,眼底全是血丝,无数的话堵在喉咙口,却一个字也说不出来。

正如江若明在电话里说的,程以念隔天就收到了几家漫画公司的合作邮件。然而,这几家漫画公司的规模都不大,开出的条件也算不上好。

她虽然着急,但还是强迫自己沉住气。

积蓄已经花光了,她现在急需一个好的平台尽快画新作品赚钱。这样,她才能在沈星离上大三之前存够让他出国念书的费用。

一周后的上午,程以念等来了南英社的电话。

南英社是国内一流的漫画平台,无论是线上的电子版还是线下的期刊出版都首屈一指,圈内没有其他同类平台能与它相比。

南英社的编辑直接对程以念说:"我们一直都非常认可你画画的实力,这次抄袭事件也证明与你无关,所以我们才主动给你打了这个电话,不过……"

程以念知道南英社签约的条件向来苛刻,就算她热度再高也不会差别对待,她冷静地回应:"您说。"

"虽然你的话题确实多,但是网上对你的争议太大了,好坏参半。通过这次事件,很多看不惯你的人都趁机落井下石,说你风格单一,出道三年,作品也没有创新之处,想必你也看到了吧?"

程以念的眼睛眨了一下,编辑说得没错,网上关于她的争论并没有因为她澄清了抄袭事件而停止,而是把战火引到了她的画风上。

她语气仍然和缓:"是,从出道到现在,我一直在画清新少女漫画。"

编辑见她态度始终温柔又谦逊,便开门见山地说:"合月,你是清楚我们社实力的,我们可以给你提供最好的平台和资源,新一届的'漫画大赏',我们也会力推你,第一年至少包你进账百万,但是我们有一个要求。"

程以念闭了闭眼。

百万……星离的出国费用够了。

编辑说:"我们希望你参赛的新作品能颠覆过去的风格,画一部以热血格斗题材为主,融合你细腻、漂亮画风的少年漫画,这一定能大火。我给你时间考虑,你能接受的话尽快回电话。"

程以念听到编辑挂断电话的声音,缓缓地放下手机,坐在原位许久没动。

格斗？那不是涉及暴力吗？

03

程以念最厌恶和抵触的就是暴力，每次提到跟这个词相关的东西，她就会想起沈星离小时候被折磨的画面。

在她还过着锦衣玉食的生活时，沈星离连活下去都很难。他经常被父母、高年级同学，甚至小混混随意殴打。他那么小，还没见过这个世界半点美好的样子，就要紧紧地咬着牙来承受连成年人都扛不住的伤痛。

最初，她还没那么深的体会，只是心疼他，想护着他。沈星离的生活环境和她的天差地别，他们住的地方隔得远，两人能见面的机会也不多。而沈星离又爱逞强，从不说自己的苦和痛。两人在一起时，他就乖乖地黏着她撒娇，她便渐渐地忘了他所处的炼狱般的环境。

她十三岁那年秋天，见到了一幕让她一辈子刻骨铭心的场景。

那年，沈星离刚满九岁，她准备了礼物想送给他，他却连续大半个月没出现。程以念放心不下，缠着司机带她去找他。

司机被她磨得没办法，偷偷地把她带到城郊一处又脏又乱的出租房里。

司机敲门，却没有人开门。

她因为心急就踩到窗台上，越过紧闭的窗户，扒开上面的通风口往里看。她亲眼见到沈星离被锁在一个关动物的大铁笼里，衣衫褴褛。他那个有躁狂症的妈妈正披头散发，拿着一根木棍狠狠地戳在男孩儿的身体上。

十年过去了，这个画面一想起来，仍然让她撕心裂肺地痛。

从那以后，她有了心理阴影，接受不了任何有关暴力的东西。哪怕是经过美化的图片，她也深恶痛绝。现在南英社给她提的要求竟是让她去画格斗题材的漫画，她心存抵触，要怎么创作？

程以念头疼地站起身，不光这件事让她感到烦躁，还有沈星离那个小浑蛋也让她感到烦躁，他又三天没出现了。每次她问他，他都说学业忙。她让他回来取药膏，他也不肯露面。

她刚想联系沈星离，江若明先一步打来了电话："学妹，今晚一起吃饭可以吗？"他主动地换了亲近的称呼。

还不待程以念开口，他像怕被她拒绝般，又接着说："还有五六个同事一起。最近格斗题材的漫画很火，大家都没接触过，正好可以聊聊。他们还说要结伴去格斗俱乐部体验一下，你也可以一起去。"

江若明上次发微信消息时的暧昧态度，就让程以念很不自在。而刚才那些话又说到她心坎上了，程以念决定赴约，打算尽早跟他当面说清楚。不过在吃饭之前，她想把药膏送到沈星离学校去。

程以念走到衣柜前，有些发愁该穿什么衣服，她好像很久没添过一件像样的衣服了。她拉开柜门，看见几条挂着的旧裙子，翻到最后时，意外地在隔板的角落里看到一个熟悉的纸袋子。是下雨那晚，沈星离宁可自己淋湿也要护住的纸袋子……

程以念连忙拿出来，打开封口就看见了里面的连衣裙，衣料泛出微光，还夹着一张沈星离亲笔写下的纸条——

"请天底下最美、最可爱的念念'小仙女'穿上它。"

程以念被裙子和纸条搅得心里又酸又甜，嘴上嫌沈星离没大没小地乱写，眼眶却暗暗泛红。她缓了缓情绪，给沈星离发了微信信息。

沈星离正戴着一顶棒球帽，拎着两个馒头往宿舍走。

他身姿挺拔，窄腰长腿，皮肤白皙，压低的帽檐下现出的薄唇十分诱人。一路上，女生们都在激动地打量他，有胆子大的上前搭讪，可半句话还没说完，就被他直接绕开，不给一丝机会。

快到男生宿舍楼下时，沈星离收到了程以念的微信信息："几点下课？"

沈星离看到这四个字，浑身拒人千里的冰霜顷刻间融化了。

他在俱乐部受了新伤，手臂和肩膀上有好几片青紫，眼角也擦破了，所以才三天没回家。他满脑子全是程以念，但就算想疯了他也不敢随便靠近她，怕像上次那样被她发现。

沈星离用语音回复："姐姐，五点半。"他声音好听得要滴出蜜来。他恨不

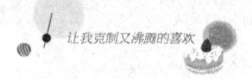

得现在就回家奔向她,尽情地缠着她,对她撒娇,被她在意和怜爱。

程以念问:"今天回来吗?"

沈星离摸了一下还在痛的眼角,攥紧手机说:"学校有事,我住宿舍,过两天回家。"

这次,程以念没有强求他回去。沈星离却有些紧张,还有些失落。他在男生宿舍楼前站了好半天,确定程以念不理他了,才垂着头魂不守舍地上了楼。

一进宿舍门,舍友宋理马上哀叫:"不是吧,我的离哥,你又吃馒头?你已经连续吃了一周了!"

沈星离面无表情地摘掉帽子放到一边,打开塑料袋咬了一口凉透了的馒头。

宋理殷勤地给他倒水,抬眼瞧见他脸上的伤,长吁短叹:"离哥,你最近是遇上啥事了?天天有新伤,顿顿吃馒头,出门就戴帽子遮着。我请你吃饭,你还死活不去,你总这样也不是办法啊。"

沈星离吃得慢,淡淡地说:"你管好自己就行了。"

宋理没辙,从认识沈星离那天起,他就知道沈星离是一块冰做的,冷漠又疏远,让人不敢接近。可偏偏沈星离长得太好看,会不断吸引着一帮人。久而久之,连跟沈星离住一块儿的他也不例外了。

宋理摊手:"行,我不管,但有的是人想管你。经管学院的那个'系花'成天来找你,你把她的电话号码拉黑了,她就老是打我的电话来找你。要我说,人家那么漂亮,你就给个机会试试啊!"

沈星离扫了他一眼,他一缩脖子,拿在手里的手机恰好又响起了,还真是"系花"的电话。

沈星离干脆替宋理挂断,顺手拉黑了"系花"的电话号码。

宋理这边安静了,另一个舍友的电话铃声响起,依然是那个"系花"。

舍友有些无奈,说:"离哥,行行好,她说在长廊那边等你,你快把她搞定了吧。"

沈星离把手机充上电后,转身出去。他才走了不到三分钟,正在充电的手机就开始振动起来。

宋理凑过去一看:"是以念姐!"

宿舍的其他人都知道,程以念是沈星离这座"大冰山"唯一在乎的人。宋理怕她有急事,小心翼翼地按了接听键:"姐,星离不在,他没带手机,你找他有事吗?"

程以念站在男生宿舍楼外,仰头望着沈星离宿舍的阳台,来往的男生们都在偷偷地打量她。她大衣敞开,里面穿着一条灰蓝色的连衣裙,小腿纤细笔直,长长的头发垂到臂弯处,比那些"系花"和"校花"都要好看。

程以念轻轻地呼了一口气:"我有个东西想给他,能不能麻烦你帮我转交一下?"她是来送药膏的,但不能等太久,跟江若明约定的吃饭时间快到了。

宋理连声答应。

程以念有些遗憾,她穿新裙子的样子没能让沈星离看到,她把药交给宋理后径直往校外走。在经过宿舍区松枝掩映的长廊时,她隐约听见一个娇柔的女声在叫"星离"。她循声转头,视线越过树木间的空隙时脚步猛地停住了。

长廊深处,沈星离侧着身体站着,面前有个艳丽的鬈发女生正仰着脸跟他说话。这个女生,无论是表情还是小动作都表现出一副喜欢沈星离的样子。

程以念听不清沈星离在说什么,只看到他抬起左手给女生看。程以念呼吸一顿,看见他左手的中指上有一圈淡淡的光芒。

是戒指吗?

星离恋爱了吗?

程以念心里一时五味杂陈,忍着没出声,向后退开了两步。

十一月的风很凉,吹到身上让人打冷战。程以念把大衣的衣襟紧了紧,手机上又收到了江若明催促的短信,说大家都在等她。她想客气地回几个字过去,但手指不知怎么了,按来按去总是打错字,最后只勉强地打出一个"好"字。

她又抬眼望了一眼那对身影,然后慢慢地转身离开。

04

程以念到达约好的餐厅时,江若明已经在门外的台阶上等她了。见她出现,

江若明的俊脸上堆着笑，快步迎上来赞叹："学妹今天真漂亮。"

程以念自动忽略他恭维的话："久等了，我们走吧。"

江若明站着没动，眼神有些闪躲："没关系，别人都是陪客，你才是主角。不过……那五十万赔偿金，还有拍视频的事，我怕你不好意思就没跟社里的同事说。等一下吃饭，咱们就别公开说，好吗？"

程以念有些走神，没有回应他，江若明又心虚地喊了一声："学妹？"

程以念掩饰住刚才的失态，点头答应："你是为我着想，当然按你的意思做，那我就只能在这儿跟你说声谢谢了。"她抬起微微翘起的长睫毛，杏眼里波光粼粼，在夜色下美得让人移不开目光。

江若明口干舌燥，忍不住抬起手臂想搭上她的肩膀。

程以念后退两步避开他，语气客气又疏离："副社长，我们进去吧。"

江若明温和地笑了笑，等程以念背过身后，他露出势在必得的笑容。

餐厅包厢装修奢华，连菜单封面都嵌着金线。几个同事已经入座，看见程以念和江若明一起进来，连忙热情地招呼："'合月大神'快来点菜，我们可是托你的福，要不然哪敢让副社长请吃这么贵的饭！"

程以念澄清："怎么能花副社长的钱？今晚我请客，你们随意。"

这顿饭是她回报江若明恩情的，越贵她越心安。她虽然近来拮据，仅有的钱就是之前微信转给沈星离他却没收的那些，但是再心疼这顿饭钱也不能省。

想起沈星离，长廊里的那一幕又一次回到眼前，让她的太阳穴隐隐作痛，舌尖发苦。怪不得前几天星离跟她争辩十九岁不小了，原来他是已经有了喜欢的女孩儿了。以他的性格，能把戒指戴上，两人在一起的时间肯定不短了，而且是他死心塌地认准了的。

星离从小苦到大，他有甜蜜的恋情，程以念当然高兴。可是这么大的事，他却对她只字没提。而她还一无所知地住在他租的房子里，信了他那句"姐姐，我只有你"，天真地以为他仍然是以前那个孤苦伶仃、跟她相依为命的孩子，甚至还理所当然地和他亲近。

现在看来,她应该趁早搬出去。十几年来,虽然她拿星离当亲弟弟,但两人毕竟没有真正的血缘关系,让他女朋友误会就不好了。

坐在旁边的女画手看程以念脸色不好,小声地问:"怎么魂不守舍的?不会是顾忌社里解约和网上那些新闻吧?你别多想,要往前看,最近格斗题材的漫画火爆,我们正打算去格斗俱乐部现场体验体验,你有空也去吧。"

程以念强迫自己转移注意力:"格斗俱乐部?"

女画手激动地道:"对啊,门票可贵了,我好不容易才托朋友弄来几张VIP票!"说着,她拿出一沓票,给每个人都发了一张。

程以念接过票,见上面印着一截黝黑壮硕的手臂时,不禁皱眉。

女画手笑着说:"你别被这个图吓到,他们俱乐部上周新来了一个特能打的美少年,据说长得比明星还漂亮,有不少人是专门为了看他才去俱乐部的。"

其他同事听了不相信她的话。

"别逗了,美少年能打拳?上场就得被揍趴下。"

"你是被热血少年漫画荼毒太深了吧?"

女画手不服气,正准备和其他人争辩时,程以念突然感觉手背一热,她敏感地躲了躲,扭过头一看,江若明的手正悬在半空,显然是他。

程以念本来就情绪低落,再跟没感觉的男人皮肤相贴,心里更不舒服。

江若明凝视着程以念说:"学妹,你是不是害怕那种场合?没关系,我陪你一起去。"

大家听到后开始一脸暧昧地起哄。

程以念受不了这种气氛,她放下筷子,说:"不好意思,我去一下洗手间。"

从包厢出来,她的烦闷并没有得到缓解,她心事重重地往前走,完全没注意到从不远处的另一个包厢里,走出来一个年轻女人。

这个女人看到程以念时先是震惊,随即眯了眯眼,充满怨恨,攥着拳跟上程以念。

洗手间外的洗手台处很安静。

程以念拧开水龙头,用冷水冲了冲手。她刚平静下心情,身后却突然响起高跟鞋声,接着一个熟悉的女声传来:"我没认错吧?程氏集团的大小姐不是花光了积蓄,丑闻缠身吗?怎么还有闲情逸致来这种有档次的地方吃饭?"

程以念身体一僵,蓦地抬头,从面前的镜子里看到了身后站着的女人。程以念抿紧唇,目光变冷,没有说话。

女人见程以念反应镇定,更觉得生气,继续讽刺道:"怎么?你那个从垃圾堆里捡回来的'脏弟弟'不用你养活了?"

这句话刺到了程以念唯一的禁区,她清澈的杏仁眼里仿佛一下子结了冰,转身还击道:"连姓都是偷来的人,没有资格和我说话,更不配提起我弟弟!"

气氛凝滞,一触即发。

同一时间里,在相隔几条街的格斗俱乐部里声浪滔天,全场观众疯狂地喊叫,冲着铁笼中那道血汗淋漓的身影嘶吼着"离神"。

从首次亮相到现在,这个最初被当成花瓶的俊美少年每晚打三场,迎战的对手一个比一个凶残,他却无一败绩,屡战屡胜。短短十天,"离神"两个字被口口相传,在格斗圈子里人气暴涨。

此时此刻,沈星离的胸腔剧烈地起伏着,汗珠混杂血迹,沿着白皙的皮肤滚下,落在赤裸的脚边。俊美与力量在沈星离身上形成极大的冲击感,格外刺激,观众们无不热血上头。他随便一个眼神和动作,观众们都会歇斯底里地尖叫。

沈星离漠然地回到后台,快速地把身上的血迹洗干净。今天的对手很强,沈星离的膝盖被踢得肿了起来,耳朵也火辣辣地疼,但庆幸的是没有伤在明面上。等眼角的伤一好,他就能回念念身边了。

沈星离从后台出来时,宋理的电话打了进来:"离哥,你在哪里?以念姐送来的东西,我还没给你。"

沈星离一愣,心跳突然加剧:"她来学校了?"

"是啊,你出去找'系花'那会儿,以念姐来送药膏了,是我替你收的。然后我就去食堂吃饭了。等我再回来时,你就不在了。不过你放心,我嘴严,你的情

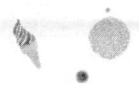

况我可半个字也没讲。"

沈星离迫切地问:"她都说什么了?"

宋理以纯情少男的角度回忆:"以念姐嘱咐我让你上药,她还对我笑来着,特别好看,那个'系花'根本不能和她相比。对了,她好像有事急着走,打扮得挺精致的,身上那条灰蓝色的连衣裙可好看了……"

"谁让你随便看她的!"

灰蓝色连衣裙!念念发现他送的裙子了,还穿来学校找他!但沈星离来不及高兴就反应过来了,她平常喜欢窝在家画画,不爱出门,今天恐怕是去跟那个姓江的吃饭了。

想到她和其他男人坐在一起吃饭,尤其那个男人还居心不良,沈星离就感觉喘不过气。

他挂了宋理的电话后立刻给程以念打过去,打了两次也没人接,这让他更不安。他想童宁应该知道程以念的行踪,转而去联系童宁。

童宁却茫然地道:"江若明约以念吃饭了?我在外地出差不知道这件事!"

但她很快就明白这其中的关键了,毕竟五十万和视频的事情,她是主要策划人。只是,她没想到江若明表面上看着绅士,竟会趁机钻空子用假恩情接近以念。沈星离这个真正的施恩者对以念动情很深,她要是说出来龙去脉,他还不得气急败坏?

于是,童宁支支吾吾地说:"你……你不用这么担心吧,就吃个饭而已……"

沈星离打断她的话:"你现在打电话问他约念念去了哪里,然后马上告诉我,我去门外守着,等她出来!"

童宁搞不懂一个不满二十岁的小弟弟,到底哪来的这股威慑力,三言两语就让她一个职场老油条不知不觉地听命,还按他的要求去做了。

第三章

克制（三）

01

洗手台处的空气因为两人的对峙而凝固，正躲在一旁偷看的江若明也屏住了呼吸。

他是跟着程以念出来的，本想趁没人时和她拉近距离，没想到会撞见这么惊人的场面。程以念这个看起来没背景的小画手，居然是程氏集团的大小姐！

而且他也认出了那个跟程以念对峙的女人，是网上挺有名的一个富家千金，经常在社交账号上秀各种大牌的化妆品和出国度假的照片，名字叫程娇，跟程以念同姓，年龄相仿，很可能是程以念的姐妹。

这样一来，程娇说出的话就非常有可信度了。江若明眯了眯眼，听得更加仔细了。

程娇被程以念反击，做了昂贵美甲的手指掐进手心里，怒视程以念道："不管这姓是偷的还是抢的，我现在都是程家唯一的女儿。你别忘了，你在十八岁时就为了那个'脏弟弟'跟爸断绝关系了。你现在就是一个外人，凭什么说我没资格？"程娇边说边朝程以念的方向逼近，咄咄逼人地上下打量着程以念。

这怎么和她设想的完全不一样？程以念刚受过那么大的打击，不该是灰头土脸吗？就算程以念在最后关头逃过一劫，也不应该光彩照人地出现在高档餐厅里，像以前一样骄傲地看着她！

程以念，她同父异母的姐姐，名正言顺的程家千金，从小过着和她这个私生女截然不同的优渥生活。现在两人好不容易对调位置，她做梦都想让程以念尝尝彻底摔进泥里，再也不能翻身的滋味。

既然这次的计划没有整垮程以念，那就等下次，她就不相信程以念能一直这么好运！

程以念站在原地没有动，直视程娇，开口道："你问我凭什么？"程以念唇角微微弯着，目光却比窗外的月色更冷，"凭你擅自出现打扰我，艳俗的香水让人反胃。"

"程以念！"程娇咬牙道。自从她踩着程以念上位之后，最忌讳被人嘲笑没气质、品味差，偏偏程以念就要往她的痛处插刀子。

程以念不徐不疾地继续问："还要我接着说吗？或者帮你拍张照片发到网上？你身上乱堆的网红爆款产品，厚重过头的浓妆，整到不自然的鼻梁和下巴，没有美颜的真正样子……"

程以念说的每一个字都扎在程娇的心上，程娇气得浑身发抖，举起手要打程以念。

程以念一把抓住程娇的手腕，丝毫不示弱。

程娇正想开口辱骂程以念，走廊里蓦地传来说笑声，有其他客人朝洗手间的方向走来。

程娇甩开程以念的手，一张脸气到扭曲，又害怕被人拍下来曝光到网上，便强忍怒火，冷笑着道："你再装得像个有钱的大小姐，也就是个画画的。还有你那个从垃圾堆里捡来的弟弟，永远只是个寒酸货色，你们不会有好结果的，走着瞧！"说完，她翻出墨镜戴上，转身快步离开。

等到程娇离开，程以念才渐渐地松开握紧的拳头。她不屑跟程娇这种人对峙，但程娇讽刺沈星离，她绝不能忍。

脱离程家后，她放弃所有财产和捷径，安静地上学、画画、赚钱，生活简

单。她只有一个目标，就是让沈星离出国学建筑专业。她很久没有和一个人这么针锋相对过了。

经程娇这么一闹，她曾经被程娇母女欺压时的隐忍、跟爸爸决裂时的愤怒、最近抄袭事件受的委屈，还有相依为命的弟弟瞒着她谈恋爱时感受到的不悦，心里各种复杂情绪一起涌了上来，让程以念有些承受不住。

她垂下头，纤瘦的脊背坚持直挺着，坚韧又脆弱的样子落在不远处的江若明眼里，看得他浑身发热。

他听明白了，程以念是程氏集团的大小姐没错，但已经跟家里断绝了关系，是个落难千金。难怪他对她示好多次，她都不为所动，原来是她眼光高。

不过，程娇这么在意程以念，说明程以念以后还有回到家里的可能性。如果他趁现在程以念没有背景和依靠的时候得手，岂不等于白捡了一个未来平步青云、做豪门女婿的机会？

哪怕他做不成豪门女婿，只要可以得到他一直惦记的女人，他也不亏。

他今晚要是不行动，以后再想约她出来可就难了。

江若明很快有了计划。他先程以念一步回到包厢，把同事们都劝走了。大家以为他想跟程以念培养感情，自然配合他。

等包厢空了之后，他又叫来服务员，要了两瓶酒，耐心地等待程以念回来。

程以念身心疲惫，很想离开这里，但想到江若明的恩情，只好深吸一口气后，朝包厢走去。一进包厢，她才发现大家都走了，只剩下她和江若明两个人。

她皱眉，正想问怎么回事，江若明就迎了上来握住她的手腕，关心道："以念，你没事吧？是不是有心事？你有什么话跟我说说，不用把我当外人。"

程以念反射性地甩开手，跟他保持开距离，坦诚地说："副社长，我今天过来除了谢你之外，还有句话想跟你说，我只把你当成前辈，尊重你、感激你，不存在其他的感情。"

江若明眼神转暗，耐着性子说："谈恋爱这种事，不试试怎么能确定？你放心，我保证会对你好的。"说着，他想抚上她的发梢。

程以念果断地避开，加重语气："感情强求不了，我对你没感觉就是没感

觉，不好意思，我要先走了。"

程以念刚转身迈出一步，江若明便拾起桌上的一个酒瓶，道："你别生气，我不勉强你。但你今晚既然是来感谢我的，总该跟我喝一点酒再走吧。"他刻意强调，"给我一个面子，毕竟是我帮了你。"

程以念攥了攥手，回头说："我不会喝酒。"她酒量极差，高浓度的酒，她喝一口就能倒。

江若明摆出一副好脾气的样子，转而换了另一瓶："好吧，我猜到了。你看，我特意给你要了一瓶果汁，还没开封，这个总行吧？我喝酒，你喝橙汁，一人一瓶。"

程以念扫了一眼瓶子，封口完好，瓶身上全是英文，偌大的一个橙子的英文单词很显眼，她实在没精力和他纠缠，更不想继续欠江若明的人情，于是接过来轻轻地抿了一下，确定是橙汁的味道后，才皱眉喝了下去，打算速战速决。

可喝到后面，她隐约感觉不对劲。等她把空瓶放下想走时，却腿一软，差点摔倒了。她扶着墙迈出两步后，直接靠着墙滑落在地。

江若明笑着推了推眼镜。

这种酒的味道跟橙汁极像，能让人放松警惕，喝一点点没事，可一旦超量了就和喝了急性烈酒一样。

他走过去准备把醉到无力抵抗的程以念抱起来，带她去车库，在附近找个酒店把生米煮成熟饭。

程以念包里的手机屏幕亮起，电话一个接一个打进来，江若明置之不理。

童宁打听到了吃饭的地点，沈星离赶过来时，就看见漫画社的几个熟面孔从里面出来，却唯独没有看到程以念和江若明。他用仅剩的一丝冷静再次给程以念打电话，重复的嘟嘟声快把人逼疯了，他再也忍不下去，推开餐厅大门大步跑进去直奔二楼。

"先生，您找谁？"二楼走廊幽暗，服务员被一身血腥气的少年吓到了，连忙阻拦他。

沈星离一言不发,眼中锋利的目光似乎可以割肉蚀骨,服务员有点害怕,躲开了。

沈星离循着门牌号一口气冲到程以念所在的包厢前,想直接踹门。

不行,念念会没面子……

沈星离尽量收敛情绪,用拳头砸了几下门板,里面传出一个男人不耐烦的声音:"谁?"

沈星离心里绷直的那根弦断了,里面的男人敢这么说话,念念肯定遇上麻烦了!他一脚踢开门,大步冲了进去。

江若明没时间反应,他的手还揽在程以念的腰上,正想把她抱起来。

在沈星离看清房间里情况的那一刻,脑中轰地一响,双眼被怒火烧得通红。在他的意识里,其他的画面和声音都不存在了,只剩下程以念红着脸被人欺负的样子。他踢翻拦路的椅子,一拳搂到江若明脸上,扯住江若明的衣领往旁边狠狠地一摔。

江若明猝不及防,狠狠地撞到桌沿上,眼镜掉在地上被他自己压碎了。

沈星离一把揽住程以念,将她紧紧地护到怀里。

程以念睁不开眼睛,虚弱地挣扎着。

"姐姐,是我!"

在模糊中听到最信任的声音,程以念僵硬的身体不由自主地放软,抓着他的衣服不放,艰难地挤出几个字:"星……离,走……"

沈星离扯下外衣裹在她身上,把她横着抱起。

江若明摔得不轻,表情扭曲,看沈星离打扮朴素,猜测他是个穷学生,顿时没了畏惧感,低吼道:"你算什么东西?谁让你进来的?程以念是自愿过来、自愿喝酒的,是她欠我的!你随便动手打人,我要报警!"

沈星离的眼神扫过去,江若明感到有些害怕,原本快站直的身体又被吓得坐了回去。

"欠你?"少年的音量不高,一字一句像是从寒潭深渊里捞出来的一样,"她欠你什么?"

江若明看到那双漂亮的桃花眼,冷汗冒了出来。他嘴硬道:"欠……我帮她还了五十万赔偿金,还用视频替她洗脱了抄袭嫌疑……"

不等江若明说完,沈星离就一脚踩住江若明的左手,哀叫声取代了后面的话。

沈星离抱紧程以念,手指关节绷得泛白:"你敢用这个当借口骗她!"

江若明一慌,疼得脱口而出:"你怎么知道我是骗她的?"

沈星离踩着江若明那只碰过程以念的手,低头见程以念已经失去意识,什么都听不到了,才冷笑着厉声说:"我怎么知道?因为为她做了那些事的人是我!"

他脚上正要更用力时,程以念难受地动了动,轻轻地哼了一声。

沈星离急忙拍拍她的背安抚她,没空再管江若明,干脆把江若明踢到墙边,警告道:"我不想给念念添麻烦。今晚到此为止,以后你要是再敢打她的主意——"他的唇角向下压了压,眉宇间戾气噬人,"我踩的,就不光是这一只手了。"

江若明脸上彻底没了血色。他深知程以念对他无感,追求的路根本行不通,正好之前偶然从童宁那里得知程以念酒量极差,于是便想趁她醉酒时得手。只是他怎么也没想到,程以念身边居然会有这种要命的"威胁"!

沈星离抱着程以念,脸颊贴了贴她的额头,转身离开包厢。

服务员领着经理和保安跑了上来,五六个人见迎面走过来的少年抱着一个人,又没出大事,只象征性地追问两句,便让他走了。

◊2

夜深了,外面的风冷得刺骨,轻易地吹进了沈星离单薄的衣服里。他在路边拦了一辆出租车,扶着昏睡的程以念一起坐进后车座。

司机回头打量了一眼,笑着搭话:"女朋友真漂亮。"

沈星离垂着眉眼,用力地拥住程以念,挡住司机的视线。

如果他刚才没能及时赶到,姓江的会把念念带去哪里,对她做什么……稍微想一想,他就后怕得浑身发冷。

到楼下时已经很晚了,沈星离抱着程以念走进小区大门,正碰上隔壁的邻居。

邻居惊讶地问:"这是怎么了?"

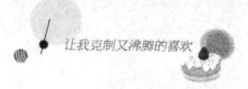

沈星离神色冷淡:"没事。"

邻居不好多问,指指身后,说:"电梯坏了,我是走楼梯下来的。十二层啊,你们怎么上去?"

沈星离被踹伤的膝盖胀痛着,手腕也没全好,但他把程以念抱得更紧了,平静地说:"走上去。"

夜里的楼梯间没有其他人,只有他们两个人。

沈星离怕抱不稳她,换成背她上楼。他紧扣着程以念的腿,咬着牙,忍住疼,一步一步地往上迈。

附近没酒店,如果他再叫车往远处走,又要耽误几十分钟。念念难受得一直在喘气,必须让她快点躺下,不能再折腾她了。

楼道里温度很低,沈星离穿得又少,汗却顺着他的额角滴了一路。走到九楼时,他的膝盖撑到极限,刚想停下缓一缓,就感觉到背上的程以念动了一下,在他耳边含糊地说:"回……家……"

沈星离回头轻轻地蹭她的脸,温柔地哄她:"乖啊,我们马上就到家了。"

程以念继续呢喃:"回家……收……收拾……东西……搬……"

沈星离以为念念是想休息,深吸一口气,不顾腿伤加快速度上楼。然而下一秒,他的双腿猛地僵住了,难以置信地定在原地。

他听到她说:"搬走。"

所以她的意思是回家收拾东西搬走?

沈星离脸色苍白,喉咙仿佛被人一把掐紧,好半天才挤出几个变调的字:"为什么要搬走?"

"不能……住了……星离已经……已经……"

他已经怎么样了?任凭沈星离反复追问,她都不肯回答。

声控灯暗下去,沈星离站在黑漆漆的楼梯上,呼吸重得吓人,眼眶通红。他很害怕,惊惶失措地把程以念牢牢地扣在背上。

他才跟念念住在一起,他因为受伤不敢回来,所以他们相处的时间少得可怜。他每天盼望着他的伤快点好,他就能从早到晚守着她,待在她身边。所以到底

发生了什么,会让她想走?

沈星离问不出答案,咬牙冲上十二楼,把程以念放下。他来不及打开灯,就先帮她脱掉了外衣,想让她赶紧透透气。等家里的灯光照亮她时,他看呆了。

她喝醉了,乖顺地倚着沙发,脸颊通红,身上穿着他为她买的连衣裙。她的腰很细,脚腕也细得像一捏就会断掉,整个人柔媚又脆弱,不再是平常成熟、有分寸的那个姐姐,而是他疯狂恋慕的人。

他魂牵梦萦,想她想到骨子里,可是她说要走……

沈星离蹲在她面前俯身靠近,彼此呼吸渐渐地交融,她身上的香味和淡淡的酒气吸引着他。

他们之间的距离太近了,他再贴过去一点点就能碰到她的唇。

沈星离胸口振颤,滚烫的吻最终只落在程以念的头发上。轻轻一吻,他就闭眼抬起头,睫毛被打湿。

他重新将她抱起来,送到卧室的床上,又给她煮了醒酒汤喂她喝下,等她安稳熟睡。

夜色深沉。

程以念后半夜醒过来时,头疼得像要裂开了。她按了太阳穴好一会儿,眼睛终于适应黑暗的环境。回想起在包厢里被江若明抱住的模糊画面,她心里很急,连忙坐了起来,直到手抓到熟悉的被子,低头看见自己的床时,才像劫后余生般长长地舒出一口气,额头上全是冷汗。

等等……不对。

除了她,卧室里好像还有别人!

程以念紧张地转头,愣住了。在她卧室里的不是别人,是沈星离。他蜷成一团坐在地板上,头伏在她的床边上,手指还攥着她的被角不放,像是怕她丢了一样。

少年在月光的照射下,侧脸漂亮得动人心魄。

程以念禁不住屏住呼吸。

她记起来了……是沈星离闯进包厢里把她带出来的!当时,她迷迷糊糊地听

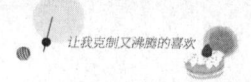

到了争吵声,肯定是起了冲突,星离会不会受了伤?

程以念赶紧去开台灯,刚把手放到沈星离额上要检查时,他就不安地睁开了眼。

灯光下,他那双桃花眼里布满了血丝,深如幽潭,像能把人吞进去一样。

程以念一时看愣了,忘了说话。

沈星离紧紧地盯着她,问:"你难受吗?"

程以念本能地摇头:"好多了,你……"

"那你能不能告诉我,"他打断她,嗓音沙哑,又无助又委屈,"你为什么要搬走?是因为我做错事了?还是因为我不听话,不回来上药,你生气了?"

他问得太急,让程以念的心跳在不知不觉中也加快了。

沈星离伸手往床上摸了摸,白皙的手指带着红色的伤口,紧紧地抓着她的手腕。他仰起头,满脸哀怨地凝视她,声音颤抖着问:"还是……你觉得我烦,要把我一个人丢下?"

这句话刺中程以念的软肋,她心口一疼,想起沈星离小时候受过的苦,还有后来她跟家里决裂,她与星离相依为命的日子。

沈星离成长的环境不好,他还没出生就承载了亲生父母的怨气。一个无辜的小孩儿,明明长得那么乖巧漂亮,偏偏一直被人殴打、辱骂,过着生不如死的日子。

他总说如果那天没在程家别墅里跟她相遇,她没从垃圾堆里捡回他,做他的姐姐,他根本活不到今天。他也许会选择极端的方式毁掉自己,也许死在哪个无人问津的角落里,就像从来没有活过一样。

她接受不了那些假设,认真地保证:"不存在如果,我一辈子都是你的姐姐,我们永远不分开。"

说完,他会立刻扑上来抱住她,像小树袋熊一样紧紧地搂住她,颤抖地央求她:"你别反悔,别扔下我。"

这句话,他从小到大说了无数次,但现在不一样了。

沈星离已经长大了,没有血缘关系的姐弟情分就算再深也早晚会变淡。他既然有了女朋友,她就必须和他保持一定距离。

程以念猜测是她醉后提到搬家被沈星离听到了,那不如坦诚地讲清楚,她直接问:"我到底为什么搬走,你不知道吗?你有没有事情瞒着我?"

沈星离的心脏蓦地漏跳了几下。

难道童宁告诉念念赔偿金的实情了?她知道他跟格斗俱乐部签了卖身契?

沈星离的脸上顿时没了血色,程以念见他脸色泛白,推了他一下,埋怨道:"你谈恋爱这么大的事情,不应该早点告诉姐姐吗?"

沈星离的心情堪比坐了一圈过山车,他愣了几秒,重复她的话:"谈恋爱?"

看他还不承认,程以念有点生气:"我在学校亲眼见到你把手上的戒指展示给小姑娘看,你还想否认吗?你还让我搬过来住,要是害你女朋友乱想怎么办……"

"我哪来的女朋友?"沈星离激动地道。

"还想抵赖?"程以念问。

"真的没有!"沈星离的眉头紧紧地皱着,声音低沉地喊道,"我不可能谈恋爱!"

他神情严肃得过分,额角的青筋都暴起来,程以念不禁迟疑:"可是你的戒指……"

沈星离急促地说:"戒指是我捡来的!我去见那个女孩是为了拒绝她!我没女朋友,没谈恋爱。我不可能跟除了你之外的女人扯上关系!"他声音低沉,掷地有声。

程以念感到震惊,心头掠过某种说不清的别扭感觉。她随即安慰自己,谈恋爱的事情大概真是她误会了。星离刚刚这么激动,只是以为她生气了,在对她强调姐姐的重要性。

"好,那我道歉,没有问你就随便下结论,是我的错,"程以念笑了,正要再安抚他两句,忽然注意到他眼角的一片瘀痕,连忙问,"江若明伤到你了?还有哪里受了伤?你快给我看看!"

台灯的光线太暗,她要去开顶灯,被沈星离阻止:"没有了,不用看……姐

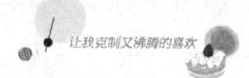

姐,姓江的是个浑蛋,你以后不要跟他联系了,行吗?"

话题转移到敏感问题上,程以念解释:"今天是个意外,他帮了我很大的忙,我才会去,否则……"

沈星离想到江若明用谎话来骗念念的感情,又想到这原本应该是属于他的感情,他就酸涩不已。他咬牙说:"不管什么忙,你不许再联系姓江的了,把他的号码彻底拉黑!"

今晚逃过一劫,就算沈星离不要求,程以念也会这么做。愤怒、恶心、庆幸、后怕,种种情绪堵在她心里。但比起这些,她的弟弟更重要。

"别光顾着说我,"程以念问,"你怎么会赶过去的?"

沈星离眨了一下眼睛,又乖巧又诚恳,说得和真的一样:"只是碰巧。宋理刚好也在那儿吃饭,我本来是去找他的。"

程以念觉得不太合理,还要追问。

沈星离害怕穿帮,也怕身上更多的伤痕被她发现,干脆扑过去,黏在她的腿上。

他微微垂着眉眼,满脸依恋地用脸颊隔着被子蹭了蹭她的腿,模样又可怜又招人疼:"姐姐,别问其他的事了,你先回答我,你不生气了、不搬走了,是不是?"

程以念:"嗯……"

沈星离抬起头,眼里含光,眼睛又漂亮又纯净,身上却又带着伤,令人心疼。他用沙哑的声音问:"你也相信我没谈恋爱了,是不是?"

程以念:"是是是……"

他不满足,隔着被子把她的双腿抱住,眼里有着浓浓的感情:"你愿意跟我一起住、疼我、陪我、不离开我,是不是?"

程以念被他一声声问得心软,摸了一把他的短发,声音轻柔:"那你得听话,好好上药,包括眼角的伤。"

"我听话,姐姐说什么话我都听!"

"真这么乖?再让我检查一下你身上……"

沈星离遍体鳞伤，哪里敢同意？他看出了她的倦意，连忙扶她重新躺下，轻轻地说："我很好，倒是你，身体还没恢复，继续睡吧。"

程以念醉酒后的劲儿还没完全缓过来，她往舒服的床上一躺，闭上了眼："那你……"

"我这就回房间。"嘴上这么答应，但他仍然守在床边，眼睛一眨不眨地看着她。

程以念半睡半醒，她似乎想起了什么，又说："不可以……说不谈恋爱，我家星离，一定会遇到这世界上最美、最温柔的女孩儿……还要出国留学，去最好的学校……学建筑……"她的音量越来越低，直到她睡着。

过了许久，看到程以念睡熟了，沈星离才动了动僵硬的腿靠近她。他借着月光帮她把长发拨到耳后，指尖在她皮肤上反复轻抚，压抑着眼底炙热的感情。

早在六岁那年，他就已经遇到这世界上最美、最温柔的女孩儿了。从相识起，他生命里全部的向往、渴求、恋慕、执念、深爱，都只有她。

他甚至连活着也是为了她。

想要她、想拥有她，不管多难，他都愿意。

03

程以念第二天上午睁开眼，枕边的手机正在锲而不舍地振动着，她迷糊中摸过来接听，就听到童宁在那头大喊："以念，你没事吧？怎么才接电话啊？急死我了！我告诉你，江若明就是个乘人之危的浑蛋，你以后别搭理他！"

要不是江若明表面装得太老实，她也不会把这次功劳假托给他，结果险些酿成大祸。昨天深夜沈星离打电话来质问她，她听完来龙去脉后后怕极了。以念是她唯一的闺密，她可不能害了以念。

"星离昨晚说过这些话了……"程以念撑着坐起身，"宁宁，不用担心，我好多了。"童宁和沈星离，以前通过程以念也就见过两三次而已，连认识都谈不上，这次居然都想到一块儿去了。

童宁却并不放心，接着问："沈星离呢？他没趁机欺负你吧！"

程以念一愣，哭笑不得，说："你搞错了，星离是我弟弟。"

"什么弟弟？你们又没有血缘关系！"童宁想起沈星离那激烈的态度，同样心有余悸，忙不迭嘱咐，"你可别大意，那小孩儿没你以为的那么单纯！"

他危险着呢！

程以念不解："你们根本不熟啊，你为什么会这么说？"

童宁拍了拍脑门，惊觉自己一冲动说多了，忘了在以念的印象里，她跟沈星离基本是陌生人。她清了清嗓子，说道："就……对他有点印象，我随口一说。反正我看人特别准，你听我的没错，尽量防着他一点。"

程以念听童宁越说越夸张，就不和童宁聊了。挂下电话后，程以念看见了南英社的编辑发的信息："合月，考虑好了吗？"

南英社的合约条件优渥，对她的唯一要求就是突破过去，画一本以格斗为题材的热血少年漫画。

程以念握紧了手机。

星离这么优秀，当初在恶劣的环境下都能以高分考上名校的建筑系，还次次拿到奖学金，程娇居然还敢讽刺他。

她这个弟弟受过的苦和轻视够多了，未来就该去最优秀的学校，跟最好的女孩儿在一起，过最平坦的人生。

只要能送他出国，她那点心理阴影算得了什么？

程以念下定决心，给编辑回复："我愿意签约。"

编辑很高兴，跟程以念约好见面细谈。

程以念走出卧室，见沈星离不在，知道他去上课了，便把自己收拾妥当出门赴约。

南英社的合约条款清晰明了，比起之前的漫画社条件好了很多，超出了程以念的预期。

程以念落笔签字，正式成为南英社旗下即将力捧的新星。

编辑笑眯眯地说："你抓紧时间画新作，凭你的实力，我们保证让你一飞冲天。不管是'漫画大赏'的金奖，还是外界对你的热议，都不在话下。"

程以念算了算她在星离出国前能拿到的可观稿酬,郑重地点了点头。

她必须要画好新作。

编辑和她商定半个月内交出故事大纲。

程以念回到家后就开始埋头准备。她对格斗全是负面印象,不能急于设定人物,必须先克服心理障碍,真正地了解这个圈子。

程以念找了一大堆国际格斗比赛的资料和视频来看,熬了整整三天,满脑子全是暴力血腥的画面。

什么格斗,不就是有裁判和观众的合法打架吗?

每当见到一方把另一方击倒,一拳拳凶狠地挥在对方身上时,她就煎熬得看不下去。

程以念仰躺在床上,愁苦地跟童宁发微信消息:"格斗题材怎么会火的?"

童宁立即回复:"因为格斗充满热血和激情。能在格斗漫画里做男主角的人肯定又帅又强。"

程以念回复:"我没看出来,就觉得残忍。"

童宁回复:"是不是视频里的肌肉男太粗犷了,引起你观感不适?你应该找点长得好看的人。"

程以念蒙住眼睛,格斗比赛的人体型都差不多,况且网上就那些视频,她到哪里去找好看的……

好看的人?

聚餐那晚,江若明虽然让她恶心至极,但当时坐在旁边的女画手好像给了她一张票!女画手说本市格斗俱乐部里有传说中的美少年。

程以念跳下床去翻大衣的口袋,果然摸到了一张票,背面印着地址和有效日期,今天就是截止日期了。

她上网搜索了一下俱乐部的名字,发现真有人在感叹新来的黑马实力强,长相漂亮,就是活生生的小说和漫画里的男主角,只可惜俱乐部里严禁拍照,没法留下影像。

程以念把票收好。

既然这样,那她就等晚上亲自去现场看一看那个美少年。

格斗俱乐部每晚七点开始营业,根据比赛档次和种类的不同,以各种表演赛的形式接待观众。白天则是专业训练或者陪练,收费高昂。

傍晚六点,是表演赛开始之前的预备阶段,选手们都去吃饭或休息了,只有沈星离仍然在不知疲倦地击打沙袋。

老板谢晓一直在旁边关注沈星离。从沈星离签了卖身契到现在,已经过去快二十天了,他精挑细选了那么多格斗圈的名将,全败在了沈星离的手下。

他就不明白了,这个小孩儿还不到二十岁,长得白白净净跟个玉雕似的,到底是哪来的力量和技巧能场场取胜?

"咳,"谢晓出声,"别练了,你不吃饭啊?"

沈星离目不斜视:"不吃。"

谢晓双臂环胸地往前走了几步,靠近之后,才发现沈星离膝盖僵硬,手腕也不够自然。看来沈星离受伤了,却硬扛着没吭声。

带伤,不按时吃饭,这样还能赢……

看来他真是误打误撞,捡到宝贝了吧!

谢晓正想说话,沈星离先一步走向他,直截了当地问:"我看见俱乐部在招陪练员,如果我去做,你会额外给我钱吗?"

谢晓皱眉:"你之前和我签约换了五十万,还不够用?你连陪练员的钱也要赚?"

沈星离不接他的话,继续道:"你给还是不给?"

"我可以给你,不过你以为陪练员好做?"谢晓说,"陪练员主要是为客户服务。你不能赢,只能输,让客户打得爽了才行。你要是做的话,下午就得乖乖地挨打,晚上接着进铁笼比赛,你受得了吗?"

沈星离点头:"一次给多少钱?"

除了那五十万,他必须尽快赚钱。

虽然他会有两年的时间被绑在这里,但不代表他要止步于此。他想给念念好

的生活，想有资格为她遮风挡雨，想某一天能有底气说爱她……

他今年刚上大二，学的是建筑设计专业，毕业之后很难找到专业对口的高薪工作。他只能先把俱乐部这边的价值做最大化处理，再去找其他能做的兼职。

谢晓深深地看了他几眼，结合他最近明里暗里听到的消息，他在心里有了盘算。

"沈星离，你不是五十万不够用，而是根本就没有留在自己手里吧？你也不是不饿，是连每天吃饭的钱都不够了，对吗？"

沈星离目光一沉。

谢晓说："你放着名牌大学不好好上，跑到我这儿来赌命。你受了伤光知道忍，现在又甘心做陪练员，你图什么？"

沈星离冷笑："这跟你没关系。"

谢晓靠近他，故意放慢语速："你是为了你手机里的那个'念念'吗？"

沈星离像骤然被刺到一样，伸手揪住谢晓的领口，五指像钢铁一般，把谢晓扯到面前。

这一瞬间迸发出来的气势让谢晓有点吃不消，同时也更加确定了他的想法。

沈星离有弱点，那就好办了。

谢晓任沈星离扯着，不躲也不怒，开口道："我凑巧看见的，并没恶意，更没必要拿这种事刺激你，我想说的是——"谢晓迎上沈星离冷厉的眼睛，"你需要钱是吗？你用不着当陪练员，我有条更好的路，你要是有本事，可以名利双收。无论'念念'是个什么样的女人，你都能配得上她，再也不需要暗恋她。"

沈星离跟谢晓对峙了几秒，甩手推开他："'念念'不是你叫的，我的事也用不着你操心。"沈星离撞开谢晓的肩膀往外走，双手却缓缓地收紧攥成拳头。

谢晓知道沈星离动心了。

一无所有的少年，愿意赌上性命安危为一个人付出，"配得上"这个词，怎么可能不让他心动？

谢晓不在乎沈星离的态度，站在原地继续说道："今天晚上，你要面对的是上届KC争霸赛亚洲站的分区亚军，他比你之前那些对手要强无数倍。路在我手里，

你如果想要，那就打败他，把你的实力证明给我看。"

04

程以念按照地址找到格斗俱乐部时，距离格斗俱乐部的营业时间还有十分钟。门口有不少年轻男女在等着开门，表情都很兴奋，看这势头，不明真相的人还以为是明星的见面会。

她隐约听到他们的议论声，"离神"两个字不停地往耳朵里飘，她不清楚具体指的是什么，也就没太在意。

七点整，俱乐部开门了。

程以念握紧了卡片，一边往里走，一边揉了一下酸痛的眼睛。

她的眼睛是老毛病了，入行后长期熬夜赶稿，经常休息不够。最开始她的眼睛只是得了炎症，后来因为治疗不及时又疲劳过度，就落下了病根，时不时会发作，严重的时候，还会疼得睁不开眼睛。

这两天她赶着研究格斗资料，有些不知节制，不舒服也是意料之中的事情。

程以念随着人流迈进俱乐部前厅，出示卡片时，接待人员说："您这张是VIP票，可以进入全场各个类别的比赛厅。"

关于格斗的种类，程以念提前做过功课了。格斗比赛分为很多种，像大众熟知的拳击、摔跤等都可称为格斗。这些格斗选手佩戴的护具比较多，规则也详细，重伤或者危及生命的可能性很小。除这些之外，她对其中一种特殊的综合格斗印象深刻。

综合格斗，是一种规则极为开放的竞技格斗运动，选手会戴一双分指拳套作为护具。在比赛中，选手能使用跆拳道、空手道、泰拳、巴西柔术等各种不同的技术，允许站立打斗，也允许地面打斗。胜负的评判标准，要么是一方选手被击倒后失去意识，要么是一方选手主动认输。

由于综合格斗的比赛场地通常是在一个网状的八角笼里，所以也叫"笼斗"。

程以念看过几段综合格斗的视频，格斗到激烈的阶段时，魁梧彪悍的选手们无不大汗淋淋，犹如野兽。解说员亢奋的声调，笼外观众们狂热的反应，都让她触目惊心。

无奈,南英社就是希望她画这种格斗漫画。编辑口中的"够刺激""够激烈""男主角肯定帅到飞起"的格斗漫画……

程以念深吸一口气,决定先去轻量级的拳击场看看。既然那个选手是美少年,外形肯定没那么壮硕,参加的比赛应该也是普通型的。

她在路上碰到好几拨人,他们都急匆匆地往楼上赶,嘴里念叨着"'离神'七点半出场,快点快点"。

"离神"?她之前在俱乐部外面时,听到的好像也是这两个字。

程以念忍不住拦下一个女孩儿,问道:"请问'离神'是……"

女孩儿激动地拍了拍程以念:"你也是来看'离神'的?他在三楼综合格斗的最高级别的场地里!"

综合格斗,而且还是最高级别?那肯定不是那个美少年。

程以念把一二楼的赛场绕了一遍,依次问各场的忠实观众,都没有发现少年选手。

有人恍然大悟地道:"你是找综合格斗那边的黑马吧?他在三楼。"

程以念虽然觉得不太可能,但别无选择。她看了看时间,快到七点半了,只能抓紧上楼。

三楼的工作人员再次检验她的VIP票,笑着说:"你运气不错啊,有效期最后一天能撞见'离神'对战上届KC争霸赛亚洲站的分区亚军。我估计今晚'离神'会输,这可能会是他第一次输掉比赛。你来看'冰山'美少年被人打败,值了。"

美少年!她居然找对了。

程以念紧张地推开赛场大门,里面灯光亮如白昼,高大的铁笼漆黑、森然,观众的喊叫声震耳欲聋。

现在笼中的两个选手已经进入决胜负的阶段,赢家正把输家摁在地上,低吼着,一拳一拳地打着。直面现场的冲击力太大,尤其是铁笼,这让程以念记起小时候关着星离的那个笼子,她有一种生理性的不适感。

很快,比赛结束了,临近七点半,场地里的观众们开始举高手臂大喊着

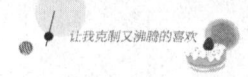

"离神"。

程以念旁边的男人却不以为然地嗤笑了一声:"搞得跟明星似的,他不就是一个小屁孩儿。"

程以念难得听到反调,问:"你见过?他真有那么厉害吗?"

男人撇嘴:"他确实场场赢,可那又怎么样?我听说他就是一个钻进钱眼儿里的大学生。放着好好的大学不上,为了挣钱快跟俱乐部签了卖身契,而且还是命都能搭上的那种。现在的小年轻真是没救了,图虚荣,要钱花,别的事情都不在乎。"

程以念站在拥挤的观众中间,震惊于男人的用词:"卖身契?"

男人说:"在合约期内无条件地给俱乐部卖命,这种比赛危险系数本来就高,为了刺激观众感官,还经常故意匹配不对等的对手。但是他只要签了约,哪怕受重伤进医院,哪怕是死掉,也得后果自负,这还不算是卖身契?"

程以念脑补了一下画面,觉得心惊肉跳。

"他会不会是被迫的?"她问。

"现在可是法治社会,俱乐部也是按规矩做事,他要不是自愿的,谁能强迫他?"

程以念无可反驳,轻轻地说:"为了钱吗……"

男人笑了一声:"他可不就是为了钱,年纪小不知道天高地厚,我估摸他是想买奢侈品,好在同学中间有面子。他也够没良心的,连命都豁出去了,他家里人要是知道了,还不得伤心死。"

程以念默然。

一个拥有大好年华的少年,上大学不认真读书,瞒着家人跑出来卖命换钱,如果换成是自家弟弟这样做……

才稍一联想,她就赶忙掐断恐怖的念头。开什么玩笑?她家星离又乖又听话,从来不会做出格的事,永远不可能跟这种地方沾边。

同一时刻的后台,沈星离赤脚站着,肩上挂着的纯黑色长披风垂到修长的小腿处，宽大的帽子遮住他的半张脸，只露出白玉般的鼻尖和淡红色的嘴唇。

他低头，慢条斯理地戴上分指手套，动作透着从骨子里散发的极致吸引力。

谢晓看着这让人赏心悦目的一幕，低声提醒："沈星离，这次你的对手可是尤其厉害，如果你输了，以后只能做俱乐部里被打到废的陪练机器。但如果你赢了，就代表你有足够的能力去走我说的那条路。"

沈星离一言不发。

谢晓继续说道："你是上救护车，还是走近心爱的女人，全看你的命了。"

谢晓虽然看好沈星离，但实际上并不相信沈星离今晚能赢。他之所以安排这场赛事，是为了挫一挫这个小硬骨头的锐气。

谢晓希望在沈星离身上看到一点畏惧，没想到沈星离却说："我不信命。"

四个字掷地有声，他披风的边角随着脚步扬起，他径直走出帷幕，在喧嚣的叫喊声中站到光芒之下。

他不信命，他要拿命去争他的未来。

顶灯突然转暗，仅留下两束光。格斗场里一瞬间寂静了，紧接着爆发出狂热的欢呼声，观众们一股脑地往铁笼四周拥过去。

程以念被推着，不得不走到更近的位置。她抬头，一眼看到通往铁笼的左侧通道上，出现了一个身材高挑的人。那个人穿着纯黑色长披风，衬得他挺拔修长。她想，应该是那个美少年。他的大半张脸被遮挡住，露出的下巴线条精致夺目。仅仅一眼，却让程以念的脑中一片空白。

明明看不见他的长相，为什么她会觉得十分熟悉？

程以念不由自主地拨开前面的人，拼命地往前挤，想靠得更近一点，把他看清楚。

下一秒，又一阵高呼声响起。在右侧通道上，是本场对阵的那个亚军。他像座移动的秃山，一身膨胀的肌肉几乎要撑破皮肤，刚一露面，就对少年用手比了个代表"弱"的手势。

与那个亚军相比，少年若隐若现的双腿显得白皙而修长。两人反差强烈，刺

激着观众们的感官,更让全场的热情飙升。

沈星离停在笼门外,抬了抬头。

亚军瓮声瓮气地示威:"毛都没长齐的小崽子,让前辈教教你到底什么叫作格斗!"

配合他的讥讽,屋顶的灯乱晃着,映得铁笼光怪陆离。

沈星离伸出手,抓住对方的衣襟,冷冷地道:"你试试看。"

简单的四个字,本该被吵闹声淹没,却仿佛一刹那点燃了几百千克的炸药,冲淡了四周所有的纷杂声,传到了程以念的耳朵里。

不会……绝对不会!她家星离说话的语气向来柔软,他应该规规矩矩地在学校里上课,虽然他们的声音相似,但肯定不是她家星离!

周围的人被她跟跄着撞到,不满地低喊:"都是来看'离神'的!你别挤!"

"离神"。

听了无数次的名字,此时却让程以念心悸:"他……他全名,叫什么?"

还没听到回答,场上蓦地沸腾起来,呼喊"离神"的吼声响彻赛场。

程以念迟缓地扭过头,目光一寸一寸地转向台上的铁笼。她先看到滑落在地的披风和一双瘦削有力的长腿,再向上,是她熟悉的身体轮廓。

程以念的眼睛忽然被刺痛,指甲嵌进手心里,她在闪烁的灯光下快要看到他的脸了。

不对!他们只是身体轮廓像而已!哪怕再像,他也绝不会是沈星离……

然而,程以念还没来得及说服自己,比赛解说员激动的声音却响了起来:"好,沈星离已经入场了!"

这一刻,程以念听到的只有"沈星离"这三个字。

她摇晃了一下,犹如坠入无底深渊。

第四章

克制（四）

01

沈星离全然不知程以念的存在，笼门在他身后关闭。砰的一声，宣告接下来的几分钟内，不是他赢，就是他倒下。

眼前的亚军素来以凶暴闻名，俱乐部的拳手们提起他都会色变。

沈星离简单地活动一下关节，腕骨和膝盖的疼痛感在提醒着他只能用上七八成的力量。

可那又怎么样？他不会输。

沈星离抬起下巴，眼里没有任何情绪，唇角微微向上弯着，明摆着在挑衅那个亚军。

亚军被激怒，在裁判高喊开始后的第一时间里强硬抢攻，铁拳照着沈星离的要害猛挥过去。

亚军打的是泰拳，一招一式凶猛暴戾，似要活生生地夺人性命。

程以念夹在狂叫的人群里，被这一幕吓得肝胆俱裂。她大吼着沈星离的名字，跌撞着扑过去，想要挤到台边。

"不许碰他……不许碰他！"程以念声音嘶哑地喊着，嗓音彻底变调，"别

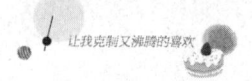

伤他！放他出来！"

星离不可能是自愿的，他肯定是被迫的！他那么乖，怎么受得了这种场面？

程以念心神不定，却不知哪来的力气，推开前面每个挡住她的障碍，不顾一切地扑向台边。

台上，沈星离在马上要被击中的时候，忽然间侧身闪过，利落地反转到亚军身后。在刚才短短的几十秒里，沈星离已经判断出亚军攻击时的疏漏地方，在亚军即将回身挥出第二拳的时候，沈星离准确地抓到亚军后背的弱点，蓦地出手。

在鼎沸般的惊呼声中，亚军毫无准备，猛地撞上铁笼。

气氛瞬时达到最高点，观众们声嘶力竭地大叫着"离神"。

沈星离进攻的凶狠程度远甚这位传说中的亚军。他眼仁漆黑如墨，看似清瘦的身体里实则蕴藏了无限的爆发力，一拳一拳如炽烈的火，烧在对手的身体上。

他必须赢。

他必须要打败这个人！

他不要只做她的弟弟，永远挣扎在阴暗的生死线上，不能让她过上好日子，满腔的渴望说不出口！他想……想知道那条能通往念念心里的路到底在哪里！

在封闭的铁笼中，沈星离似乎化身为阿修罗。他甚至在笑，浅红色的唇角弯着弧度，显得残忍而绮丽，叫人不敢呼吸。

谢晓在远处看得瞠目结舌。

满场熟悉沈星离的观众也惊喜得吼到失声。

唯有只差一点就触碰到台边的程以念，突然全身僵硬，一下也动不了。

少年精致的侧脸映着光，与那夜在她床边睡着的人一模一样。对手鼻腔喷出的鲜血溅到他身上，他的反应陌生得就像她从来就没有认识过他。

害怕？强迫？

这不是她的弟弟，他分明是别人口中冷酷而离她遥远的"离神"！

程以念脸色苍白，往后退了一步。

亚军太过轻敌，一上场就被沈星离抢占先机，连续强攻。他吃惊的同时也迅速地做出调整,发现沈星离膝盖不稳,逮住空隙猛地踹上去。

距离太近,沈星离无处可躲,只能生生地承受这一脚,剧痛顿时涌遍全身。

格斗场地又沸腾起来,迎来新的高潮。

程以念眼前仿佛是黑色的,也看不清台上的人的轮廓,她深一脚浅一脚,不断地往后退。她朝铁笼方向挤的时候不明显,毕竟跟人流方向一致,可现在后退就显得格外扎眼。

谢晓最早注意到她,他皱眉多看了她一眼,在心里打了个问号。不过他没空多想,继续紧盯笼内的人。

沈星离疼得一滞,亚军立即逮住机会,拿出十二分的力气,恨不能把沈星离大卸八块。沈星离却像铁打的人一样,咬牙抗下亚军的还击,绝不让步。

在暴烈的格斗里,沈星离被亚军一拳砸到了胸腔处,后背狠狠地砸在铁笼上。亚军乘胜追击,猛扑过来,沈星离正要阻挡,整个人忽地剧烈一颤。

他所有的动作都凝固了,越过亚军的肩膀,直愣愣地望着黑压压的观众里,一个倒退着的、即将消失的细弱人影。

这时,重重的拳头落到了他的胸腹、四肢上。他喉咙里泛出血腥,有液体顺着嘴角涌出。沈星离全都感觉不到,他难以置信地嚅动着唇,小声地说:"念念……"

程以念越走越远。

沈星离的视野被猩红的血覆盖着,伤痕累累的身体里骤然爆发出一股力量,他一把挥开亚军,跌撞着冲到笼边,朝程以念的方向大吼:"念念!"

沈星离喊出一声后,后背随即遭到重击,他喷出一口血,整个人摔到笼子上。

程以念没有停下,甚至不曾抬头看他一眼。

沈星离浑身发抖,理智瞬间被撕得四分五裂:"念念!念念!"

他本能地去拉扯手腕一般粗的漆黑的金属柱,十指转眼被磨破,他又踉跄着跑向紧闭的笼门边,把锁头破坏到变形:"让我出去!"

场内的观众惊呆了。

沈星离从上场的第一天起,就像一座精美的移动冰山。他凶狠强硬,战无不

胜。连表情都没有的人,现在居然会失控到这种程度。他嘴里喊的"念念"到底是谁?

唯有谢晓反应过来,连忙看向那个引起过他注意的女人,难道她就是沈星离唯一的那个弱点?

程以念试了好几次才拉开门把手,她的耳朵里在乱响着,各种声音扭曲成利器,一下一下地割裂她的神经。

走……从这里出去,再待下去,她会疯。

程以念挤出门缝外,差点在走廊里跌倒。她扶着墙壁,艰难地站住,目光穿过缝隙,最后一眼落到远处的铁笼里,视线模糊。她见到沈星离面朝她的方向,似乎在冲撞笼门。

很快,格斗场里的大门自动闭合,把她和里面的世界彻底切断。

她自然没看到,下一秒亚军逮住绝佳的机会从沈星离的侧后方偷袭,提起铁拳对准沈星离的后颈就是致命一击。

沈星离眼前一黑,跪在台上,唇间的血滴答滴答地落到膝盖边,但他仍然紧紧地瞪着那扇关上的门。

场内都是刺耳的尖叫声,有的女观众受不了,惊恐地捂住眼。

谢晓脸色也变了,对着话筒厉声地提醒裁判:"控制场面!别让沈星离闯出去,更不能让他出事!"

裁判得令,马上宣布:"比赛结束前不得离场!"他又上前干涉,试图减缓亚军的攻势。这要是平常多半能奏效,但亚军今晚觉得面子丢得太大了,一心要让沈星离付出代价。

沈星离的手还攥在锁头上,弓着身急促喘息着,仿佛一尊被暴力损坏的绝美玉雕。亚军激愤跃起,只要再攻击一次,他就能把沈星离彻底打败。

谢晓呼吸一窒,命令安保人员赶去笼边,裁判也尽力去阻拦。

在人人都以为要出事的时候,沈星离忽地出声:"比赛结束前,不得离场?"

偌大的格斗场里气氛一瞬间凝滞了,沈星离猛然抬起充满血丝的眼睛,用受伤的手掐住亚军伸长的小臂横向一甩,顺势借力站起,跟着一脚踹上了亚军的膝关

060

节。明明之前被动挨打，不一会儿，在众目睽睽之下，沈星离竟逆转了局面！

沈星离以压倒性的气势逼得亚军节节败退。沈星离每攻击一下，就重复一遍："不得离场？"

他的声音越来越低沉，沙哑刺耳，让人不寒而栗。

起初，场内还能听到观众狂喜的欢呼声和亚军的怒吼声。后来，场内仅剩下重重的击打声和沈星离的反问声："不得离场？"

裁判毛骨悚然，在亚军完全失去反抗能力的那一刻，慌张地大喊："沈……沈星离，胜！"

看守笼门的工作人员也被吓呆了，听到裁判的声音，下意识地掏出钥匙，铁笼门被打开，沈星离颤了颤，带着满身的伤夺门而出。

安保人员想上前阻止沈星离，谢晓神情复杂地一摆手，让他们放行。

沈星离的精神已经塌了，再不让他走，就是要他的命。

02

程以念头痛欲裂地走出俱乐部，眼睫毛因泪水粘在了一起。她眼睛很疼，眼前一片模糊。她分不清到底是在哭，还是炎症发作了。

程以念没力气等公交车和地铁，拦下了一辆出租车。她刚坐进去，手机铃声就响了起来，她看也没看直接挂了。隔了半分钟，手机铃声又响了起来。她的手颤抖着，一不小心就按下了接听键。

电话刚被接通，童宁兴奋的声音传了过来："以念，我听社里去过格斗俱乐部的同事说，有个美少年特帅、特强悍！他简直就是漫画人物的原型！他们说你也有一张票，你去看了没？"

程以念的额角抵到冰冷的车窗上，每一次呼吸都像在焚烧五脏一样。

原来打来电话的人不是沈星离。

她咳嗽着笑出来。沈星离？他多忙啊，忙着在格斗场里所向披靡，做人人追捧的"离神"！就算他发现她了，又哪有空来跟她解释？

弟弟？又乖又温柔？相依为命？最亲近信赖的人？

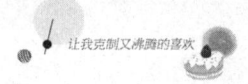

他一直都在骗她,她根本就是一个彻头彻尾的傻子!

童宁听到程以念压抑的抽泣声,惊觉不对,忙问:"你怎么了?你是不是出什么事了?"

程以念的眼前依旧是一片模糊,她判断着路程,知道所谓的"家"快到了,声音颤抖着问:"我能在你那里借住一个晚上吗?明天我就去找房子。"

童宁心一沉,立马说道:"当然能!你在哪里?我开车去接你!"

十分钟后,出租车停在楼下,司机好心地回过头说:"小姐,你最好去医院看看眼睛,我瞧着红得吓人。"

程以念胡乱地应了一声,头昏脑涨地下了车。她上楼推开家门,面对着满室漆黑,牙关轻轻地打战。

她不用看也很清楚屋子里的摆设,大到家具窗帘,小到杯碟碗筷,样样都是沈星离按照她的喜好布置的。

今晚之前,她还认为这里是她跟弟弟的家,她会尽全力把新作画好,赚足够多的钱给他优渥的生活,让他自由地去实现梦想。

然而,被她全心全意疼爱着的弟弟,却在离家十几分钟车程的格斗场里,用她从未见过的另一副脸孔,做着她想都不敢想的事情。

他为什么骗她?那个乖顺可爱、对着她撒娇的沈星离全是假的吗?

她最恨被人欺骗。她被爸爸骗了十几年,每次想起来都像被毒虫噬咬骨头一样疼。而现在,她最在乎的这个人也把她骗得团团转!

程以念抹掉脸上的泪痕,进卧室打开行李箱,把自己的东西一股脑地往里塞,收拾到一半时,客厅的大门传来响动。

宁静的夜里,钥匙的主人哆哆嗦嗦了好半天才找到锁孔,杂乱的金属碰撞声格外清晰。

沈星离捏着钥匙,身体撞在门板上,额头上全是冷汗。他好不容易拧开锁,一口气还没来得及喘,就看到地板上的灯光。

有光……

念念在家……

062

　　沈星离的手机屏幕在他奔跑的途中摔碎了,他联系不了程以念,只好抱着微弱的希望赶回来。在看到灯光的这一刻,他的情绪才像找到出口一样。

　　"念念"两个字险些脱口而出,沈星离拼命地克制着,擦了擦嘴角的血迹,又把头发和衣服胡乱整理了几下,才喊了一声"姐姐"。

　　尾音尚未消失,程以念就拖着箱子出来了。

　　她戴了一副几乎遮住半张脸的眼镜,她的狼狈相一丁点也不会流露在他的面前。

　　沈星离睁大眼,心脏急速下坠,冲上去扯住她的箱杆:"你去哪里?"

　　程以念不说话,坚持往外走。

　　沈星离双手战栗,想把箱子硬抢下来,低头一看,她纤细的五指攥得通红,无论如何都不肯放开。

　　他有力气,可不舍得用在她的身上。

　　程以念沉默着夺回箱子,加快了脚步。她的嘴唇被咬得苍白,穿上鞋就要甩门离开。

　　无法形容的恐惧感扼住沈星离的咽喉,他傻傻地站了两秒,强行咽下的血腥再次涌到口腔里。

　　"别走……"他低喃着扑过去,从背后箍住她,"别走!姐姐,我……"

　　程以念推开他:"你别叫我姐姐!"

　　她本来就筋疲力尽,这一推看着很用力,其实毫无杀伤力,但沈星离还是弯着腰,剧烈地咳嗽了起来。

　　在俱乐部时,程以念看到的全是他压制对方的画面,对他后来受的伤并不知情,以为他是在用苦肉计,更觉得伤心。

　　沈星离疼得撑不住,但依然紧紧地拽着她不放。早在决定签卖身契的那天起,他就明白一旦程以念知情会生多大的气。

　　但越是这样,他越不能说实话。

　　现在她只是怪他、怨他,所有火气都是对着他来的。可如果她知道了他所做的这一切都是为了她,又会怎么折磨和痛恨她自己?

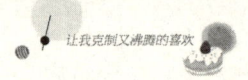

沈星离一时解释不了，着急地拉她转过身来，说："我不是坏孩子……"

程以念正要挣脱，听到这句话忽然愣了，鼻子一下子就酸了，眼泪不自觉地涌出来。

"我不是坏孩子"这几个字，沈星离从小到大对她说过三次，每一次都让她心疼。

第一次是沈星离八岁时，某个深秋的傍晚，他来到程家的别墅找她，刚好撞上一群在程家做客的世交子弟。她当时不在，这帮人就把星离当作玩物和笑柄，像逗弄街边的流浪狗一样戏耍他。

她闻讯跑来找他，看到那些衣冠楚楚的少爷推搡着他的小身子，她气得冲了过去。他们却污蔑他是小偷，赃物则是他们故意塞进他兜里的一块昂贵的糖果。

世交子弟们信心满满，笃定她一定会顾及他们的面子，把沈星离赶出去，就连沈星离也是这么想的。

他习惯了，从不多话，从不争辩，什么事都能忍，唯独不愿被她误解。所以那一天，他倔强又委屈地看着她，小声却又坚决地道："我没有，我不是坏孩子……"

那年她十二岁，已经懂得了不少事情，却为他的一句话，心疼得掉了眼泪。她把整盒糖果都塞进他手里，毫不犹豫地说："所有的糖都是我弟弟的，他想吃还用偷？你们别想欺负他！"

再简单不过的维护，换来的是他睁大了的眼睛以及里面璀璨的星辰。

第二次，是一个寒冬时节。

那时星离十岁，她十四岁。但她很瘦小，看着也没比星离大多少。

那时她听说星离又被家人打伤了，心急如焚之下没有通知任何人，就偷偷地冒着大雪去看他，没想到被他那个患有躁狂症的妈妈逮到，不由分说地对她施暴。

那是她第一次见到沈星离发狂，他用身体护着她，眼睛赤红地反抗并还击。直到他妈妈动不了，倒在角落里破口大骂，他才颤抖着抱住她，痛哭着说"对不起"。

他把头埋进她的怀里，绝望地问她："姐姐，别人都骂我……可我真的不是坏孩子。我不想害你受伤，你能不能别讨厌我，别扔下我……"

她搂着他保证："星离最好了，姐姐不扔下你。"

第三次是他十四岁那年。

她十八岁了，跟家里决裂，要去外面上大学。

沈星离舍不得她，追着她走，说不想念书了，只想守在她身边，随便做什么工作都行。

她初次动了怒，问他："小小年纪不好好上学，你是不是学坏了？"

瘦骨伶仃的少年盯着她许久，突然落下眼泪："姐姐，我不想跟你分开，我不是坏孩子。"

他们认识至今，已经有十三年了。

沈星离长高抽条，早已从瘦小的孩童变成现在挺拔修长的少年。可他说出这句话来，在她记忆中的孩童和少年的脸就重叠在了一起，压得程以念心口刺痛。

她站在玄关处暗淡的光线里，疲倦地合上眼睛："好，沈星离，你不坏。那你告诉我，你是不是跟俱乐部签了卖身契？"

沈星离眸光浓得化不开。

"你不准再骗我！是，还是不是？"

"是。"

沈星离知道她在格斗场见到他之前都了解过了，是瞒不住的。况且，他已经对她说了那么大一个谎言，不能再继续骗她。

"你之前不回家是因为在那个铁笼里受伤了，是吗？"

"是。"

程以念的手指攥得发青。在沈星离承认了这一切后，因为他而排斥格斗和暴力的她，更是显得愚蠢可笑。

"为了钱？"程以念继续问道。

"是。"

"我给你的钱还不够用吗？满足不了你的需求？"

沈星离看了她半晌，最终回答："是。"

程以念强忍住哭腔："我签了新的东家，能赚很多钱了，你想花多少钱？我给你！你马上解约，再也不去那个地方了，行吗？"

签了卖身契，要么期满，要么身死，怎么可能提前解约？

沈星离口中泛苦："对不起，我做不到。"

程以念心底燃起的那一簇火苗，被沈星离的几个回答浇得完全熄灭，理智和情绪彻底坍塌。她问不下去了，攥住箱杆，跌跌撞撞地离开家门，对着紧追上来的影子低喊："你别跟着我！从今以后，你再也别跟着我！"

程以念坐电梯下楼，不让沈星离跟着，沈星离就拖着满身伤从楼梯跑下去。

到了一楼大厅，程以念没看到童宁的车，她筋疲力尽，不想再面对沈星离，打算找出租车离开。

沈星离从楼梯间里冲出来，衣服被汗浸透，喘着气去抓程以念的手腕，却被她躲开，他只能眼见着她头也不回地继续朝楼外走去。

03

夜深了，路灯扑洒下的光晕清冷而朦胧。

程以念拽着沉重的行李箱加快脚步，肩膀忽然被人按住，似乎并不是沈星离。程以念惊讶地扭过头，就听见身后的男人声音低沉地开口叫她的名字："以念。"

月色下，男人的黑色皮鞋纤尘不染，长裤没有一丝褶皱，他身材挺拔，静静地站在程以念面前，英俊的五官上泛着柔光。

熟悉的声音响起，程以念虽然看不真切，但也确定眼前这个人就是程家的世交之子，从小对她关爱有加的裴湛哥哥。只是他几年前出国了，他们已经许久没见了。

"湛哥，你回国了？"程以念有些惊讶，更没想到他会出现在这里。

裴湛戴了一副金丝边框眼镜，更衬得他温文尔雅，他低沉地道："我刚回来，急着想看看你，就问童宁要了地址，想给你一个惊喜。"

他没有多问，接过程以念手中的行李箱，动作自然地理了一下她的长发，然后指着停在一旁的黑色越野车，说："你先上车。"

沈星离伤得很重，撑着最后一丝神志站在台阶上，只想拼尽全力留下心爱的人，一点点哄着她。但他仅存的冷静，在目睹男人亲密的举动后，瞬间消失。他大步上前，一只手夺下行李箱，另一只手揪住裴湛的衣襟，警告道："你别碰她！"

裴湛仍旧神色柔和："星离，我们又见面了。"

程以念本就视线模糊，又被镜片遮住，更加辨认不清他们的动作。她心中也不愿真的跟裴湛走，但此时此刻她只想先离开。

裴湛见程以念上了车，唇角的弧线挑高两分。他抬起手，缓缓地攥着沈星离绷直的小臂，贴近他耳边，语气由温和转为低沉："沈星离，几年不见，你怎么还是这么落魄？你看看你自己，衣服破烂，连站都站不稳，你到底哪里来的底气赖在以念身边？"

沈星离牙关咬紧。

裴湛一改在程以念面前的样子，目光上下打量沈星离，漫不经心地问："你该不会还没死心，惦记着以念吧？"

沈星离胃里翻滚，泛上一阵阵恶心："你闭嘴！"

裴湛有意放慢语速，继续说道："你不爱听？但事实永远不会改变。你的出身摆在那里，你只不过是程家捡的一条狗，就算硬要当人，也不过是一个司机的儿子，你懂什么意思吗？"

"以念就算跟程家断了关系，她也是大小姐。她当年赏你口饭吃，送你两件衣服，你不感恩戴德，还敢有这种念头？"

"你知道吗？你即使只是想一想，对以念来说，都是玷污！"

裴湛看着沈星离充满血丝的双眼，笑意阴沉而令人玩味："我不介意再说一遍，沈星离，你不配！你这种一辈子挣扎在底层的穷小子，以念不管喜欢谁，都不可能喜欢你。"

沈星离撑到极限的精神，被践踏、揉碎、碾成粉末。沈星离一拳挥向裴湛的脸，裴湛向后躲避，撞在车身上，弄出很大响声。

程以念在车里听到动静，急忙扭过头，见沈星离随意对"无辜"的人动手，她忍无可忍地下车，冷冷地训斥他："沈星离！你还没闹够吗？"

沈星离满腔的怒火，因为她的一句话顷刻间冻结成冰。

别人骂他、嫌他，他能反击，但程以念骂他、嫌他……哪怕只是一点冷漠的语气，都能把他推入地狱。

裴湛一脸宽容，摆摆手，说："我才和他聊了两句，他就急了。算了吧，以念，别怪星离，毕竟他年纪还小。"

裴湛体贴地扶程以念重新上车，又将她的行李箱放好。待他回到驾驶座上后，他侧过头，满脸轻蔑，扫了沈星离一眼，像在看一个不足挂齿的人。

越野车启动，渐行渐远。

沈星离僵硬的腿有了反应，他本能地往前追，一直追到膝盖承受不住而摔倒在地。

夜风很凉，吹着少年不堪重负的脊背。

程以念在车里盯着后视镜看，那个只穿了一件单衣的孤零零的影子，迅速地消失在初冬的夜里，变成一个暗淡的点，远离了她的世界。

沈星离是被谢晓送进医院的。

谢晓退役后，开了一家格斗俱乐部，五六年来，千挑万选才遇上这么一个潜力无限的新秀，既能赚钱，又有希望弥补他当年在KC争霸赛亚洲站中惜败的遗憾。现在沈星离在他眼皮底下受了这么重的伤，他当然放心不下，所以就做了一件挺不光彩的事儿——尾随沈星离。

沈星离跑上楼以后，谢晓在小区里徘徊了两圈，本来打算走了，没想到会看见后面的情景。

等越野车开远，沈星离再也追不上，直接摔倒在地上后，谢晓暗自骂了一声，赶紧朝沈星离跑去，然后火急火燎地将沈星离送到医院里。值班医生检查完后直摇头，搞不懂这个年轻的孩子。他受了这一身的伤得有多疼，也不知道他是怎么忍到现在的。

输液输到一半的时候，沈星离醒了。他连自己在哪里都不知道，只知道程以念走了，他第一时间掀开被子下床，拽着输液管就要扯掉。

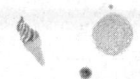

谢晓眼明手快地摁住他:"你不要命了?"

沈星离语气强硬地说:"放开。"

虽然他的脾气没变,但他唇上干裂的血口子,还有那双泛着光的桃花眼,无不昭示着此刻的他更像一只被主人残忍丢弃的小动物。

明明是为了主人才受的伤,还要一瘸一拐地去缠着主人,渴求主人的一丁点心软。

谢晓语气变冷:"我可以放开你,不过你要去哪里?你的念念已经被那位开越野车的男人接走了,摆明了不会理你,你到大街上去找她吗?"

沈星离一把拔出针头,任凭血流出来:"这跟你没关系。"

谢晓觉得他的心脏都不好了,拍着床头铃喊来护士,硬是把摇摇晃晃往外走的沈星离拽回到病床上:"没关系?我五十万白给你的?我说过了,今天晚上打赢了,你就有路可走!你要是能把那个穿西装的衣冠禽兽比下去,你就有资格光明正大地跟喜欢的女人表白,不比现在这么挣扎强百倍?你还听不听了?"

这时护士赶了过来,见状一边生气地重新扎针,一边埋怨沈星离:"你懂不懂爱惜自己的身体?肋骨差点断了,胸黏膜血肿,好几处关节挫伤,还低血糖,你当这都是闹着玩的?"

沈星离合上眼,程以念的背影和裴湛的那些话反复浮现在脑中折磨他,等护士走后,他沙哑地说:"听。"

谢晓这才舒了一口气,坐下来说道:"很简单,你从俱乐部里一级一级打出去,直到走上KC争霸赛亚洲站的擂台。"

先不说得到亚洲总冠军的金腰带,哪怕只是国内赛区的前三名,他都会有数不尽的奖金、名誉和商业邀请函。如果他有幸夺冠,以如今国内体育界对格斗比赛的关注度,那他就相当于拿到了一块体育金牌,以后他的名气、地位、品牌代言都会有。

更何况沈星离的外形又好,想想也知道到时会有多少女孩儿为他着迷。而他作为沈星离的老板和未来的经纪人,不但能分一杯羹,还能让俱乐部升值,绝对一本万利。

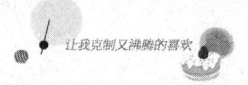

谢晓看了一眼沈星离，沈星离脸色煞白，乌黑的眼睫毛颤动着，一副伤心又执拗的模样。

"当然，如果你选择参赛的话，可比在俱乐部里危险多了，相当于把命悬到刀尖上。到底有没有胆子打，你自己决定。"话虽这么说，但谢晓很清楚沈星离拒绝不了，转而问，"另外，有件事我挺好奇的，凭你的年纪和身子骨，怎么会对格斗这么在行？你连得过亚军的对手都能打赢。"

在今晚之前，他对选择沈星离这件事还有些犹豫，但亲眼见过沈星离逆转局面的现场后，他就百分百认定了沈星离。他确信，只要花心思打磨和训练，沈星离绝对是一个能搅动风云的利器。

过了许久，沈星离低沉地开口："我爸爸曾经是练格斗的，拿过很多奖。"

"怪不得，"谢晓恍然大悟，"所以从小他就教你格斗？"

沈星离抬眼，一字一句地说："从小，他就打我。"

身经百战的格斗冠军，用尽浑身解数殴打他，肆意发泄怨恨，甚至会呼朋引伴，邀请别人对他动手。他不想死，就必须学会躲避和反抗。

他的身体，他的命，向来一文不值，没人会在乎他。

除了程以念。

他是为她存在的，骨血早就和她融在一起了。这个世界又空又冷，她给了他活下去的希望，也是他唯一的容身之地。

04

车上，程以念拒绝了裴湛提供的住处，坚持去童宁家过夜。

裴程两家是世交，宅子也相邻，她跟裴湛的年纪相差不大，小时候经常一起玩。

裴湛很有哥哥的样子，一直对她颇为照顾。几年前，他突然去了国外，两人之间的联系才渐渐地变少了。

过去，他们之间的关系是真的亲厚。但许久不见，如今的距离感和陌生感也是真的。

自从她跟程家决裂,和弟弟相依为命至今,就等于和过去的人生彻底说再见,她早就不习惯依靠任何人。

弟弟……

程以念一想到这两个字,太阳穴就跟针扎似的疼。

裴湛温柔地劝她:"别为了一个不懂事的小孩儿生气了。我有好几处公寓都闲着,你随便挑一个住,何必挤在朋友家,多不方便。"

程以念摇头,声音干涩:"湛哥,麻烦你把我送过去。"

裴湛松了松领带,目光抚过她的侧脸,盯着她因为沈星离那个穷小子痛苦不堪的神情,狭长的细眼里尽是不满。

"以念,"裴湛的语气仍然很温柔,却带着失落,"你要是把我当成外人,我会难过的。"

程以念听他这样说,强打起精神,满怀歉意地说:"对不起,谢谢湛哥刚回国就来看我。但我今天状态真的不好,想去童宁那里。等下次我再向你赔礼……"

裴湛正要开口,放在扶手处的手机突然一振,收到了一条信息:"裴湛哥,我是程娇!听说你已经到国内了,我可以去看你吗?"

他继续开车,当作没看见。

程娇低声下气的信息接着往外跳。

"不会浪费你很长时间的,我只是很想你,见一面就行。"

"希望没有打扰到你,你几点回复都好。只要给我地址,我马上赶过去。"

裴湛拾起手机,当着程以念的面,给程娇回了一条语音消息:"程娇,不用发了,我跟以念在一起。"说完,他直接关机,侧过脸看向程以念,"我知道你厌恶她,所以我也不会理她。"

"理不理她是你的自由。"程以念望了一眼窗外,提醒裴湛,"童宁家到了,我该下车了。"

裴湛顺着她,眼底深处却蓄满晦暗。

好,不急,他耐得住。反正他都等了几年了,不介意再多花点时间。

程以念迟早归他所有,迟早会像程娇一样,对他投怀送抱……

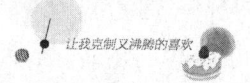

童宁得到消息,跑到楼下来接程以念。

程以念心力交瘁,随童宁上楼,钻进客房铺好的被窝里。程以念双眼又疼又痒,医生说过眼病发作期间不能过度疲劳,不能着急上火,现在她两样全占,看来这次是好不了了。

童宁坐在床边,着急地跟程以念解释:"本来是我去接你的,我车都开出去了,但是裴董突然打电话说想见你,但又联系不上你。你就只有我这么一个闺密,他也找不到别人去问。你知道,他继承了裴氏集团,身份摆在那里,谁敢忤逆他?何况你们之间渊源那么深,我对他也放心,就告诉他地址了……"

程以念裹着被子,微微发抖。

童宁心急地问:"你到底出什么事了?是不是沈星离惹你生气?还是……"

还是他心思暴露,行为不轨了?

童宁不敢直接说这句话。

程以念不知道怎么回答,眼睛酸痛得直流眼泪。

童宁看得心疼,忙拍着程以念安慰她:"好好好,我不问了!你先休息,不管有什么事,我们等明天再说。"

程以念昏昏沉沉地睡了过去,梦里都是沈星离的脸。

初见时,他是一副苍白幼小的模样,对她随便给的一件衣服视若珍宝。他脏兮兮地倒在巷子里,趴在她怀中流泪。他受了伤躲着不敢让她看,无论多疼多苦,只要出现在她面前,他就一定会弯着眼露出甜甜的笑容,好像什么磨难也不在乎。

后来,她跟爸爸的关系破裂,所谓的"程家大小姐"越来越名存实亡。平常围着她的那群世交子弟都躲着她,学校里也有人不停地对她指指点点、说闲话。她的世界突然就成了一座孤岛。

她自知没能力再照顾沈星离,忍痛说:"我现在什么都没有了,你走吧……"

沈星离却生怕她消失,紧紧地抱住她,哽咽着大声说道:"你还有我!我不要钱,不要礼物,我可以不吃不喝,我只要姐姐!"

转瞬间，这个画面又被成年的沈星离取代。他的眼睛像漆黑的深潭，他亲口告诉她："什么乖巧可爱，那都是我骗你的，格斗场上的那个人才是真正的我。你给的钱根本不够我花，我宁可签卖身契去赚钱。"

梦里两个截然相反的沈星离，像刀子一样刺进程以念的心窝。

她猛然惊醒时，枕头已经被眼泪浸湿，可头脑反倒冷静了下来。

不对。

她最了解星离的本性，不管他到底是乖巧还是凶狠，他都绝不是为了虚荣心就能出卖自身的人，这中间肯定有不得已的苦衷！

她不能一走了事，先把他从那个地方解救回来再说。

程以念的眼睛很痛，比昨晚更严重。她戴上墨镜准备出门时，却被童宁拦住："以念，你平常很少戴墨镜的，该不会是眼睛不舒服吧？"

童宁见程以念不出声，干脆一把摘了程以念的墨镜，看清情况后被吓了一跳："你的眼睛这么红！赶紧跟我去医院！"

"我要去格斗俱乐部。"程以念回道。

童宁满心的疑惑堵了一宿不敢问，一听这话既生气又茫然："身体重要还是画稿重要？再着急也不能这么拼啊！何况美少年晚上才出场，现在刚上午……"

程以念鼻音浓重："你知道你说的美少年是谁吗？"

"谁……谁啊？"

"我弟弟。"

程以念撇下僵住的童宁，赶去了俱乐部。

门口的接待人员一眼就认出她是谢晓专门用监控截图给大家认过的大美女，于是说："老板在三楼格斗场等你。"

三楼格斗场。

沈星离垂眼坐在铁笼边，经过一夜，他身上各处的伤都像活过来了一样，疼痛变本加厉，冷汗冒了一层又一层。

谢晓双手环胸，在等一个答案。

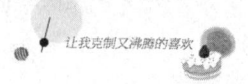

沈星离睁眼，低声说："我去参赛。"

谢晓悬着的心总算落了地，他心里满意，笑着开出条件："不光是参赛，还要不计代价地去争夺名次。这样吧，不用等到KC争霸赛亚洲站总决赛了，只要你能在全国赛段拿到冠军，给我带来足够多的收益和回报，我们之前的合约就能提前终止。"

"好。"

谢晓见沈星离今天格外听话，给完甜枣后又不死心地想再来个巴掌震慑一番："但有个前提，你不能因为其他人或其他事影响训练和备赛。一旦你的念念找上门，你必须负责把她弄走。"

说完这些话，谢晓觉得还不够爽，于是故意摆出恶人嘴脸，吓唬道："如果弄不走的话，那么漂亮的单身女孩儿，要想让她出点意外可太容易了⋯⋯"

谢晓满心期待能看到沈星离的畏惧，可万万没想到，沈星离毫无光彩的眼睛竟一瞬间被点燃。沈星离不顾腿疼，直接跳下高台，照着谢晓的下巴就是狠狠一击。

谢晓耳朵嗡的一声，脾气也上来了，二话没说跟沈星离扭打到一起。结果才几十秒，就被一身伤的沈星离打得毫无尊严。

沈星离俯身揪过谢晓的领子："你怎么对我都无所谓，别动她！她要是有任何危险，我要你的命！"

这时候，谢晓掉在腿边的对讲机滴滴响起："老板，程小姐上去了。"

沈星离猝然松开手，刚才要吃人般的目光一下子变软了，直起身就往门外跑。

念念来找他了！

可他对谢晓的态度再强硬，心里也还是害怕，他容忍不了她身边存在任何危机，他只能听谢晓的⋯⋯继续让她失望。

程以念走上三楼，模糊地看见沈星离朝她狂奔过来，心里一沉——好啊，不上课，连白天也泡在这里！

她绕过他，直接往里走。

沈星离拉住她的手臂，想到昨夜她跟裴湛在一起的画面，五脏六腑都揪成一

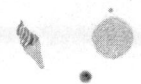

团:"姐……"

"让开,"程以念甩手,"我找你老板!"

沈星离艰难地问:"你找他干什么?"

"干什么?"程以念胸口起伏,"找他赎你!不管你签了多长时间的合同,要赔多少违约金,我都必须把你带回去!你不好好上课,明年怎么出国?"

沈星离的心一下子沉到谷底。

程以念不跟他多说,直接往里走。她连路都看不清,但身子依然笔挺,不想输掉谈判的气势,影响沈星离。

然而走出去没多远,她就听到沈星离的声音。

"别找了,没用的。"

程以念停下脚步。

"合同里没有违约金的条款。我的卖身契必须得到了期限才能解除。"沈星离双手攥得失去知觉,"我签了两年,我不能出国上学了。"

沈星离望着程以念颤抖的肩膀,眼睛被刺痛,继续说道:"没有人逼我,是我主动签的。"

谢晓把挨揍的气忘到脑后,挑准时机走过来,把卖身契亮给程以念看:"程小姐,请你看清楚,白纸黑字,是沈星离本人签名、按的手印。"

程以念看了许久,两只眼睛仿佛被粗暴地剜着,疼到浑身冷透。

她说不出话了,转过身去扶着墙壁挪动脚步,却在下台阶时腿一软,头重脚轻地顺着楼梯倒下去。

"念念……念念!"沈星离吓得魂飞魄散,冲过去接住她,把她绵软的身体搂到怀中,恨不能揉进骨血深处。

倒下去时,她的墨镜从鼻梁处滑落。

沈星离对上她红肿不堪的双眼,心跳几乎停止。

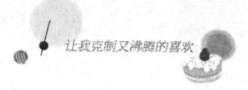

第五章

克制（五）

01

程以念眼前彻底黑了。

她在失去意识前的最后一刻，感觉自己落进了一个男人炙热而坚实的臂弯里，有人在耳边喊着"念念"，语气惊惶，像天塌地陷了一样。

沈星离抱起昏迷的程以念跑下楼，因为腿伤他有些力不从心，好几次差点跪倒在地。他咬牙撑着，站在路边拦车，把她护在怀里，温柔地哄她："念念不怕，没事啊，我们去医院。"

俱乐部位置偏僻，上午这个时段不好打车。

在沈星离心急如焚时，一辆灰色轿车突然停在他面前，车窗后是谢晓被打肿的脸。他看着沈星离说道："还不上来？"

谢晓开车很快，七八分钟就赶到了最近的医院。

医生和护士接过程以念准备送去急诊室。

沈星离一双手用力地扣着程以念，说什么也不放开："你们带她去哪里？我跟着去！"

医生劝道："请家属配合，出结果时，我们会及时通知你。"

沈星离拒绝说:"我都不知道她到底哪里病了,我得在她身边守着!"

医生看看少年,体谅地说:"目前看应该是眼疾引起的,你最好能找到了解她病史的亲戚朋友,这会有助于我们治疗。另外,她的情况肯定是要住院的,费用请提前准备好,别的就不用你担心了,我们会负责。"

谢晓看不下去了,硬是掰开沈星离的十指。

沈星离眼睁睁地看着程以念被抬到病床上推走,他寸步不离地跟了一段路。等她进了急诊室,他才合上眼缓了几秒,靠在墙上给童宁打电话。

他从来都不知道念念的眼睛有问题。了解情况的人,他能想到的只有童宁。

童宁一接起电话就噼里啪啦地询问格斗俱乐部是怎么回事。

沈星离急促地打断她,问道:"她眼睛什么时候出问题的?"

童宁心一沉,心想果然出事了,慌忙说:"我上午就让她去医院,她不肯,又严重了是不是?她落下这毛病,还不是为了赶稿多赚钱!你刚上大学的时候,她查遍了国外名校,老是叨叨要送你出国,天天熬夜画画,把眼睛给熬坏了,疲劳上火都会犯病!"

沈星离愣了,慢慢地弯下腰,有透明的液体一滴滴坠到医院暗绿色的地砖上。

小时候,念念特别喜欢叫他。但他那时厌恶自己的名字,所以她不叫他星离,认真地给他取了个小名叫"小九"。原因很简单,她是在九号那天认他做弟弟的。

念念总是温柔又高兴地喊他:"小九,我家小九。"

一旦听到她喊他,他一定以最快的速度赶到她身边,牵着她的衣角傻笑。

上初中的那年,念念问他:"小九,你有梦想吗?"

他在心里回答,我的梦想是永远和你在一起。可他不敢说出口,于是撒娇反问:"姐姐的梦想是什么?"

她软软地说:"我想以后有一座大房子,不用管爸爸的想法,完全按照我的喜好来设计。等我成了画家,里面要挂满我画的画……"

他盯着她月牙儿似的眼,轻轻地说:"那我的梦想就是建造房子。"

念念深信不疑,一直到后来,她早已忘掉自己少女时随口说过的愿望,却仍

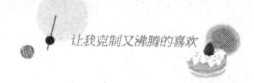

把他的回答记得清清楚楚。他上高中和大学时,她不止一次地问:"小九的梦想还是建造房子吗?"

他笃定地点头:"是。"

他的念念为了供养他,放弃自己心爱的油画,转去画能尽快赚钱的漫画。可当初懵懂少女的梦,他不会忘。他还是想设计出那幢房子,珍藏她的梦想。

他考名校,学建筑设计专业,这一切是因为爱她。然而她不懂,默默地掏空着自己,一心想着送他去更高更远的地方。

沈星离想到她受苦的样子,疼得蜷缩起身子,把手腕咬出了血。半晌后,他对童宁说:"念念昏倒了,麻烦你来一趟医院,把具体情况告诉医生。"

他挂断电话,直起身对谢晓说:"我急用钱,多给我安排几场陪练。"

谢晓打量他一番,不由得叹了口气。

这么出色的男孩子,搁到哪里都应该是众星捧月的,现在却为了一个女人不惜卖掉自己。这一身的伤要是在别人,早就住院了。也就只有他,不但忍着,还要去做陪练挨打,赚钱交医药费。

谢晓本来对沈星离有气,但现在更多的是不忍心。他不该拿程以念威胁沈星离的。

"做陪练?你想死是不是?要多少钱,我给你!"谢晓闷声说,"还有……我不会动她,在俱乐部说那些话是故意吓唬你的,不用当真。"

沈星离看了谢晓一眼,抿紧苍白的唇,说:"一场陪练半个小时,陪练费两百块钱。念念住院先交五千,我打二十五场就够了,三天之内还给你。"

谢晓无语,这小孩儿骨头真硬,软硬不吃,一点恩惠也不受。

他没辙,撒谎道:"谁告诉你两百的?早就涨价了。一场五百!打十场就行了!"

说完,他又悄悄地给俱乐部的经理发信息:"给沈星离安排十场陪练,挑最温和的客户,不准伤到他。"

沈星离拍拍血肿的胸口,低声答应:"好,十场。"

程以念被推出急诊室的时候,眼睛上缠着纱布。医生确诊是眼睛的急性炎症影响到脑神经,加上受到重大打击,才导致突然昏迷,不过很快就会醒来。

童宁及时赶到了医院,跟医生讲完念念的病史后,刚走到病房门口,就听到程以念冷冰冰地说:"出去。"

童宁推开一条门缝,正看见程以念挥开沈星离的手,加重语气:"我让你出去!"

说完,程以念开始咳嗽,难受得在被子底下蜷成一小团。

沈星离所有的话堵在嘴边,他想抱住她,却连她的指尖都不敢碰一下。

童宁忙走进来,坐到床边给程以念擦汗,眼神示意沈星离快点走,先别惹程以念。

沈星离往后退开两步,又湿又黏的睫毛颤抖着,整个人成了一块遍布裂纹的玻璃,似乎只要程以念再敲一下,就能碎成粉末。

沈星离安静地离开病房,透过窗口确认童宁把程以念照顾好后,才去俱乐部做陪练。他一连陪练了四场,直到跌在笼边累到站不起来。

"'离神',你怎么会来做陪练?这都是底层拳手才干的。"经理见他这么拼命,忍不住开口问道。

沈星离回答道:"赚钱。"

沈星离傍晚回到医院,他在路上买了程以念爱吃的东西,怕会凉所以一直揣在怀里。但还没进病房,他就被童宁挡在了外面,童宁说:"以念说……不让你进去,她病着,你先不要刺激她。"

童宁担心沈星离会硬闯,没想到他低头站了一会儿,就把藏在衣服里的餐盒拿出来:"还热着,你喂她吃,别告诉她这是我买的。"

沈星离乌黑的眼睫毛垂着,在白皙的脸上投出一小片憔悴的暗影。明明他身形高大,可站在医院人来人往的走廊上,又显得无比单薄。

童宁心头微微拧着,从他手里接过餐盒后走进病房。她特意没关门,在给程以念喂饭时,童宁余光看到沈星离不敢越雷池一步,默默地贴在门口,直勾勾地盯

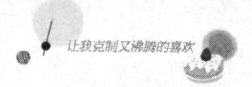

着程以念的脸，眼神让人鼻酸。

程以念摸了一下眼睛上的纱布："宁宁，我什么时候能出院？"

"医生说五天左右。"

"住院的费用，我会尽快还你。"

童宁回头望了望沈星离，硬着头皮说："好……"

她怎么总扮演这种被迫承情的角色啊，真是有苦说不出。

童宁实在忍不住问："沈星离要是来的话，你确定不让他进门吗？"

程以念别开头，说："别提他。"

这三个字比"不让"更伤人。

沈星离扶着门框，手指收紧，心痛得直不起腰来。

喂完饭，童宁借着洗碗的由头出去找沈星离。她憋了太多话，再不问明白就要爆炸了。可沈星离压根儿不配合，一点反应也没有。

童宁崩溃道："你回答我的问题，这五天里，我就找机会让你进病房，让你亲手照顾她，这总行了吧！"

沈星离脸上终于有了波动。

童宁深吸一口气问："你跟格斗俱乐部签卖身契，是为了换那五十万赔偿金吗？"

沈星离点头。

童宁不禁气闷："那你怎么不承认，反倒把她气成这样？你不是喜欢她吗？就愿意她不理你？"

沈星离咳嗽了几声："我如果承认了，她会比现在更难受。"

童宁怔住，半晌才明白他的意思，比起让以念自我怨恨，他宁愿以念气他、怪他。

本来还有一大堆疑问的童宁，在听完这句话后突然意识到，她好像低估了沈星离对以念这份"变质"的感情。

她干巴巴地说："以念住院期间……我挑她睡熟的时候叫你过来。你悄悄的，别让她发现了。"

当天晚上,沈星离在病床边守了一整夜。凌晨时,他实在太累了,攥着程以念的手睡着了。可天没亮他就惊醒了,在她醒来之前,恋恋不舍地退了出去。

02

童宁正好在休年假,乐得照顾程以念。她负责白天,晚上则偷偷换沈星离进来。原本安排得很好,没想到第三天早上,裴湛突然开始连续地给程以念打电话。

程以念眼睛被蒙着,声音沙哑地问:"宁宁,是谁?"

童宁有些纠结,回答:"是裴湛。"

要放在以前,童宁很希望裴湛能跟以念有所发展。但自从童宁对沈星离的态度发生改观后,就有些左右为难了。

程以念让童宁帮忙把电话拿起来,接通电话后,她找了一个借口:"湛哥,我在外面旅行散心,有什么事吗?不急的话,等我回来打给你。"

正说着,护士进来输液,提醒程以念扎完针再打电话。

程以念连忙挂了,不希望裴湛听见。万一他知道她住院的事情,恐怕又要费心了。

但事与愿违,裴湛还是轻易地查到了她的入院信息,以最快的速度出现在病房门口,替代了童宁的位置。

裴湛亲自照顾她,温柔地说:"以念,抱歉,我没有早点知情。这里环境一般,我给你换一间好的病房。"

程以念不自在地拒绝:"真的不用了,我住得很好。你快回去吧,有童宁就够了。"

裴湛低声道:"我不放心。"

直到傍晚,裴湛才被程以念以"陪夜不方便"的理由劝走。他刚离开不久,沈星离就赶过来了,照常带着晚餐。

童宁长长地舒了一口气,庆幸两个人没撞上。然而等到童宁让沈星离进去照顾时,程以念并没有睡熟,她感觉到是男人的碰触,不禁迷迷糊糊地问:"湛哥,是你吗?你怎么又回来了?"

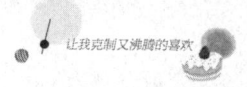

沈星离的手猛然僵住。他脸色发白，目光像开刃的刀，冷冷地刺向童宁。

童宁胆战心惊，连忙说了两句话圆场，悄悄地把沈星离叫出去，如实交代了白天的事情。

沈星离许久没有说话，双手攥得青筋隆起。最终他还是默默地回到床边，悄悄地守了程以念一夜。

隔天上午，裴湛又过来了。

程以念轻轻地跟他说："白天已经很麻烦你，晚上就别再折返了。"

裴湛立刻明白她把别人错当成了他，不禁笑了，挑着眉道："好。"

算是认下了这件事情。

从程以念住院的那天起，沈星离跟学校请了假，白天在俱乐部里做陪练，其他时间都待在医院走廊里。

有时裴湛在里面，就算心脏疼到麻木，他也只能咬着牙默默忍受煎熬，等到深夜才伏在程以念的身边，汲取微弱的温暖。

第五天傍晚，童宁提醒沈星离："以念明天下午拆纱布出院，所以今天是最后一晚了。"

夜已深了，半掩的窗帘外是不见边际的墨色。月亮很温柔，像念念含笑的眼，映得沈星离心口发胀。

过完今夜，他不知道要等多久才能再靠近她。

沈星离接了水，把毛巾浸热拧干，小心翼翼地触碰程以念的脸，不厌其烦地替她擦拭。

突然，程以念转动了一下头，沈星离愣住，一动不动好半天。等确定她没有醒来后，他才松开快被咬破的嘴唇。

等到她呼吸恢复平稳，沈星离缓缓地坐在床沿，用极低的音量喏喏道："念念。"

程以念盖在被子下面的手猛地攥住床单。

她从擦脸到现在一直都醒着，她以为又是裴湛，所以才会装睡。结果是沈星离……

那么前几夜,她偶尔感觉到有个男人,其实都是他吗?

他刚才叫她什么?念念?她是不是听错了?

她惊疑时,沈星离再次开口,比刚才叫得更清晰。"念念"两个字里,揉尽了他丝毫不加遮掩的爱意,他的语气丝毫不像弟弟对姐姐。

程以念全身血液凝固,被难以置信的事实钉在床上。

一定是错觉……她反复对自己说。这都是假的,是她想太多了!只要她蒙着眼睛不看,堵住耳朵不听,不往离谱的方向乱猜,就不会发生更过分的事情!

然而下一秒,她冰凉的皮肤上感觉到了热度。

沈星离近在咫尺,炙热的体温和她融为一体。

他压抑地低喃:"我没有你想得那么糟……求你,别喜欢其他人,别放弃我,别把我扔下太久……"

程以念心跳很快,陷入他铺天盖地的气息里。她本能地想推开他,只是她还没来得及反应,沈星离温热的嘴唇就贴在了她的唇边。

程以念的世界静止在这一刻,身体其他地方都失去了知觉,只有嘴角的一点触感被无限放大,粉碎了她对沈星离整整十三年的情感。

她把他当作亲弟弟,而他竟然在吻她……

沈星离的唇碰了她一下,心口的火就烧得止不住。这样的浅尝辄止没办法满足他,他迫切地想真正亲吻她,把她箍在怀里,死也不放开。

但现在的他不够资格……

沈星离强忍着,故意弄疼身上的伤来克制冲动的念头。

夜太静了,静到心跳声震耳欲聋。

沈星离退回椅子上,趴在程以念身边,隔着被子找到她手的位置,脸颊挨过去蹭了蹭,眷恋地闭上眼睛,累得睡了过去。

程以念像被冻住了,一整夜动都没动过。直到第二天清晨,童宁赶来接替沈星离。

童宁正准备叫醒程以念吃早饭时,听见程以念开口问道:"宁宁,沈星离走了吗?"

"走了呀!"童宁回答得特别顺口,等说完才惊觉露馅了,一拍脑门,手忙脚乱地解释,"以念你……你知道是他了啊?你……你别生气,主要是那个小孩儿实在……"

"我没有生气。"程以念声音微微颤抖,"拜托你帮我找医生,我要提前出院。"

"提前?"

"嗯,越快越好,别让沈星离知道。"

医生过来做了全面检查,拆掉了程以念眼睛上的纱布。被窗帘滤过的日光照进她带着湿意的睫毛间,映出一片粼粼水光。

程以念五官长得极好,是没有攻击性的柔婉漂亮,连阅人无数的医生一瞬间也看呆了,随即说:"你还不能走,得再打两瓶药,巩固一下疗效,大概要三个小时。"

三个小时,那就到中午了,可能会被沈星离撞上。

程以念睁开眼,果断地说:"不打了,办出院手续,有问题我自己负责。"

童宁不放心地追问:"到底怎么了?你要躲他?"

程以念没有回答,披衣下床。枕边的手机振了振,她拾起一看,是南英社编辑发来的信息:"合月,我们把你一部旧作品的版权卖出去了。如果你无异议就能签合同了,签后钱就能到账。"

"好。"程以念回复道。

南英社行动迅速,得知程以念在医院,立马带人过来进行三方现场签字。等出院手续办完,合作也已经达成了。

程以念垂眼看着手机屏幕上显示的到账金额,明明是她期盼已久的收入,可现在喉咙里堵着的全是酸楚。

她又给房产中介打电话:"我要租一个小户型,安静,够一个人住就好。不用看房了,今天就会搬进去。"

对方热情地答应，承诺中午之前一定安排好。

童宁目瞪口呆，下意识地去摸手机。

程以念敏感地察觉到，杏眼望向童宁："宁宁，不要告诉沈星离。从现在开始，我住哪里、做什么、新的手机号码，都别跟他说。"

见童宁愕然，程以念的目光里带了恳求，纤瘦的肩膀绷着，轻轻地说："帮帮我。"

程以念以前就算再艰难，也没有这样无助过，童宁心都揪起来了，忙点头："好好好，我不说。你想躲他，我肯定配合你。走，咱们出院。"

童宁虽然觉得沈星离可怜，但硬要她选择，她当然还是站在程以念这边。

程以念收拾好东西离开病房时，正碰上来查房的小护士。

护士惊讶地问："你现在走吗？不等你弟弟了？他昨天晚上还特意找我确认过出院时间，我告诉他是今天下午。"

程以念摇头，加快脚步走出医院。

03

车停在大门口的停车场，等程以念坐稳后，童宁迟疑地问道："以念……走吗？"

"走"字到了嘴边，程以念却哽着说不出口。她压在心底的那些情绪再也不受控制，剧烈翻腾起来。她咬着下唇，齿间尝到淡淡的血腥味。

童宁忽然惊呼："你看！"

程以念下意识地抬眼，就看到一个高高瘦瘦的少年从远处跑过来。他手上捧着两个精致的纸盒，径直往住院部里面冲。

沈星离排了快一个小时的队才买到程以念喜欢的糕点。他之前为了买那条连衣裙一直在啃馒头，后来受的伤越来越多，更吃不下东西。他闻到糕点的香甜味时，更觉饥饿，但这款糕点限量供应，他一口也没舍得吃，直接赶来了医院。

他路上想着，念念还没消气，拆纱布以后不会想见他，他就躲在门外，把糕点交给童宁，他远远地看念念几眼就好。可当他看见空荡荡的病房时，犹如被一盆

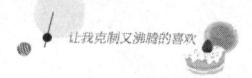

彻骨的冰水迎头泼在身上。

沈星离慌了,急忙去问护士。

护士觉得奇怪,说:"你姐姐已经走了,她没通知你吗?"

沈星离脸上本就不多的血色顷刻间退尽,连忙问道:"什么时候走的?"

"刚走不久,不到半个小时。哎,你慢点!"

小护士的声音被沈星离甩到身后,他眼前发黑,等不及电梯,头重脚轻地从楼梯跑下去。他茫然地站在熙熙攘攘的医院大门口,满眼都是陌生的脸,哪有程以念的影子?

他给她打电话,听筒里响起声音的一刻,他喊出"念念",回应他的却是提示对方已关机的冰冷机械音。他继续给她发微信语音通话,却连发都发不出去,手机显示他已不是对方的好友。

沈星离的眼眶彻底红了,干涩的唇间挤出绝望的声音。他的身体成了一个空壳,被冷风撞得四分五裂。他又给童宁打电话,响了几声后却被挂断。

不远处的车里,童宁难受得不忍心看了:"以念,你真的不管他?"

程以念靠在车窗上,越过不足百米的距离,凝视那道十几年来跟她亲密无间的身影。是她疯了,到这时候还在为他心疼。

沈星离根本不是乖巧懂事、双眼发亮、畅想未来去学建筑设计专业的那个小九了。

他欺骗她,亲手断送出国的机会,出卖自己去赚钱。在格斗场凶暴的他甚至随随便便逾矩,践踏他们之间纯洁的姐弟情分!

他究竟把她当成什么?

程以念最后看了一眼窗外的沈星离,看着他抓着路人在胡乱地问着,不时抹一下眼睛,仿佛一块在冬日阳光里逐渐融化的冰。

他既然把坏事都做尽了,又何必摆出这副可怜样?

程以念侧过头,擦干脸上的泪,说道:"我们走吧。"

自打程以念出院以后,童宁过得苦不堪言。

童宁每天去程以念的出租房里看一次。她发现程以念越来越沉默，总盯着一个地方发呆，本就小巧的脸越发小了。

童宁一边挖空心思陪程以念聊天解闷，一边挣扎着要不要违背沈星离的良苦用心说出事实真相。

童宁真正开始遭罪的是年假结束，回去上班的第一天，也是程以念跟沈星离不告而别的第十天。

她照常把车停在漫画社外面，正要下车，突然瞄到侧门旁站着一道存在感极强的身影，来往同事都盯着他交头接耳。

要命，沈星离怎么还在？

几天之前，社里就有熟人报信，说格斗俱乐部那位高不可攀的"离神"成天在漫画社门外等人。

童宁左右为难，因为没法面对他，所以严禁同事透露她的地址和行踪。原以为他等不到自然会放弃，哪知道……

童宁缩着脑袋想躲，但沈星离已经看见她了。她只觉得一件危险品逼近到跟前，紧接着肩膀一麻，她嗷嗷大叫："松手松手，我要是被你捏死了，可没人照顾以念了！"

沈星离的声音像换了一个人，沙哑刺耳："她在哪里？"

童宁扭过头，不禁一呆。

十天不见，这小孩儿怎么瘦成这样……而且他的眼睛里有大片的血丝，像强撑着一口气的受了重伤的猛兽，凶归凶，但随时就能没命。

"说话！她去哪里了？"沈星离继续问道。

童宁不得不承认，沈星离不用动手，光凭气场就能把她杀个来回。她急于脱身，一时大脑短路，脱口就编出来一个下下策："以念，她……她打击比较大，情绪不好，暂时不想跟你联系，你得理解啊！那个，她跟我说了，要是你能把学校的成绩提高，得个全系第一，然后在俱乐部打擂台别输，她……她就去找你。"

沈星离早已被碾成烂泥的心，因为这一段话而聚成一个模糊的形状。他一身的戾气全散了，攥紧了手小心翼翼地问："是真的吗？"

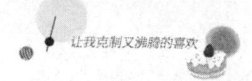

童宁说完就后悔了，可又不能承认，只好心虚地敷衍："是是是！"

沈星离不安地嗫嚅了一下，把音量压得低低的，生怕太吵会把好不容易抓住的希望吓跑了："她说去找我，她没有……没有不要我？"

童宁罪恶感爆棚："当然没有。"

沈星离的眼睫毛颤了一下，然后笑了起来，弯起的桃花眼里的泪，绝不在外人面前掉。

"好，你告诉她，我全都能做到！我马上就去做！我保证！"他语无伦次地叮嘱着，又从兜里掏出一张银行卡硬塞给童宁，"这个给她，我做陪练能赚点钱了。你别让她画画，让她休养眼睛。"

童宁目送他伶仃的身影消失后，才有气无力地趴在车门上。

完蛋了，她还不如实话实说，现在撒这么大一个谎，用啥圆啊？

程以念皱眉坐在桌前，把刚勾完的漫画线稿丢进垃圾桶，又把电脑屏上填了一半色的图也关掉。她把头埋进臂弯里，抱住自己的肩膀。

手机上显示着南英社编辑发来的催稿信息。她出院十天了，连一张最普通的底稿都画不出来，灵感像生锈了一样。

她每天睁眼闭眼，脑海里要么是那天晚上看不见的吻，要么是车窗外沈星离绝望的表情……她觉得自己快疯了。

敲门声响起，童宁提着一堆蔬菜水果进来，眼神有点闪躲。

程以念感觉到她的反常，问她："怎么了？"

童宁挣扎着说："我今天在漫画社外面……碰上沈星离了……"

程以念目光蓦地一跳。

"他特意去那儿守着的，想知道你消息，我保证我什么都没透露啊！不过以念，他瘦了好多，看着特别……"

"不提他行吗？"程以念出声打断。

童宁还想多描述描述沈星离的状态，让程以念心疼。

程以念直接堵上耳朵，垂落的长发挡住表情。她不听他的任何消息。

童宁确定,以念这回是动真格的了。过去以念很疼沈星离,他要是遭罪受苦,以念比他还难受,不可能无动于衷。

可现在,不闻不问……

尤其重要的是,最近裴湛又找到了以念的新地址,隔三差五地来探望以念。童宁担心以念会为他所动,彻底对沈星离判死刑。

怎么办,要不要把真相说出来……

童宁怀揣秘密,又撒了大谎,难熬得恨不得去撞墙。她祈祷沈星离成绩别太优秀,或者多输几场,千万别来找她麻烦。

但沈星离将她提的要求全部实现了。半个月之内,他在全国大学生建筑设计联赛上拿了漂亮的名次;还初次离开俱乐部,跟着谢晓参加了今年KC争霸赛亚洲站的三轮海选,成功脱颖而出,得到下一级别比赛的入场资格。

KC争霸赛亚洲站晋级赛当天,沈星离在最后一场海选赛里碰上一个强劲对手,被打伤了好几处。赢了之后,他直接冲进洗手间,吐了不少血沫子。他嘴角的血迹还没擦干净,谢晓就送来了金闪闪的晋级卡。沈星离将晋级卡连着设计联赛的获奖证书一起揣在怀里,一分钟也舍不得休息,马上冲出比赛馆。

童宁想不到这小孩儿居然这么强,这么快就拿到证书和晋级卡了。她事先编了一大堆搪塞的借口,可等她亲眼看见沈星离的时候,却一个字也挤不出来。

沈星离比她上次见到时更瘦了,下巴颏尖尖的,俊脸上挂了彩,唇角的血迹还是新鲜的,一双桃花眼里却散发着又烫又亮的光芒。他对童宁说:"你快点跟念念说,我做到了!"

童宁憋闷得想死。

沈星离以为她不信,他站在冬天凛冽的寒风里,迫切地把两样带着体温的"证据"展开:"都是真的!你拿给念念,或者拍照让她看!她……她说没说什么时候去找我?或者我去找她行吗?就先让我看她一眼也行!"

童宁沉默,欲言又止。

沈星离呼吸沉重,愣了几秒,眸中陡然现出厉色:"你骗我的是不是?"他站不住了,身体微微晃一下,手中珍贵的证书被攥到变形,"她根本没想过找

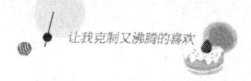

我……她放弃我了，不要我了，对吗？"

童宁以前是非常反对沈星离对程以念有非分之想的，认为他年纪小不靠谱。可这段时间以来，她不断直面少年的沉默付出和炽烈爱意，她没办法不动摇，有时候甚至觉得他比裴湛那类成熟的人还要迷人。

她不想以念错过，一冲动夸下海口："谁骗你了？以念说了，等……等三十一号晚上跨年夜，她一定去找你。你在家等着！"

04

明天就是跨年夜了，童宁仅有一天的时间去做程以念的心理工作，结果程以念一直不在家，电话里也没法细谈。等终于见上面时，已经是三十一号晚上了，天都黑透了，离零点不到四个小时。

程以念正整理行李，抬头对急匆匆跑进门的童宁笑了一下："宁宁，明天我要走了。"

"走？你去哪里？"

程以念纤细的手指拉上箱盖，长睫毛遮住眼底的晦暗："去南方住一段时间，换换心情。"实际上，她不得不走。她做不到对疼爱了十几年的弟弟赶尽杀绝，更无法去面对他，唯一能做的只有走。远离了，过得久了，她大概就慢慢地放开了。

童宁头皮一紧："那你什么时候回来？"

程以念低着头，说："不知道，可能几个月，也可能以后都在那里。"她没有家和亲人，现在连沈星离也失去了，孑然一身，飘在哪里都是一样的。

她绾了绾头发，又说："宁宁，我买的是凌晨的飞机票，今晚和你告个别。对了，你之前打了好几个电话找我，我在外面采买东西也没来得及多说，是有急事吗？"

童宁完全傻了，难以相信以念会这么决绝，好一会儿才说出话来："沈星离呢？你疼他十来年，真要扔下他了？"

程以念蹙眉："说好不提他的。"

"我是不想提,可你这次跟他生的气实在太大了……"

"宁宁!"

"这不像你啊,以念,你过去……"

"别说过去了!"程以念霍然站起身,白色灯光覆在她逐渐变红的眼眶上,"过去他是我弟弟!现在呢?他半夜里在病床边偷偷……偷偷亲我!我怎么原谅他?怎么和他见面?"

童宁惊得瞪大眼睛,搞半天……不光是卖身契的问题,小孩儿的暗恋也暴露了!

程以念嗓音沙哑:"他说谎骗我,为了钱,连命都不要了,还敢那么对我。我不会再管他,也求你别和我提起'沈星离'三个字!"

童宁急得脱口而出:"他哪里是为了钱?他全是为了你!"

客厅里突然沉寂了。

程以念直勾勾地看着童宁,仿佛听到了天方夜谭:"为了……我?"

童宁捂住发热的脑袋,知道这话是收不回来了,反正沈星离的感情已经挑明了,那她更不需要藏着掖着,干脆把闷了许久的秘密一股脑往外倒:"是,你没听错,沈星离早就知道你的笔名,对你工作上的事了如指掌。他曾暗地里来过漫画社悄悄地看你,又不敢让你发现。替你澄清抄袭事件的视频是他拍的!影视公司的赔偿金也是他给的!他一个刚上大二的学生哪有五十万?只能去格斗俱乐部赚钱!就连你的住院费,也是他一场一场去做陪练换来的!"

童宁的字字句句比雷声更响,接连在程以念的耳朵里炸开,震得程以念眼前发黑。

"以念,是你太迟钝了。沈星离确实喜欢你,但在我看来,'喜欢'两个字远不能形容他对你的感情,他根本是爱你爱得魔怔了。他明明付出了那么多,却因为怕你知道自责伤心,硬是不让我说,我才把情分安到那个无耻的江若明头上!那晚出事,是沈星离找我问到地址,特意赶过去救你的。他被你在格斗场抓包,忍着不告诉你实情,是宁可让你怪他、气他,也不想你埋怨自己!

"以念,你再不理他,我怕他真要没命了。"

"你撇开他这些天,我不清楚他是怎么过来的。我见他的时候,他又瘦又憔悴,强撑着一口气。我骗他只要他学习好、比赛不输,你就去找他。这还不到半个月,他就在全国设计联赛得了大奖,又在格斗争霸赛上晋级。他受伤了,脸上流着血就跑来漫画社找我,低声下气地说只想见你一面。"

程以念徒然张着口,一点声音也发不出来。她感觉世界天旋地转,胸腔要被疯狂乱窜的血液扯开。

沈星离从六岁到十九岁所有哭着笑着的模样,他抱着她依恋地喊姐姐,深夜战栗地吻她……各种反差巨大而又似乎早有预兆的画面不断交错着浮现在她的脑海里。

童宁语气急促:"以念,对不起,我配合沈星离一起瞒了你。当初我很抵触他对你的感情,想着不说也好。但最近我看得太难受了,必须让你知情,交给你自己做选择!我跟沈星离说你会在跨年夜去找他,让他在家等着。现在已经九点了,他恐怕一直……"

程以念耳中尽是嗡嗡声,但依然听清了童宁最后那几句话。她在原地僵了半晌后,一步步往门口走,速度越来越快,抓着扶手一路跑到楼下。

夜里的冷风轻易地吹开了她身上没系扣子的毛衣,她忘记穿外套,忘记拿包,只抓着个手机,但此时她什么都顾不上了。

童宁从后面追上来,程以念本能地绕到岔路躲开童宁,她不想受童宁影响。

她要冷静。

星离完全是为了保护她。

星离瘦了病了,在受伤流血。

可他是她弟弟!就算对她存着不该有的念头,那也是跟她关系太亲近,把她当成了青春期里的幻想对象,这都是可以纠正的,跟"爱"有什么关系!

是童宁想错了,绝对是。

程以念拦下一辆出租车,完全没注意到她身后不远处,叫了好几声"以念"的裴湛。

裴湛厌恶那些假惺惺的酒宴,今晚又被程娇反复骚扰,他干脆过来找程以念,打算陪她一起跨年,却没有想到他刚停好车就在路边遇上了程以念。

裴湛见车影消失在路口,不用想也知道程以念这副着急的样子是要去找谁。他眸色转暗,回到驾驶座,启动名贵的越野车,毫不犹豫地跟上了前面的出租车。

车上,程以念双手颤抖着,她无意间碰到衣兜中一张硬卡,是格斗俱乐部的门票,背面印着联系电话。

她有太多疑问,需要问更清楚实情的人。

"您好,盛帝格斗俱乐部。"

程以念深吸一口气:"我是沈星离的姐姐,我找你们老板。"

谢晓中气十足的声音很快传了出来:"程小姐,我等你这通电话等得黄花菜都凉了,你可算想起来还有沈星离这么个人了。"

谢晓亲眼看着沈星离熬得有多苦,早看不下去了,情绪难免激动。他没给程以念说话的机会,将该说不该说的全盘托出:"我虽然不太清楚你们之间的纠葛,但程小姐,人好歹得念点情分吧?

"凭沈星离这样的人,走到哪里不是一堆小姑娘争着抢着嘘寒问暖?结果为了给你五十万,他签了可能会送命的铁笼赛,现在答应跟我去打的KC争霸赛亚洲站的擂台赛,也是一条浴血的路!他别的不图,拼上一条命图的就是能有底气配得上你!你就算跟他生气,对他没感觉,能不能好好说?你不吭声一走了之,是成心想让他死吗?

"他爱你爱得再疯,他的心再不值钱,你也不应该这么糟蹋!"

程以念半蜷着靠在车门上,窗缝透进的寒气渗进她的骨头里。不用问了,这一通指责声里面,全是她想知道的答案。

程以念用力地挂断电话,被真相和反复提及的"爱"绞得快要窒息。

在出租车接近沈星离租住的小区门口时,司机同她商量:"姑娘,你看能不能停这儿啊?正好有人打车。"

程以念推门下去,却被要坐进来的乘客拦了一下:"哎,程小姐,好久没见你回来了。"

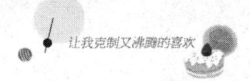

程以念抬头一看，认出了他是之前同住在十二楼的邻居。

邻居恍然大悟："难怪你弟弟一晚上都在门前守着，原来是等你啊。"

不待程以念说话，邻居又笑着好奇地道："说起来，你俩不是亲姐弟吧？他对你可好得过分了！我还记得那次半夜你喝醉了，电梯又坏了，他腿上好像有伤，硬是背着你走上十二楼的……"

程以念抽缩的心脏又是重重一震。

那个她不肯相信的"爱"字，被一遍遍浇上热油，烧成燎原烈火。

程以念脚步虚浮，茫然地站在夜色里，头顶有细细的碎雪落下，落满她纤瘦的肩膀。随之压上来的还有一件沉甸甸的大衣，和近在耳畔的低沉男声："穿得太少了，你不冷吗？"

程以念扭过头，意外地看到裴湛矜贵雅致的眉眼，忙把大衣还给他："湛哥，你怎么在……我不冷，不用了。"

裴湛拢住衣襟，不让她乱动，低声问："以念，前面转弯就进小区了。你仔细想好，确定不需要这件衣服'帮忙'？"

程以念脑袋一顿，突然明白过来他指什么。

只是，她现在无暇顾及裴湛是怎么知道她跟沈星离之间的事情的，眼前最紧要的事情，是她必须让沈星离明白，她对他的感情只限于姐弟之情，其他的绝对不可能。

说得太直白或者太委婉，他都会受到更重的打击。也许她应该把路堵死，断了他的念想，他就会慢慢地想通，还能趁早迷途知返。

程以念低下头，长发垂在白皙的脸侧，说道："大衣先借给我，过后还你。"

裴湛的目光一直跟着她，唇边那句"我陪你去"在说出口之前，换成了有分寸的"我等你出来"。

第六章

沸腾（一）

01

程以念无暇听裴湛说了什么，她披着这件价值不菲的大衣转身绕过拐角，就看见前面十几米外站着一道扎眼的身影，身上积了一层白雪。

程以念克制了一下情绪，正想走近时，沈星离已经发现她了。他怔怔地凝视她几秒，手忙脚乱地狂奔过来，钩住她的后颈一把将她扣进怀里，颤抖着紧紧地把她抱住。他的双臂越收越紧，气息滚烫，几乎要把她融进血肉里。

程以念心神摇晃，抵住他的胸口想推开。

沈星离却先一步察觉到手上有异，把她从自己的身上缓缓地拉开。在看清程以念身上披着男款大衣时，他瞳孔猛地收缩，眼底掀起濒临疯狂的血色。

"谁的……"

程以念没回答，盯着他的脸。

沈星离瘦了太多，眼窝深陷。他的嘴角、太阳穴、耳侧，全是尚未愈合的伤口，就像他小时候最苦时那样，身上总有挨打后留下的伤痕。

他好不容易逃离过去，长成出色的大人，却为了她再次回到象征着噩梦的铁笼子里！

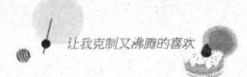

程以念心里疼到极点,她想碰碰他,手刚伸出去就被沈星离用力地攥到掌心里。他一只手困着她,另一只手将碍眼的衣服拽掉甩开,扯下自己的外套不由分说地裹在她身上。

大衣掉在雪地上,程以念目瞪口呆,反射性地挣扎:"你干什么?"

沈星离眼中怒意明显。这一个月以来,他不仅要忍受痛苦和折磨,还要担惊受怕,精神早就崩溃了一大半,全靠着"程以念会来找他"这个消息在支撑。只是,他满腔酸楚还没来得及倾诉,就被一件男人的大衣打落悬崖。

他根本不敢去深想。

程以念要去捡那件大衣,沈星离立刻攥紧她的手腕带她往小区门里走:"我们回家,今晚跨年,我买了很多菜,我们煮火锅……"

"松手!"程以念看着他毫不遮掩的占有欲,逐渐意识到少年的情感似乎执拗得可怕,完全不在她可以控制的范围里,"沈星离!你别这样!"

一句话轻易地把沈星离刺伤。

"别哪样?"他忍无可忍,沙哑的声音传入她的耳朵,"别管你穿谁的衣服?别问你来找我之前跟谁在一起?还是别干涉你扔下我差不多一个月,却和其他人有了亲密关系?"

沈星离一改乖巧的模样,骨子里迸发出慑人的压迫感,这是程以念第一次亲身体会到。他的五指跟钢铸一般,明明冰冷,却燃着看不见的暗火,剧烈地灼烧她的神经。

程以念的心脏跳动得越来越快。真的不能再拖了,她继续放任下去更没法收拾了,必须彻底掐断他的幻想!

"我二十三岁了,有亲密关系不应该吗?"程以念硬是挣脱他的掌控,狠心说道,"我谈恋爱、结婚,这都是最正常不过的事!"

沈星离呼吸粗重,一字一句地问:"你在说什么?"

"我说的是事实。星离,我们早就不是小孩儿了,应该有各自独立的生活。你以后会遇到真正适合自己的女孩儿,你生命里最亲近的人不该是姐姐,应该是她!"

沈星离肿痛的喉咙犹如被绳索勒住,连呼吸声也没有了。

程以念无法直视他猩红的眼睛,声音抖得厉害:"你为我做的事情,我全知道了。你放心,我会去求俱乐部老板,不管他开出什么条件,我都要把你平安地赎出来。等事情解决后,我就离开这儿,搬去别的城市,以后你好好上学……"

沈星离打战的牙关里碾出暗自叫过无数次的称呼:"念念……"

程以念装作听不到,吃力地想把话说完:"好好工作,我们离得远,未来也没必要再经常见……"

"程以念!"

相互依存十三年,沈星离被她温柔修补过的世界轰然坍塌。他一脚踩上那件昂贵的大衣,走到程以念跟前,然后俯身抓住她的手臂,直接将她抱起,手指几乎把衣裙攥破。

程以念用力抗拒,但沈星离的禁锢是完全压倒性的,像铜墙铁壁一样,根本撼动不了。

程以念对弟弟的固有印象被不断击碎,她惊慌地意识到他是彻底撕掉了乖巧的外壳,成了格斗场里那个强悍危险的"离神"!

沈星离一个字也不说,抱着她就往小区走,始终在暗处看着的裴湛快步上前,欲扯开他。

裴湛用了十足的力量,沈星离竟然只是晃了晃,双臂纹丝不动。

沈星离转过头,血色的眼睛似扎在裴湛脸上,又看向地面的衣服,眼底迸出彻骨的寒意。

裴湛冷斥:"沈星离,如果没有以念,你早就死了!你就是这么报答你姐姐的?"

裴湛句句刺中沈星离的痛处,随即以保护之名要对沈星离动手。

裴家教养严明,裴湛身为新任的一家之主为了一个女人公然不顾形象,这些全都落在了不远处另一个女人的眼里。

程娇今晚厚着脸皮给裴湛打了无数个电话,想和他见上一面,裴湛都没理睬。她壮着胆走到裴湛的家门外,看到他开车出门,便一路跟随至此。此刻她坐在

轿车后排瞪着窗外，脸上肌肉绷得直抽搐，显得表情狰狞。

程以念都破落成这副惨相了，还敢招惹她喜欢的男人！裴湛连看也不看她一眼，一回国就马上去找程以念，现在竟然还准备为了程以念打架！

程以念凭什么？就凭长相？

程娇咬牙切齿，恨不能一把火毁了程以念的脸。

街上这三个人俱是外形出色，虽然跨年夜的小区门口行人极少，但也有偶尔经过的人。动静闹得大，不止程娇在看，很快也吸引了别人的注意，其中两个女孩儿激动得拿起手机想拍他们。

程以念不愿被围观，更怕沈星离被裴湛伤到，着急去掰沈星离的十指，没想到摸到的全是大大小小的血痂和疤痕，层叠凌乱、粗糙扎手。他经过了多少次浴血拼命，才会留下这些印记？

沈星离太气人了，也实在太可怜了。程以念忽然间心痛得溃不成军。

"放我下来……"她重复两遍，蓦地厉声，"沈星离，你放我下来！你这样要把我带去哪里？我会原谅你吗？你现在松手，换个地方，我们好好谈！"

程以念趁着沈星离短暂的失神，强行脱开他的控制，双脚重新碰到地面。她膝盖发软，勉强站稳，先是挡住裴湛，说道："湛哥，我和他的事情，我自己解决，你别干涉。"说完，她转过头，瞪着沈星离，"我不可能跟你回楼上，就去前面那家咖啡厅吧，你去还是不去？"

咖啡厅很大，占满了三层楼。

夜已经深了，又赶上过节，店里生意很冷清，大厅只有零零星星的两三桌客人，此刻听到门响都看了过来。

沈星离丝毫没有避人的打算，程以念不得不开口问："包厢在哪里？"

店员迎着美少年要吃人的眼神，惊艳过后就是紧张，结结巴巴地说："普通包厢……在二楼，情侣小包厢在三楼……"

程以念拽住沈星离的衣袖往二楼带，沈星离反手握住她的手腕，拉她上楼。到二楼，他却没停，继续拉着她往上走，见程以念不配合，他揽起她的腰箍在臂

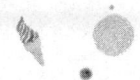

弯里,踢开三楼离楼梯口最近的一间空包厢的门闪进去,脊背将门顶死,然后拧上锁扣。

包厢里一片漆黑,只有半掩的百叶窗透出窗外的昏暗灯光。空间狭小,两个成年人转身就会碰到桌椅。

"谁让你锁门的?"程以念心跳如雷,越过沈星离就要去开门。

她的指尖还没碰到门锁,就被沈星离灼热的手掌握紧。

看不见的电流在黑暗中流窜,顺着相贴的皮肤涌窜到全身。程以念像被烫到似的,拼命地想把手抽出。

"不上锁?那你不是马上就会撇下我出去?就这么急着去找裴湛?"沈星离的声带如同被沙砾打磨过,声音似乎破碎了,一字一句地凿入她耳朵深处,"衣服是他的?你说要谈恋爱,要结婚,就是和他吗?"

沈星离的攻击性不再收敛,肆意释放,像一张大网铺天盖地罩下来。程以念被困在其中,呼吸急促,狠掐手心。

因为不舍得对他残忍,她才会带他来咖啡厅,想心平气和地讲道理,让他明白这条歧途有多离谱。然而,属于成年男人的危险气息近在咫尺,逼得她无处可逃。她没办法掌控,她已经不确定自己这么做到底是错是对。

"我不是来和你吵架的!"程以念颤抖着声音说,"沈星离,你能不能冷静地听我……"

"不能!"沈星离贴近她的脸,灼热的体温似要将她烫伤,"我说过无数次了,我只有你。你生气从医院消失,把我扔下一个月,我可以等。不管你让我做什么我都去做,要我的命,我也给你。可你怎么能拿别人来刺激我?我不相信你喜欢他,你就是想用他做借口赶我走!这样你还让我冷静,你是不是不知道我有多疼?"

"你把手伸进来。"沈星离攥着程以念的手摁到他的心口上,"掏出这颗心来,亲眼看看!"

"你这样是对待姐姐的态度吗?"程以念心惊肉跳,"你小时候过得苦,对我依赖深,我能理解,但是你不能走偏!沈星离,我当初照顾你、管你,是我心甘

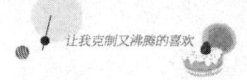

情愿把你当弟弟。你从来不欠我,所以不需要为我牺牲!更不能混淆感情,把亲情错当成,当成……"那个拒不承认的字冲到嘴边,她无论如何也说不出口。

02

窄小的包厢里蓦地安静。沈星离目不转睛地看着她,瞳孔黑如深渊,能把人吞噬。

"当成爱吗?"他一字一句地问,"你发现了,所以才丢下我,是不是?"

听到他亲口说出"爱"字,程以念浑身仿佛被针刺一样,强烈的失控感让她情绪溃败:"别说了!你只要以后回到正路,我们就还是姐弟,否则就不要见面了!不管你相不相信,我已经找了男朋友,你有姐夫了,所以……"

砰的一声,程以念身旁的椅子突然被沈星离撞歪,程以念的话戛然而止。她本能地往后退,双腿磕到桌沿,左右两边又被他拦住,她再也没有路可走。

"亲情?"他们之间的距离缩短,沈星离五指穿过程以念的长发,扣在她颈侧耳后,"念念,我问你,若是亲情,我会因为听到'姐夫'两个字就发疯吗?会从早到晚想你,连做梦都是你的影子吗?"

室温仿佛猛地升高。程以念的心脏停滞了一下。

沈星离嗓音嘶哑不堪,眼中悬着的泪终于滚下:"从我知道这世界上一个人能爱上另一个人开始,我心里、眼里就只有你。我用尽一切想对你好,拼命地缠在你身边,盼着某天我有资格站到你面前,能作为一个男人对你说我爱你!

"你在云上,我在泥里,我每一点奢望都是对你的亵渎,我全明白,但我控制不了!从小到大,你周围每个对你献殷勤的人、你的同学玩伴,甚至你养过的那条小狗,只要你摸它、宠它,我都嫉妒得想去替代!我抱着你的腿,只想你多分给我一点喜欢,多看我几眼,不要理别人!"

他从童年时期到长成大人,总是那样乖乖地黏着她、跟着她,比小宠物还要乖巧。程以念的鬓发彻底被汗打湿,眼泪也溢出眼眶,数不清的画面重回眼前。只是曾像蜜糖的记忆,此时一帧帧都被涂上苦药,呛得人承受不住。

"那是我所有的柔软,但凡拿得出来的,我全交给你了。"沈星离压着她的

背,把她紧紧地禁锢在怀里,"外面的人以前厌恶我、笑我脏,后来怕我、躲我,我都不在乎!我的心是干净的,掏空了用来爱你!我每天都痴心妄想,想抱你、吻你,让你属于我一个人!

"我以为等到我赚很多钱、有能力照顾你的那天,再跟你表白,可既然你不让我等了,那就听我说清楚。我这一辈子什么都不要,只要你!程以念,你告诉我,这还是亲情吗?"

沈星离整个人像被砸烂捏碎,亲手撕开血肉模糊的心。

程以念的力气被抽空了。

街上有车呼啸而过,雪亮的大灯闪进百叶窗的缝隙,一瞬间照亮沈星离的脸。他苍白的皮肤上全是水迹,一双眼睛和唇瓣红得刺目,摄人心魄。

程以念被沈星离的话冲击得头晕目眩,她缓缓地抬起手,抓住他的衣领:"既然挑明了,那你也听清楚,我对你仅仅是姐弟情分,你要的我绝对不会给,你不想伤得更深就趁早停下!"

"停不下,从开始的那天起,就没有停下的可能!"

"好,那今天就是我们最后一次见面。"程以念脱口而出,"走出这个门,我跟你再也没有任何关系!我和谁谈恋爱,找谁做男朋友,你也……"

后面的话无法说出来了。沈星离跟冰块似的手指掐住她的下巴,低头重重地吻上了她的唇。

程以念吓得睁大了眼睛,手掐在他肩膀的伤口上,感觉温热的液体透过布料润湿了手指。沈星离疼得闷哼一声,双唇却压得更紧了。

程以念激烈地挣扎着,想拉开两人的距离,上锁的包厢门外却骤然传来一声震耳欲聋的轰响。整间屋子受到波及,地面都跟着颤了颤。

沈星离动作一滞,下意识地转过身去,把程以念护在身后。

程以念双腿发软,撑着桌沿才勉强站住,狠狠地用手擦拭酥麻战栗的嘴唇。

不一会儿,外面走廊上已经一片混乱,除了刚才的轰响声,还有锅碗瓢盆坠地、各种工具器械翻倒的动静,以及男人恐惧的惊叫声。

沈星离走到门口,在不确定外面到底发生了什么的状况下,他按住锁扣没有

贸然地打开门。他紧靠门板,过了片刻后终于听清男人在喊:"厨房着火了!着火了!三楼有没有人?快点下楼!"

同一时间,沈星离跟程以念所在的包厢里涌进了明显的烟气。

沈星离心一沉,连忙去开锁,试了两三次都拧不开,到后来金属把手直接断裂,锁居然坏了。

烟越来越浓,呼吸开始变得吃力,沈星离打开顶灯,一眼看到有某种透明液体正顺着门缝往包厢里渗,马上就要蔓延到他的脚下。

"油……"程以念跟跄着站直身体,把他往后面一扯,"是食用油!"

凭声音判断,咖啡店的厨房在三楼,离这间包厢很近。有可能是假期晚上客人少,做西餐的厨师粗心犯懒,导致某个用电设备爆炸起火,慌乱中打翻很多器具,油桶倒地溢出,蔓延到邻近的包厢。

烟这么浓,温度在迅速地飙升,火必定烧得不小,很快就会蹿过来,一旦油遇到火……

沈星离马上把程以念堵到墙角:"别乱动!"说完,他用外衣擦掉油,把外衣远远丢开,接着蓄足全力,利落地抬起腿,一脚踹上门。

哐的一声巨响,门晃了晃后有少许松动,但没被踢开。他争分夺秒,把门板踹到凹陷,但锁头位置仍然没有打开。他意识到门锁被人从外面弄坏了。

程以念双手不听使唤,试了好几次才拨通火警电话,答复是已经出发,但需要时间,让他们尽量先自救争取生机。

沈星离透过鞋底感觉到异样的高温,下一秒,火苗钻入门缝,点燃地上的油,轰地燃起,直接烧着了他的裤腿。

程以念的眼睛里映满火光,失声惊叫,她本能地冲上去用力拍打火苗,手被灼伤了。

沈星离一把拉起她,抱着她退到墙边,通红的眼里满是复杂的情绪:"你还管我干什么?"

程以念推开他:"你不拿我当姐姐,可我把你当弟弟!"

沈星离闭了闭眼,紧紧地包裹住她受伤的手,喑哑地吼道:"我不想做你的

弟弟!从现在起,你尽管厌恶我,无论我有什么事情,你都别管!只要有机会就赶紧跑出去!"

他不给程以念反驳的机会,抓起桌上的水壶摇了一下,急忙把针织衫脱掉,用仅剩的一点清水浸湿衣物,捂住她的口鼻。

两三句话的工夫,门外已然被火包围,再想出去根本不可能了。

事故发生后,大家各自逃生,三楼早就空无一人,甚至连楼下的人也不会记得他们。而厨房的情况也不乐观,随时可能会引爆其他危险品。

沈星离闷声咳着,目光转向窗户。

包厢面积不足十平方米,用不了几分钟就会被火吞噬。除了门,唯有一扇朝着咖啡厅楼后的推拉窗。

沈星离迅速地卷起百叶帘看向楼下,一楼在露天支着一个巨大的伞棚,可以勉强用来缓冲。只要他搂得足够紧,一定能保念念平安!

火势越发凶猛,沈星离用最快的速度卷起桌面玻璃板下幸存的桌布。现有的东西太少也太软,做不成绳索。他把一部分桌布撕成条,其余的叠起来,全都绑在程以念的要害关节上。

程以念的力气在飞速流失,她猜到他的打算,咳着抗拒:"给你自己用!"

沈星离不吭声,强行给她缠好,起身去开窗。但窗子长期关闭,滑道很不顺畅,推开一掌宽之后就完全卡死了。他拽过一把椅子站上去,扭过头对程以念说:"站远点,别伤到你!"

浓烟滚滚,程以念即使有千言万语也都被堵住了。

沈星离居高临下地盯着她,自带让人听从的威慑力,她下意识地往后退,沈星离猛地抬腿踹碎玻璃。他身上只剩下一件宽松的白背心,血染了半边肩膀,手臂又被锋利的碎片割出了无数小口子。寒冷的夜风夹杂碎雪吹进来,穿透他伤痕累累的白皙身体,也助长了火势。

程以念心跳加快,拼命地爬上椅子,把手里的衣服往他身上套,颤抖着说:"要跳是吗?我先探路,你……"

火在这个时候猛地蹿到椅子边。

沈星离搂过她,把她严严实实地抱在怀里,手掌护住她的头,掉转方向,让他的后背朝着窗口。

他心跳猛烈,震得她起伏颠簸,灼热的体温侵入她的皮肤。程以念突然有种比烧死在这里更可怕的预感。

沈星离眷恋地贴着她,低声说:"念念,闭眼睛。"

程以念被烟熏哑的嗓子拼命地想发出声音,却发不出来。

"别害怕,我绝对不会让你有事,"他拥着她,倒退到窗台上,又被烟呛得咳了几声,说不出完整的句子了,"对……不起,我让你……伤心了……"

映着窗外的夜色,他似乎在与她诀别。

程以念难以置信地看着他。

"沈星离!"她在心里歇斯底里地大吼一声,可声音到了嘴边却极其微弱。

他似乎笑了一下,回道:"乖,我在。"话音落下,他染满烟尘的桃花眼合上,双臂使出全力抱紧了她的身体,他以身体作为垫板,背朝着寒风直直地仰倒下去。

03

在沈星离抱着她跌出窗口的那一刻,程以念肝胆俱裂,眼泪狂涌而出。厨房里传来接连的爆炸声在她耳边响起。她也想伸手护住他,但四肢被他牢牢地裹着,一下也动不了。

程以念的世界彻底天塌地陷,五脏六腑在他的护佑里被搅成一堆烂泥。

伞棚支得很高,差不多跟一层楼平齐。程以念什么都做不了,连简单地护着他的后脑勺也做不到。她崩溃般哭喊着,眼睁睁地看着沈星离的脊背撞上棚顶。

"星离!"

咚的一声,沈星离的身体猛烈一震,反射性地把程以念搂得更紧。

棚顶是绸布的材质,底下有钢架支撑,看似结实,但不可能承受两个成年人的冲击力。

沈星离压塌了支架,后颈磕在一块弯折的金属上,他眼前一黑,剧痛顿时传

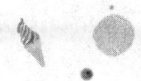

遍全身。他扣着程以念的头压进他的颈窝处，咬牙缩起肩膀圈成一个小小的避风港，把她关在里面。

程以念的嘴唇咬出了血，哭得全身发抖。所有的复杂情绪都被冲散，她只知道拿命保护她的这个人，是她疼爱了十三年的沈星离！

沈星离的身体不断下坠，最后重重地摔在伞棚下面的一张桌子上。

从三楼坠下，程以念几乎毫发无伤。

沈星离的意识已经不太清醒了，却仍然紧紧地搂着她不肯松手。

程以念挣扎着要爬起来："放开……快放开！"她的声音因恐惧而变调了，"让我看看你！"

沈星离不动，头挨着桌子的那个位置，慢慢地渗出了暗红色的血。

程以念顿时眼前一黑，吓得瘫软。

远处有消防车和救护车的鸣笛声传来。

"念念……"沈星离睁不开眼睛，嘴唇吃力地张开，小声地叫她。

程以念犹如掉进冰窟，哭声哽在嗓子里，变成满是绝望的呜咽声。

"念念，你听我说……"他的意识逐渐涣散，拼尽最后的力气叮嘱她，"我要是没救了，或者残废了，你别管我。多想想我可恶的地方，多恨我，最好……当我从来没存在过。"

程以念的心似乎被扯裂了，手放在他身上不敢乱碰："别说了……别说了！"

他下意识地转了下头，冰冷的唇蹭过她的脸颊，跟她肌肤相贴："但我要是还能……还能好的话，我一辈子都会赖定你，让你喜欢……喜欢上我……"

尾音含糊地消失，他垂下睫毛……再也没了声息。

深夜，救护车穿过冷寂的街道，开进附近的医院。

程以念下车时踉跄着摔倒，护士要扶她，她挥开，亦步亦趋地跟着沈星离的手术床。

值班医生迎出来，一见沈星离不禁吃惊地道："怎么又是他，这一两个月受多少次伤了？上回来也是大半夜，送来的时候半条命都丢了！"

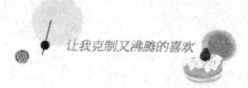

程以念浑浑噩噩地问:"上次……"

"就上个月十五号,我第一次值夜班,印象特别深。"医生脚步飞快,边准备急救边说,"你不是他女朋友吗?难道你不知道?听说今天他是抱着你从三楼跳下来的,他这么对你,你好歹多关心关心他吧!"

程以念心如刀割,十五号……是她在格斗场发现他,一气之下和裴湛离开的那个晚上,他居然是在医院度过的……

沈星离被推进急救室,程以念跌跌撞撞地追着,被关在大门外面不让进。她顺着墙滑下去,抱住膝盖蹲坐在门边一直守着。

裴湛是紧跟着救护车赶来的,见她这副模样,他像小时候那样俯身就要去抱她,却被程以念下意识地躲开。

"我等他出来。"

"他在抢救了,我只关心你受伤没有!"裴湛沉声道,"让我看看。"

程以念意识混乱,仍是不配合。

裴湛只好去找医生问了情况,确定她无碍后才返回她身边。

"以念,你受了惊吓,先回去休息!"裴湛皱眉道,"我叫人过来钉着,有情况第一时间通知你。"

程以念脑中都是沈星离,听到要让她离开,不禁失控地喊道:"我说过了,我要等他出来!"

裴湛眯了眯眼,冷冷地瞥了一眼急救室的方向,眼中闪过一丝阴鸷,语气却仍柔和:"好,那我陪你等。"

随后警察赶过来,让程以念尽可能地回忆现场。她脑海里全是大火和沈星离的那一摊血,说了几句就继续不下去了。警察看她实在太难熬,劝慰了一下,暂时作罢。

裴湛揽过她的肩安抚,她挣脱,把头埋在膝盖上,声音沙哑地说:"拜托你走吧,让我一个人等他。"

星离……

不愿意看见裴湛对她亲近。

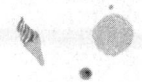

如果他一闹脾气，不肯醒来怎么办？

其间，人来人往，程以念有时连人都认不清楚，固执地守在门边，谁也劝不动。

她不知道裴湛是什么时候离开的。

凌晨时，童宁闻讯跑来，哄了半天也没有结果，她把沈星离给她的银行卡掏出来给程以念，说："以念，这是上次沈星离让我转交给你的，是他打拳攒的钱，你收着吧。他对你真的没的说，这次他要是能死里逃生，不管你是做姐姐还是别的什么，你都对他好一点吧……"

程以念用力攥着卡，指甲深陷进肉里。

沈星离被推出来的时候，程以念的腿早就麻了。她扑过去，看见他双眼还是闭着，轮廓清瘦，脸白得像纸。

病房里，医生轻轻地说："其他伤没大事，但是后脑勺撞到了比较重要的地方，希望他能尽早清醒过来，脱离危险期。而且他在发高烧，看样子已经持续一两天了，家属照顾得细致一点。"

临走前，医生又忍不住提醒："跟上回相比，他这一个月瘦了一大圈，看样子吃了不少苦，你要是对他有感情，就多上上心。"

医生和护士走后，病房里只剩下仪器滴滴的响声。

沈星离呼吸微弱，长睫毛盖下来，在眼下形成一片阴影。他俊美的脸上此时脏兮兮的，全是烟熏的污迹。

程以念扶着床尾站稳后，去楼下超市买了盆和毛巾，然后接了热水回来，轻轻地给他擦脸。沈星离还没有醒，她必须得撑住，不能失控。

程以念始终强忍着没有掉眼泪，她把沈星离的脸擦干净，然后给他擦手。光线昏暗，她看得不真切，直到发觉他中指套着一圈东西后才低下头去辨认。

是上次见过的那枚戒指……

看了一眼，程以念感觉哪里不对。她抬起沈星离的左手细看，一下子愣住了。她怔怔地盯着，嘴唇颤抖得厉害，额头埋进他的手心里，强忍的眼泪终于涌了

出来。

哪是什么戒指……

这是她丢进垃圾桶里的那只旧耳环!被他当成宝贝似的捡回来戴在手上!

她当时猜得没错,沈星离绝不会轻易戴戒指。但凡套上了,那一定是有了认定的人。她一直都觉得她家星离值得拥有最好的女孩儿,值得拥有最甜蜜的感情,可她怎么也想不到他想要的人会是她。

他为她豁出了一切,甘愿粉身碎骨。可他渴望的回应,她却给不了。

病房很冷,程以念却仍像身在火场,被烈火焚烧一样。她接受不了姐弟关系的转变,更痛苦的是,她太在乎他,无法不为他感到震惊和心疼。

04

沈星离恢复意识的时候已经是第三天下午了,他全身像散了架一样,感觉没有一处是属于自己的。后脑勺的胀痛感紧接着袭来,像重物在捶打着他的神经。他视线模糊,看不清东西,隐约感觉手正被人用力握着,是他最贪恋的那个触感。

念念……

他不敢相信,怕是梦。等熬过了最疼的阶段,他才试探着睁大眼,忍着强烈的眩晕感,望向趴在床边的人。

女孩儿的脸半掩在手臂中,长发凌乱地铺散开,露出一只莹润小巧的耳朵,泛着粉色。

真的是她,她没走!

沈星离迫切地想去触摸程以念,但随即又想到了什么,眸光暗了下去。

程以念惊醒过来,迷迷糊糊地对上沈星离颤动的眼睛,她愣了愣,下一秒几乎是跳起来的,她手忙脚乱地把被子给他盖严实,颤抖着声音说了好几句"别乱动",然后冲出病房去找医生。

医生带人赶过来做检查,程以念守在旁边等结果,十指紧张地绞着。她发现沈星离似乎跟之前不太一样,他醒来到现在,除了最开始让她猝不及防的那一眼以外,他一直神色晦暗地不肯看她,却在偷偷地盯着她绞得泛红的手指。

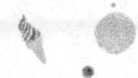

等检查结束,医生刚要说结论时,沈星离却先一步开口说:"念念,你先出去。"

程以念一惊。

医生也皱眉,但还是摆摆手,请她配合。

程以念不知道怎么回事,也不敢真的走太远,就躲在几个护士后面,让沈星离看不到她。

片刻后,沈星离问:"会不会死?"

医生被沈星离问蒙了:"醒都醒了,还死什么?你运气不错,命算是捡回来了。"

"残废了吗?"沈星离虽然能感觉到全身剧痛,但不确定自己到底是不是还健全。

医生大约明白了他的意思,回答道:"没残,好胳膊好腿,都是些外伤。不过要是再糟蹋下去,那可说不准了。"

沈星离晦暗的眼睛里终于燃起一丝亮光,悄悄地揪着被子问:"会有后遗症吗?需不需要人照顾?"

医生彻底懂了,瞄了一眼程以念所在的方向,故意说:"如果有呢?怕拖累你拿命救下来的人,特意支走她,是准备说分手啊?"

程以念躲在角落里,手不禁握紧,胸口又疼又酸。

怪不得他醒了之后那么反常!

过了半晌,她听到沈星离的声音响起:"我没有和她说分手的资格,直接消失就是了。"

医生气也不是骂也不是,扫了一眼美少年脆弱苍白的侧脸,到底还是不忍心,实话实说道:"行了,别瞎琢磨了,哪来的后遗症!只要你老实养伤,不出一个月准能好全了!"

沈星离怔住,满腔的郁结总算消失了,整张脸都有了光彩。他急忙蹬开被子,挣扎着要去找程以念,但是刚一动就感觉天旋地转,差点栽到床下去。

一只又细又白的手及时伸过来扶住他,他不用看也知道是谁,晕乎乎地一把

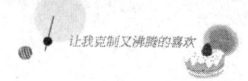

抱住她,把她的手拽到脸边上贴着不放:"念念,念念……"这么一声声地叫下去,他语气越来越软,很黏人。

程以念被他喊得心软了,本该纠正他的称呼,但话卡在嘴边说不出。劫后余生的后怕感也涌上来,刺激得她眼眶发红。

可她还是气他那些小心思,想把手抽出来。

沈星离感觉到后,慌张地拽着她往怀里带:"别走……"

"刚才不是还让我出去吗?"程以念默默地吸了吸鼻子,把他摁回枕头上,"现在又想留我?"

沈星离眼中蒙了一层水雾:"我怕状况不好会连累你。我已经够让你伤心了,不能再变成你的累赘……"

程以念憋住泪水:"你明知道我会伤心,还那么越界,不早点控制!怕连累我还敢去打拳受伤,敢垫在我下面跳楼,你到底把自己当成什么了?"

沈星离怕她离开,依依不舍扯着她的袖口:"只要是对你有好处的,任何事情我都会去做……"他直勾勾地凝视她,轻轻地说,"念念,我也许能控制别的,但是爱……怎么能控制得住?"

程以念心口一颤。

沈星离趁她不注意,拉她到枕边坐下,自己则努力地挪动着身体,一点点拱到她的腿上,满头冷汗地枕着她的腿,手臂揽过她的细腰,额角在她小腹上轻轻地磨蹭。

他汲取着心爱之人的温暖体温,恍如隔世。

傍晚了,病房里很安静。窗外天色已经暗了下来,同样安静。

程以念别开脸,眼泪偷偷地坠下,本来要挡开他的双手僵了,在空中悬了半天,最后覆盖在他头上,轻轻地揉了一下。她声音沙哑地问道:"疼吗?"

沈星离摇了摇头,闭着眼说:"不疼。"

当初她在垃圾堆旁边救下沈星离时问他,他也是这么回答的。程以念心痛难忍,微微颤抖着抚上他的脸:"到底疼不疼?"

沈星离许久没体会过这般温柔了,把她搂得更紧,脸藏在她怀里,闷声说:

"疼……念念，我好疼。"

"星离，不想这么疼就早点放手吧。你应该过得幸福，但是你想要的，姐姐给不了。"

空气凝固成刀刃，进入鼻腔，一直割到他的肺里。沈星离闭着眼，假装平静地问："想让我放手你得先告诉我，你真的恋爱了吗？你喜欢那个姓裴的？"

程以念以为他让步了，不舍得再说谎话伤他，于是低声说："没有，我骗你的……"

沈星离的心猛烈一震，像被注入热流一样："那你是讨厌我了，想跟我老死不相往来吗？"

"不是……"

他下结论："所以说，你没恋爱，没喜欢的人，也不讨厌我。"

程以念隐隐觉得不对："哎，你……"

"那你怎么能确定以后不会喜欢我？"沈星离不顾头晕，仰起脸，用水汪汪的桃花眼盯着她，眼里埋藏的热情喷涌而出，"我说了，只要我能好，不管你怎么对我，我一辈子都赖定你了！何况现在你亲口说了这么多，我更不可能放手了！"

程以念突然发现被他带到坑里了，气恼得脸色发红，想把他扔回枕头上去。

沈星离虽然刚醒，但眼疾手快，一把抱紧程以念的背，黏着她不松手："念念，我伤得很重，头晕得特别难受。你先别生气，心疼心疼我，管管我，等我能下床了，你再打我好不好？到时候我让你随便打……"他泪汪汪地眨巴眼睛，苍白的唇间委屈地挤出两个字，"求你。"

医生探头进来，正好见到这一幕，便清清嗓子："那什么，患者说得对，伤太重了，得家属照顾着，等过两天出院后也得在家里好好养。"

程以念郁闷地抬手，对怀中的病弱美少年推也不是护也不是。

这不对啊，他之前在包厢里不是凶狠强硬的"离神"吗？怎么又变回这副乖巧模样了？个性还能随意切换的？

程以念心里的警报不断响起，她有种即将掉到坑里的预感。

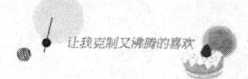

第二天，程以念拿到了沈星离身体状况的完整的报告单，医生把他上次住院的病例也汇总进去，全交给了她。

除了明面上的伤痕外，从进俱乐部以来他受过的各种挫伤、骨伤以及出现的血肿，甚至低血糖、营养不良都记录在册，密密麻麻的一片，她看得快得心脏病了。

医生正色道："他要是继续这样没人管，过度消耗，迟早要废掉的。"

程以念站在病房外面心情平复了半天后，才脸色如常地走进去，却一眼瞧见头顶正翘着几绺头发的病号打算偷溜下床，她赶紧走上前拍向他："你乱跑什么？"

她一来，沈星离马上就乖了，牵住她的手，说："你半天没回来，我害怕，想去找你。"

程以念狠狠地道："你在铁笼里跟人打架的时候怎么不害怕？"

沈星离垂眼，老老实实地往她身上一靠，说："对手十个八个一起上，我也能赢。但是你走了，我就怕得要死。"

他以前就喜欢贴着她，醒来以后更是变本加厉，几乎要跟她黏在一起。

程以念过去想法单纯，所以纵容他。但现在关系不同了，少年爱意沸腾，经过那夜的大火，他的强势，他的一再靠近，都让她不由自主地皮肤发麻，像有微小的电流往骨头深处钻。

她把"小黏人精"往外扯，他不肯，还倚在她的手臂上问："我们明天回家住行吗？我不想住院了。你每天在这儿都很辛苦，还耽误工作。"

提到工作，程以念也发愁。南英社的编辑已经催了很多遍了，她却连人物图都还没画。但工作再重要，也没有沈星离的健康重要。

程以念："明天不行，至少住一个星期。"

沈星离心里绕着小九九，听完之后眼睛惊喜得发亮："好好好！你说几天就几天！念念，你同意出院后我们一起回家住！"

程以念一蒙，被堵得哑口无言。

三言两语，她又着了他的道！

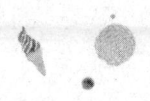

第七章

沸腾（二）

01

一周后，沈星离的伤情基本稳定。

其间，裴湛来过几次。程以念记得她那天对他的态度不太好，有些歉疚，但还是没有让裴湛进去跟沈星离见面。

程以念满怀歉疚地说："对不起，湛哥，你的大衣被弄脏了，我赔你一件新的。"

裴湛盯着她："我不在乎一件衣服，我在乎的是你的状态。"

程以念当他是以哥哥的身份关心她，低着头说："我很好。"

关于沈星离，她不想，也不知道该怎么跟他谈。

裴湛的目光闪了闪，没有急于逼迫她："我要去国外谈笔生意，可能会离开一段时间，你有任何需要帮忙的事情，记得给我打电话。"

程以念点了点头，但她知道自己并不会找他。这么多年，她早已习惯和星离相依为命，不会依赖其他人。

咖啡店的火情很快有了定论。和之前猜测的差不多，是一场因为厨房设备老旧和厨师打瞌睡引起的意外事故。

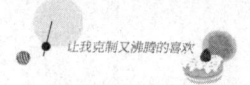

得知结果的时候，沈星离正在病房里积极地收拾行李，他的手一顿，眸光沉了沉："是意外吗？"

程以念疑惑道："你有别的猜测？"

沈星离既没点头也没摇头。就算爆炸和火灾是意外，那门锁呢？明显就是被人弄坏的，而且还正好是那个时候。但楼房已被烧得七零八落，暂时找不到证据，不如不说。

沈星离倾身抚了抚程以念的长发，含笑说："是不是意外都无所谓，反正不管谁想伤害你，都得先从我身上踩过去。"

属于成年男人的火热气息贴近耳畔，程以念立刻扭过头避开，呼吸还是乱了节奏。

她这些天快被沈星离搞得精神分裂了，他乖的时候是"黏人小可爱"，缠着她耍赖和撒娇；认真起来又气势逼人，不断提醒着她，这只蜷在身边的小狗，本质上是头能把人吃了的猛兽。

偏偏猛兽死命护主，说的每句诺言都很直白，而且句句不落空，全部亲身践行。

"不许闹！"程以念尽量冷着声音说，"你要是再不收敛，干脆自己回家，我管不了你了！"

沈星离眼底闪过痛楚，他弯下脊背，把脸贴在她颈边，带着鼻音轻哼一声："我不信，念念心疼我，舍不得扔下我。"

又来这招。

程以念严肃的模样端不住了，糟心地抚额。他说得对，她确实舍不得。

她实在为难，放任不管做不到，可管太多了容易过界，会给他不该有的希望，这是害他。

程以念叹气，把他从自己身上扒拉下去，将行李包塞到他手里，板着脸说："回家！"

沈星离爱听这两个字，欢欢喜喜地应了一声，重复道："回家回家——"

所谓的"家",当然不是程以念的一居室出租屋,而是沈星离精心布置的十二楼的屋子。

医院离家很近,打车五分钟的路程。两人进楼门时又碰到了隔壁邻居,邻居惊呼:"你俩难得一起回来。"

程以念有点不自在,点头笑了笑,走远了还听到邻居在后面自言自语:"真般配。"

明明是姐弟,年龄差四岁呢,哪里般配了?

程以念别扭地堵住耳朵,快步走进家门。当看见里面熟悉的陈设时,她有些微微发愣,一切都和她离开时一样,几乎没有沈星离独自生活一个月的痕迹。

他到底是怎么过的……

程以念正失神时,强烈的气息从她身后笼罩过来,沈星离低声说:"我不敢随便动,怕弄乱了,你的气息就消失了。"

程以念鼻子一酸,掩饰般往卧室躲:"你先休息,我去收拾东西,晚上给你炖鸡汤。"

她往前走几步,突然觉得头重脚轻,忍了忍没吭声。等摸到卧室冰凉的门把手时,她才发现自己的手心烫得不正常,呼吸也十分急促。

从今早开始,她就有些不舒服,但不至于生病吧?

程以念摇摇头,伸手推开门,腿刚要迈开,脚忽然一软,眼前一黑,直接跪了下去。只是她的膝盖还没挨到地上,沈星离就一阵风似的冲过来,赶紧扶住她。

程以念虚弱地摆摆手:"我没事,不用扶我。"

她坚持想自己走,却被他原地横着抱起,轻柔地放到床上:"躺着别动。"

程以念的手脚像棉花一样,软绵绵的,使不上力气。当沈星离单膝跪在床沿,俯身靠近她的脸时,她还是伸手去挡。

沈星离不让她反抗,单手轻松地压住她的手腕,越过她的唇和鼻梁,用眼帘去贴她的额头。

呼吸交融,她紧闭上眼,随即想起来……

这个方法是她小时候和妈妈学的,试体温用手不准,要用眼睛上敏感的那块

皮肤才行。后来她把这个方法用在沈星离身上，无数次亲密地去探他稚嫩的额头。现在，同样的动作他用在她身上，却一点纯真也没有了，全是暧昧气息。

相贴了片刻，沈星离直起身，眼神变暗："你发烧了。"

她受了那么大刺激，又不眠不休地照顾他，坚持到他出院才撑不住病倒……

沈星离想到这些事情，只觉得心里很疼。

程以念躲着他，结巴道："睡……睡一觉就好。你不用管我，去休息吧。"

沈星离不说话，伸手解她的衣扣。

程以念吓了一跳，赶紧扯被子要把自己裹起来。

沈星离揉了揉她的头发，低沉地说："我不乱动，乖，把外衣脱了。"他这一刻的温柔不同于撒娇示弱，有种让人不由自主顺从的魔力。

程以念愣了会儿，想说不用他代劳，但他已经移开她的手，修长的手指继续替她一颗一颗解开扣子，脱下外衣，只剩下里面薄薄的单衣，女孩儿饱满纤秀的曲线尽显无遗。

程以念下意识地瑟缩了一下，拿出姐姐的威严要赶他出去。但沈星离极有分寸，他垂下眼不看她，帮她把袜子也脱掉。

虽然程以念在发烧，但她的脚却是冰凉的。

沈星离双手捧着她的脚焐着，直到脚变暖后才转身去客厅。

留下程以念蜷在被窝里，感受着脚上的温度……

她……她的脚被弟弟摸了！她后知后觉，脸颊瞬间变红。

程以念羞恼得直捶床，情绪一激动更觉得缺氧了。她脚尖酥麻，卷着被子翻滚两圈，把自己晃得七荤八素。

半昏半醒时，她听到门响。沈星离端着香喷喷的粥进来，将她扶起圈进臂弯里。

"你别……"程以念烧得有点糊涂，全凭本能在抗拒，"别这个姿势……"

沈星离呼出的热气近在耳畔："听话，先让我看看多少度。"

冰凉的体温计碰到皮肤，程以念冷得一颤，被他揽得更紧。男人的气息缠上来，她折腾了半天也没甩开，反而急出薄汗。

"你……你能不能让我一个人待着?"

"不能。"

"沈星离……"

体温计显示三十九度,沈星离受不了了:"我们去医院打针。"

"不去!"程以念关节酸痛,神志也不太清楚,声音里不自觉带了委屈,"有你这样强迫姐姐的吗?看你在医院躺了七天,你知不知道我有多难受?我想待在家!"

沈星离喉结滚动,贴了贴她滚烫的脸颊,声音沙哑地说道:"好,我们待在家。"

沈星离把温热的粥喂给她吃,又喂了退烧药,然后用湿毛巾反复给她擦拭额头,忙完时快晚上十点了。他回卧室抱来厚厚的被褥,铺在程以念床边的地板上,安静地躺下去。

念念不告而别的一个月里,他天天晚上蜷在她房间里寻求残存的温暖。现在……她终于就在身边了。

沈星离不敢睡,一直听着程以念的呼吸声。凌晨时,她小声地说冷,他马上爬起来看。

程以念脸色苍白,窝在床里小小的一团,止不住地发抖。沈星离连着被子把她搂到怀里,用力地抱紧。

夜色深沉,一片寂静,他拥着滚烫的人,像得到了最珍贵的宝物。哪怕这只是暂时的、稍纵即逝的。

02

程以念恍惚中觉得被人搂着,细碎的吻落在她的唇角,让人心悸又心酸。

当她猛地睁开眼睛时,已经是第二天中午了。她出了一身汗,发现卧室里就她一个人。烧似乎退了,比昨晚舒服了很多。

外面隐约有对话声,听不真切。程以念活动了一下手脚,披衣服下床,走到门边稍稍打开一条缝。她先看见沈星离的侧影,接着发现坐在他对面的人竟然是

谢晓。

星离刚出院,谢晓这么快就来找他打拳?想要他的命吗?

程以念血液上涌,一把推开门:"星离伤还没好,谢先生不用找他,有什么事跟我说。"

"念念……"沈星离大步迎上来。

程以念把他挡到身后,直视谢晓:"虽然你们的卖身契里没有违约金这条,但谢老板是生意人,不会有钱不赚。不管你开出几倍价格,我都接受。"

"几倍?十倍可以吗?"谢晓似笑非笑。

程以念刚要点头,谢晓挑眉说:"十倍是五百万,程小姐是不是感觉价格很高了?看来你需要先搞清楚一个事实,以沈星离能够打下来的价值,五百万,连个零头也抵不上。"

沈星离按住程以念的肩,目光转冷,警告意味极强地看了谢晓一眼。

谢晓表情一垮,这小孩儿什么都好,就是一碰到他家念念的事情就敏感得过头。他刚才语气不重啊,凶他干吗?

程以念手指攥紧:"那你到底想怎么样?"

"简单,继续打,打到KC的总决赛。"谢晓说的是实话,他今天登门,为的就是半个月后的比赛。

KC争霸赛亚洲站从地区海选到最后的总决赛,赛程持续半年,中间共分五轮,每轮都会淘汰很多人,难度和危险系数呈跨越式增加。

沈星离已经通过海选,下一轮可能会晋级到全省,接下来是全国,之后是走出国门。

谢晓绝不可能放弃沈星离。比起金钱,谢晓更相信沈星离有本事站到巅峰。

谢晓不满地瞄了瞄沈星离,还是把态度放得更柔和了一点,对程以念说:"程小姐,我不是慈善家,我要的是沈星离的能力。半个月后的比赛他必须参加,一直打到亚洲总决赛的擂台上。如我之前所说,他只要能在全国赛段夺冠,卖身契一笔勾销,但如果在这之前就输了……"

原本他有很多条件可以提,比如输了回俱乐部再打三年,比如赔给他十倍

违约金。但说到这里,他瞪着互相维护的姐弟俩,忍不住心软了:"输了,你按五十万原价给他赎身,我放人。就这么着,别的没商量。"

谢晓走后,程以念在沙发上呆坐了很久。沈星离蹲在她腿边,紧张地盯着她:"别担心,我的伤好得差不多了,能打赢。"

程以念垂眼看他。午后阳光漫进窗口,如碎钻镀上了他的五官。这么精致漂亮的一个人,要面对的却是最残忍的血腥比赛。

昨夜,他的怀抱紧得令人窒息,他偷偷亲她,她知道……这些都不是梦。

不能让他越陷越深了。

程以念轻轻地说:"星离,我们也定个期限吧。"

"什么期限?"

"你是因为我才陷入这个境地的,我会陪你比赛,负责把你照顾好。但是就算再久,也总得有个结束的时候。"

沈星离滚烫的心如坠入冰窟,他嗓子干涩:"我要一辈子。"

程以念不说话。

沈星离感觉胸口有刀在划,他的手指把她的裤腿抓皱,艰难地说:"十年。"

程以念道:"星离,我来定吧……"

"一年!"他急切地打断,"一年行不行?"

程以念摇头,长睫毛落下,认真地说:"半年,和比赛一样的期限。这半年里,我以姐姐的身份好好照顾你,多画画赚钱,你不要拼命,输了也没关系,我会把赎金攒够。等半年以后,我们之间……"

"念念!"沈星离与她十指相扣,力气很大,不让她继续说下去。无论是"分道扬镳"还是"断绝关系",他都受不了。

程以念能体会他的感受,胸腔里随之一痛。她避开那道要把人烫化的视线,坚持道:"应该保持距离。我还是会离开这儿,不再和你……"

沈星离听不下去了,突然站起身,扣着她的肩把她压到沙发靠背上,唇和唇仅仅相隔一线。

"好,半年就半年……"他通红的眼睛盯着她,声音沙哑,"我听你的。但

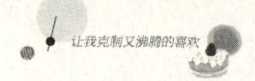

是这半年里,我会让你忘了姐弟之情,把我当成一个男人来喜欢!"

她的两瓣嫣红近在咫尺,泛着湿润的柔光,沈星离眼里溅出火星,不敢多看,怕失控吓到她。

他勉强拉开距离,用自己的眼帘在她额头上贴了贴,确定烧退了,才默默地走进厨房给她准备午饭。

人是走了,但炙热的气息许久也散不开。程以念急促地喘息着,心跳声凌乱,跌坐在沙发扶手边直愣愣地看他的背影。

肩宽腰窄,瘦削挺拔,衣服也盖不住他有力的肌理。十九岁的年龄,把清雅的少年气和强势的成年感融合得恰到好处,一张脸又十分吸引人。

谢晓说得对,以沈星离的资本,到哪里都会有无数小姑娘追。他怎么就傻得认准了她,还非得吊在她这一棵铁树上?

程以念愁苦得蒙住眼。她太难了,得照顾着、宠着他,又得回避着、躲着他。偏偏沈小九能耐大,随着她的态度自由切换模式,会撒娇耍赖,会温柔地照顾人,还动不动就放肆,快把她弄崩溃了。

听听刚才他说的什么话,喜欢他?

她会喜欢自己的弟弟?天方夜谭都比这靠谱。

程以念有意忽略掉被他刺激出的酥痒感,揉着额角叹气。不过她也没烦太久,很快就有更崩溃的事找上门——南英社那边下了死命令,最迟一周之内,新作的人物图和大纲必须交上来。

她的事情瞒不过沈星离。

他知道后声音低沉地说道:"从后天开始,我回俱乐部恢复训练,你跟我一起去。"

程以念蹙眉,想到那夜在俱乐部撞见的凶暴场面,犹豫不决。

沈星离凝视她:"念念,你对格斗的心理阴影是因为我,我希望……你也能因为我克服掉,别让它影响你的事业。"

程以念默然,她必须画好新作,也必须陪星离走完半年的赛程,所以……除了试着去接受,别无他法。

　　沈星离见她答应后，紧绷的身体终于略微松弛下来，却又怕她消失似的，暗自抓住她的一点衣摆，攥到手心里。

　　两天的空闲时间，足够沈星离处理好学校的事。他成绩拔尖，这次受重伤，院里的领导一个赛一个贴心，特准他可以适当调整课程，有更多的私人时间，但前提是期末成绩必须是年级前三名。

　　沈星离只说了两个字："第一。"

　　院领导笑得合不拢嘴，他们知道沈星离的实力。

　　琐事解决后，沈星离带着程以念准时去俱乐部。

　　程以念比较紧张，特意背了个超大的包，给沈星离带上各种绷带、伤药和午餐、零食，以及她的手绘板、笔。

　　出门时，沈星离自然地把包接过来，挂在肩上。

　　程以念忙拦着："你还没完全好呢，别背这么重的东西！"

　　沈星离比穿运动鞋的程以念几乎高出一个头，轻而易举地躲开了她。程以念不但没抢到包，手还被他牵住，男人温热的五指将她的手包得严严实实的。

　　程以念一张白皙小巧的脸涨成番茄一样，她急忙挣脱开，像躲洪水猛兽似的，沈星离没再强迫。他低着头靠在电梯一角，五官在光线触不到的暗影里，神色寂寥又黯淡。

　　不只是现在，从她定下半年的期限起，他就一直是这副可怜模样。程以念没法安慰，干脆狠下心，别开脸不看他。

03

　　俱乐部上午不对外开放，里面很安静。

　　谢晓早早在大厅里等着，一见人到了，立马迎上去拽住沈星离的手臂，说道："我给你请了赛前体能训练专家，你先跟我过去见见。"

　　沈星离不动，余光看着身旁的女孩儿。

　　谢晓立马懂了："程小姐陪他一起？或者去三楼稍等会儿？"

程以念犹豫了几秒，忍住想跟着他的那股冲动。她觉得身为姐姐，不能表现得太弱，需要独自适应一下环境，于是说道："我去三楼。"

沈星离眼神一暗，浓密的长睫毛掩住失落。

程以念做了好一会儿心理建设，才推开格斗场的大门，闯入眼帘的依然是那个漆黑的大铁笼，看一眼就叫人胸闷。

她深吸一口气，刚往前走了三四步，身后忽然响起杂乱的脚步声。一群上身赤裸的肌肉男拥进来，个个高壮得跟铁塔一样。他们看到她不禁一愣，互相对视几眼后不约而同地露出惊艳又轻佻的表情。

"哪来的大美女？走错地方了吧？"

"怎么？看帅哥看呆了？"

"妹妹找谁啊？"站在中间个子最高的寸头男笑嘻嘻地走近程以念，抬手就搭上她的肩膀，"说出来，哥哥帮你打听打听。"

程以念闪身躲开，冷声说："麻烦你放尊重点。"

"没瞧出来，还挺有性格。"寸头男一脸凶相，瞥到她手里的手绘板，挑高眉毛，"美院学生来取材的？画人体？好办啊，哥哥牺牲自己，脱给你看就是了。"

一堆男人放声哄笑，上下打量程以念，堵着门口不让她走。

只有被挤在最外面的小男生着急地喊："你们别欺负女生！而且她、她好像是'离神'的……"

寸头男说得正起劲，一听这话黑了脸："什么'离神'？就躺病床上爬不起来的那个小白脸？我来了他算个什么东西！"他恶声恶气地骂着，听见程以念和"离神"有关，更是非要沾染不可，他一手扯着短裤的腰际，一手去拽程以念的手腕。

程以念少时被保护得很好，长大又宅在家画画，没碰到过这种场面，气得嘴唇发白，扬起手绘板就要打人。但还没等她动手，堵着的门口突然接连爆发出痛呼声，人群东倒西歪，被迫让出来一条通道。

寸头男连头都来不及回，直接发出一声惨叫，整个身子往后仰，光溜溜的脑袋犹如一颗篮球，被一只修长白皙的手狠狠地扣住。

122

其他人吓呆了，程以念也吃惊地看过去。

一道颀长的身影逆光而立，脸上没有表情，唯独一双微垂的桃花眼中，迸出能将人挫骨扬灰的戾气。

"离……离神！"

沈星离手背上青筋隆起，单单一个五指捏紧的动作，就让寸头男疼得狂吼。

程以念脸色发白，怕闹出大事会让星离吃亏，忙上前拉他。

沈星离的力道丝毫没松，他一手揽过她的腰，声音沙哑地问道："他碰你哪里了？"

程以念忘了反抗："没……没碰……"

他目光如刀，一字一句道："碰哪儿了？手还是肩？"

之前帮程以念说话的小男生主动跳起来怒喊："'离神'！他抓这位姐姐的肩膀了！"

沈星离眉宇间满是怒气，他遮住程以念的眼睛："乖，别看，等我几分钟。"

话音未落，他把她轻轻地推到安全位置，接着抬起腿，一脚踹上寸头男的膝盖，寸头男嗷的一声就跪了下去。

偌大的场地里鸦雀无声，十来个格斗高手噤若寒蝉。

谢晓抱胸站在门边。这寸头男是新签来的，虽然实力不错，但为人自负，还爱搞小团体。现在他敢把手伸到沈小祖宗的心肝上，活该被收拾。

"这……这是俱乐部！"寸头男狠狠地大叫，"你敢违规在场外动手！"

沈星离抓起他的后颈，如拖一只死物般把他摔进铁笼，再哐地甩上门，睨着他说："场内。"

寸头男不甘心被打，爬起来对着沈星离的要害猛扑过去。

程以念怎么可能不看沈星离？她被这一扑吓得心脏狂跳，下意识地想追上去护他。然而等她一眨眼，沈星离已然轻松地抬起手臂，对准寸头男的肩膀就是重重一拳。

场下一群人惊呼，格斗场的气氛突然被点燃。

沈星离的动作干脆利落，一步步强势逼近。

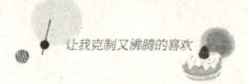

寸头男迅速地意识到两人的实力差距,哪里还有余地还手?脸上露出惊惧的表情。两分钟后,他抱着头再也爬不起来,被沈星离踢出铁笼。

刚才跟着寸头男堵程以念的人被吓呆了,纷纷想溜走。

沈星离拦住他们,面无表情地扯过一个,继续用完全符合格斗规则的招式在铁笼内碾压他们。

程以念屏息,眼睛一眨不眨地盯着沈星离,手心里全是汗。

上次她受刺激太大,看得模糊,这还是第一次近距离目睹沈星离的另外一面。她以为她会排斥,可是……

他立在那里,浑身散发着锋芒,既陌生又耀眼,让她移不开视线。

算上寸头男,一共十一人,沈星离十五分钟之内就把他们制服了。他把最后一个手下败将扔出铁笼,居高临下地站在高台上,声音冷得彻骨:"我的人,从现在开始,谁敢再多看一眼试试!"

不仅不能碰,而且连多看也不行。

程以念手指一紧,耳根升起炙热的温度。

谢晓适时凑上来,跟她保持着适当的距离,轻轻地说:"程小姐,亲眼看完,你应该明白沈星离有多大的价值了吧?这才是皮毛,以后的他会强到你想象不出来。

"全国也好,亚洲也好,甚至全世界的格斗场,他都有本事站到最后。

"我知道他小时候的经历,但他不是小绵羊,他早就在那种环境里长成猛兽了,只不过对你一个人温顺而已。你与其抵触,还不如正视他的能力,让他把受过的苦变成荣耀,不比一味地避开更好吗?"

程以念胸口急促起伏,目光与沈星离投过来的目光撞上。

她以为他会过来,没想到他却握着拳没动,注视她许久后,他有些难过地低下头,像做了惹她烦的错事,一个人蔫蔫的,不敢靠近她,活脱脱一只怕被主人嫌弃的小狼狗。他要是有尾巴,怕早就呜咽着垂到地上去了。

谢晓对这前后的巨大反差彻底服气了:"瞧瞧,刚才还能吃人能上天,简直快把房顶掀了,转头一面对你,马上就变成家养小狗崽儿的样子,眼睛和鼻子全红了。遇事拼命护着你，宣示主权，等事过去了又可怜巴巴的，唯恐你生气。"

"所以说吧，程小姐，他受你的影响实在太严重了。"谢晓说，"职业格斗选手，要承担的风险和压力都极大，他最后能不能站上国际赛场去争夺金腰带，现在看来得取决于你用什么态度对待他。"

程以念脑子乱成一团，嗡嗡地响。

谢晓点到为止，扬声招呼沈星离："走吧，去训练。下场比赛可是省级的，没那么容易，得抓紧时间恢复状态。"

沈星离默默地走近，与程以念慢吞吞地擦身而过。程以念想拉他一下，手快碰到时又放下，一时不知道该说什么好。

看着她的手放下去，沈星离的心也坠了下去，喉咙里泛着苦味，低声说："念念……你别讨厌我。"

童宁以前说过，他不是念念喜欢的类型。

念念喜欢的……应该是成熟温和、整洁雅致的男人，而不是像他一样随时会弄出一身血汗的人。

她对暴力深恶痛绝，他偏偏走上了这条路，连保护她的方式也是她最不愿意见到的。

可即便这样……他也绝不放手，一点都不会。

"我要去楼上的训练馆，你陪我好不好？"沈星离低声道。

程以念还没从"离神"的气场里缓过神，现在又听到"小狗崽儿"央求的语气，内心复杂。

"小狗崽儿"以为她不肯，又垂着桃花眼闷闷地说："你别离开我的视线。"

程以念被打败了，一句硬话也挤不出，纠结了一会儿，点头说："好。"

04

训练馆占据四楼一整层，各个分区规范且专业。

谢晓特地为沈星离划出一片专用区域，器械完全根据沈星离的需求来布置，各方面配置不输于国内任何一家顶尖俱乐部，就连教练也是刚挖来的退役的世界

冠军。

教练一看到沈星离就两眼放光:"要不是方才亲眼看到楼下那场一对十一的'收割'场面,我肯定以为你是哪个正当红的大明星。"

沈星离废话不多说,拽掉上衣,只剩一件宽松背心,露出线条优美的肩臂:"开始吧。"

等训练节奏一拉开,优美瞬间被他亲手打破,转为慑人的力量。

程以念坐在场边,又一次被这种巨大的反差震得发愣。等反应过来的时候,她已经主动放好了手绘板,笔尖流畅地勾勒出一个人物轮廓。

干涸了两三个月的灵感,仿佛被撬开了一个缺口,如山洪般喷涌上来。

她的笔停不住,流畅地画出人物的眉眼、薄唇,身形似乎是镌刻在意识深处的,自然而然地落到手绘板上。短短几十分钟,她一口气画满三页,愁了好长时间的男主角人物图和主要动作完成了大半线稿。

程以念准备换纸时,有个少年的声音在她耳旁冷不丁地响起:"姐姐,你在画我的偶像!"

她一惊,扭过头去看,是之前没跟那群肌肉男为伍的小男生。

小男生兴奋地指着画稿:"太帅、太传神了!跟我的偶像一模一样!"

程以念下意识地把手绘板反扣:"你的偶像?"

"'离神'啊!"小男生对着不远处训练的沈星离激动地说,"你看你画的人物的五官和身材,就是'离神'本人嘛。"

程以念心口轰地一跳,不禁翻过板子偷瞄两眼,脸先是白了一下,紧接着涨红了。她状态投入时画是不自觉的,只知道画得得心应手,现在一看,竟然还真是……满纸沈星离。

程以念突然有点心虚,将板子手忙脚乱地扣回去,故作镇定地说:"小朋友,你看错了。"

"姐姐,我眼睛可好了!"

程以念头疼道:"不许跟他乱说!"

小男生开心地一笑:"我懂我懂,女孩子画了自己的男朋友,都会不好意思的,我保证不多嘴。"

"你……"程以念要抓狂,正想纠正他时,那边的沈星离偏了偏头,目光扫过来,锐利地落在两人中间。

小男生吓得连忙撤退:"姐姐,我走啦,'离神'是大醋王,把你看得好紧啊,我可不敢惹他生气。"

程以念几乎呕血。

她抱紧手绘板,直愣愣地瞪向沈星离。

沈星离见碍眼的人走了,立马不夸毛了,不过被念念一瞪,表情又委屈了起来。

程以念隐约感到有些危险。

沈星离太吸引人了,连她也被吸引了。哪怕她再端正做姐姐的态度,说到底她也是女人,而且还是个画漫画的,对美的、强的对象格外敏感。如今这个"小狗崽儿"荷尔蒙爆棚,她要是不当心点,还真容易被他带偏,这对他们彼此都没好处。

所以程以念决定与他保持距离,清心静气。她站起身,不动声色地说:"你先忙,不用管我,我去其他地方取材。"撂下话后,她跑得很快,没敢多瞧沈星离。

当晚回到家,程以念做了营养餐。吃饭时,她跟沈星离分开坐,离得挺远。她埋着头不说话,吃完交代一句"你不用管,晚点我收拾",就匆匆地溜进卧室关上门,坐在电脑前面奋笔疾书。

她刻意不去想沈星离在格斗场的样子,又修改了不少细节,自己感觉非常满意。正巧编辑来催,迫不及待地想看人物图,她就顺手发了过去。

结果她点开存好的大图一看,心率直线飙升。这窄腰长腿、这眉眼神韵,居然比白天的粗糙线稿更像沈星离!

编辑瞬间发来十几条消息,程以念颤巍巍地点开一看,全是亢奋的"啊啊啊",不时穿插几句"太帅了!感觉完全对!这样的男主角绝对能火!不用改了,定稿吧,'大神'!"。

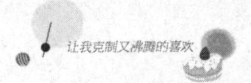

程以念捂着额头,趴在桌上,高高扎起的丸子头跟着一晃。她这是怎么回事啊?目睹沈小九以一对十一之后,被他下蛊了?

程以念心烦意乱地推开电脑,想去厨房喝点水冷静一下。没想到一拉开房门,她就看到沈星离斜靠在沙发上。他闭着眼睛,整个人沉浸在某种无形的冰冷的环境里,连暖黄色的灯光也暖不了他分毫。

程以念的心似乎被刺了一下,她不由得放轻呼吸走过去。

走近以后,他的脸越发清晰。白皙的肤色、长睫毛、薄嘴唇,被光芒笼罩着,像故事里俊美的男主角。那些让编辑尖叫的人物图,还没有他真人百分之一好看。

程以念的心跳有点激烈,她将手摁向胸口压了压,打算去他卧室找一条毯子帮他盖上。她刚绕过沙发,睡着的人猛然睁眼,一把握住她的手臂将她往怀里一带。

程以念毫无防备,惊叫了一声,摔到了他身上。

沈星离胸口硬邦邦的,里面的心脏跳动得强劲有力。程以念脸上充血,一下子没爬起来,被他一压又跌回去,两人接触得相当彻底。

"沈星离,你干什么?你……你装睡是不是?"

"不是……"沈星离用黑漆漆的眸子看着她,"我在客厅守着,就是怕你会走,梦里听见了你往门口去的脚步声,被吓醒了。"

程以念一愣,他睡在沙发上,是为了……防止她离开?

不告而别的那一个月,留给他的阴影太深了……

程以念别开眼,气势不禁减弱,开口道:"我是要去卧室给你找毯子,更何况,我答应了半年就是半年,不会走的,现在你能放开了吧?"

沈星离却箍得更紧:"别提半年!"每次听她说"半年",他都喘不过气。

"我不想听你说半年!既然在我身边,就不要强调倒计时!"他忍了大半天的情绪冲破闸门,撞击她的耳膜,"念念……念念,你能不能对我好一点?跟我多说几句话,多看看我……从白天的格斗场到现在,你几乎没理过我,我做的事情就那么让你厌恶吗?"

程以念咬着唇答不上来。说"厌恶"是骗人的，说"不厌恶"他又会得寸进尺。

沈星离身体的温度太高，程以念从头到脚都快被蒸熟了。她坚持掰开他的手，强撑着冷静爬下沙发，然后捡起一个抱枕丢到他胸口上："我只说照顾你，可没保证过别的。你适可而止，别太越界。"

说完之后，她显得有些底气不足，水也顾不上喝了，快步回房关上门，还上了锁。手因为紧张还有点颤抖，她拧了三四遍才成功锁好。

四周终于安静了，程以念靠着门呆站了半晌，把自己深深地埋进床里。要对沈星离严防死守，难度似乎比她想象中大得多……

从这天起，程以念尽量降低自己的存在感，避开沈星离，专心窝在家里闭关赶稿。

只可惜她那股好不容易冒出的灵感不听使唤，连续几天找不到感觉。

编辑着急地问："'大神'，出什么问题了吗？男主角那么帅，怎么可能画得不顺？"

程以念托着脸叹气，大概就是因为男主角太帅了……帅到让她分心去想人物的原型，不知道他训练得怎么样了……

程以念烦得没办法，决定去俱乐部偷瞄一下，不让沈星离发现就好了。然而天不遂人愿，她一进俱乐部大门，就撞见上次的小男生。

小男生捧着医药箱正准备上楼，一看见她就要哭了："姐姐，你最近怎么都没来？快点上去看看'离神'吧！"

"他怎么了？！"

"有人跟他对打时故意使阴招，'离神'的手臂被划伤了！"

程以念心一紧，顿时把别的想法全抛在脑后了，接过小男生手里的医药箱，赶紧往楼上跑。

没到三楼她就听到了吵闹声，谢晓中气十足地怒吼："谁给你的胆子把脏东西带到我的俱乐部来？"

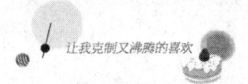

程以念紧张地抬头一看,训练区里站着不少人,其中有个牛高马大的光头男是生面孔,他一只手被迫摊开,格斗手套的掌心里居然嵌着一块刀片,上面还沾着血。

伤了谁,不言而喻。

程以念见到血后,那夜沈星离脑后流出一摊血的情景重现眼前。她神经紧张,快步朝前面挤。

谢晓招呼保安,七手八脚地制住了光头男:"什么慕名而来、技术交流,搞半天是报复来了,还想割他的手筋?你那混账兄弟招惹人家女人在先,实力不济在后,哪轮得到你这种货色来害人?"

程以念脚步一顿,恍然大悟,是上次那个寸头男的同伙。

沈星离为了保护她在无形中与寸头男结下仇,才会闹出这个局面!

谢晓怒问:"星离,你说怎么办吧!"

人群躁动了一下,程以念才透过缝隙看清坐在椅子上的沈星离。

他微垂着头,左臂随意搭在扶手上,一指长的口子狰狞地横着,鲜血顺着白皙的皮肤往下淌。

听到被谢晓点名,沈星离抬了抬眼,桃花眼漆黑幽暗,冷冷地说道:"让他滚。"

有人不甘心:"这么轻易就放过?'离神',要不要……"

沈星离语气阴冷:"我说,滚。"

室温仿佛突降,偌大的训练场一时竟无人出声,一堆人大气都不敢喘。

直到程以念的声音低低响起:"星离……"

沈星离蓦地僵住,难以置信地站起身,一眼发现了挤过来的程以念。

确定真是她后,他满身冰寒的低气压烟消云散,鼻尖不禁微微透出红色,眼里浮上隐忍的脆弱感,报着唇把头扭开,伤臂也藏到身后,眼角堆满了委屈。

这下不光是谢晓,在场其他人也目瞪口呆。

眼前这位浑身写着"求心疼、求安慰"的"小可怜",确定是刚才把他们吓到闭嘴的"离神"?

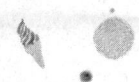

谢晓见惯了，免疫力比较强。

　　早在程以念出声的时候谢晓就指挥保安把光头男带走了，这会儿又及时挺身而出，赶跑一群"电灯泡"，对程以念小声地说道："程小姐，我先找人把他的伤口简单处理一下。"

　　程以念盯着沈星离的手臂，心脏刺痛，摇头道："不用找了，我来。"

　　"你还会这个？"

　　"嗯。"程以念应了一声。

　　她怎么可能不会？沈星离小时候经常遍体鳞伤，他宁可忍着也不肯让别人碰，于是她就学会了治疗外伤，亲手给他涂药，再抱着疼得打战的小孩儿，让他蜷在她怀里睡着……

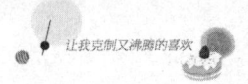

第八章

沸腾（三）

人都走后，训练场静得能听到呼吸声。

程以念走到沈星离跟前，推他坐下，然后蹲在他腿边，用药棉把他手臂上那些触目惊心的血擦掉。头顶响起他沙哑的嗓音："你不是不理我了吗？"

"我……我就算不理你，你总得管管自己吧？划得这么狠，你还一脸无所谓的样子，是感觉不到疼吗？"

"感觉不到。"沈星离每个字都说得低沉，"即使划破了，割到骨头了，也没有你冷落我疼。"

程以念手一抖，不小心碰到那道口子上，她急忙找药和纱布。

沈星离却把伤臂伸到她的唇边，尾音发颤："念念，药没有用，你给我吹吹好不好……"

程以念盯着眼前狰狞的伤口，胸口横着的屏障一点点碎裂。

他俯身，凑得更近，蹭着她，语气低到尘土里，执拗地哀求："我不要别的，我只想你吹吹。"

程以念闭了闭眼，无法控制肆意蔓延的心痛感。

　　以前无数次,他也是这样举着伤口,疼极了也忍住不表露,只乖乖地满是渴望地看着她,说:"姐姐,吹吹。"

　　关系再怎么改变,他仍然是她的小九。他的苦、他的疼,一样不差地烙在她的心上。

　　程以念受不了了,下意识地接住他的手腕,唇间呼出热气,轻轻地吹了一下。

　　和他划清界限……原来她真的做不到。

　　程以念自从不躲着沈星离之后,画稿的速度又像充了电一样迅速地提升,连载漫画第一部分的初稿不知不觉间就完成了。同时她却发现,沈星离的状况不对劲。

　　按理说,格斗俱乐部那几十号人,别说打赢他,连靠近他都困难。而且经历了上次的事件后,谢晓对他的安全格外注意,训练期间他受伤的可能性基本为零,但是——

　　神鬼不惧的"离神"在划破手臂的第二天,膝盖又磕伤了。她当然急匆匆地跑过去给他处理包扎,顺理成章地又被他缠住。她像对待小朋友似的吹了半天,他才勉强让她离开。

　　结果第三天,他的肩膀又撞了,肿起一大片。

　　第四天,他的手腕扭了。

　　第五天……

　　到今天为止已经过了一周,距离比赛只剩下三天,当她坐在俱乐部的休息室里认真地勾线稿时,小男生再一次咋咋呼呼地冲过来喊:"以念姐姐,'离神'他……"

　　程以念淡定地问:"他又怎么了?"

　　"哎,你都不担心吗?"小男生挠头,"'离神'今天胃疼。"

　　程以念腹诽:沈星离,你就瞎折腾吧,看来是实在没地方可伤了,才想出胃疼这种破理由。她虽然猜到"小狗崽儿"八成是故意的,但还是有些不放心,放下笔去了他的训练场。

133

沈星离靠在场边的墙角，身上的黑色背心湿透了，额前水淋淋的，头发滴着汗。他唇色苍白，手重重地顶着胃部。

程以念皱眉，倒杯热水给他："真的胃疼？吃午饭时不是还好好的？"她是亲眼盯着他去俱乐部餐厅的。

沈星离睫毛颤抖了一下，钩住她的手指："吃完就疼了。"

他刚说完，谢晓正好走到楼梯拐角，扯开嗓子咆哮："沈星离，你又不好好吃饭是吧？餐厅经理说你根本没吃饭，绕一圈直接出来了！明知道上回胃落下了病根，你还……"

沈星离凶巴巴地瞪着他："别说了！"

程以念睁大眼："没吃饭？病根？"

谢晓上来见两人居然坐在一块儿，表情略显尴尬："我以为星离自己一个人在楼上……"

程以念追问："什么病根？"

谢晓没好气地清清嗓子，爆料"离神"的小秘密："之前他不是给你买过一条裙子嘛，省钱吃了一个多星期的馒头。接着你们吵架分开，他一直没好好吃饭，胃就扛不住了。程小姐，别人拿他没辙，还是你多管管吧，眼看着要比赛了，身体重要。"谢晓说完，指了指沈星离，转身下楼。

程以念的唇抿得很紧。

沈星离自知理亏，眼巴巴地望着她："念念……"

程以念咬牙切齿地说："你明知道胃不好还故意不吃饭，除了被刀片划破那次，前几天你也都是故意弄伤自己的，是不是？"

沈星离不说话，攥着她的衣角，承认了。

程以念语气严肃："沈星离，你拿身体当筹码，幼不幼稚？"

"幼稚。"他低下头，静静地说，"可我没办法，你离我那么远，我得不到你的注意，只能用这副身体，用最幼稚、最不入流的手段来让你关心。

"我想让你靠过来，就必须先受伤。

"想让你给我吹吹，就必须先流血。

"我不愿意让你一个人待在休息室,我想让你上来看我,在我旁边画画,所以我不能吃饭,只有胃疼了,你才可能会来。"

他每说一句话,程以念胸腔里的氧气就稀薄一分,胸口抽痛。

沈星离弯弯嘴角:"现在……这个可笑的手段也被你看破了,你又会躲着我了,对吧?"

沉默发酵,沈星离杯中的热水慢慢变凉,眼里微弱的希冀也暗淡了。就在他的心沉到谷底的时候,程以念忽然带着鼻音开口:"你以后不准给我买裙子了。"

沈星离摇头:"要买。"

"不准——"

他固执地道:"我的愿望是给念念买一整间房子的裙子和首饰。"

"沈星离,你讨打是吗?"

沈星离盯着她泛红的眼角,眼底又有极小的火苗颤巍巍地跳起来,连忙凑过去说:"随便打,打坏了也没关系!"

他迫切地抓起她的手,桃花眼湿润,眼里剔透明亮:"念念,你快打我。"

程以念脸上生气,心却越来越软。这样的沈星离站在面前,石头做的人也要为他动容。更何况,她不是石头,她一直都把他当作最重要的人。

程以念抽出手,闷闷地说:"这种伤害自己的手段太差劲了,禁止再用,听到没有!"

沈星离蔫了,垂头丧气地答应着。黑发落下来覆在精致的眉眼上,他的表情可怜又可爱。

程以念不敢多看,起身往楼下走。走到楼梯口又回过头,她不自在地提高音量:"你想让我干什么,以后直说就好了,别搞乱七八糟的。"

沈星离怔了怔,猛然反应过来,惊喜地朝她狂奔过去:"念念!你不生我的气了?"

他展颜一笑,数十盏顶灯都跟着失色,程以念感觉被晃了眼。

真是的……长这么好看,专门来克她的吗?

"生不生气你别管,总之不许受伤了。胃疼、腿疼、头疼也不允许,其他事

情……可以商量。"

沈星离像只小狗拼命对她摇晃着尾巴:"好好好!"

他越过楼梯扶手,拽住她的衣袖,软软地问:"那可不可以有一个请求?"

程以念瞪他:"给你点阳光就灿烂。"

"念念——你让我灿烂一下嘛——"他的睫毛轻颤,"就一个——"

他太会讨人喜欢,程以念嘴角忍不住上翘,强行冷静下来:"咳,说。"

"三天后的正式比赛,我保证毫发无伤地通过,到时候,你给我奖励好不好?"

程以念心中警铃大作,奖励?

沈星离眼尾略垂,弯出无辜的弧度:"特别简单的、一点也不过分的奖励,念念答应我。"

程以念被他缠得受不了,犹豫片刻,算是默许了。沈星离立马笑出一口整齐漂亮的小白牙:"念念别走,陪我训练。你在我身边画,我给你提供素材。你让我做什么动作,我就做什么动作!"

男主角原型这么说,诱惑未免有点大……

程以念耳尖隐隐泛红,一本正经地拒绝:"没空,我有急事。"

"什么急事?"

"去帮某个不省心的小狗崽儿买饭和买药,你说急不急?"

"小狗崽儿"怔怔地眨巴着眼睛,一直盯着她的背影消失,才软绵绵地顺着墙滑了下去。他脸颊通红地抱住扶手栏杆,幸福得小声嗷呜。

02

三天后的比赛在市体育中心拳击馆举行,到了这一阶段,业余选手都被淘汰了,剩下的都是各大俱乐部的职业高手,成绩突出的不在少数。而且本轮选拔赛程紧张,晋级到下一轮的名额仅有六个,成功率较低。虽然沈星离的实力提升速度飞快,但谢晓还是为沈星离捏了把汗。

比赛当天,沈星离会三次随机抽签匹配对手,难度逐场递增,三场全胜才能拿到晋级卡。

程以念随行，到了场馆门口她放眼一望，满目都是高壮魁梧的选手，偶尔有几个矮些的，肌肉也相当发达。相比起来，沈星离虽然身高突出，但是太白净修长，跟"格斗"这俩字根本不沾边。

沈星离一出现，立刻有人注意到他，一时间气氛沉默，接着有人交头接耳。

"他就是那什么'离神'？真有那么强？"

"看样子不像啊，太弱了。"

"咳，一群小姑娘瞎扯呗，还不就是看脸，拿体育比赛当明星表演呢。"

"格斗场上脸顶什么用？实力不行就得让人摁在地上踩。等着吧，要是轮到我跟他打，一个'十字固'就绞死他。"

最后这句话是个梳一头脏辫的男人说的，说话时他特意走到沈星离附近，让沈星离听见。

不等沈星离有反应，脏辫男先是发现新大陆似的上下打量程以念，又看见了带队的谢晓，嗤笑道："这不是谢老板吗？听说您以前也是一个挺不错的选手，当年那届KC争霸赛亚洲站输了脸上无光，转行去开俱乐部，结果千挑万选就推出这么一个小白脸？你要是缺人就早说啊，我们俱乐部的吊车尾也比他强。"

谢晓眯着眼，面色发冷，一言不发，他不想在大庭广众之下让人看笑话。

程以念的唇抿成直线，拳头捏得生疼，身旁温热的手忽然把她的手裹住，耐心地分开她的五指，攥到手心里。

她僵着没动，仰头去看他。

沈星离侧脸线条锋利，只瞥了脏辫男一眼："不用废话，场上见。"说完，他牵紧程以念继续往前走，余光扫向谢晓，淡淡地说，"老板，别跟蠢货浪费时间。"

一句话，仇恨全拉到他的身上。

比赛后台，沈星离完成第一轮抽签，等待上场。

他脱掉外衣，露出上身柔韧舒展的肌理。他拾起防护绷带，却迟迟没动。

程以念坐立难安，见他反常，略感奇怪地问："还等什么？"

沈星离盯着她，笑眯眯地说："等念念给我护身符。"

他把右手手掌摊开，乖乖地伸向她，眼中流光溢彩："'小仙女'能不能赐一个小小的吻，我缠在绷带里面，肯定能保平安。"

程以念拍他："都快上场了，还乱闹！"说着抢过绷带要给他缠上。

只是刚绕了一圈，程以念就感觉到他贴过来，唇附在她耳边，热气吹过皮肤："没有闹，你不给我，我不安心。"

他清冽的声音，如电流般钻入她的身体。

程以念耳郭一酥，不由得往后退开两步，她呼吸有些不稳，真想打他两下。可一对上他的眼神，她又下不去手。

沈星离赖皮地等着护身符。

无奈，程以念找了一支记号笔，拽过他，干脆利落地在他手心里画了只大眼睛的简笔小狗："就这个，爱要不要！"

沈星离两眼弯弯，把画的狗细心吹干，出其不意地凑过去，跟程以念亲昵地贴贴脸："'小仙女'给的，当然要。"说完，他抓起绷带和手套，罩上一条大毛巾，脊背挺拔地走向门外。

程以念揉着发热的脸颊，追上去："别受伤！我在台下看你。"

沈星离回眸，挑眉笑了："当然不会受伤，我还等着要你的奖励。"

第一轮，对手实力中等，巅峰状态的沈星离轻松碾压，三分钟击倒了对方。

这三分钟里，程以念不敢眨眼。等裁判宣布沈星离赢了，满场都在尖叫"离神"时，她激动得原地起跳，杏眼里不知不觉全是擂台上那道笔直的影子。

谢晓在后面长舒了一口气，失笑道："程小姐，再怎么嘴硬，其实你还是抗拒不了他。"

听了他的话，程以念努力地镇定下来，把表情藏进现场变幻的光影中："我是他姐姐，只不过是关心他的安危。"

第二轮比赛很快开始，经过上轮淘汰，剩下的选手实力明显强很多。

这一次，沈星离对上了一名圈内小有名气的猛将，这人一进场就姿态高傲，满脸不屑地斜眼看人："侥幸赢一场而已，别得意，让老子教教你……"

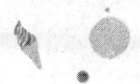

话没说完,哨声响起,比赛开始。

沈星离一言不发,握紧的拳犹如攻无不克的利刃,携着冷风挥上对方的下巴。一击即中,观众席瞬间沸腾,欢呼声爆开。

程以念将指甲掐进肉里,强忍住冲动,不让自己表现得太过火。

谢晓见了摇了摇头:"行了,我换个位置,你尽情发泄吧,要是憋坏了,他可饶不了我。"

程以念坐得很稳。她才没有憋着,她特别平静,她心如止水!

五秒钟后,沈星离再一次强势攻击,对手砰地栽倒在地,观众席顿时热浪狂卷。

程以念腾地站起来,刚才的矜持模样碎了一地,跟观众们一起大喊出声。

最后一轮抽签之前,谢晓为了以防万一,特意躲到抽签处外面的暗角里偷窥,果然"蹲守"到了赛前那个出言不逊的脏辫男。脏辫男从侧门鬼鬼祟祟地进入抽签室,随后,一脸嚣张阴狠地走出来。

谢晓拍了几张照片作为证据,准备冲出去找主办方,却被沈星离从背后扣住。

"你怎么来了?"谢晓意外地说,"瞧见了吧,那小子干涉抽签,八成是想跟你对上,我可不能让这种人影响你晋级。"

沈星离淡淡地说:"影响我?他没那个本事。"

"但是……"

"不用但是,"沈星离弯唇,"我本来还担心对不上,他干涉得正好。"

谢晓有点不解:"星离,你不像为了几句挑衅就会把他放在眼里的人。"

沈星离目光冷厉:"你没注意到他当时是用什么眼神看念念的?"

谢晓恍然大悟,脏辫男确实不怀好意地打量过程以念,原来沈星离是为了这个而记仇,保护欲和占有欲真是够强的……

"他敢找你麻烦,证明实力不弱,你小心点。"

沈星离握了握手心里的小狗,说道:"我答应了她不受伤,就一定做得到。"

最后一轮对阵名单在开场前三分钟公布。

谢晓所料没错,沈星离的对手确实是那个脏辫男。

程以念在观众席上一看到名单就绷紧了神经。

"哎,'离神'怎么对上他了?他在圈子里臭名昭著啊。"

"可不是,小动作又阴又多,下手还特狠,听说好几个选手都被他弄残过,'离神'太倒霉了。"

"嘘,你们不知道吗?他好像是专门针对'离神'的。刚才私下还放狠话来着,说是看上'离神'的女朋友了,要把'离神'打进医院……"

程以念听着身旁一群男男女女的议论声,下意识把手里的水瓶抓到变形。

她起身想再去后台看一眼沈星离,可三分钟转瞬即到,擂台上灯光一换,雪亮的光柱照向铁笼,宣告着比赛马上开始。

灯光中,沈星离披着黑金长衫出现在入口,像电影片段一般的画面立刻引起满场尖叫。相比之下,脏辫男入场时清冷得多,他的表情自然更为阴森。

裁判倒数时,脏辫男对沈星离低声冷笑道:"偶像派的唯一好处,大概就是女朋友长得漂亮。等你趴着下场,我替你带她回家。"

下一秒钟,倒计时结束。

脏辫男得意的尾音还在嘴里,就震惊地看到沈星离瞬间逼到他面前。他本能地抵挡,却完全跟不上沈星离的强烈进攻。少年跟钢铸似的拳头落到他脸上时,含着让人骨碎筋断的力量和怒火。

哐的一声,脏辫男狠狠地撞到笼壁上。

偌大的场馆寂静两秒,观众几乎全体站起来看了,顿时响起狂热的惊呼声。

小动作?阴招?

那就以绝对压倒性的正面进攻方式,让他没有下手的机会。

狠?挑衅?

那就比他更狠更强,让他把说出来的话嚼烂了咽回去。

不需要任何人为他捏汗,沈星离的打法简单明了,用最光明正大的方式碾压自命不凡的龌龊小人。

程以念淹没在沸腾的人潮里,呆呆地凝视着铁笼里那道不断刷新她认知的身影。

他生气时的力量、速度更胜平常，势必要把对面的人打败。可她发觉自己竟然一点也不排斥……

这就是堂堂正正的格斗比赛，他用童年受过的伤害换取光荣，她为他热血激动，同时也心窝酸楚……她觉得自己的心像被天下最强劲的一双手轻柔地护住。

比赛进行到尾声，脏辫男用尽了浑身解数，仍反击失败。

他最后一次试图偷袭，却被沈星离用他赛前炫耀过的"十字固"绞住脖子，摔在地上再也没爬起来。裁判吹哨，宣布沈星离获胜，当场授予沈星离通往国家级赛段的晋级卡。

在雷霆般的掌声和吼声中，程以念望着沈星离。

沈星离身上的汗顺着起伏的胸膛滚落，他转过身，面对程以念的方向举起右手。接着，他解开上面缠绕的绷带，露出掌心里的那只小狗。

众目睽睽之下，程以念的心跳声咚咚震耳。

沈星离的眼睛紧盯着她，把手放到唇边，对着她亲手勾画的"护身符"，落下浅浅一吻。

03

比赛结束后，沈星离不能直接去找程以念，必须走选手通道回后台。谢晓在等他，亢奋得直拍大腿，上来要抱他，被沈星离无情地推开。

"哎，星离，有媒体想采访你，你配合一下啊，急着干什么去？"谢晓追问道。

"洗澡。"

刚才他跟那种小人近身肉搏，流了不少汗，得快点洗干净，不然……他要的奖励，会把念念弄脏。

走出几步，沈星离又停下，问："有创可贴吗？"

谢晓皱眉："你受伤了？"

"没有，"他抬起右手晃了晃，"把我的小狗贴上，怕沾水化了。"

沈星离唯恐程以念等急，争分夺秒地洗好澡，来不及擦干就走了出来，却没

在后台找到他想见的人。

他急忙打电话，程以念不接，他心里越来越慌，慌得去找人，却被从外面进来的谢晓拦住："程小姐好像已经走了。"

"走……了？"

谢晓看着铁笼里那个让人胆寒的胜利者，此刻听到程以念走了就脸色苍白，他摇了摇头，实话实说："你下场之后，她没来后台，直接往馆外去了。"

沈星离不相信，冲过去找，前厅的观众差不多走完了，程以念不在。他又冲到比赛场，观众席早已空无一人，静得连呼吸声也没有，全世界像是只剩下他一个。

沈星离呆站了好半天，头缓缓垂下，发梢冰凉的水流过脸侧，浸湿他胡乱套上的衣服。

是他比赛时候的样子太凶，惹她烦了吗？还是他亲了手心，让她不高兴了，所以才不愿意见他？可是她答应给他奖励的，他今天没受伤，一点都没有……

沈星离力气被抽空，颓然地顺着铁笼滑坐下去。场馆的灯关闭了大半，又静又暗，他圈住膝盖，蜷在阴影里。

程以念进来时，看到的就是这幅情景。

那么多人为之狂热的"离神"，孤单地窝在黑暗里，十分委屈。

比赛结束后，她发现手里的水瓶被捏坏了，为了平复情绪，她舍近求远，去馆外给沈星离买运动饮料。因为外面太吵了没听到手机响，哪知道她一回来就被谢晓拽住，说星离以为她提前离开了，失控到不理媒体，让她赶紧去找他。

猛兽又变回了无家可归的"小狗崽儿"。

程以念低声叹气，轻手轻脚地靠近沈星离，蹲在他身边，把微凉的饮料瓶贴在他手背上。

沈星离一震，抬起赤红的眼。

面前的人正注视着他，眉目柔婉，浅红的唇角带着一点笑意："又乱跑，渴不渴？来，你喜欢的口味……"

沈星离不等她说完，就一把抱住她，双臂不管不顾地收紧，贪婪地汲取日思

夜想的温暖。

他没有喜欢的口味,他只有喜欢到疯了的人。

程以念抵不过他的力气,被抱得浑身发软,咬牙推他:"你好好说话,别发疯!"

"我本来就是疯的!"沈星离不放手,搂得更用力,"别动了,让我抱一会儿……"

他的语气又低沉下去,心头酸楚:"我以为你走了,不看我,不给我奖励……我真的没受伤,说好的我都做到了!"

程以念哭笑不得,原来他还惦记着奖励呢。"想要奖励,你总得先松开吧。"

"不松,"沈星离得寸进尺,唇擦过她的颈侧,脑袋乱蹭着,声音沙哑,"我现在就在拿奖励,你不能反悔!"

程以念皮肤酥麻,忍耐着不想让他察觉她急促的呼吸,羞恼地问:"你说的奖励,是……是……"

"是抱你!"他说,"毫发无伤地打赢,你让我抱一下。"

"现在不止一下了吧?"

"我打赢了三场,要抱三下的。"

程以念快被他给气笑了,又突然听见他轻轻地说:"念念,我洗干净了,不脏,你别嫌弃我。"

一句话,把程以念的心都说软了。

她对这个从幼崽疼到成年的小兽,打不得、骂不得、扔不下。如今,他把凶悍强势和乖巧示弱全用在她身上,四面围攻,她到底该怎么办?

程以念深吸一口气,抵着他的胸口,说道:"沈星离,你冷静点行不行?一群媒体还等着你过去!"

他咕哝道:"那你得给我新的奖励,我才听话。"

程以念要吐血了:"你又想干什么?"

沈星离摊开手,掌心里的小狗就算贴了创可贴,还是糊掉了,变成了黑乎乎的一团。他看得难过,把手硬塞给她,鼻子发酸:"你给我护身符,不会掉的那

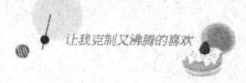

种，比如……亲亲它。"

"不行。"

"不亲也可以。"他看似很好说话，"但是以后我每次打赢比赛没有受伤，你都得抱我一下。我都主动让步这么多了，你不能再拒绝。"

程以念想说的"不"被他用手提前给堵上，噎得她直喘气。

沈星离的唇动了动，飞快数到三，得逞般扑上去又把她环住："三秒没有说话，算你同意了！不准抵赖！"

程以念有一万句话可以让他失望，但她闭了闭眼，心里坚硬的东西在不断溶解。

算了……

纵容他一回吧，就这一回，下不为例。

"没时间陪你闹，"她拍拍他的头，转移话题，"记者都在等你，去接受采访吧。"

沈星离见她不反对了，弯着眼积极地答应下来，拉起她的手腕往外走，还不忘美滋滋地把饮料瓶攥在手里。

程以念望着沈星离的侧影，他把孤独苦痛都默默地藏起来了。因为她的一点抚慰，就高兴得心满意足。可他明明应该得到最纯粹的爱和夸奖，前者她给不了，后者……

有些话在看比赛时她就想说了，此刻更是冲到了嘴边。

"星离……"

沈星离回头，灿烂地凝视她。

程以念认真地说："你打得特别棒，我为你骄傲。"

当天媒体采访，沈星离破天荒地配合。

程以念就站在摄像机后面，沈星离全程带笑，淡淡的一丝弧度翘在唇角上，好看得过分。一群体育记者居然找到了娱乐记者采访大明星的感觉。别说，还挺过瘾的。

有人问:"比赛进行到这个级别,毫发无伤地通过并不容易,是因为技术够强吗?"

沈星离眼中星辰熠熠:"是因为有人会为我骄傲。"

采访结束前,席间资历最深的老记者感慨:"这孩子要是能继续赢下去,前途无量啊,下次我们想采访估计都很难有机会了。"

谢晓满意得不行,越发坚信自己没选错人,沈星离早晚是能红出圈的人,但他也没想到能红得这么快。

比赛过去还没有一周,沈星离的采访和比赛片段在微博上发布,竟然进了热搜榜。一群平常只关注娱乐消息的人看到热度,集体凑热闹,还自带了一个"神仙打架"的话题。

画面上,俊美和强悍在沈星离身上融为一体,"神仙打架"名副其实。更何况他又是名校在读的美少年,不提别的,光凭一张脸就足够吸引公众的目光了。

谢晓沉得住气,知道这才刚刚开始,不能受影响,对沈星离采取绝对的保护态度。再加上沈星离本身性子冷,对这些视而不见,基本没受影响。倒是程以念带着画好的第一期连载漫画去南英社交稿时,意外地感受到了自家"小狗崽儿"的人气。

编辑在办公室等她,一见到她就说:"辛苦'大神'了,特意让你跑一趟是因为我觉得万一有问题当面沟通比较好。"

程以念点头。

然而看稿之后,编辑只剩下拍大腿的份儿了,反复看了好几遍,激动得脸通红:"'大神'!我刚发现咱们男主角好像'离神'啊!'离神'你知道不?最近网上超火的那个弟弟,特别帅,实力特别强的格斗选手!你看过他的视频没?我这就给你找!"

程以念伸手想拦,编辑已经点开了视频播放,一边看一边疯狂地夸道:"厉害吧!最近我们全编辑部都迷他,简直打破了'次元壁'。现在一看你的画更确定了,'离神'是妥妥的'撕漫男'(撕破漫画走出来的美男子)!而且他这一红,对我们连载漫画的帮助也很大。"

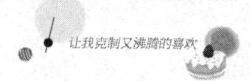

编辑很确定,这么长的一期连载漫画不可能是程以念在一周内赶工出来的。而一周前,沈星离只是个普通人,谁会认识他?程以念能画得这么像,绝对是缘分。

编辑开始畅想:"下周正式开始连载,等热度上来以后,社里说不定可以联系'离神'的俱乐部搞一波联合宣传!"

程以念一想到这画面,就感觉头大。真要这样,某人的尾巴还不得翘到天上去?她赶紧打断道:"别,千万别!我们安心画画吧,不要牵扯太多其他的人和事。"

04

从办公室出来,程以念长出一口气,低着头往楼外走。只是她越走速度越慢,最后停在走廊的窗边撩了撩垂落的头发,略微失神。

对于沈星离受欢迎的程度,程以念第一次有了直观的认识。想想以后,他应该会有一大群热情的女粉丝。

到时候,他走得高了,见的世界大了,拥有的不再是小小一隅,伤痛都将被抹平,荣耀成就加身,他大概也就能放得开,试着去喜欢其他人,不会太执着于她了。

这应该是她期待的结局……

程以念想得失神,直到面前多出一道高大的身影,骨节分明的手轻轻地抚上她皱紧的眉心,她才惊讶回神。低沉男声随即响起:"想什么呢,脸色这么差?"

"湛哥?"程以念回道,"你怎么会在这儿?"

竟然是裴湛,他永远一丝不苟,穿着手工定制的衬衫长裤,戴着一副金丝细框眼镜,整洁雅致,正垂眼望着她。

上次他说出去谈生意,原来已经回来了。

裴湛弯唇:"碰巧,有点小事情,正想和你联系。"

说话时,走廊里有脚步声响起,程以念注意到是南英社的总负责人。因为手握大权,所以平常眼高于顶,可他现在却是一路小跑过来,擦着汗对裴湛点头哈腰。

裴湛仍笑着淡淡地扫了他一眼,温和地问:"你是?"

负责人一怔,从裴湛的目光里感受到某种彻骨的寒意,不明白刚刚把他们南英社吞到自家旗下的裴董事长为什么会是这种反应。但他很快改了口,只说自己久仰大名,过来认识一下,别的只字没提。

小插曲很快过去,裴氏集团新任当家人的身份本就尊贵,想往裴湛身边凑的人数不胜数。程以念没发现这件事有什么特别,倒是想起那件损坏的大衣。

糟了,她还答应赔偿呢,结果一心顾着沈星离,忘得一干二净……

裴湛问:"小没良心的,终于想起你湛哥的事情来了?"

程以念更不好意思了,不过也因为这句话拉近两人的距离,仿佛回到了小时候青梅竹马的日子。那时候,裴湛也经常叫她"小没良心的",一边埋怨她,一边把好吃好玩的都塞给她。

裴湛回国后出现这么多次,直到此刻,程以念才找到了亲近感。她松了一口气,笑着歪歪头:"是我错啦,眼看着冬天都要过去了,还没赔你大衣。"

裴湛点了点她的额角,说:"你也知道自己有多忽略我?大衣就算了,亲手挑一件其他礼物送我,我考虑原谅你。"

程以念脸颊边现出两个小酒窝,爽快地答应了。

裴湛眼神微敛,似是无意地问:"沈星离的伤怎么样了?"

程以念说:"已经好多了。"

裴湛不动声色:"想来也是,我最近听说了他不少消息,格斗比赛之类的,他应该知道你讨厌暴力,竟然小小年纪不上学,跑去做这个。"

"是有原因的。"她轻轻地解释,"他是不得已。"

见程以念这样维护沈星离,裴湛静静地问:"以念,经过上次火灾,你还不打算放弃沈星离吗?"

程以念的笑意逐渐消失。

"湛哥,我跟他的事情,你怎么会知道……"

裴湛低声叹了一口气,在她头上自然地轻抚着:"因为关心你,很多细节,

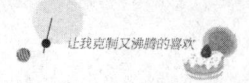

不由自主就察觉到了。"

程以念知道裴湛心细，也就没多想，接受了他的说法。

"他为我付出太多了，而且他正在打比赛，需要我照顾他，"她的语气有些不自在，尽量说得淡定，"等这段时间过去，我一定……"

但再怎么掩饰，她的神色也是温柔的。

裴湛牢牢地盯着她，眼底暗沉。

沈星离的父亲当年不过是程家的一个司机，母亲更是声名狼藉。这样的双亲都不把他当人看待，偏偏他却从小抢走了程以念的注意力，甚至一点点地侵蚀她的心。

程以念把沈星离护在身边，疼爱他、照料他，甚至为了他不惜跟家里决裂，宁愿出来画漫画赚钱，过这种捉襟见肘的生活。现在，沈星离还妄图染指她，最让裴湛不能忍受的是，程以念居然有可能会为他所动。

镜片反射出一片刺眼的光泽，裴湛伸手抚上程以念的后脑，不徐不疾地摩挲着。

碾死沈星离易如反掌，可那又有什么意思？折磨他，将他最爱的人抢走，这样乐趣就大多了。

裴湛略微俯下身，关切道："以念，听我的，如果你没打算接受沈星离，就不要对他心软。"

程以念沉默。

裴湛的语气格外温柔体贴："我是男人，比你了解他。你如果总是给他不该有的期盼，到斩断那天，他会更痛苦。我不反对你短期照顾他，但你最好冷静，别被他蛊惑。"

程以念犹如被迎头浇了一盆冰水。她最近对沈星离的种种让步都表明……她好像已经半只脚陷入沈星离的包围圈了。

离开南英社时，裴湛坚持要送她。

程以念在车上一直失神，直到裴湛重复第三遍时才听清他的话："中午一起

吃饭吧,有家不错的法国餐厅,应该合你口味。"

程以念摇头拒绝。

法国菜是她以前在程家做大小姐时的偏好,几年过去,她的口味早已经改了,但裴湛对她的记忆还停留在那时。

她不是豪门大小姐了,现在的她只是一个最普通的小画手。自家厨房里做出的热腾腾的家常菜,才是她真正偏爱的口味。况且她心里实在乱,哪有心情坐下来聊天叙旧。

裴湛不勉强,从后座拿过一个精致的礼盒,直接塞进她包里:"买很久了,今天终于见到了它的主人,收好。"说完,他下车走到程以念这边替她拉开车门,笑得温文尔雅,"我等你的礼物。"

裴湛从头至尾没给程以念拒收礼物的机会。等她好不容易从包里把礼盒翻出来时,他正朝她挥手告别,越野车绝尘而去。

程以念站在楼门口目送车影消失,打开礼盒,里面是一副昂贵的太阳镜,以及一张小卡,上面有裴湛的字迹:"最近天气逐渐升温,阳光很足,让它替我为你遮光,好好保护你的眼睛。"

她心里温暖,湛哥还是和以前一样细心。这样专门给她挑的礼物她无法拒收,只能尽快还礼,她不想把人情越拖越大。

程以念干脆不上楼了,乘地铁去商场。途中童宁打来电话:"以念,你家'离神'太火爆了吧!编辑部全体沦陷,都在抢下一场比赛的观众票,你有没有内部渠道啊?"

程以念揉了揉太阳穴,说:"没有,还请注意用词,什么叫我家的?"

童宁嘿嘿一笑:"别欲盖弥彰了。不管承不承认,他就是你家忠诚的'小狼狗'嘛,整天在你腿边打转,谁敢招惹你,他立马扑上去撕了谁。"

程以念急道:"再说我挂啦。"

"别别别,咱俩好久没见了,你在哪儿呢?"

得知程以念准备去逛街,正在休假的童宁立刻收拾东西出发:"正好我也想去,我们一起逛。"

工作日的下午,商场人流量不大,程以念选的又是一个档次颇高、环境安静雅致的商场,她的眉心舒展了不少。

从一楼走上三楼,各类店面多到眼花。按常理来说,要给裴湛选一件合适的礼物应该不难。然而,程以念眼里全是年轻男生的款式,自动地把成熟的款式给过滤掉了。

她之前都努力忍住了,但一身黑金配色的运动套装又把她吸引住了。

星离自身条件那么好,过得却很节省,钱都给她用了,他已经很久没添新衣服了。这套衣服他穿起来肯定——

哎,想什么呢?停!关系这么敏感,再给他买衣服像话吗?程以念咬咬牙,拉着童宁往前走,走出三五步又一脸纠结地站住,不甘地侧头去瞄。

童宁要笑死了,说道:"别难为自己了,你签了新社收入高,想买就买嘛,'离神'穿上绝对好看。"

好吧……就买这一套,别的保证不看!

程以念提着第一件战利品,心里是这么告诫自己的。然而下一家店,模特身上的深蓝色针织衫又闯入她的视野,配上"小狗崽儿"白皙的肤色不知道会有多好看。

半小时后,程以念两手拎满,却没有一件是给自己买的。裴湛的礼物也还没着落,购物成果全部属于沈星离。

程以念觉得自己大概是疯了……可一想到沈星离那天蜷缩在铁笼边,因她一两句话就开心成小孩儿的样子,她的心就成了一块浸满水的海绵,又重又潮,挤也挤不干净,不由自主地想对他更好一点。

而且她没忘记,他的生日快到了。

程以念正心事重重地垂着头,童宁突然拽住她的手臂,吃惊地低喊:"以念,你看!那是不是'离神'!"

程以念一惊,猛地抬头。

150

第九章

沸腾（四）

01

不远处的一家女装店门口，走出一道高挑的身影，再朴素的衣服也盖不住他的宽肩长腿。他比她更夸张，双手拎着的袋子多到快要掉到地上，仔细望去全是女装品牌，一件男装都没有。

程以念反射性地拉着童宁躲到拐角处。

童宁来回瞅了瞅，明白过来，一时间既感慨又有点心酸："他是跟你做了一样的傻事吧？跑到商场来给对方狂买衣服，一点也舍不得给自己买。"

程以念嘴硬："也许……也许不是给我的……"

"这么说你自己信吗？非要否认是吧？行，我这就替你去问一问！"

童宁趁程以念手里提满了东西不便阻挠，便掏出手机给沈星离打了过去，接通后，摁了免提，故作平静地问："'离神'，我在商场逛街呢，刚才好像看见你了。你提那么多东西，不会都是给以念买的吧？"

程以念胸口不知不觉中抽紧，远远地看着沈星离，他的声音传来："当然是。"

童宁扬眉，又问："你哪来的钱？别又是签了什么危险的合同，我可是要跟以念告状的。"

程以念紧张地等待答案，片刻后听到他说："这次晋级，我有奖金。"

他拼命得来的钱，都要给她用。

紧接着沈星离又补充道:"别告诉念念,我自己和她说。"

童宁一边答应一边摇了摇头,这么会疼人的"小狼狗",谁能抗拒?以念怎么顶得住的?

程以念到底没有出去,等沈星离下楼离开后,她才神色复杂地坐到墙边长椅上。

童宁不解地问:"以念,别跟我说你一丝一毫也不对他动心,是个女人都做不到。所以到底问题出在哪里?你就真的连试也不打算试吗?"

试?沈星离的世界里不存在这个字。她也决不允许自己产生这样的念头。

感情对于沈星离来说,仅有两个选项——要么是有,要么是无。

而她只能是无……

回去之前,她突然想起了裴湛,便又去挑了一块手表。

程以念傍晚回到家,冲动的情绪冷静了下来。她在床尾犹豫了半晌,还是把一大堆袋子藏进了床垫底下的储物箱,唯独留下了给裴湛挑的手表,放在了写字台的抽屉里,准备找个时间送给他。

程以念在厨房炖汤时,沈星离回来了,开门关门都轻轻的,动作也小心翼翼的,以为她没有察觉到。

程以念装作不知道,余光中看他抱起"战利品"往他房间冲。他进去折腾了一通,大约也是藏起来了,又重新回到门口,装作刚回来的样子,迫不及待地跑进厨房,贴着她深深地吸气:"好香。"

"鸡汤当然香。"

沈星离认真地说:"但是念念比鸡汤更香。"

他靠得近,呼吸灼热,身上清冷的气息干扰性极强。程以念耳郭微麻,躲开他,忍了忍没有多问:"准备吃饭吧。"

沈星离赖着不走,桃花眼中波光荡漾,试探着问她:"念念,这周六你有事吗?"

周六是他的生日。

从小到大,只有程以念一个人会在乎他的生日,是她的温柔和在意把这个原

本痛苦的日子涂满了蜜糖。

程以念手一顿，很快恢复如常，不想给他太多期待，含糊地说道："应该没什么事吧。"

沈星离感觉到她的回避，浅浅地笑着，拉住她的手摇晃："那周六我早点回来接你，我们出去吃饭好吗？"

程以念淡淡地说："还有好几天呢，到时候再说。"

沈星离望着她的侧脸，纤长的睫毛微垂，低声说："你如果不想出去吃，我就买吃的回来或者自己做。如果你碰巧有事，我就等，多晚都没关系。"

程以念别开脸，隔着汤锅散发的热气，她恍惚看到第一次给小星离过生日时，他难以置信的惊喜模样。他在烛光前抱着瘦小的双腿，傻傻笑着又偷偷掉眼泪的模样。

他大概从那个时候起就把她当作了他的中心，直到今天越演越烈。这样的爱推着她站到了悬崖边上，明知往前是深渊，可深渊中，却有最让她心疼的人。

对他好是害他，对他不好是伤他，程以念快被扯成两半了。

当天晚上睡觉前，"八卦精"童宁给程以念发语音消息："以念，以念，你家'小狼狗'收到你的衣服是不是超激动！快给我描述描述，或者画个四格漫画让我看一看。"

程以念不想回复这种信息，可架不住童宁不停地问，她简要回答："没送。"

童宁追问："为什么？你买完又后悔了？"

程以念用被子蒙住脸："你就当我是后悔了吧。"

夜深人静，童宁躺在床上辗转反侧，总觉得自己不能这么坐视不理，需要稍稍地推动他们一下。于是，她翻了翻手机相册，找出今天拍的唯一一张照片。

遗憾的是那么多装衣服的袋子，她都忘记拍了，光拍了个最后买的手表。虽说她不太明白以念怎么会给沈星离选择成熟的商务款式，但只要是以念送的，他都会开心吧。

童宁把照片发到朋友圈里，配上一行字："以念买了男款手表哦，给某人的礼物。"并且选择了只对沈星离一个人可见，还特意勾上"提醒他看"的选项。

沈星离正在暖黄色的台灯光线里检查"战利品",将它们一件件地铺在床上,小心翼翼地抚摸着。他要留到生日那天,连同他存着钱的银行卡一起送给念念。

他的生日只与程以念一个人有关,他想在二十岁那天郑重地告诉她,他真的是个大人了,能保护她和照顾她,把他现在有的和以后会有的一切都给她。可是看念念今天的态度,大概不愿意和他一起过⋯⋯

沈星离把东西收拾好后,低落地躺下。他随手点开微信,发现有一条朋友圈提醒消息。等把那短短一行字和照片反复看过十来遍后,他总算相信自己不是眼花,从床上激动地扑腾起来,拉开门就往外跑,大步赶到程以念的房门口。

念念没有不愿意!她记得他的生日!她给他买了手表做礼物!傍晚时的冷淡模样,是她故意的,不想让他太得意而已,她心里是想和他一起过的!

她会不会⋯⋯会不会已经有一点点喜欢他了⋯⋯

沈星离的胸膛剧烈起伏,差点就推门而入。但还是忍住了,他不能冲动,万一太激进吓到念念就糟了。

他能等,等到生日当天⋯⋯

虽然道理都懂,但沈星离心里实在激动得睡不着。他干脆不回卧室了,随便抓一个坐垫放在程以念房门外的地上,背靠门板,美滋滋地守了一整晚。

程以念隔天起床,把门往里一拉,猝不及防被一只人形大宠物撞了腿。

"星离?"

沈星离还在地上坐着,被吓醒了很委屈,揉揉睡意惺忪的桃花眼,整个人又乖又软。

程以念被他吓得心律不齐,又被这副任人揉捏的小表情逗笑。趁他迷糊时,程以念戳了他的脸一下:"你不好好睡觉,怎么坐在这儿?"

沈星离靠在程以念的腿上蹭了蹭,一把抱住后仰起头,乌黑的睫毛轻颤着,回答道:"我在给念念守门。"

他语气乖得不行,动作却不太老实,头贴在她的腿上,懒洋洋地黏着,发丝穿透她薄薄的家居服,刺得她皮肤发麻。

程以念总觉得有哪里不对，沈星离昨晚吃饭时还蔫蔫的，怎么一晚上过去就突然活泼了？她把他拎起来："你没事吧？"

"小狗崽儿"温驯地摇头，超甜地眨眼睛："我要过生日了——我心情好——我去给念念做早饭——"说完，他在她身上亲昵地拱一拱，恋恋不舍地爬起来，嗒嗒嗒跑去洗漱，又飞快地冲进厨房开始忙活。

程以念没想出个所以然，晕乎乎地被他拉到餐桌边，吃了一顿沈小九的爱心早餐。

等沈星离去学校上课了，家里安静下来，程以念画了两页稿子，看到QQ上有群头像闪动，她点开一看，是南英社的画手群。

大家又拉开了架势，对"离神"开启新一轮的激情讨论。

对话框里是满屏截图和"花痴"言论，程以念正想关闭，就看到有个人说："'离神'打这种比赛太危险了，真想去山上求个护身符送他。"

护身符……

程以念的手停住了，听群里说了好一会儿，她得知本市市郊的名山上有座据说非常灵验的寺庙，诚心求来的护身符能保平安。

她是不信这些事情的，关掉对话框继续画画，却怎么也画不好了，来来回回修改几遍都不满意。她把笔一扔，上网订了一张时间最近的通往寺庙的大巴票，匆忙收拾东西出门了。

如果真能保星离平安，求就求，总比在他手心画个小狗靠谱。

02

沈星离中午下课后没去食堂吃饭，而是去了很火爆的网络红人店排队给程以念买午餐，可送回去时，却发现她不在家。

程以念的房门没关，桌面上画图工具铺得有点乱，抽屉好像也半开着，应该是临时有事出去了。

沈星离放下餐盒，进去帮她整理，顺手推抽屉时，意外瞥到了一个深灰色礼盒的边角。他愣住，一下子想起童宁发的那张图。

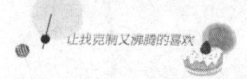

手表盒子，就是深灰色的……

沈星离舔了一下突然变干涩的唇，缓缓地把抽屉拉开，盒子露出全貌，上面的标签清晰显著，是那块手表没错！

他嘴角的笑意抿也抿不住，把盒子小心地捧出来，屏息掀开盖子，金属表盘闪着微光映入他的眼中。

是他的生日礼物！

沈星离用指尖碰了碰表盘，忍不住取出来戴在手腕上，心中满溢的欢喜简直要流淌出来。不过他只戴了一小会儿就妥帖地放了回去，然后一路跑回自己的房间，往床上一倒，开心得抱着被子来回打滚。

程以念在庙中按规矩整整诵经五个小时，这枚狼牙做的护身符才真正属于她。由于沈星离比赛的特殊性，场上不能戴任何首饰，她还专门去求了不给身体增加负担的配件，庙中大师便多给了她一卷红线。

大师说："需要的时候，取一段缠在他的无名指上，可挡血光。"亦可牵姻缘，但这一句，他淡淡地笑着，并没有说出口。

程以念跪坐得太久，下山时腿是软的，返程时已经天黑了。中途，沈星离打了四五个电话给她，她都没透露自己去了哪里。至于求来的东西……就等生日那天给他吧。

从这天起，沈星离数着日子过，每天都要趴在程以念房门口去瞄那个装礼物的抽屉，漂亮的眼中全是光芒。

程以念越来越觉得沈星离反常，生日前一天逮住他问："你到底为什么这么开心？"

沈星离俯身盯着她，眼角和眉梢染着笑意："我开不开心从来都跟别的无关，只因为你。"他的声音渐渐变得低沉，"念念，明天……"

明天就是周六了，程以念当然知道他想说什么。她想到满箱的衣服和求来的护身符，都昭示着她的牵挂，她不禁有些底气不足，生怕泄露了真实情绪，于是留下一句"明天的事，明天再说，我先睡了"就躲回了房间。

程以念靠着门深深吸气,手机忽然振动了一下,是裴湛发来的微信消息:"以念,你睡了吗?"

程以念刚回完"还没有"三个字,下一秒,裴湛的电话就打了过来。

程以念下意识地不想让门外的沈星离听到,于是走去窗边接听电话:"湛哥,我正好想找你,礼物几天之前就选好了,你一直没空,所以就一直没给你。"

裴湛低笑了一声,声音迷人:"'小没良心的'这次表现得不错,知道把你湛哥放在心上了。我哪敢耽误,这不是忙完马上就来找你了。"

眼镜礼盒里的纸条,甚至他在医院照顾她的那段日子,都隐约夹杂了些许说不清的暧昧。程以念不是毫无察觉,但因为裴湛一向做事有分寸,加上过去两人的关系真的很亲密,她更愿意相信这只不过是他在努力消弭彼此之间的距离,并无他意。

程以念提前打预防针:"先说好啊,我现在能力有限,礼物不算贵重,肯定不配裴董的身份,你就当是份心意。"

裴湛语气愉悦:"你送的我都喜欢,明天早上我去找你。"

他在"明天早上"这四个字上不着痕迹地加了重音。

程以念迟疑道:"明天我有事……后天好不好?"

裴湛说:"我明天上午要去外地,如果早上不见,下次见面可能又要等很久了。"

程以念想着送个礼物不过几分钟的时间,又不影响给沈星离过生日,于是点头同意。

第二天程以念醒得很早,蹑手蹑脚地起床,打算给沈星离煮碗长寿面。

她直接进了厨房,所以没注意到门口沈星离的鞋子不见了,更不知道他比她醒得还要早,悄悄地跑到三条街之外给她买早餐,只因为听别人提过一句"味道不错"。

程以念刚去盛面粉,就听到了微信提示音,是裴湛发来了信息:"以念,我在你楼下。"

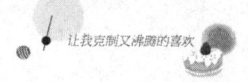

他来得这么早？

程以念连忙擦了擦手，去抽屉里拿出手表，换衣服下楼。

熹微的晨光里，裴湛在车边站着，活脱脱一个一线男模特的模样，惹得路人频频回眸。

他迎上前，说道："打扰你休息了吗？"

"没有，我刚好起得早。"程以念递上礼物，弯眼笑了，"小小心意。"

裴湛抬手去接，却在即将拿到时转了个方向，抚上她的手指，轻柔地说："有面粉。"

程以念解释："想做面食，所以……"

"做面食？"裴湛盯着她，"有我的一份吗？或者说，你还记得今天是什么日子，知道要跟我见面，专门为我做的吗？"

程以念怔住，手被他抓着忘了抽出。

现在是三月中旬，今天该不会是裴湛的农历生日……

裴家从小为他过的都是公历生日，往往高朋满座，演变成意义复杂的豪门酒会。裴湛从小就排斥，拉着她偷偷过农历生日。后来他们两人渐行渐远，她也就逐渐忘记了这件事情。现在被他提醒，再想起时间，她才忽然记起来。但她没想到他今年的农历生日竟和星离赶在了同一天。

裴湛好整以暇地微笑着。

程以念窘迫得脸色发红："湛哥，我真的忘了，昨天晚上还跟你说礼物改天再送，现在一想太过分了，对不起啊……"

裴湛正想说话，余光里忽地闪过一道身影。那道他一直等待的身影终于出现了。

他今天很早就来到沈星离家楼下，正在想着如何才能让沈星离知道他跟程以念见面，就看到沈星离出现在楼下。他在车中听到沈星离给舍友打电话询问买早餐的地点，他便计算着时间，等到沈星离快返回的时候，特意跟程以念在楼门口最显眼的位置见面。

沈星离手里托着热腾腾的早餐，因为担心会凉，所以他是跑着回来的。他径

直奔向自家楼门,某一瞬间被晨光晃到眼睛,恍惚看见了程以念的侧影,他脚步猛地停住。

裴湛睨着不远处的沈星离,唇角笑意更浓。他一只手自然地摸了摸程以念的头发,另一只手故意以最明显的角度,接过礼盒,声音清晰悦耳:"道歉我接受了,你专门给我挑的礼物,我也收下了。接下来跟我走吧,像以前一样陪我过个生日。昨晚说的机票有你一张,九点半起飞,再不出发就来不及了。"

程以念没想到他会这么说,拒绝的话已经到了嘴边,骤然听到有什么东西砰的一声掉到地上。她扭过头去看,眼睛睁大。

沈星离就站在离她不足十米的地方,两个餐盒在他脚边散开,面点上还冒着热气。

程以念诧异地问:"你怎么在外面,什么时候出去的?"

沈星离一个字也不说,紧紧地盯着裴湛的手,对方像炫耀一般地拿着承载了他全部期待的手表,还肆无忌惮地触碰程以念!

阳光照下来本来很暖和,程以念却感觉到某种直抵骨髓的寒意。她这才惊觉自己不知道什么时候跟裴湛站得特别近,他还亲密地把手放在她的头上……

"小狗崽儿"本就十分护食,他对裴湛又向来有很强的敌意,看见这场面,多半是又往歪处想了。

平常她也许不会惯着沈星离,但毕竟今天是他的生日,程以念不忍心让他难受,向前走了一步想避开裴湛,可裴湛竟反手一拉,把她揽在了臂弯里:"以念,别过去!星离又闹脾气了,我怕他不懂事会伤到你。"

沈星离积蓄的怒火轰地一下被点燃了。沈星离大步逼上前扯开裴湛,攥紧程以念的手腕将她拉到身边,然后一把夺下裴湛手里的礼物盒,狠狠地握住,盒子棱角几乎把皮肉硌破。

裴湛根本不打算站稳,身体一晃,顺势撞到车边凸起的后视镜上,皱眉闷哼了一声:"星离,你下手怎么这么重?"

两个身高相仿的男人相对,一个盛气凌人,另一个被推搡撞伤。

程以念没办法徇私,急忙挥开沈星离去扶裴湛的手臂:"你怎么样?"

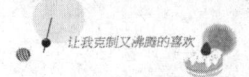

沈星离眼睛通红，硬扣着程以念不准她乱动。

"早餐掉了没关系，不要了！今天是我生日，我上楼给你煮面。"沈星离的心在变空变冷，强撑着一点希冀，钳制着她不放，"念念，我们回家！"他强行环住程以念的背，把她往楼门口带。

裴湛的声音从身后响起："真巧，今天也是你的生日？不过不好意思，以念下楼就是来陪我的，而且还花心思给我选了礼物。你要回家可以，是不是应该先把人和东西都还给我？我们打算出门度假，该去机场了。"

沈星离紧绷的神经突然断裂，他回过身，冷厉的目光落在裴湛脸上："还给你？人是我的，礼物也是她给我准备的！"

裴湛故作疑惑地望向程以念。

程以念受够了这种场面，只想快点结束眼前的混乱场面。她抢过沈星离用力抓着的手表盒子，却又被他夺回去，像小孩子一样护在怀里，瞪着她的眼中浮出泪光："这是给我的！"

"什么给你的？"程以念不懂沈星离今天是怎么了，再生气也不该伤人，还对一个普通礼盒这么执着，简直有些不可理喻。

她实话实说："这本来就是我要送给裴湛的！跟你没有关系！"

沈星离的血液在这一刻被冻结，心像是不会跳了，被她用一句话凝成的利器刺透，四分五裂。

其实，他之前听到裴湛说的话了。礼物是念念专门给裴湛挑的，今天她要陪裴湛出去过生日……可他不信，只要不是念念说的，他都不相信！

现在，她亲口告诉他，一切都是裴湛的，跟他一点关系也没有。他这些天隐藏的甜蜜和盼望，一次次跑去偷看那个装手表的抽屉，做的那么多被她在乎的梦，幻想她可能会有一丝喜欢他……原来全是空的。

沈星离脸上的血色彻底退去，忽然间冷得打战。他缓慢地掀开盒盖，通红的眼睛最后看了一眼手表，猛地反手摔下。礼盒坠地，手表滚出来，他一脚踩住，碾碎表盘。

程以念脸色一白。

裴湛也有点惊讶，随即露出淡淡的意外之喜。沈星离的反应比他预料中更加激烈，这样只会把以念推远，倒省得他多费唇舌。

沈星离踩过碎表盘的玻璃，目不转睛地盯着程以念："念念，跟我走！"

程以念恼怒的情绪升到了极点。

沈星离固执地拉着程以念，裴湛伸手去挡，故意被沈星离撞开，又故意重重地摔到车门上。

程以念忍无可忍地扶住裴湛，没再看沈星离一眼，冷冷地说："湛哥，别理他。上车吧，我给你补一件礼物。"

03

程以念选择跟裴湛走，既是对他感到抱歉，也是一时气上心头。程以念坐上车离开小区大门，看着后视镜里的沈星离越来越远，心又疼起来。

她明明要给沈星离煮面的，还准备了护身符和那么多衣服，甚至提前订了蛋糕，买了晚上要做的菜，想好好地给他过个生日，结果却弄成这样。

程以念不愿意再跟和程家有关的人有太多牵扯，包括裴湛在内，所以才急着把礼物送出去好还清了这个人情。可没想到手表却被沈星离当着裴湛的面踩碎……

程以念捏了捏眉心，低声说："湛哥，星离碰到我的事情就容易冲动，他不是针对你，你别生气。"

裴湛打着方向盘，眉头紧紧地皱着："到现在你还为他辩解？"他似是叹气，语气仍然温和，只是说出的话却让程以念揪心，"以念，你应该对沈星离决绝一点，不要让他继续存在不切实际的幻想，因为一点小事随时爆发。你看他刚才的反应，哪像个心理健康的成年人？我有时候不得不怀疑他遗传了他父亲的暴力倾向，你这样很危险。"

程以念蹙眉，听着这话很不舒服。

"不是的。"她反驳，"别把星离和别人混为一谈，他很好。今天是他生日，所以难免……"

裴湛手指收紧，提醒她："但今天也是我的生日。"

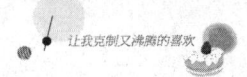

程以念自己都没有发觉,她心里的天平有多倾斜。

裴湛提醒得再多,受的委屈再多,也不及临别时沈星离一个眼神让她难过。

裴湛抿唇,眼睛在镜片后眯起,冷光溢出:"以念,你是不是已经对他动心了?"

程以念像条件反射一样回答道:"不可能,我只把他当弟弟。"

不可能的……

程以念说出这些话时,胸腔里空落落的,这不像澄清,倒像掩饰。她眼前全是一周以来沈星离小心翼翼又幸福的表情,和十几分钟前的暴烈模样判若两人。

程以念不知怎么了,鼻子突然发酸,她攥了攥手,下定决心后轻轻地说:"湛哥,前面停一下好吗?等我几分钟。"

车在路边停靠后,程以念走进一家商场。片刻后,她提着蛋糕盒和礼物出来。她站在副驾驶座旁,将买的蛋糕和礼物放在座椅上,却没有再上车。

"湛哥,在楼下时我就想说了,我希望你生日过得开心,但一起出门度假还是不方便。今天这些让你不愉快的事情的责任都在我,我很抱歉。过几天等你回来,我再请你吃饭。"说完,她笑了笑,杏眼里一片潋滟,关上车门后转身拦了一辆出租车。

裴湛从后视镜里看着程以念离开,双手捏成拳头,砰的一声狠狠地砸在方向盘上。下一秒,他手臂一挥,蛋糕和礼物从车座上掉下去,摔得不成形状。

程以念在出租车里摁亮手机,却看见手机屏幕上没有未接电话和未读信息。司机在催问地址,她犹豫半响,还是报上了家里的地址。

除了回家,她现在去哪里都不会安心。

小区楼下狼藉的现场被收拾过了,连块碎表盘的玻璃都没剩下。

程以念上到十二楼时,想了很多严厉的说辞,可推门一看,发现沈星离根本不在家。到处空荡荡的,依然是她出去时的样子。

程以念像被扎破的气球,倒在沙发上。她把手机握到烫手,忍住了没去联系他。

明明是他冲动过激,居然还闹脾气玩消失?

程以念也赌气,想着反正他早晚会出现,干脆把手机一关,进卧室埋头画稿。她生怕自己乱想,所以手不敢停,一张接一张地画下去。然而隔了一会儿一抬头,屏幕上男主角酷似沈星离的轮廓就刺痛了她的眼,她哀叹一声,手足无措地趴到桌上。

格斗俱乐部里,谢晓烦躁地听着一遍遍提示关机的机械声音,脑袋都要炸了。他抬头一看,"小黑屋"外面聚集的人在增多,但谁也没敢大声喧哗,都在互相推搡着,想选出一个命硬的去敲门。

所谓"小黑屋",是训练区单独划分出来的封闭空间,除了沙袋之外空无一物,一般是在有人犯错了的情况下关禁闭用的。

谁也没料到"离神"一大早过来,没跟任何人说话,直接进去反锁了门。大半天过去了,击打声和他的低喘声一直在持续。

谢晓拨开一群人,拍了拍门,说道:"星离,出来!"

他一发话,总算有人敢帮腔了:"'离神',上回比赛那个脏辫男的老板生意不好做了,他不服气,领人来砸场子了,话里话外都对以念姐不敬,还扬言说等打赢你之后,要去……要去找她麻烦……"

要不是逼到这份上,那群人也不敢来招惹沈星离。

谢晓低声说:"我知道今天日子特殊,你八成是跟程小姐闹矛盾了,我一直给她打电话来着,她关机啊,联系不上,可俱乐部的事情,你总不能撒手不管。"

门应声打开,沈星离浑身湿透,默默地往楼下走。

谢晓反倒愣了:"你去哪里?"

"不是要打吗?"沈星离留下的脚印都是水迹,嗓音沙哑得刺耳,"让他们一起上。"

接下来的半个小时,俱乐部所有人都聚集在格斗场,看了一场惊心动魄的以一对多的经典场面。

沈星离自始至终面无表情。

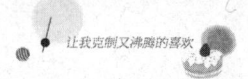
让我克制又沸腾的喜欢

对方特意请到几个强劲外援,就是抱着弄残他的念头来的,反被他一个个踩在脚下。最后,对方老板面无人色地跑去求谢晓,请"离神"手下留情。

沈星离逆光站在铁笼门口,问:"还敢提程以念吗?"

对方老板一听这话,脖子都发凉了,才明白逆鳞原来在这儿。他一边艳羡谢晓找到这种极品选手,一边慌忙道歉,带着人狼狈地离开。

谢晓走上前,发现沈星离充满血丝的眼睛根本没有焦距,他刚想夸赞两句,沈星离已经低下了头。

再多光芒和惊叹声,对他而言都不存在。

谢晓挥手让人都出去,自己拐去餐厅拎了两瓶酒和饭菜。再回格斗场时,看到沈星离坐在铁笼边上,抱着腿把自己蜷成一团。

"哎,星离,"谢晓倒了两杯酒,递给沈星离一杯,说道,"少喝一点,就当作给你庆祝生日。"

庆祝?

他的生日是污点,是让人作呕的代名词。唯一珍惜这个日子的那个人已经不在乎了。

沈星离接过杯子,仰头一饮而尽,辛辣的酒味强烈地刺激着他抽痛的胃。

谢晓赶紧拦着他:"你慢点喝。"

沈星离没吭声,他扔开空杯,拿过另一个装满酒的杯子,同样一口喝干。

酒精麻痹神经,让痛苦变得模糊,却也让他变本加厉地去想那个不要他的人。沈星离咳嗽着,拼命地把自己搂住。他将头靠在膝盖上,想象自己是被程以念抱着。

谢晓心里发酸,埋怨爱情这玩意儿真够折磨人。他问沈星离:"星离,你过生日有没有想要的,哥送你。"

沈星离咬着手臂,轻声说:"我想回家。"

谢晓把沈星离送到楼下,要扶他上去时却被他拒绝。

沈星离脚步踉跄着挤进电梯,摸到家门时,眼前是模糊的。他靠在门上不动,听不到里面的任何动静。

念念……不在……她是不是真的跟裴湛走了，陪他……去过生日了……

沈星离将手放下，他害怕敲门没人应，更害怕用钥匙打开门后，发现里面空无一人。只要他不进去，就不会有残忍的画面击垮他。

沈星离挪到走廊的角落里，默默地蹲坐在地上，盯着那扇门。

门内，程以念在卧室里坐立难安。她强撑到现在，沈星离居然还没回来。三月天黑得早，窗外已经隐隐暗了，她忍不住开机，未接来电的消息往外冒，谢晓、童宁、裴湛……偏偏没有沈星离。

程以念的心脏像个皱巴巴的面团，说不清是什么感觉，只觉得整个人浸在咸涩的海水里，落不到底，也喘不过气。

手机响起日历提示音，一行文字跳出来——"星离的生日，今天可以破戒，对他好一点。"

程以念想到早上他被撇下的样子，渐渐后悔，眼眶红了起来。

"生日"这个词，对沈星离而言全是苦味。他之所以那么期盼，仅仅是因为她。

沈星离的父亲沈隶当年在格斗圈名声响亮，但那个年代格斗并非正业，很难像现在这样凭技术赚钱。他退役后到处谋生，爱上了小镇来的漂亮女孩儿，于是展开疯狂的追求。同一年，他在巧合下结识了知名富豪程遇江，也就是程以念的父亲。沈隶得到了程遇江的赏识，于是成了程遇江身边的保镖兼司机。

沈隶开着程遇江的豪车去追女孩儿，自然事半功倍。闪婚之后，女孩儿才看透沈隶薄薄的家底，自然心有不平。但当时她已经身怀有孕，又不能离婚，两人感情慢慢出现裂痕。

沈隶对妻子是真的爱慕，跟她发誓会让她过好日子，但妻子不买账，甚至越想越不甘心。碰巧前男友出人头地，回头找她，她鬼迷心窍，竟在孕期跟前男友私下往来，还被沈隶捉奸在床。

沈隶看着妻子微微隆起的孕肚和衣不蔽体的男人，彻底疯了。他把那男人打到濒死状态，又囚住妻子直到她生下孩子为止。

孩子出生后，沈隶每回看到孩子，眼前都是那天不堪入目的画面。

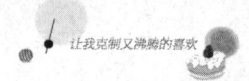

他一边因为孩子的身体里流着他的血,不忍心让孩子死,另一边又因为愈演愈烈的憎恶感,恨不能把孩子碾成碎片。

妻子也在被囚的几个月里精神崩溃,患上躁狂症,偏激地把所有罪责都归到这个孩子身上。

沈星离甚至还没有出生,就成了这对怨偶泄愤的对象。

他也曾经笑过,张着细嫩的手伸向爸爸妈妈,可换来的永远是咒骂和毒打。

沈隶心理越发扭曲,等到沈星离的身骨长到能承受他的暴力时,他便呼朋引伴虐待沈星离,仿佛血能洗涤天生的污浊。沈星离的母亲病情不稳,随时可能发作,前一秒还抱着沈星离哭着道歉,后一秒就揪住他的头发将他摔到墙上。

炼狱般的日子年复一年,每到沈星离生日那天痛苦就变本加厉。

那些天,沈星离总是缩在最阴暗的墙角里,把身子缩得紧紧的,咬牙承受。

直到程以念的出现……

程以念把他接到程家去过生日,给他做蛋糕、点蜡烛。在第一次给他过生日的烛光里,她问:"小九,你想要什么?"

沈星离紧张地望着从不属于他的光芒,靠在她身边,用稚嫩的声音轻轻地说:"我想要家。"

04

程以念失神地靠在床头,感觉脸上又湿又凉,伸手一摸,才发现自己竟然哭了。

她认输了,撑不下去了,她不能这么放任星离一个人在外面,她得去找他。

程以念站起身,刚要给沈星离打电话,童宁先打了过来:"以念,你可算开机了,是不是忙着给你家'小狼狗'过生日?这回礼物总该送出去了吧,他高兴不?我做的预告没影响惊喜值吧?"

"预告?"程以念疑惑道。

童宁哈哈一笑:"反正事情都过去了,我也不怕告诉你了。上周咱俩逛街那天晚上,我把你买的东西发到朋友圈了,不过只对'离神'一人可见,让他开心开心，可惜只拍到一块手表，不然的话……"

程以念耳朵里嗡了一声，她急切地问道："你是说，你单独把手表拍了照片发到朋友圈，暗示是要送给沈星离的？"

童宁承认："对啊，怎么了？"

程以念眼前发黑。难怪那晚星离守在她房门口舍不得走！这一周幸福得满脸都是光彩，每天掰着手指头数日子，还有事没事地偷瞄她的抽屉……

他一定误以为手表是自己送给他的生日礼物，所以今早他才会那么受伤！

程以念稍一细想他当时的感受就心疼得不行，来不及多说，她挂断电话后手忙脚乱地套上外衣冲到客厅，一边穿鞋一边拨通沈星离的电话。然而伴随着嘟嘟声响起的，还有熟悉的铃声旋律，似乎与她只有一门之隔。

程以念愣了一会儿，猛地推开门，就看见昏暗的走廊里，有个高大的身影蜷坐在墙角，而他手里紧攥的手机此时正在一闪一闪地亮着。

程以念的心轰然塌陷。

沈星离仰头望着家门口的人，念念没走，她在家里……在家里等他！

扛了整天的泪不由自主地涌上眼眶，他硬是忍着，眼睛通红。

程以念大步走到沈星离面前，轻轻地抓住他肩上的衣服往家里扯："你在这儿干什么？跟我回家！"

沈星离任她拉扯，跌撞着迈入家门。

程以念小巧的鼻尖红着，神色严肃，刚想责怪他，他已然把门关上，在哐的响声中推着她抵上门板，压住她乱动的双腿，抬起她的下巴，丝毫不容拒绝地深深吻上去。

程以念震惊地发出了声音，尾音全部被他吞没。

浓烈的酒气和独属于沈星离的气息放肆侵略，点燃她的所有感官和紧绷着的理智。

程以念视线模糊，心跳欲裂，几乎把他的衣服揪破，推拒的手却根本使不上力气。

沈星离冰冷的手扣紧程以念的下颌，不允许她躲避，强硬地索取。她牙关守

不住快要打开时,他忽地停了。暗淡的光线中,琉璃般的桃花眼紧紧地盯着她,泪终于滚了下来。

程以念急促地喘着气。

沈星离难过地说:"我亲你了,你是不是更不想要我了?

"我知道……你巴不得半年快点结束,不用再被我纠缠。我一辈子可能只有这一个机会亲你。"

他嗓音低沉,头缓缓地靠在她肩上,把她用力抱住,嵌入怀里:"但我喝酒了,肯定很难闻,我不能让你的初吻是这样的……我欺负你了,你打我,打我吧。"

程以念浑身滚烫,怒意在他的呢喃声里逐渐溃散,在一点一点不受控制地消失。

沈星离僵了片刻,没有等到程以念的巴掌,他烧成灰的心又活了过来,慌乱地用力把她搂得更紧,低沉的呜咽声溢出喉咙,恨不得每寸肌肤都与她贴合,紧紧地黏着她。

"念念,念念——是我错了,我不过生日、不要礼物了,你别丢下我跟别人走。我比赛有奖金了,买了好多衣服给你,想在今天送你,还有这个……"

他匆忙翻翻口袋,把银行卡塞到她手中:"我能保护你,能赚钱,以后你想要什么就买什么!姓裴的哪里好……你多看看我行吗?我很特殊的,全世界,你的沈小九只有我一个!"

他喝了不少酒,酒劲还没过去,身上和胃里又疼,人已经是迷迷糊糊的了,却还抱着她拼命推销自己,生怕被她丢弃。

程以念的心理防线摇摇欲坠,试探着抬起手,抚上依恋在颈边的人。她不得不承认,她的心真的被他豁开了一个鲜活的口子,里面剧烈沸腾的东西,让她既惶恐又震撼。

星离太苦了,也太好了,她一直都在以姐姐的立场深爱着他。

因为深爱,所以不允许有瑕疵。她的星离必须得到最纯粹、最完整的爱情,去填补他生命里的千疮百孔。不能"试一试",不能"不合适就分手",沈星离在一次次用行动告诉她,感情对他而言就是一生一世、不死不休。

她是姐姐,就算抵挡不住攻势为他所动,也剥离不开这个角色。可能永远无法单纯地作为一个女人去爱他,这样对他不公平。

他越是情深炽烈,她越是不敢碰触。只能从最开始就咬死了不松口,她生怕伤他更深。

程以念以为自己能做到心如止水,可现在看来,她低估了他的魅力,也高估了自己……

沈星离拱在她的颈窝里,火热的气息吹拂她的皮肤,他声音沙哑地喏喏:"念念,求你,喜欢我一点,一点点就够了。"

程以念茫然,那怎么够?

"你只要给我一点希望,剩下的不用担心,全部交给我。"

程以念心口一麻。

他撑起身,目光灼灼地凝视她,在她唇边说:"我会让你完全爱上我。"

沈星离说这话的时候分外深沉,眸中的光彩能把人烫伤。

程以念连呼吸都是吃力的,可下一刻,沈星离湿润的睫毛颤了几下,渐渐垂低,整个人往她身上一倒,声音转弱,委屈地说:"念念,我站不住了……"

沈星离一秒变"小可怜"。

程以念情绪大起大落,最后轻轻地拍了他一下,把他半扶半拖地送到床上。只是帮他躺好后准备离开时,沈星离又醒了。他痴迷地盯着她,手臂一揽,把她拽到怀抱里紧搂着闭上眼。

他的气息如网一般罩下来,把她锁在其中。

小浑蛋……又用无辜的样子做这种无赖的事情!

程以念挣扎时,沈星离兜里的手机振动了,她摸出来一看,是谢晓发的信息:"怎么样了?身体还受得了吗?你在'小黑屋'里打了大半天的沙袋,又为你家念念应敌,酒也没少喝,当心筋骨受不住,最好按摩按摩再睡,接下来可还有比赛呢。"

程以念连忙给谢晓回信息,问这一天到底发生了什么事情。

谢晓见是程以念回复的消息,便事无巨细地告诉了她今天发生的事。

程以念问明白后,好半天没动,任沈星离手脚并用地缠着她,和她气息交融。

"念念……"沈星离半睡半醒间,下意识地唤她。

程以念吸了吸鼻子,轻轻地"嗯"了一声:"怎么了?"

他皱着眉小声说:"好酸,酸得睡不着。"

程以念问:"哪里酸?"

"身上……"

程以念半撑起身体,力道适中地给他按摩肌肉。

沈星离把脸往枕头里埋了埋,手摁在胸口上,又喃喃自语:"还有心里,酸得疼。"

几个模糊的字,几乎把程以念的心窝戳烂。

程以念给他按摩完全身,哄他睡着后,悄悄地下了床。她视线掠过窗边才发现,沈星离把要送给她的衣服都整整齐齐地放在那里,并精心打着缎带。

程以念一并拎走,然后回自己房间找出属于他的礼物,大包小包地抱过来,摆在他的床尾。又单独把狼牙项链挑出来,温柔地抬起他的头,亲手戴在他的脖颈上。

月色如纱,无声漫过他精雕细刻的眉眼。

程以念的指尖从他脸颊上拂过,缓缓摩挲,似是受了某种无法抗拒的蛊惑,她慢慢地俯下身,唇与他的眉心相隔一线。挣扎许久后,她把手覆盖上去,合眼低头吻在了自己的手背上。

"星离,生日快乐。"

沈星离梦到念念跟他说"生日快乐",明知天亮了也舍不得醒,想多幸福一小会儿。后来阳光越来越强烈,他不得不睁眼,按着疼痛的太阳穴坐起来,一低头就看到了胸前垂着的小东西。

项链?

他捧起来仔细瞧,确定不是幻觉后,慌忙下床要去找程以念。刚跑出两步,就被床尾的纸袋绊住了脚,一大堆崭新的衣物出现在他眼前。再一看,他给念念买的那些礼物都不见了!

沈星离全身的血液直冲头顶,不敢相信自己的猜测,直到发现了袋子上的一张手写卡片:"沈小九,我记得你的生日,早就给你准备了礼物,不要在乎一块手表。你送我的我拿走了,我送你的你也收下。项链记得好好戴着,那是护身符。"

卡片后面还画了一张女孩儿严肃的脸。

沈星离脸色涨红,胸中涌动的热情简直要爆炸了。他冲到客厅,发现程以念已经不在家了。早餐用保温盒装着摆在桌上,旁边也有一张字条:"我去漫画社了,很忙,不准打扰我。"

这次女孩儿的表情特别凶。

沈星离知道念念是不好意思,他笑着大声说"好",把那张小脸贴在唇上用力地亲了亲,接着软绵绵地倒在沙发上来回扑腾。等把满腔甜蜜妥帖地保存好,他才全身红通通地爬起来,跑回卧室把衣服都抱在怀里。

沈星离抓着项链,眼眶红得厉害,这就是念念给他的希望。

第十章

沸腾（五）

01

程以念坐在南英社的编辑部里，耳根莫名其妙地开始发红。她用力地揉了几下，心里埋怨肯定是某只"小狗崽儿"醒了在嗷嗷叫着念叨她。

"'大神'，你觉得这个方案怎么样？"

程以念回过神，微微蹙眉，再次问编辑："真的要我公开签售？"

编辑积极地点头，语气激动地道："当然了！从我见你本人第一面起就在策划签售会。'大神'，你长得这么美，不露脸也太浪费了吧！何况新作刚连载就蹿上了排行榜第一，更应该趁热打铁。这个时机刚好，你信我的准没错！"

更重要的是，南英社刚被秘密收购，顶头上司发话要力捧"合月"。虽然不清楚原因，但对责编来说当然是天大的好事。

程以念扶额。

她一晚上失眠，担心今天面对沈星离的时候会调整不好状态，正好编辑早上打电话找她面谈，她便借着这个理由出来躲躲，没想到居然是要开签售会。

入行三年多，她从没露过面，甚至还一度有"黑粉"怀疑"合月"是个猥琐大汉。

她的确不喜欢拿外形炒热度，可自己也没什么见不得人的。既然她签了南英社，就理应配合各种宣传活动，于是她点头答应。

编辑眉开眼笑:"太好了,我们这就着手准备,先在本市和邻市开三场。对了,我得先去联系会场安保,免得粉丝见到你真容激动过头……"

程以念没留意最后这两句话,编辑却是暗藏打算,等她一走,立马跟盛帝格斗俱乐部沟通。

上回提过的联合宣传活动,整个编辑部其实一直没放弃。这回签售活动虽然请不动"离神",但可以找几位跟他同在俱乐部的格斗选手来负责安保嘛。他们长得既好看,还契合主题。

这通电话一路从前台转到经理又转到谢晓本人手上。

谢晓刚接起,一眼就看见沈星离进来,那叫一个神采飞扬,显然是有好事。他急着去搭话,心不在焉地问对方:"你说什么?漫画签售会?'合月'是谁?"

沈星离听到熟悉的名字,几步抢上前对谢晓说道:"手机给我。"

"具体情况是这样,我们想请贵方一起宣传和保护现场。当然,我们没奢求'离神'能过来,安排其他选手就可以,价格好商量……"

沈星离挑眉,桃花眼中溢出笑意。念念想用工作当借口躲出去,没那么容易。他笃定地说:"好,她的安全,我负责。"

编辑晕乎乎地挂了电话,陶醉地捧住脸,现在格斗圈什么情况,随便一个男人的声音都这么好听吗?三言两语就让人晕头转向的,该不会是"离神"本人吧……

她摇摇头,停止臆想,现在"离神"身价激增,而且性格又那么冷淡,听说很多高价表演赛都在他面前排不上号,根本不可能参加他们这种活动。

签售会定在一周后,地点是在本市规模最大的一家书店里。

程以念这几天很别扭,在沈星离面前有些不自在,老觉得他有阴谋。

而且沈小九从她这里得了"阳光"就极其"灿烂",天天挂着小狼牙,穿着她挑的衣服,帅气地在她身边绕。她有时候真想对着他的脑袋敲下去让他安分点。可每次她想动手时,沈小九肯定先一步乖乖地贴过来,眨巴着眼睛问她:"念念,我穿这个好不好看?"

好看……好看极了!不好看她会忍不住买一堆吗?

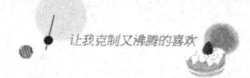

小心思昭然若揭,就是想引诱她夸他!

程以念识破他的目的,偏偏又讲不出否认的话,便越发怀疑自己是不是已经掉进了名叫沈星离的"绝世大坑"里?

南英社对程以念的初次公开亮相格外重视,网上各个平台的宣传铺天盖地,还用了"打破次元壁的真人版漫画女主角"这种词来形容她。再加上她之前的诸多话题和庞大的粉丝量,很快在网上掀起了热度。

尤其是宣传图中放了一张她只露出半张脸的照片,"黑粉"们立刻就有动静了,"绝对是照骗""天知道用了多少修图软件""画漫画的宅女怎么可能这么漂亮?""就算这半张脸是真的,另外半张也肯定很丑",这样的言论占据热评。

漫画圈看似不是大众的圈子,但是是非非也很多。"合月"爆红三年,知名度高,不怎么看漫画的都听过她的名字。她的粉丝多,"黑粉"也多,这种情况很正常。而且上次抄袭事件闹得沸沸扬扬,还是有人不相信她后来的澄清,甚至对她恶意满满。

程以念不在乎,但她倒是注意到沈星离的脸色开始变得深沉,回到家总闷在房间里十指翻飞地戳着手机。

她不禁问:"你在忙什么?"

沈星离把满屏的激烈论战悄悄关闭,笑眯眯地对她说:"忙学习呢,我乖吧?"他在学习怎么把抹黑念念的人一个一个反驳回去。

签售会前一天,南英社送来定制的衣服。程以念一看,竟是一条贴身及膝的藕粉色旗袍,袖口和领口有白色毛绒,是漫画圈中常见的那种传统美少女的服饰。

可她都快二十四岁的人了……这么可爱的裙子,绝对不能在沈星离面前穿!

隔天一早,程以念穿上日常衣服,把裙子藏在包里。她本想不惊动沈星离悄悄地走,没想到他早已穿戴妥当地等在客厅,对她笑着说:"一起走好不好?"

看他笑得那么迷人,程以念本能地选择逃跑:"我跟你不顺路!"

沈星离没解释,目光追着她的背影直至她从门口离开,又走到窗边看着她上了南英社的车，才以"普通保镖"的身份召集俱乐部其他人，浩浩荡荡地赶去书店。

沈星离想到念念待会儿看到他的表情，他的唇角翘得更高了。

距离开场还有一个小时，现场逐渐热闹起来。程以念在后台做准备时，听见有人喊"安保人员过来了"，忙得打滚的编辑赶紧招手说："'大神'，你先换衣服，我去外面接一下！"

程以念有点不解，安保人员由书店的负责人对接就好了，怎么编辑这么重视？她好奇地张望了一下，外面太乱了，她没发现特别的事情，于是拿出旗袍，找一个安静的小隔间去换衣服。

程以念刚把门关上，后台就蓦地安静下来。在场所有工作人员都被移步进来的身影吸引了注意力。

不是单独一人，而是一群人。十来个男人俱是粗犷壮硕，唯独其中领头的这一位截然不同。他戴着黑色口罩，棒球帽的帽檐压得低低的，隐约露出一双桃花眼，身形修长清俊，身后一帮人对他俯首帖耳。

编辑给大家介绍："这位是本次安保人员的领队。"

安保？领队？确定不是哪位穿着私服出行的偶像明星？

编辑也很迷惑，格斗俱乐部除了"离神"之外，还有这种极品选手吗？她只不过跟他对视了一下，心跳就没稳下来过。

沈星离回眸示意大家各司其职，等众人分散开，只有他留在后台时，他问："'合月'在哪里？"

编辑不理解，常听的"合月"俩字怎么到了他的口中似乎隐含着情意。她红着脸指了指方向："在换衣服……"

沈星离点头："我去门外等她，有些事情要和她提前沟通。"说完，他无视满场追逐的目光，径直走向更衣区，却在经过一个巨型人物立牌时停了停。

漫画男主角做成了人物立牌，跟他高度一样，身形一样，连细微的神情都像是和他一个模子刻出来的。如果不是十分熟悉，她哪里能捕捉得这么准确？

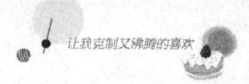

虽然早在网上看过，但真的近距离看到，沈星离还是开心得笑眯了眼。

念念画的就是他！

沈星离走到更衣室外，忍不住敲了敲门。

程以念背后的拉链还剩一小半够不到，正在发愁。听到响声后，她以为是编辑过来了，把长发拨到一边，侧着身拧开门，轻轻地说："帮帮我。"

头发挡住了视线，程以念一时没注意站在门外的人究竟是谁。

沈星离呼吸一窒。

平常在他面前总是成熟有度的程以念，现在穿着一件藕粉色旗袍，格外明艳动人。拉链上部敞开着，露出洁白的脊背和线条美好的蝴蝶骨。

沈星离手有些发颤，扣住小小的金属头，缓慢地向上提起，指尖却不经意间碰到她滑软的皮肤。

异样的热度像通了电般蹿入身体，那种感觉只属于特殊的某个人。程以念僵住，诧异地回过头，果然对上了沈星离的眼睛："你……你怎么会来？"

沈星离回答："我来陪你。"他说完，往前逼近一步，气息若有若无地缠绕上她。

程以念胸口起伏，下意识地后退。

门并不宽，很快就被沈星离完全挡住。

程以念被迫回到狭小的更衣室里，觉得空气变得稀薄。她伸手抵住他，紧张地道："快点出去，别让人看到！"

沈星离低头看她，却看见她急得鼻尖上都沁了汗。他心里发痒，靠过去轻轻地啄了一下，用唇帮她把汗蹭掉。他声音略微沙哑："看就看，男主角原型和漫画作者有亲密接触，不是理所当然的吗？"

程以念被他的动作和言语刺激到了，羞恼得要冒烟了。

沈星离温柔地安抚她，把手盖在她的头顶上，轻柔地摸了摸，含笑说："所以，男主角来保护作者更是天经地义。今天你尽管放松，安全问题交给我就好。除了这些，还有一句必须要说的话，"沈星离盯着程以念，语气认真地说，"念念，你穿旗袍真漂亮。"

沈星离离开更衣室好一会儿，程以念才抓着门框慢吞吞地走出去。

编辑迎上来就说："'大神'，你这个妆好美！你用的什么牌子的腮红，特别自然，特别可爱！"

程以念捂了下烫到不正常的脸颊，想立刻把沈星离打包扔回家去。

她故作镇定地问编辑："安保人员是格斗俱乐部的人？"

"对呀！领队超级帅！"编辑激情满满地说道，可下一秒又不禁失落，"可惜我们请不来'离神'本尊……"

程以念忍不住抽了抽嘴角。

提起"离神"，编辑似乎想到了什么，难受地咕哝："还有一件事情，我得跟你说一声。网上有人在带节奏，骂得很凶，说男主角的人物形象蹭'离神'的热度，不顾'离神'的意愿，画和他相似的人物是恶意侵权，他知道了肯定会告我们……"

程以念哭笑不得地捏捏眉心，笃定地说："放心吧，不会告的。"

她看某人不但不会告，还很开心。

02

十分钟后，程以念坐上签售席。左边是男主角的等身立牌，右边是男主角的原型。

沈星离仍然戴着帽子和口罩默默地站在程以念身边，长腿微微分开，一只手背在身后，另一只手搭在她的椅背上，既是标准的保卫姿势，又不动声色地宣示主权。

面对陌生的场面，程以念原本有些忐忑，但不知道怎么了，余光瞥到沈星离近在咫尺的影子，心就变得安稳了。

时间一到，读者通道开放，人满为患的等待区里立刻热闹起来，众人一股脑儿地朝前拥，想亲眼见见"合月大神"的真正长相，毕竟有的人还等着黑她呢。

下一秒，在众人的视野中，穿旗袍的女孩儿歪着头，笑盈盈地跟大家打了个招呼。偌大的签售厅里突然安静下来，不消片刻，现场爆出整齐划一的"合月"两

个字。

冲在前头的铁杆粉丝们一时顾不上签名,匆忙地掏出手机拍照后发微博,配的文案都默契十足:"知道仙女是什么样吗?就是我家'合月大神'这样的!"

一张、两张或许有人不信,但各种像素的、不同角度的照片摆在那里,照片里的人精致恬美,"黑粉"们受到了不小的冲击,扬言说丑的那个人更是灰溜溜地不敢再冒头。

现场,很快有人发现了另一个重点:"看到'合月'身边的保镖没有?戴着口罩都掩饰不住他的帅气!而且这身形也太像'离神'了吧,跟旁边的立牌几乎一模一样!"

这下"黑粉"们找到了新的突破口,立马卷土重来。

"丢人,请不到本尊,请了个'赝品'来充场面!"

"我看本尊是已经知道这人物像他了吧,你们'大神'估计又要吃官司喽!"

"等'离神'追究!让她混不下去!"

网上的论战迅速升级,吵得如火如荼,现场气氛却分外和谐。很多粉丝特意带了小礼物过来,并不贵重,但心意满满,还有很多是手工制品。程以念椅子边的空地迅速被大小盒子填满。沈星离和她之间的距离无形中被拉远了一些。

看不到头的队伍中,有个不起眼的男人始终紧盯着签售台。他发现这个小疏忽后,加紧脚步,握牢了手中不透明的玻璃瓶。

沈星离帽檐下的双眼一直落在程以念身上,每次有人提出跟她握手,他周身的温度都要降低几分。

"'合月大神',你旁边那一位只是普通保镖吗?"有个小粉丝眨着眼悄悄地问。

程以念有点小心虚:"是……"

"可是也太帅了吧!而且他总盯着你,我一碰你的手,他就超凶地瞪我,好'忠犬'——又强又可爱的感觉,简直像男主角本人!"

程以念听得心里发慌,有这么明显吗?

她不禁扭过头去瞧沈星离,正撞进他黑漆漆的眸中,她示意他收敛点,站远点，众目睽睽之下不准放肆。他流露出一丝委屈的表情，用眼神讨好着她，勉勉强强只让了一小步。

对视的短短几秒钟里，两个人之间的气场仿佛能自动隔绝其他人。在场的粉丝们集体亢奋了，这分明就是现场再现真人漫画情景！简直太般配了！

善意的尖叫声中，没有人注意到那个男人悄悄地来到了队伍前面，挤在程以念的桌前，捧着一个精致的玻璃瓶说："'合月大神'，看看我专程给你带的礼物，准备得特别不容易。"

程以念闻声回头，男人敏捷地把瓶盖打开，笑得非常无辜："很漂亮的，你看——"

程以念不禁略微倾身，好奇地望过去，白皙的脸颊自然地与他拉近。

沈星离不满地盯过去，眼神突然一颤。

在其他人都没意识到要发生什么事情时，他已然大步跨出去，撞得桌子轰然一颤，急速地狠狠抓向那男人的手臂。

刹那间，男人猛地把玻璃瓶朝程以念一扬。

仅差半步的距离，沈星离来不及阻止，在液体泼向程以念的那个瞬间，他瞪大眼睛，血液凝固，下意识地转过身，一把揽过程以念，将她紧紧地按在胸口，用他的后背挡住突如其来的灾难。

现场顿时大乱。

"天啊，硫酸……有人泼硫酸！"

程以念跌在沈星离怀里，耳朵里尽是混乱的喊叫声，以及轻微却可怕的衣料被腐蚀的声音。

她脸色苍白，双手止不住地颤抖，她咬住嘴唇强迫自己冷静，硬是逃开沈星离的钳制，拼命地把他的外套扯开，刺鼻气味和衣服烧出的数个破洞让她的恐惧达到巅峰。

还有……里面的衣服也有！程以念眼睛通红，不顾一切地去撕扯沈星离的衣服。

四面八方的安保越过人群朝这里赶来，那男人本已跌倒，此时却抓住最后的

机会又爬了起来，疯狂地用瓶中残余的硫酸继续攻击程以念。

沈星离忍住后背一阵阵剧烈的灼烧感，抬臂全部拦下。他攥住程以念的手，猝然回身，一脚踹上那男人的小腹。

沈星离的帽子早已跌落，口罩也在激烈动作中掉下了一边，整张脸彻底在人群前暴露。

俊美凶煞，独一无二。

"离……'离神'？"

俱乐部其他人七手八脚地把男人制服，他们已经报警了，警察将在十分钟内赶到，签售会被临时叫停。既受惊吓又被大新闻震惊得失语的粉丝们被疏散离场，反应过来后，心潮激荡地紧急登录微博。

后台，程以念周围几米之内空无一人。

南英社的工作人员要么在处理现场，要么吓得不敢靠近，他们从来不知道温婉的"合月"发起火来居然能叫人胆寒，再加上"离神"……

直到此刻众人也无法相信，"离神"怎么可能来做一个普通领队？并且还寸步不离地守着"合月"，还不要命地拿身体去护她……

程以念睁大眼睛，不让眼泪往下掉。

沈星离被她压着坐在椅子上，看到她的表情，心急地想起身哄她。

他刚一动，程以念就失控低吼："你给我老实坐着！"

程以念掐着手腕让自己冷静下来，她脱掉他贴身的卫衣，硫酸透过外套，把后背位置的布料烧坏一大片，连最里层的黑色背心也没能幸免，露出的皮肤隐约泛出不正常的暗红色，唯一庆幸的是受伤面积不大。

程以念深呼吸，指尖小心翼翼地去摸沈星离的伤处，却被他抓住手："你别碰。"

万一有残留的硫酸，她会被伤到。

程以念强撑的情绪一下子绷不住了："你连碰都不让我碰，怎么敢用自己的身体去挡？不知道危险吗？不知道疼吗？如果不是衣服穿得够厚，你……你……"

程以念瞪着沈星离像琉璃般的双眼，眼泪忍不住涌了出来。她不愿意被他看

见,可又舍不得远离,干脆蹲下身,把脸埋在臂弯里,肩膀不停地抽动。

沈星离心脏拧得发疼。他搂过她的头,让她靠在自己的膝盖上。他一下下地轻拍着安抚她,声音沙哑地说:"念念乖,不哭,我真的没事。只可惜衣服都被弄坏了,那都是你送我的,我今天才第一次穿出门。"

程以念哽咽道:"我……我再给你买新的!"

他又说:"我不疼,我只是后怕,如果反应慢了没护住你……"一想到那种可能,沈星离身上就全是冷汗,骨节攥出响声,后悔自己刚才对那个男人踢得不够狠。

程以念听后更难过。她记得当时的情景,沈星离差一点就能提前阻止了。如果不是她逼他退远,或许他根本不会受伤。

沈星离又一次因为她而陷到这么凶险的境地里……

沈星离感觉到她在轻轻地颤抖,他按捺住满腔戾气,揉了揉她的头发:"念念,你都保护我了,怎么还哭?"

"我……我保护你什么?明明是你……"

"嘘!"他俯下身,贴在她耳边轻声说,"念念买的衣服帮我挡了硫酸,念念给的护身符让我只受一点轻伤,这还不是保护?别以为我不知道,这条狼牙项链是在城郊山上求来的,要亲近的人诚心诵经五六个小时才能拿到。"

程以念的小秘密被揭穿,有些局促。她本来就很难藏住自己的心思,不想再暴露更多了,不过这次……

"真的有用吗?"她鼻音浓重,扭过头不看他,"那它的功效还不够好,没能让你毫发无伤。"

沈星离凝视着伏在他腿边的女孩儿,衣服领边一圈白色绒毛把她衬得分外乖巧,让他控制不住地想用力抱紧她,困住她不许她走。然后他想再亲口问一问,她的泪和关切里除了姐弟情以外,到底有没有一星半点的喜欢……

沈星离刚伸出手,编辑细弱的声音就不合时宜地响起:"'大神',警察把那浑蛋带走了,留下两位,警察需要问一问现场情况。车也已经开到后门,我们可以去医院了……"

程以念抹了抹眼睛抬头,一看四周,发现大家都憋红了脸在偷瞄他们。她连忙站起来,脚却早就麻了,她一下子没站稳差点摔倒,沈星离将她稳稳地接住,丝毫不避讳地把她环在臂弯里,说:"医院不用去了,我们去前面见警察。"

编辑眼珠子都要掉出来了,这真是"离神"?传言里那个不近女色的冷酷"大冰山"?

程以念强烈反对:"不行,医院必须去。"她挣开沈星离,反手揪住他的衣袖,"听话,走。"

沈星离眉目一软,乖乖地应着:"好,念念让我做什么我就做什么。"

后台的工作人员看得目瞪口呆,不自觉地跟着他们一起往外走。

沈星离到门口时停了一下,似是随意地侧过头,冰冷的视线扫过在场的其他人,眼神里是再明显不过的警告意味。

编辑懂了他的意思,颤巍巍地说:"放心,'合月'是我们社的'神级'画手,我们保护她还来不及,不该说的绝对不会传出去!"

沈星离略一颔首,任由程以念牵着走出去。

03

警方那边已有了初步结果,那男人根本不知悔改,甚至为没有成功把硫酸泼到"合月"的脸上而感到遗憾。他自称是抄袭事件中那位小说作者的爱慕者。因为抄袭事件的反转,导致那位作者在舆论压力下退圈,他便怀恨在心,经常在网上辱骂"合月"泄愤。

自从他得知"合月"要举办线下签售活动,且可能会因为漂亮的外貌而更受欢迎后,他便气不过。于是,他提前准备了硫酸,装作粉丝来到现场。这种情况谁都始料未及,自然无法预防。如果不是沈星离在场,那男人恐怕真的已经得逞了。

"个人自发行为?"沈星离强压怒火,冷冷地问。

警察点了点头,说:"是的。虽然事情还需要进一步调查,但其他的可能性很小。"

沈星离将手暗暗地攥得发白。从莫名其妙的抄袭事件和五十万赔偿金开始,到咖啡馆大火,再到今天险些被毁容,这么多小概率的伤害事件集中发生在念念身上,要他相信这些事情没有关联,全部都是偶然,这不太可能。

在去医院的车上,沈星离的脸色仍然不好,半合的眼中一片暗淡。

程以念以为他疼,她又无法代替他疼,急得咬咬牙握住了他的手。

沈星离一颤,低头看过去,发现这不是幻觉,他的手确实被念念又细又白的十指包裹着。他连忙抱住她,把她严严实实地扣到怀里。

程以念吓了一跳,慌张地看了一眼前排坐着的人,无声地推沈星离。

沈星离不管,搂得更紧,轻轻地说:"念念,我害怕。"

程以念愣了。

沈星离贴在她颈边,声音有些不稳:"我怕还有下一次,我怕受伤的会是你。如果你……"他喉结滚动,"你有任何危险,都是要我的命。"

程以念心中脆弱的屏障骤然倒塌,推他的手使不上力,慢慢地落到了他的背上,温柔地拍了拍。

沈星离继续说道:"所以……"

"嗯?"程以念小声地问,"所以什么?"

沈星离的唇出其不意地蹭过她的耳郭,字字铿锵:"所以从现在起,我必须从早到晚守着你。你去哪里我去哪里,让别人近不了你的身!"

程以念愣了一会,等等,好像哪里不对……

他的想法怎么还带急转弯的,说着说着就拐到奇怪的方向,她是不是又不知不觉地进了他的圈套?

幸亏衣服很厚,质量又好,沈星离背上的伤不算特别严重。到医院处理后再按时用药,一段时间后,伤疤就可以消掉。程以念得知后,总算稍微松了一口气。

但整个事件带来的影响才刚刚开始。

签售会现场情况被粉丝和媒体高调宣传。本就是恶性事件,何况两个主角都是在网上话题度很高的人,风波自然越闹越大。

沈星离用身体护住程以念、回眸怒视施暴者的画面被疯狂转发。舍命保护和超高颜值都是大众关注的焦点，关于此事件的消息很快冲上热门话题榜。之前那些叫嚣着"离神"会起诉"合月"的人集体闭了嘴。

对此，南英社公关部是乐见其成的，话题既有热度，又是正面的，双重收效。但事情的发展很快就被突然出现的一些人生生地改变了。

那些人质疑程以念跟沈星离早就认识，整部漫画是两个团队蓄意合作的产物。说什么男主角像"离神"，这不可能是巧合，而是程以念专门照着他画的，最终目的就是想红。说不定连这次硫酸事件都是自导自演，几个人合伙给公众演了一出戏。

这么一引导，容易受影响的众多网友跟着倒戈，"黑粉"们一拥而上，程以念又从受害者变成了众矢之的。

沈星离当然也不会被放过，他上次比赛的视频被拎出来反复挑刺。有人说他是侥幸取胜，连全国赛段都没打过的选手，哪来的实力称"离神"？还有人说他根本是实力不济，才会这么急着上位，"吃相"难看。

几个小时而已，网上的舆论已经天翻地覆，南英社再想去扭转形势已然为时太晚。

南英社的会议室里，社长战战兢兢地接通视频电话。屏幕上，裴湛俊美的脸十分阴沉。

社长颤抖着声音开口道："裴董，我是按您的吩咐拨给'合月'最好的资源，所以才办的签售……"

"是吗？"裴湛似乎在笑，社长却看得毛骨悚然，"我让你陷她于危险之中？我让你找沈星离给她做安保人员？"

社长擦汗："不是不是，全是底下的人没办好……"

裴湛不耐烦地摆手："知不知道我现在有多忙？你们小小的一个漫画社浪费我三分钟的时间都是罪过。废话省省，一天之内把她的舆论危机摆平。"

"一……一天吗？可是目前的负面猜测实在……"

"全部推给沈星离。"话音刚落，裴湛就切断了视频电话。

南英社有了方向，于是紧急花大价钱雇用公关团队。在有意的引导下，网上

的议论风向迅速发生了转变。

"合月"作为大红了三年的知名画手,根本不需要这样博眼球出位,恶意炒作的嫌疑被逐渐择清。当地警方也发布公告,证实施暴者是泄愤报复,无人指使。可公众的满腔愤慨总归要有个出口,于是顺理成章地砸向了沈星离,毕竟他只是个在格斗圈初露头角的普通人。如果这件事情有人操控,肯定是他有嫌疑。

到最后,沈星离承担了所有的恶意和满屏冷嘲热讽的话。无数人预测他下次全国段比赛必将失利,就连"合月"的漫画下面的评论也是大规模抗议,怒斥沈星离这种空有心机、实力存疑的绣花枕头会连累"合月",不配做漫画男主角,如果不换,他们将集体抵制漫画。

程以念坐在家里的沙发上,粗略地翻看了一下微博,就已经气得浑身发抖。她登录自己的微博准备公开澄清。

沈星离背上刚涂好药,赤裸着上身伏在她身边,见状连忙一把按住她:"别发,好不容易针对你的人少了一点,不要蹚浑水了,让他们随便骂吧。"

"这怎么能叫蹚浑水!他们这么冤枉你……"

沈星离淡淡地笑了,侧着头枕在她腿上,说道:"我无所谓,只要不攻击你就好,但是念念……"他抓了抓她的衣摆,"你能不能不换男主角?"

不等程以念回答,他就笃定地保证:"下场全国赛,我一定以最好的名次晋级,用实力堵住这些人的嘴,不让你的画再受质疑。"沈星离仰起脸,目不转睛地望着她,眸中闪着细碎的光,"你等我几天,就几天,行吗?"

程以念鼻子酸得难受,怕一说话就会哭,只闷闷地"嗯"了一声。

沈星离立刻笑了,环住她的腰,心满意足地道:"念念真好!是我让你受委屈了,我都会讨回来的。"

程以念扭开脸,不让他看到自己动容的模样。明明受委屈的人是他啊,他却不以为意,反过来哄她。他这样子,哪里像个比她小四岁的弟弟……

"星离……"程以念微微哽咽,"对不起。"

沈星离闭上眼:"我不要你的道歉和愧疚,我只要你的心。"

程以念咬住唇。她的心早被他扯成两半了。

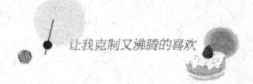

一半已经深深地坠入他的囚笼,另一半勉强支撑着作为姐姐的理智,在他炽热的感情中摇摇欲坠。

离全国段比赛还有半个月的时间,沈星离除了回学校上课之外,其余时候基本都泡在俱乐部里进行赛前特训。

他说过要从早到晚守着程以念,当然说到做到。他无法在家时,就央求着她和他一起去俱乐部,让她在二楼的休息室里专心画画,他则隔两个小时跑下来看她几眼。

程以念觉得奇怪,谢晓主动开口道:"是不是有点意外,他这次居然没缠着你去训练场陪他?"

程以念被他说中心事,有些尴尬。

谢晓摇头叹气:"答案简单,因为全国段比赛的选手水平比之前要高出太多。他从现在开始到赛前都是魔鬼训练,强度极大啊,他是怕你看了不好受。"

程以念的心一沉,皱眉跑上三楼,站在楼梯口刚好能看到沈星离的侧影。他只戴着一层薄薄的护具,正在进行持续的抗击打能力训练。格斗中的抗击打能力训练,通常是以外力直接击打人体的要害或薄弱部位,方式有摔跌翻滚,反复进行,循序渐进。因此,沈星离需要站着不动,让一群专业选手来打,直到他承受不了为止,然后调整状态再次承受击打。

他不知道已经坚持多久了,双臂上青筋暴起,微垂着头,汗如雨下,却仍然坚持站稳身体。

程以念盯着他,双手握紧楼梯栏杆,手上的皮肤被磨得生疼。

谢晓跟在她后面,低声说:"综合格斗本来就是极其残酷的竞技。往巅峰冲击的选手,不死不残是幸运的,但也免不了一身伤病。可能星离一直以来的强大让你忽略了某些阴暗面,但事实就是赛前不对自己狠,比赛时就可能倒在铁笼里再也起不来。

"其实每次比赛都是搏命。尤其是现在,他负评缠身,更需要用一场胜利去反击,他还是你笔下的男主角,所以没有退路和失误的余地。他输了,你的漫画也就跟着输了。"谢晓语气深沉,"你们这对苦命的小鸳鸯哟……"

迎上程以念泛红的杏眼,谢晓捂嘴,若无其事地改口道:"你们这对苦命的小姐弟哟。"

程以念不理他,忍不住想去沈星离身边。

谢晓道:"程小姐,你要去劝他什么?以他的性格,你觉得他有停下的可能吗?"

程以念知道谢晓说得没错,她牙关咬紧,又直勾勾地注视了沈星离一阵,然后转身下楼。

他不想让她看,那她就装作没有看到。

他要去赢,那她就陪他去赢。

04

半个月的时间过得飞快,程以念眼睁睁地看着沈星离每夜满身疲惫地回到家,饭都吃不完就靠在她身边无力地睡过去。以往他总要缠着她撒娇耍赖,现在经常连眼帘都挑不开,还要在她面前强装没事。

到了全国赛这一阶段,胜利后不仅仅有晋级卡,还有了排名。

整场比赛持续了三天,先是一百余名选手随机抽签对战,决出前三十二名。接下来两两分组,三十二进十六,十六进八……直至最终二选一,确定冠军人选。

前三名将晋级到亚洲赛段的预赛,也是KC争霸赛本年度的倒数第二场比赛。而沈星离这次的目标,不仅仅是前三,他要的是第一名。

只有冠军才能给所有谩骂者一个最响亮的耳光。

比赛地点在A市,参赛者要提前出发准备。

沈星离担心现场会出现混乱,会有媒体和其他人指指点点,犹豫着想让程以念留在家里。

程以念看出了他的意图,直接摆出非去不可的态度,她主动收拾好行李,把一卷红线偷偷地藏在箱子的角落里。

赛程第一天,沈星离一大早来敲程以念的房门,他笑得很甜,把连夜做的游

玩攻略交给她，说道："'小仙女'今天出去玩吧，你喜欢的地方，我都标注好了。你逛街时记得多买点衣服和首饰。等你逛完回来，我这边也结束了。"他不想让她去比赛现场，便让她去逛街，并暗地里安排了俱乐部的朋友保护她。

看着沈星离熬红的眼睛，程以念冲到嘴边的话又咽了回去。她接过写得密密麻麻的小本子，轻声说："好。"

远处，谢晓似乎在催沈星离。

沈星离不肯走，站在门口对她张开手臂，道："念念抱一下。"

程以念指尖动了动，站着不动。

沈星离还在笑，眸光却暗淡下去。他逐渐把手垂下，摘下赛场不允许佩戴的狼牙项链交到她手里，转身慢慢地往电梯里走。

程以念盯着他的背影，双腿不受控制地追上去，从背后把他环抱住。

沈星离僵住。

程以念揽着他的腰，耳中听到自己震耳欲聋的心跳声。

不对，不是心动，不是沦陷！是担心……担心而已……

程以念这样说服自己。沈星离转过来面对她，她拿出手心中温热的红线，然后抬起他的手，在他修长白皙的无名指上绕了三圈，打上死结。

沈星离不敢呼吸太重，怕会打破这场好梦。他怔怔地摸了摸无名指上像戒指一样的红圈，小声地问："念念，这个……"

程以念低着头，小声地说："这是在赛场上用的护身符，我想让它保护你。"

停了一会儿没听到沈星离说话，程以念不禁抬起头看他。

沈星离蓦地上前，一只手扣住她的后脑，另一只手搂过她的背，微凉的唇不由分说地压在她的唇上。

他只轻轻地碰了一下她的唇就退开了，唯恐停留下去会对她做出过激的行为。于是，沈星离克制着情绪，大步地往电梯里走去。

"沈星离！你……你得寸进尺！"

等电梯门关上，沈星离的影子彻底消失，程以念才用手背掩着唇，顺着墙壁蹲下去，耳郭红得像在滴血。

酒店离比赛场馆不远，程以念早就研究好了路线。等沈星离走后，她找出提前准备好的观众票，戴上口罩出发，瞒着他去看比赛。

第一天是淘汰赛，赛程短，场次多，现场比较混乱，一般来说观众和媒体都很少。但因为今年有沈星离，所以关注度激增。不只体育记者，还有很多娱乐记者也来凑热闹，等着拍他失败的样子，哪怕就是张动态丑照，也是一条有热度的新闻。

可惜没人得逞，沈星离每次进笼时间不超过两分钟，几乎次次一拳就击倒了对方。

出场时，他洁净俊美，进笼后，他果断凶狠。等打败对手离开铁笼时，他又冷得像一团令人根本看不透的冰雾，却让人深陷。

绝大多数记者都是初次见他本人，震惊得面面相觑。他们再翻看相机时，竟然发现张张照片里的沈星离都很夺目，连动作最激烈时的表情也是好看的。

他们忍不住猜测，沈星离到底是哪里想不开要跑来打格斗？这外形要是去娱乐圈当明星，绝对是一线流量明星！

沈星离毫无悬念地通过了第一天的比赛。

程以念坐在观众席前排位子，比赛结束时她的手心里全是指甲印。她赶在沈星离回来之前回到酒店，装作什么都不知道，等他过来要"无伤打赢"的"抱抱"奖励。

第二天的比赛难度明显提升，是从前三十二名中决出前两名，冠军之战将留到第三天。

这一天，沈星离需要打四场，他每场的比赛时间都在大屏幕上单独公布。为了方便媒体和慕名前来的观众，主办方抓住一切机会提高热度，但这也相当于把沈星离推到了风口浪尖上。

程以念坐在昨天的位子上，亲眼看到沈星离不再像之前那么轻松，他的对手一个比一个强。四场比赛里，他遭受了还击、压制，以及受伤和流血。到下午最后一场比赛时，他遇到了国内格斗圈相当著名的"暴君"。

"暴君"出场，观众席的格斗爱好者们集体沸腾。"暴君"是呼声极高的热

门选手,没人认为沈星离能打赢"暴君"。

沈星离再强,也动摇不了这种共识。

其他人都抱着沈星离必输的念头,只有程以念紧紧地盯着笼中那道伤痕累累的身影,颤抖着声音喃喃自语:"星离……我们能赢。"

沈星离似乎有所感应,在裁判高喊开始前,他侧过头望向程以念的方向,他的指尖轻轻地抚过无名指上的红线。

十分钟的时间,在满场震天的嘶吼声中,沈星离嘴角破裂、肩膀肿起、右脚脚腕扭伤。临近比赛结束,在"暴君"试图挥拳击倒他时,他眸中充满血丝,带着一身痛楚猛然站起来,狠狠一击将"暴君"制服了。

空气瞬间凝固,没有人相信眼前看到的事实。足足几秒钟之后,才有观众从座位上跳起,狂吼出"离神"两个字。

蒙受了十几天污名的称呼,被沈星离亲手拂去尘埃,渐渐露出本来的光芒。

当天的报道一公开就引起热论,流血的沈星离有种惊心动魄的美。多角度的高清大图迅速被推上热搜榜,引得无数人犯"花痴"。但仍有相当多的人在嘲讽他,说他明天必输。毕竟明天是冠军战,他要面对的选手可是国内格斗圈稳居头把交椅三年之久的"阎王",远不是今天的"暴君"能比的。

程以念离开场馆时手还在发抖,她匆忙地赶回酒店调整好状态,准备好医药箱,等比完赛的沈星离回来找她要"抱抱"。今天他太艰难了,她想安慰他……

然而她等到天黑,只等到沈星离一条报平安的信息,人根本没有出现。

程以念坐不住了,边给他打电话边出去找他,结果在经过谢晓的房门口时,意外地听到了熟悉的手机铃音和沈星离的咳嗽声。

程以念连忙敲门,片刻后响起脚步声和谢晓的抱怨声:"我就说你躲不过去吧?藏在我这儿也没用。"

程以念闯进去,看到沈星离脸色发白地靠在小沙发上,正努力地把嘴唇咬出血色,然后笑眯眯地叫她:"念念……"

程以念强行把他拖回到自己的房间里,气得胸口起伏:"你躲我?"

沈星离把伤尽量藏在衣服里，语气软软地说："念念别生气，我受了一点小伤，不想让你看了不舒服。而且今天没资格再求你抱我，我怕我一见到你，又会提过分的要求……"

台上那么惨烈的场面，他居然说是小伤！

程以念捂住他的嘴，在他头上用力地揉了几下。

她站着，沈星离坐着，他的脑袋蔫蔫地低垂着，像只不敢奢求主人关爱的小动物，哪还有半分铁笼里骁勇强悍的猛兽样子？

程以念的身体不听使唤，她俯下身主动搂住了他的肩，轻轻地哄："星离乖啊，咱们涂药。涂好了，我再给你吹吹，吹吹就不疼了。"

沈星离的额头抵在她温暖的胸口上，眼眶一下子湿润了，心脏被她的温柔化成一团软泥。

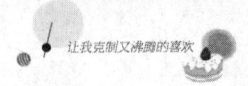

第十一章

沸腾(六)

01

最后一天的冠军赛,开始前一个小时就已经有前一天三倍以上的媒体到达现场占位,观众席更是一票难求,甚至被炒出了一线明星演唱会内场座位的价格。

KC争霸赛虽说在格斗圈内是顶级比赛,但从来没有这么火爆过,也没有真正被大众熟知过。

沈星离临走前对程以念说:"等我,晚上回来给你带好吃的。"

程以念想到他马上要面临的凶险,难受得说不出话。

对方是大名鼎鼎的"阎王",招数毒辣,在他手下伤残的对手不计其数。他头把交椅的称号是无数输家堆积起来的。

程以念吃力地点了点头。

沈星离摸了摸她的脸,含笑扬起手指给她看:"有护身符保护我,你放心。"

被血污染成黑色的线在程以念面前划过,刺疼了她的眼睛。

沈星离走后,程以念也出发去了赛场。在进入观众席通道之前,她拗不过心里的冲动,掉头前往选手后台通道,却被工作人员阻拦,要求她出示通行卡。

程以念顺手摘掉口罩,打算给谢晓打电话,旁边有个女人惊讶地叫道:"'合月'?"

她是娱乐记者,跟拍沈星离两天了,骤然撞见这个大新闻,激动得拽住程以念:"我的天,你本人真的这么漂亮!你去后台看'离神'对不对?看来你们的关系果然不简单！我有媒体通行证，我可以带你进去！"

程以念本想推拒，但想了想又觉得没什么可避开的。她不过是一个画漫画的，她不过是放不下她唯一在乎的人，有哪里见不得人吗？

程以念争分夺秒地奔向沈星离的休息室。门口守着的几个俱乐部选手一见是她，连忙让道，把记者挡在外面。

程以念一进去，正看见沈星离脱掉上衣，昨天比赛落下的伤痕在他身上显得触目惊心。

"念念？"沈星离没想到她会来，连忙披上登台的长袍，不让她多看那些伤。

程以念走到他跟前，说道："你早上走得太着急，我有件事情还没有来得及做。"

沈星离拉住她的手腕，问："什么事情？"

程以念推他坐下，蹲在他腿边，把他无名指上被血污染的红线取下，然后动作轻柔地重新缠了一段新的红线，还特意多绕了几圈。

日光透过窗棂，如金纱般拂过她的脸，映着她含水的杏眼和沈星离痴迷的目光。

门没有关严，一群闻风而来的记者挤在外面，从缝隙里拍下这一幕画面。

屋内，沈星离反复摩挲红线，晃了晃程以念的手，说："我让人送你回酒店好不好——"

程以念打断他："我想留下。"

沈星离盯了她半晌，笑了："那你答应我，不管今天赛场上结果是什么，你都要记住一件事情，我不会输。"

程以念倔强地跟他对视："你可以输！星离，你现在至少是第二名了，安全最重要！"

沈星离用指腹蹭了蹭她的脸颊，没说话。

走廊里预备登台的提示音响起，谢晓也来敲门了。

沈星离又看了程以念几眼，然后果断站起身。他扣上黑金长袍的宽大帽子，遮住半张脸，只露出线条锋利的薄唇和刀削般的下颌。

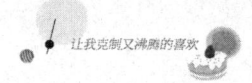

堵在门口的记者们激动地频频按下快门。

沈星离从闪光灯中间穿过，踏上通往铁笼的台阶。

五分钟后，程以念刚赶到观众席上，裁判的预备哨声就响彻偌大的比赛馆。她的心脏突突直跳，猛一抬头，就看到铁笼已经关闭，乱闪的灯束中，沈星离和那位肌肉结实的"阎王"相对而立，现场两个解说员的语气更是异常亢奋。

"今天的比赛可谓是聚焦了各界目光，我们看到'阎王'的状态非常好。相比之下，'离神'确实显得太年轻、太单薄了一些，不知道对打起来能招架几个回合。"

"接下来的十几分钟里，我们很可能会迎来'离神'入行以来的'首败'。"

"不过'离神'也不要气馁，毕竟年纪这么小能达到这个高度已经非常难得。况且凭他的颜值，以后改行进娱乐圈也不是不可能……"

话里话外，他们不但不认为沈星离会赢，甚至还拿近期的争议做谈资。

沈星离昨天打败"暴君"的情景似乎被轻描淡写地一语带过。他的胜利再多，爆发力再强，在这些人眼中他依然只是个新秀而已，根本不可能做到"改朝换代"。

程以念听得一清二楚，双手狠狠地攥紧。

第二声哨响，冠军赛正式开始。

"阎王"第一时间抢占先机，马力全开地直接发起猛烈攻击，手掌似是不经意地做了一个特殊的动作。沈星离瞳孔一缩，凭借身体本能避开，眸中迸出异样的冷光。

程以念也震惊地睁大了眼睛。几个回合下来，她的喉咙犹如被人扼住，呼吸困难。

这个"阎王"的动作风格竟然像极了沈星离的父亲沈隶！当年幼小的沈星离，就是在这样极其相似的攻击里，蜷着身子熬过了几千个如炼狱般的日夜。

沈星离的情绪有短暂的失控，就在这时，"阎王"抓住机会一拳打中沈星离的胸腔，沈星离撞上铁笼，发出哐的一声巨响。

观众们沸腾时，程以念惊叫出声。她紧紧地咬住自己的手背，五脏六腑都在剧烈翻搅。

"阎王"一击得手,马上狞笑着扯过沈星离的肩膀向后一摔。

沈星离仿佛回到了小时候,眼前是父亲狰狞的脸,拳头铺天盖地地落下,如果他反抗,就会换来变本加厉的毒打。他疼到受不了时,总是迷迷糊糊地想——死了吧,死了也许就不会痛了……

"阎王"使出一个铆足全力的肘击,沈星离口中溢出鲜血。

程以念的神经被极度残忍的画面碾碎,她眼泪狂涌而出,歇斯底里地大喊沈星离的名字。

解说员无比激动地说:"正如我们赛前预料的,'离神'还是经验太少了,想撼动'阎王'的地位看来是天方夜谭。毕竟格斗比赛靠的是专业和汗水,想凭走捷径出名,必然会失利……"

比赛馆里吼声震天,滚滚的声浪卷向台上的沈星离。

"阎王"嗤之以鼻:"垃圾。"

沈星离眼底一片猩红。

过去,他总被人骂作"垃圾"。直到那天,一个穿着白裙子的小姑娘牵住他脏兮兮的手,用手绢给他擦脸,温柔地告诉他:"以后谁也不许骂你,我家小九是全世界最好、最干净的男孩子。"

沈星离猛然清醒,现在不是从前了,他也不是孤身一个人!他有念念!

他站在这里不是为了挨打,而是要击败所有的对手闯出一条血路,做配得上程以念的男人,做值得她一笔一笔去勾画的那个男主角!

他要的是冠军,他要亲手把第一名的奖杯捧到念念的手里。她和他在一起,绝不能受冷眼和嘲笑,他要给她的是荣耀和光明!

父亲又怎么样?阴影又怎么样?只要念念在,他就能把过去撕得粉碎。

沈星离仰倒在台上,"阎王"抬起右腿准备再次进攻时,沈星离竟蓦地伸出手,紧紧地扣上他的膝盖。

这个动作被同步投射在直播大屏上,全场观众惊诧屏息。

程以念手心上都是被自己抠出的伤口,看到这一幕,泪如泉涌。

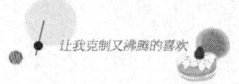

"阎王"不过失神了一刹那,却已经足够沈星离还击了。

沈星离五指强硬地嵌入对方的身体里,如雷霆般借势跃起,像曾经对沈隶那样,手臂绞住"阎王"的脖颈,技巧十足地锁死"阎王"。

他恨沈隶,回避沈隶,但他也师从沈隶。一次次生不如死的折磨,换来的是他融进骨血的格斗技能和爆发力。

念念在乎他,他就拥有生而为人的意义,他就什么都能做得到!

沈星离眼中像结了冰,肌理却似燃起狂热跳跃的火焰,一路烧光他从小到大的痛苦回忆,他将愤怒化作铁拳,尽数回给自以为稳操胜券的"阎王"。

容纳数千人的比赛馆被彻底点燃,随着沈星离凶猛的反攻动作,呼喊声炸成最喧嚣的烟花。

两个解说员呆若木鸡,许久说不出话来。

"离神"两个字响彻场馆。

程以念哭得眼睛像桃子一样,忍不住跟所有人一起放声嘶喊他的名字。

沈星离的血汗融在一起,白皙的前胸几乎全被染红。当最后一声哨响时,他脊背笔挺,把"阎王"钳制在了脚下。在数不清的高清镜头里,当着所有质疑他、嘲讽他的人的面,他强势占据了KC争霸赛国内第一把交椅的位置。

他从逆境中反转局面,证明了他绝对的实力。沈星离在职业格斗圈出道至今,从无败绩,从未恶意伤害对手,以最光明坦荡的方式登上国内格斗巅峰。任何人都不再有资格质疑"离神"的称号。

几道追光灯同时打向沈星离的头顶,他透过眼前的人群望向了观众席。

程以念隔着人潮跟他对视。

02

铁笼打开,他缓缓地拆掉手上的防护绷带,硬撑着走出去,鲜红的血顺着下巴滴到脚边。

热情的记者们拼命拥上,争先恐后地问:"'离神',你能从那么不利的境地里成功反杀,现在有什么想说的吗?"

大大小小的镜头对准他。

沈星离浑身浴血,唇角却翘了起来,露出大众从未见过的温柔。

他抬起手,盯着无名指上被血打湿的红线,嗓音格外沙哑:"'合月大神',以后的每一场比赛,都麻烦你亲手给我系上这个护身符。"

记者们没想到居然得到了这么一个大新闻,态度更加激烈,问的多数是同一句话:"你们到底是什么关系?你保护她,她画你,你们是恋人吗?"

"是青梅竹马。"沈星离回答得干脆且坦荡,"一直是我单方面喜欢她,追她,死缠烂打才让她把人物画得有点像我。"

他的身体坚持不住了,略一摆手,一群时刻准备着的安保人员迅速地围了上来,把记者们隔开,然后护送他回后台。

沈星离走出几步,又侧过头提醒:"'合月'是个低调的小姑娘,你们有任何问题都尽管找我,别吓到她。"

这个画面通过直播镜头传送到全国大大小小的屏幕上,也包括挂在比赛馆半空的那面高清巨幕。一时间惹得观众们不断尖叫,不少专门来看"离神"的女粉丝大喊"受不了"。

程以念看得比谁都清楚,他的神情语气、遍体鳞伤的样子,犹如一把粘满糖的刀片刺进她的心窝。

他连站稳都困难,还惦记着在媒体前维护她,把这段被人猜测的关系全都承担下来。这意味着他将承受一切骂声,而她作为被追求方,则可被择得干干净净。

程以念趁乱挤出观众席,迫切地奔向后台,离得老远就看到沈星离挣开安保人员,自己扶着门框进入休息室,脊背仍然坚持挺着。她急忙加快脚步,冲过去挡住要关上的门。

沈星离以为谢晓又来拉他上救护车,冰冷回眸,没想到站在眼前的是程以念。

她长发乱了,杏眼红肿,泪蒙蒙地瞪着他。

沈星离干裂的唇动了动,刚想喊一声她的名字,她就失控地扑过来抱住他。

沈星离艰难地说:"念念……我身上太脏了。"

"脏什么!"程以念哭腔浓重,攥着拳头想惩罚似的打他一下,却又颤巍巍

地松开,把他搂得更紧,"小九最干净!"

谢晓在外面砰砰地敲门:"星离,赶紧去医院!今天的伤不是闹着玩的!"

程以念心中一惊,想到沈星离此刻的状态,立刻手忙脚乱地去给他拿衣服。

沈星离眼睛半闭着,高大的身子晃了晃,虚弱地朝她栽倒过来。

谢晓带人进来时,沈星离靠在程以念的身上,正意识不清地喃喃自语:"我赢了,我没有给你丢脸,配做你的男主角……我不想直接去医院,就是要等你来,见到你,我终于能合眼了……念念别哭,我不疼,就睡一下……"

沈星离被谢晓从安全的角门送上车。

同一时间,比赛馆里的观众也在相继离场。人群中,只有一道影子显得格格不入。她衣饰名贵,戴着大墨镜坐在角落的位置没动,盯着大屏幕上回放的画面,表情阴沉。

半晌之后,她冷笑着自言自语:"护身符?程以念,原来你信这种可笑的东西,那我就给你机会,让你去个好地方,求个更灵验的!"

程娇恶狠狠地计划着下一步,把精致的美甲攥到断裂。

她花了这么多年,好不容易才把程以念驱逐出程家,她以为程以念现在不过是个没有靠山的穷酸货色!

结果程以念不仅被那么优秀的裴湛惦记着,现在竟然连程以念那个从垃圾堆里捡来的"脏弟弟"也变得有头有脸,还把程以念当命似的护着!

她毁程以念名声不成,毁程以念的脸不成,那干脆要程以念的命试试!

沈星离不是一次一次地保护她吗?不是没有他破不了的困境吗?她就不信他的本事真有那么大,每一次都能救得了程以念!

后台另一间选手休息室里,刚吃了败仗的"阎王"一离开拍摄镜头,就被几个人七手八脚地推进里屋里,门哐当落锁。

压抑的气氛中,"阎王"瞄到男人笔挺的裤腿,蜷在地上爬不起来,恐惧地道:"裴……裴董,我……"

裴湛摘下金丝边框眼镜,慢条斯理地擦拭着,双手上的血管却绷得有些狰狞。他嗓音低沉地开口:"战无不胜?稳坐三年冠军?能在这场比赛中废掉沈星离?这些是不是你亲口说的,嗯?"

"阎王"冷汗涔涔,急忙颤抖着声音解释:"赛前您给我的资料,我全部研究过了,也把沈隶的动作模仿得很像。沈星离开始的时候确实受了影响,根本没有还手能力,我差一点就能……"

裴湛语气阴森:"差一点?"

"阎王"浑身一哆嗦,恐惧地抱住脑袋:"我真的没想到沈星离会那么强!裴董,裴董,您放过我这一次,我真的已经尽力了!"

裴湛冷笑一声:"怎么,你崇拜他?敬佩他?那你就体会一下,惹我生气到底是什么下场。"

医院的特护病房里,沈星离已经昏睡了十几个小时。

程以念在病床边守得发慌,去找医生问了一遍又一遍。

走廊上,谢晓安抚她:"诊断结果上都写了,伤不致命。他主要是太累了,再等等就能醒过来,你放心吧。"

程以念脸色憔悴:"看他这么躺着,我怎么放心?"

谢晓探究般望着她,低声问:"程小姐,你今天有没有照镜子看看自己的眼神?像你这样的反应,确定对他还是单纯的姐弟情吗?"

程以念手一紧,垂下眼:"你不用试探我。"

"不是试探,我也没打算跟星离多嘴说什么。"谢晓摇头,"我只不过是以过来人的立场,劝你早点认清自己的心,让你跟他在感情上少受点罪。至于听不听,全在你自己。"

程以念没有回应,她低着头,长发半遮住白皙的脸颊。

谢晓也是操碎了心,又问:"是不是连你自己都搞不清楚?那简单,你设想一下,假如星离某天真的想开了,放下你去找了别的女孩儿,从此以后你只做他的姐姐,他对另外一个女孩好,保护她、疼她、亲近她。怎么样?这么一想,你心里好受吗?"

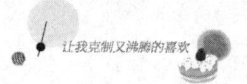

谢晓每说一句,程以念的心就更沉一分。那些画面胡乱地往眼前跳,她嗓子里涌上一股从未有过的酸涩感。

谢晓继续说道:"哪怕星离不主动,也有的是人上赶着对他热情。不说之前,就说这三天,现场来了多少对星离犯'花痴'的小姑娘,美少女也是一抓一大把,激动得恨不得立马扑到他身上,你确定你完全不在意?"

程以念实在听不下去了,皱着眉转身回病房,还别扭地关上门,把谢晓拦在外头。

谢晓在门外叹了一口气,隔着门说:"好好,不聊这个了,另外还有一件事情,我郑重地说一下。星离跟我之间的卖身契已经按照约定,在他拿到全国赛段的冠军后自动作废。从现在起,我改行做他的职业经纪人。"

程以念回想起当初的画面,有种不真实的感觉,她带着鼻音重重地应了一声。

耳边终于清净了,程以念坐到床沿上,轻轻地碰了碰沈星离的指尖,感觉到了像冰块一样的寒意。

她忍不住双手握住,想把自己的体温传递给他。

"沈小九,你怎么还不醒?刚才谢老板趁你睡着了故意气我,专说我不爱听的话。"反正房间里没别人,沈星离也听不到,她稍微放纵了情绪,低声告状,"你喜欢美少女吗?要是真喜欢,那赶紧走好了,让美少女去照顾你、心疼你,别赖在我这儿。"她语气里是压不住的酸意,却嘴硬地不肯承认。

后半夜,程以念趴在床边迷迷糊糊地睡着了,隐约感觉到好像有人在挪动自己。但她太困了,睁不开眼。等再醒来时,窗外天还黑着,而她居然躺到了床上,从头到脚都被紧箍在某人的怀抱里。

"星离,你醒了?!"程以念连忙挣扎着起来。

沈星离不放开她,手臂一揽把她扣回胸前,用力抱住她。

他心跳如鼓,砰砰地震动着她。

程以念艰难地抗拒着他的气息,语气干涩:"别闹,我去找值班医生过来给你看看……"

"那你自己看过医生了吗?"沈星离的唇压在她的耳畔,用手轻抚她的手指,"我摸到好多伤口,这得多疼……"

程以念不禁鼻酸,他昏睡了这么久才睁开眼,竟还心疼她:"是我自己不小心……"

她一句话尚未说完,他的手忽然抬起,小心地摩挲她的唇,那上面也有咬出来的斑斑血迹。

程以念的呼吸完全乱了,来不及躲开,沈星离就先一步把她困在臂弯里,脸跟她紧紧地贴着,声音沙哑地说:"对不起,让你担心了。"

程以念这时才有了劫后余生的真实感,她眼眶一热,揪住了沈星离病号服的衣摆。

沈星离给她抹掉眼角的泪:"念念别哭,我受不了你哭。"

"不想让我哭就说点别的……"

"好,那我回答你之前的问题。"他在昏暗的夜色中深深凝视她,唇角微弯,"我确实喜欢美少女。"

程以念一下子愣住,脸上猛地涨红:"你……你怎么听到了……"

沈星离笑得温柔,他那时有意识,只是醒不过来,但该听的话一句也没漏。

别的或许能忽略,唯独这个问题,他必须要亲口澄清。他认真地盯着她,嗓音低沉:"可我喜欢的美少女,这世界上只有程以念一个。"

03

程以念觉得自己活脱脱是一条砧板上的鱼,再怎么折腾也跑不出沈星离双臂圈出的那点空间,只能任由他说。

"小仙女"、美少女……这些对小女孩儿的称呼都被他拿来用在她的身上,偏偏他还叫得特别自然,丝毫没有违和感。

程以念费了不少力气才爬下床,面红耳赤地去找医生。

沈星离艰难地撑起身拉住她,把他的外衣给她罩上并裹严实,遮住她不小心露出的风情。他低声说:"这样的念念是我的,不能给别人看。"

检查过后,程以念悬着的心总算落下少许。沈星离的伤看着凶险,但他本身

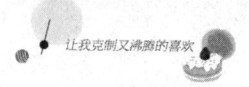

擅长在格斗中闪避,知道怎样才能最大限度地保全自己,所以并没有伤到根本。当时吐的血也多半是口腔里的,内脏一切完好。

医生语重心长地说:"这次只能算命大,并不保证下次会安全。要是年纪轻轻的总这么受伤,早晚要出大事。"

程以念干巴巴地点头:"不会了,绝对不会了。"

虽然这么说,可她心里仍不安。后面还有两场大赛,KC争霸赛亚洲战的预赛和总决赛,凶险程度肯定会成倍增加。她多希望他就止步在全国赛段,别再继续往前,但是不可能了……

从自愿接受通往KC争霸赛亚洲站的晋级卡开始,KC争霸赛的主办方就与各个选手正式签约了,不允许发生退赛等任何违规行为。沈星离的赛程不再受自己和谢晓的控制,何况走出国门,他代表的就不再是他个人,关注度和责任都跟着变了。

为了减少舆论压力,沈星离赛后住院是秘密进行的,出院自然也是悄悄的。

程以念给他全副武装,像牵着一只超大号"萌宠"一样将他领回家里。

等门一关,他立刻黏上来,窝在她颈边深深吸气:"终于没人打扰了……"

程以念身体的反应越发不受控制,被他磨蹭得皮肤发烫。她在失态之前,拎着衣领把他丢开:"病号就要有点病号的自觉性,老实躺着去!"

沈星离见状语气一转,泫然欲泣:"念念之前还主动抱我的,现在看我伤好了,就把我一把推开……"

程以念听得牙痒痒。

"如果非要让我去躺着也行,但是有条件,念念得陪着我,我才躺……"他一双迷人的桃花眼湿润又明亮,手拽着她耍赖,"我要躺在念念腿上……"

程以念气自己的防线越变越弱,居然险些答应他。她故意板起脸说:"沈星离,你脸皮是有多厚!"

沈星离笑盈盈地抱住她的手臂,乖乖地把白净漂亮的脸蛋凑上去:"想知道吗?那你咬一下试试呀。"

程以念被他的话噎住,败给他了,正发愁要怎么解决这个"小牛皮糖"时,手机恰好响了。来电人是南英社的编辑,她接通时不小心点了免提键。

"'大神''大神',你有没有看到网上最新的那些评论?"编辑的声音传了出来。

程以念一听这个头都疼了,忧心地问:"又出事了吗?"

比赛结束后不久,网上的风向就完全逆转了。

沈星离用靠实力得来的冠军击碎了所有恶意的猜测,没人再怀疑他的能力。也因为他赛后的公开表态,大众把注意力集中到了小冠军的单恋问题上,有相当多的人跑到"合月"的微博下面,催她快点答应他。

排在最上面的一条评论说:"这种又强又美又情深的追求者,打着灯笼几辈子都找不到好吗?你再不接受,他肯定会被抢走!"

也有心思缜密的人提出:"不一定是单恋,你看'合月'把男主角画得这么好,还给他绑红线,要说她对'离神'完全没私情,谁相信?"

程以念在看到这条评论的第一时间里,心虚地点了删除。

明明舆论走向已经很好了,莫非现在又出了岔子?

编辑忙说:"不是不是,没出事,是漫画连载的评论区被要求感情戏的评论给刷屏了!"

程以念一惊,编辑直接把一堆截图发到程以念的微信上。程以念点开一看,满眼的"求甜甜的感情戏""我们男主角那么帅,一直单身真的合适吗""给'合月大神'跪了,替咱们'离神'多安排一点甜蜜戏份吧,别浪费颜值"……

沈星离在旁边美滋滋地点头,表示强烈赞同他们的观点。

程以念赶紧把手机拿远,不让他乱看。

编辑求道:"'大神',你就顺应民意吧,'离神'现在人气太高,广大女粉丝都在等着'离神'的感情戏呢。你本来就是她们的共同情敌,要是再不画,肯定会疯狂掉粉!拜托了,下一期连载加点感情戏……"

程以念一个头两个大,挂掉电话后默默地发愁。

沈星离从身后靠近,轻轻地揽住她的肩,唇滑过她敏感的耳郭:"是不是担心没灵感,要我帮忙吗?"

程以念头皮一麻,强作镇定地说:"怎么没有?我灵感多着呢!你养好身体

就行了,别操心不相干的事情!"

沈星离无辜地反问:"男主角就是我啊,我的感情戏怎么是与我不相干的事情?"

"你是你,他是他,根本不是一回事!"

话虽如此,程以念回房间在电脑前面坐了足足三个小时,悲惨地发现自己脑袋里还是一片空白。

真是奇怪了,她明明是个经验丰富的少女漫画"大神",以前大火的那些作品画的都是甜蜜的恋爱故事,各种让人脸红心跳的情节应该是手到擒来才对,可怎么一面对屏幕上那张酷似沈星离的脸,想到要画他和异性之间的感情漫画,她就别扭得什么也画不出来。

不止这样,她堂堂少女漫画"大神",最擅长塑造各种讨喜的女孩儿形象。可三个小时过去了,她连一个女主角的人物形象都没有确定好,画了一堆女主角的人物形象,她居然没有一个能接受的……

之前谢晓说的"美少女们恨不得往星离身上扑"和评论里那一个个"早晚会被其他女孩儿抢走"的消息疯狂地往她脑海里钻。再一瞧她亲手画出的那些女孩儿形象,想到真要让一个莫须有的角色去跟"离神"谈恋爱,程以念更是下不去笔。

她苦闷地趴在桌上,心里腹诽:"合月",你太没用了!能不能专业一点,纸片人而已啊!有什么可抵触的!

程以念三番五次地试图这么骂醒自己,然而收效甚微,坐到后半夜也没个成果,新连载的页数还是可怜的零。

她实在熬不下去了,站起身时,意外地发现房门下塞进来一张对折的纸。上面的字迹整洁利落:"念念小天使,这么晚还亮着灯,在为画稿发愁吗?是不是需要一点灵感刺激?别担心,有我。"

程以念不知道沈星离葫芦里卖的是什么药,忐忑不安地睡了一晚。隔天起床后,她迷迷糊糊地推开房门,就迎面撞到了男人坚实温热的胸口上。

她吓了一跳,身体条件反射一样往后仰,却被沈星离拦腰一把搂住。

沈星离穿着干干净净的黑裤子和白衬衫,领口敞开,露出一点优美的锁骨,

眼眸晶莹如星:"早饭准备好了,吃完我带你去一个地方。"

程以念感受着腰间那只灼热的手掌,有些慌张地想挣开,他却得寸进尺地贴得更近。

"你……你别过分!先把手放开!"

"不放,除非——"沈星离笑得迷人,俯身压到她唇畔,"除非,你叫我一声哥哥。"

程以念怔住了,随即耳根通红。

她羞恼后反应过来,这一幕是她第一本漫画里的经典场景之一。女主角睡眼惺忪地起床,被男主角困在门口,抱着她要她叫哥哥……

此刻她真正经历了,才明白这幅画面到底有多大的冲击力。

"你没大没小!"

"我一直这么没大没小。"沈星离垂眼凝视她,不依不饶地说,"乖,叫一声。"

"叫……叫什么!"程以念面红耳赤,"你搞清楚,你是小我四岁的弟弟!"

沈星离低笑一声,在她小巧的下巴上一啄,认真地说:"我不是弟弟,我是从头到脚都完全属于你的沈星离。"

他说话时的气息扑在程以念的颈侧,程以念微微地战栗着,手脚并用也逃不脱他的控制。她又舍不得太用力,生怕弄疼他未愈的伤。最后实在被逼得没有办法,她羞愤地攥着拳头,唇间挤出一丝蚊子似的声音:"哥……哥……这样行了吧。"

沈星离的满足感简直冲破天际,他把她往上一托,抱着她直接走到餐桌旁:"我家念念最好了,等吃完早餐咱们就出门。"

程以念觉得自己快爆炸了,用凶巴巴的表情掩饰自己的情绪:"去哪里啊?"

"去学校,哥哥陪你找灵感。"

程以念怀疑自己的体温现在至少有三十九度,她凶巴巴地警告:"不准再说'哥哥'两个字!"

"那你快吃饭。"沈星离双眼弯弯,"你听话,我才听话。"

程以念知道这"小狗崽儿"有多难搞,她要是继续抵抗,还不知道他会做出多过分的事情,所以在很严肃地权衡利弊之后,她决定……

听话就听话!又不是怕他!

04

沈星离心满意足地和程以念一起吃完早餐,然后趁她逃跑前,把她往衣柜前一带,拉开柜门,笑得单纯:"有想穿的吗?我替你选好不好?"

说着,他利落地挑出一条米白色的连衣裙,说道:"这条好看,配得上你。"

程以念低头一看,这条裙子是简洁清新的款式,带一点黑边装饰,跟他身上的白衣黑裤像极了情侣款!果然又是他的小心思!

程以念拒绝的话都到了嘴边,忽然沈星离倾身过来,唇与唇只相隔寸许,黑眸望着她,问:"我帮你换?"

程以念心口又是一震。

这一幕,这句话……同样是她漫画里有过的场景!当时,好多读者因为这个场景激动得尖叫个不停,她自己却没有这样的感觉。直到这一刻,她终于感同身受。

窒息了……

"我……我自己换!你给我出去等着!"

十分钟后,沈星离成功地领着感觉别扭的程以念出门,好巧又撞上隔壁邻居。

对方见到他们,兴奋得直拍大腿:"我的天,情侣装都穿上了!'离神',我看好你,你本人可比视频上帅多了!早晚能把姐姐追到手!"

程以念羞愤地扶额,心想:拜托您可少说两句吧!"小狗崽儿"的气焰都要上天了!

程以念以为就到此为止了,万万没想到沈星离竟然在楼下准备了一辆带后座的黑色自行车,座上还特意铺了一个碎花小软垫。

程以念诧异地问:"你干什么?"

沈星离跨坐到自行车上,笔直的长腿舒展开,回眸朝她弯唇,道:"带念念上学。"

这时晨光正好，浅金色的光洒了他满身，勾勒出格外俊美的轮廓。他的白衬衫被风微微吹动，衬着他含情的眉眼，俊美得不像现实中的人，倒像一个精心打造的漫画封面的男主角。

漫画世界和现实世界因为他而重叠在一起。程以念有种错觉，仿佛沈星离真的是她笔下的男主角，他闯出了画面来接女主角上学。只不过那个女主角不再是她用线条勾画出的纸片人，而是她自己。

程以念看愣了，手不自觉地捏紧，隐约听到胸腔里某根心弦被重重拨响的颤音。

她鬼使神差地走过去，在沈星离的牵引下坐上自行车后座，十指抓着车座边沿，不禁有些紧张。她从小到大没试过这样……

沈星离说："念念，换个位置扶好，更安全。"

换个位置？

不等程以念反应过来，沈星离已经蹬动脚踏板，故意朝一块儿不大不小的碎砖轧过去。自行车顺势摇晃，程以念没有防备，惊叫了一声，乱动的手不由自主牢牢地环到了他的腰间。

沈星离的声音里带着笑意："抱紧了，这样才稳。"

程以念明白她又中了他的圈套，可一路颠簸，她的手怎么也放不开。

沈星离径直把自行车骑进学校，他向来是校内风云人物，如今更是话题中心。很快就有学生发现了他，激动地招手。他们瞧见他后座上的白裙子女孩儿后，表情更加丰富了。

程以念着急地说："你让我下来自己走，太多人看了，当心又有人趁机乱说。"

"随他们。"沈星离的声音低沉地传来，"学校里的人早就应该知道我身边只有你。"

沈星离把自行车停在建筑系的教学楼外，对程以念伸出手，说："念念陪我上一节课吧。"

想到满教室的同学，程以念忍不住往后退："你自己去，我在外面等你。"

"不要,你跟我一起。"他歪头,单肩挂包,身姿飒爽利落,偏偏表情勾人,"再不走就要迟到了,我会被扣学分的……"

程以念闭眼,她又认输了。

上课这种严肃正经的事情,迟到怎么行!

程以念被沈星离拉着坐到最后一排,但"离神"的光环实在太强,根本挡不住一拨拨人的目光。最意外的是,程以念竟然一眼就看到了当初在宿舍楼外跟沈星离表白的那位大美女。大美女的眼神此时无比幽怨,快在她身上烧出一个洞来。

程以念正哭笑不得时,一只手挡在了她的眼前。在此起彼伏的惊呼声中,沈星离抵在程以念眼前说:"别看其他人,看我。"

程以念咬了咬嘴唇,酥麻感从耳郭一路传到手指尖。

教授见到沈星离按时过来上课,高兴地连连点他的名字。从回答问题到即兴讨论,甚至上讲台去现场画图,沈星离都不慌不忙,完成得无可挑剔。

教授很满意,笑呵呵地问:"今天带女朋友来的?"

沈星离站在讲台边,遥遥地望向程以念。他身上笼着一圈柔白色的光,非常耀眼。

程以念突然觉得自己变成了漫画故事里的小学妹,在这种气氛里格外局促,连手心都沁了汗。

下一秒,沈星离当着所有人的面开口,嗓音清冽地说:"在追。"

程以念的心脏彻底不好了,满脑子都是校园漫画里的甜蜜情节,她赶紧拿出笔画线稿。然而她才勾了几笔,就绝望地捂住眼。

完蛋了,好不容易画出来的女主角,竟然长得像自己……里面深层的意味,程以念不敢去细想。

下课后,她顶不住地想逃跑,却被沈星离伸手扣住:"念念,我在图书馆里找到一本特别适合你看的书,对你很有帮助,不去看看吗?"

程以念才不相信他,去……就去,又不会少块肉。

在高大的书架之间,沈星离拉着她慢慢穿行。他肩膀平直,脊背挺拔,腰线又紧又窄,双腿修长,程以念无论看哪里都觉得受到了刺激。她不自在地刚把目光

转向别处,脚下一乱,就被沈星离拥着躲入一面书墙后面。

"哎,你……"

"嘘。"

他喉结滚动着,缓缓地向她靠近。

这个角落无人经过,连光线都比别处暗了几分,属于沈星离的气息混杂着书香,扰乱她的感官。

"沈星离,你不是说过来看书的吗?"

沈星离停在她面前,随手从书架上抽出一本书,展开来挡住他和她逐渐相贴的脸,像在隔绝别人窥视的目光。

明知没人看见,可程以念还是心率加快,有些头晕。

这个情景……熟悉得可怕……

程以念确定了,从早上到现在,沈星离都是有意为之。他熟读过她的每一本漫画,带着她体验漫画中最受读者欢迎的那些情景……

接下来的剧情,她画了什么?

接……接吻……

画中的彩页重现在她脑海时,沈星离微凉的唇也随之压下,但是从她唇上一碰而过,转而落在了她的鼻尖上。

程以念紧紧地合住眼睛,微张的唇竟然没有被侵略,她感到一丝难以启齿的失落感。

她来不及为自己的念头感到震惊,就听到沈星离嗓音沙哑地说:"念念,男主角本人难道不该是你独一无二的'教科书'吗?"

程以念感觉耳朵像要起火了,被她紧紧地压在心底的洪水猛兽,在这个静谧的角落里似要破笼而出。

她是疯了吧!

他是沈星离!是你……是你的弟弟啊!你亲口对他说过无数次接受不了变质的姐弟关系!何况明知道他要的是什么,你真能给吗?

程以念骂醒自己,强行冷静下来,然后推开他往外走。她的脚步越来越快,

像在躲避什么。

沈星离并没有马上去追她,而是在后面不远不近地跟着她,活脱脱一条气场极强的小尾巴。

程以念带着这条"小尾巴",不管去哪里都会受到一大堆人的注目礼。她慌不择路地拐进一家综合大超市,想借着人多把心静下来。没想到逛着逛着,她就忘了本来的目的,推着购物车开始认真地挑选起晚上要给沈星离做的营养餐的食材。

程以念走过生鲜区,想去买沈星离爱吃的蛋糕,这家超市却把蛋糕摆在了货架的最顶层。

程以念瞧左右没人,努力踮起脚去够,但还是差了一点距离。她正心里生闷气,突然感觉自己被人抱住托起来,双脚离地腾空。她吓了一跳,低头就看到了沈星离亮闪闪的眼睛。

沈星离特别乖巧地仰起头,说:"念念需要我的时候,我一定在,'人形梯子'沈小九来报到了。"

程以念心中艰难筑起的那层壁垒哗啦一碎。她坐在他的手臂上,长叹了一口气。

她想问问别人,如果被沈星离这种极具诱惑力的人盯上,到底还有没有逃脱的办法?

反正她是真心觉得难受,想哭,没路可走。

程以念当晚也没能回家吃饭,沈星离把她拐去一家环境优雅的法国餐厅。

程以念看着店里豪华的装修,有点不安地问:"来这么贵的地方干吗?"

"你爱吃。"

"我……"

"我知道,你以前爱吃,现在也许不爱吃了。"沈星离声音渐渐变得低沉,"可是我一直记得。"

程以念哽住。

沈星离盯着她:"只要是你喜欢的,我都要给你。你不需要做程家大小姐,你一辈子都是我的大小姐。你照顾我是心疼我,但不用天天在家吃家常菜。我会打赢比赛，赚钱给你买最好的一切。以后不管吃的穿的，我不会让你比别人差。"

沈星离充满磁性的嗓音，配合着餐厅里的轻音乐，一字一字敲进程以念的心口。

程以念愣住了，随即扭过头，试图隐藏不自觉泛红的眼睛。

她明明不在意的，从来不把过去的事情放在心上，可在这个瞬间，她努力忽视的那些东西，被他呵护着捧了起来。从以前到现在，他居然一直在乎她的感受。

程以念烦乱的心沉淀下去，掉进无底的沼泽里，其中却温暖得让她不想出来。她嘴硬："我对生活没要求，再说我自己能赚……"

沈星离眼里全是她的身影，他越过桌子钩住她的手指，甜蜜地说："你赚的是你的，我赚的也是你的。我整个人都归程以念所有。"

第十二章

喜欢（一）

01

当晚回到家，程以念撑起她薄弱的抵抗力，用最快的速度躲回她的卧室。关门前，沈星离慢悠悠地走过来，一把撑住门板。

"沈小九，你又想怎么样？"程以念紧张地问道。

沈星离眼睛弯弯："我是想提醒念念忘记的事情。"

程以念一蒙："我忘记什么了？"

沈星离出其不意地探过身，在她光洁的额头上轻轻地亲了一口，声音低沉地回答："男主角的晚安吻。"

程以念眼前一花，砰的一声把他关在门外，在房间里捶墙跺脚，恨不得把严重犯规的沈小九丢出窗口。

更让她悲愤的事情很快发生了。当她再次坐回电脑前，灵感堪比火山爆发，甜蜜的情节一个接一个地往外跳，手速跟不上脑速，聚精会神地一口气画了十几张分镜。可等她翻回去一看，她绝望地呜了一声——完了，女主角长得太像她……

程以念不信邪，于是逐张去修改。改得不错！女孩儿长得绝美！

但是……她看了不舒服。

哪怕只是漫画形象，她也不愿看到沈星离那样对待另一个人……

程以念在椅子上呆坐了半晌，默默地拨通了编辑的电话。

"'大神',感情戏的情节画好了吗?"编辑满是期待地问道。

程以念看着屏幕上层层叠叠的亲密镜头,否认道:"没有。"

"嗯?"

她清了清嗓子,一本正经地说:"不管读者怎么要求,漫画是我的,走向应该由我来控制。既然是热血少年漫画,感情戏就不是必要的,男主角应该去忙事业,专心地战斗到底,这样的人物更有吸引力。"

编辑欲哭无泪地说:"你虽然说得有道理,但这对'离神'实在太狠了点啊,不光现实里狠,连漫画里都不给他一颗糖吃!"

程以念抠了抠桌角,想辩解两句,编辑突然叹气,口吻变得沉重:"'大神',你应该看到今天早上的新闻了吧?"

新闻?

她一整天都跟沈星离在外面,回来就马上画稿,根本不知道什么新闻。

程以念莫名心慌:"什么新闻?"

编辑说:"R国和T国赛区的KC争霸赛都在昨晚进行了本国冠军赛,结果……R国那边有一个选手当场骨折,并且失聪,另外一个选手重伤昏迷,到现在还没脱离生命危险。T国那边更严重,他们那很受欢迎的一个明星选手,被误伤了要害,在台上吐了好多血……"

程以念像被千斤的重锤砸中,愣了好一会儿,一个字也说不出来。

那天全国冠军赛上,沈星离被攻击,白皙的身体一次次撞在铁笼上,唇间涌出鲜血的画面像利剑一样捅进程以念的脑海里。她稍一回想,就害怕得浑身发冷。

那种眼睁睁地看着他生命流失,随时要失去他的巨大恐惧感,她承受不了。

他的胜利,冲淡了那些残忍的画面。不光别人,连她也在刻意逃避一个事实——他差一点就出事了。

程以念手抖着去网上搜索新闻,只扫了一眼现场图片就匆忙关掉,不敢多看。

编辑语气沉重:"以前我不够了解格斗圈子,还羡慕过那些明星选手的高收入,觉得他们赚钱容易,在国际比赛上走一遭就能轻松地有高额奖金进账。可我现在才知道,格斗不是普通的体育竞技,风险比收入高多了,每次上场都有危险……"

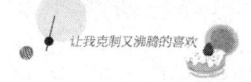

"'离神'太不容易了。"她感慨,"下次比赛,他就要去面对新闻里那些凶狠的胜利者了,想想都害怕。所以我希望他能过得好一点,哪怕只是在漫画里……唉,不说这些了,我相信他肯定能赢!"

"另外还有个大喜讯,"编辑换上积极的语气,"我们之前就把关于'离神'的这部漫画报送了今年的'漫画大赏',初审结果几分钟前刚刚出来,你已经入围啦!接下来就等最终的评奖结果,而且颁奖的地点跟'离神'的亚洲站冠军赛在同一个地方……"

编辑话音未落,程以念手机上响起嘟嘟的提示音,是谢晓打电话过来。

最近一个多月都是沈星离的休整期,谢晓轻易不会找她,现在打电话肯定有大事发生。程以念顾不上"漫画大赏"的事,跟编辑解释后,立刻接通谢晓的电话。

谢晓情绪很激动,喘着粗气问:"程小姐,你是不是应该管管沈星离了?"

程以念脸色更苍白了,她问:"出什么事了?"

谢晓语气急促:"他带你到处约会的照片已经落到很多别有用心的人手里了,估计很快就会全网曝光。这事本身没问题,你俩的关系也不是秘密,但问题是时机不对啊!那臭小子脾气怎么那么硬,到现在还一点不肯变通!他这样不是成心打主办方的脸,给自己找麻烦吗?"

程以念忽地站了起来,意识到其中肯定又不为人知的内幕。

谢晓见她一无所知,感叹道:"他就只知道一味地护着你!"

他解释道:"格斗比赛的特殊性,你早就了解。它跟别的竞技体育不一样,像M国那些顶级赛事,超级明星的一场比赛,出场费高得吓人。KC争霸赛的亚洲站冠军奖金虽然没这么多,但也不是小数目。这钱哪来的啊?不就是靠电视和各大平台的转播费,加上高额门票、商业赞助,还有选手的明星效应!

"归根结底,关键都在当红的选手身上。今年星离是黑马,过关斩将成了冠军,长得又好,话题也多,他现在半只脚已经迈进娱乐圈,是主办方最想要的那一类选手。但问题是格斗比赛的主办方更看重商业价值,看重利益。星离走到这个高度,适当配合一下宣传,得到更多的关注度和奖金,顺理成章!"

程以念听懂了,声音沙哑地问:"他们让星离干什么?"

谢晓停顿了一下,说:"最近有两个女明星想联合主办方炒作,跟星离扯点关系,就是先传绯闻再澄清的套路。你明白的,其实星离什么都不需要做,等澄清完也不会有损他的名声,又能提高热度和商业价值。现在结果可好,现在他不但拒绝,还直接把你带出去,恨不得让全世界都知道,生怕你受半点委屈。"

谢晓语重心长:"我是为他好啊!职业格斗的路,谁不是浴血走过来的,能到这一步的全国有几个人?他得罪了主办方,后面得吃多少亏!

"你可能还不清楚,前三名除了他之外,'阎王'在赛后也出事了,据说是意外伤残,已经退赛,就算以后替补上来一个第四名,实力也不够顶尖。接下来比赛的压力全在星离一个人身上,他负担会很重!更可气的是,因为星离跟主办方对着干,他们集团的核心领导动了怒,美其名曰激发黑马选手潜能,在与星离的合约里加了一个条款,如果他继续不配合宣传活动,他就得立下拿总冠军的承诺。星离要是成功,奖金双倍;要是输了就等于违约,不仅要赔偿违约金而且要终身退出格斗圈。

"程小姐,违约金是八位数啊!我看他们是没安好心!KC争霸赛亚洲站的赛事谁敢承诺必胜?他们是打算逼星离为凑够违约金,趁现在有热度,疯狂地接高价表演赛和广告。到决赛时,他的状态受到影响,输的概率更大!他们就没打算让星离这种不听话的选手赢!"

程以念喉咙发痛:"星离知道了吗?"

"不光知道,他在做这些事情之前恐怕就预料到了。"谢晓长叹,"而且……他已经同意了主办方的要求,连一点犹豫也没有。"

他早预料到了……

他一个人承担下一切,什么都不和她讲,若无其事地带她出去,替她找灵感,坦坦荡荡地在教室里说追她。

在餐厅吃饭时,他还目光灼灼地盯着她说:"我整个人都归程以念所有。"

原来,原来……

电话挂断许久,程以念仍旧缓不过来。她脚步虚浮地走出卧室,看到对面沈

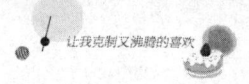

星离的房门虚掩着,透出亮光。她慢慢地靠过去,扶着门框,看到沈星离正在台灯下专心致志地画设计图。

他本来是建筑设计系里最优秀的学生,有天赋,有能力,应该出国留学,穿挺阔的衬衫,用干净的手指握笔,做严谨的工作,实现他一直以来的梦想。

可为了她,他坠入了深渊。

02

这张珍贵的设计图沈星离已画完了大半,过段时间就可以着手搭建模型,正好可以当作送给程以念的生日礼物。他舒了一口气,放下笔一转头,意外地看到程以念正眼睛湿润地站在他的房门口。

他急忙冲过去问道:"怎么了?"

程以念心里堵着无数的话,最后只语无伦次地挤出来一句:"沈星离,你傻不傻?女明星怎么了,只是绯闻而已,你进到这个名利场,以后跟你扯上关系的女人还不知道会有多少……"

"没有!"沈星离紧紧地攥住她的手,斩钉截铁地说,"谢晓跟你说的?那我告诉你,不管以前还是以后,都没有!"

程以念唇色惨白,她终于忍不住,眼泪汩汩地流下:"这个有那么重要吗?你去打KC争霸赛亚洲站要面临的都是强敌!你得罪主办方,他们给你提过分的条件,摆明了苛待你,不想也不相信你能赢!你难道就一点也不怕吗……"

夜深了,窗外一片漆黑,唯有台灯散发出暖黄色的光晕,映出程以念颊边的泪痕。

沈星离抬起手,轻轻地擦掉她的泪:"他们不信我能赢,你信吗?"

程以念用力地咬住下唇。

"你信吗?"沈星离再次出声问道。

程以念情绪崩溃:"信!我相信!"

沈星离俯下身,用唇贴了贴她染红的眼角:"那我就一定能赢,我什么都不怕。"

程以念不想在他面前太过失态，可新闻里的那些画面如利刃般割着她的心。她哽咽出声，强忍着扭过头。

沈星离揽过她的后颈，不由分说地把她抱住，眷恋般蹭了蹭。

"念念，我是你的，无论你要不要。传言也好，炒作的绯闻也好，于我而言都不可能。

"这件事情对我来说就是那么重要。

"我从小被人骂脏，是你从垃圾堆里把我捡回来的。我的出身、骨血、身体，被数不清的人嫌弃过。就连我现在做的工作，也要流血流汗，很脏……

"但是我的感情还有心，都干干净净地给你。

"念念，我只有这些是跟你配得上的。"沈星离的声音很低，带着某种压抑的情绪，一字一句传进她的耳朵，"我保证，你的沈小九，这辈子只属于你，不会沾上任何尘埃。"

沈星离的情绪并不激烈，却说得坚定且深沉。

程以念仿佛被火点燃，从心底深处燃起一片扑不灭的熊熊火焰。她心疼得想立刻去替他承担那些孤苦、自卑、压力，以及他对自己过分苛责的态度。

同时，她也心动得无所适从。

程以念控制不了自己，回抱住他，泛白的手指揪紧他背上的衣服。

她应该反驳，斥责他这样太任性，因为这些后果对他而言得不偿失。但是她说不出口，沈星离十几年里的点点滴滴在眼前闪过，她知道他有多认真。

"别担心。"沈星离揉了揉她的头顶，"哥哥能解决。"

程以念拿他没办法，算了……随他高兴，哥哥就哥哥吧。

沈星离逗了她一下，看到她脸上稍微有了一丝血色，才试探着低声问："念念，你心里还是只把我当弟弟吗？你对我的好，只因为姐弟情分吗？有没有……"沈星离怕她走，双臂困着她，嗓音不稳地继续开口道，"有没有一点点的喜欢？"

程以念的额头抵在他的胸前，感受着里面强劲的心跳声。

她否认不了，她对他是喜欢的，甚至……不只是一点点。可她不能说，不到她能完全挣脱姐姐的角色，完全以恋人的心态爱上他的那天，她都不能说。

因为一旦讲出口,她和他的关系将彻底扭转。如果提前给他希望最后却给不了他全部,那就对他太不负责了。

许久听不到回答,沈星离笑了一声,蹭蹭她的脸:"念念,我好开心。"

程以念疑惑道:"开心?"

"你这次没有直接说不可能!"他的嘴角弯得特别好看,"我满足了。"

沈星离怕她胡思乱想,撒娇、耍赖,无所不用其极地缠住她,要求她留下来一起睡。

她不睡都要"脱轨"了,睡还了得!

程以念赶忙跑回自己屋里,把眼眶里残余的泪擦干,坐回电脑前面继续埋头工作。

她坚信星离能赢,同时她也必须拼命赚钱,让他不畏惧输。

什么表演赛和接广告,她绝对不允许这些事情影响他!

一星期没到,程以念提前给编辑交了下一期漫画的连载内容。她没有再坚持,而是响应读者的呼声,在里面加入了一个女性角色,长头发,杏眼,暗恋男主角,但男主角一心想着比赛,屡次拒绝了她。

既然现实里的他这样辛苦,那漫画里就让女孩儿主动喜欢他。

编辑拍案叫好:"这样的情节真棒!粉丝们本来都是暗恋者的角度,容易代入自己,够'酸爽'!而且人物形象稍微带了一些你的个人特征,还能同时满足'CP粉'(情侣粉丝)的幻想!一箭双雕!"

"CP粉?"

"对啊,你跟'离神'的粉丝,而且数量还不少呢。"

程以念眯了眯眼,转而问:"最近作品的衍生版权有公司询价吗?新作旧作都可以,价格只要不是太低就行,能卖掉是最重要的。"

"有有有,我正想跟你说这件事情!"

程以念顿时精神一振。

"你以前那些旧作的影视版权一直有人打听,只不过目前都在评估阶段,进展比较慢。但是——咱们这本新作现在有眉目了！如果谈拢，对方近期就能签约和打款。而且对方公司实力不错，开价到了八位数！"

程以念重复："八位数？"

"是啊，我这辈子都没见过那么多钱！"编辑大笑，"想想挺合理的，你火嘛，再加上有'离神'，趁热把漫画改成电视剧肯定能红，高价卖版权也稳赚不赔。"

程以念心脏忽上忽下几个来回，最终稳下来。

这个价格虽然高，但也不算离谱。以前就有过同行"大神"的版权卖到千万以上的记录。

有了这笔钱，她就足够支付主办方要求的违约金。到时候，哪怕星离输了也无所谓，她能让他有退路。

程以念问："对方有什么要求吗？"

编辑迟疑了一下："'大神'，其实我主要就是想和你谈这个。因为咱们的漫画还在连载中，后面的情节没有全部出来，对方的意思是想和你面谈一次，聊聊整体大纲，确定适合改编的话，他们会马上签订合同。"

"可以！"程以念果断答应，"时间和地点？"

"时间是三天后，地点比较麻烦……"编辑有点抱怨，"他们公司负责影视项目的余总正在梅兰度假，暂时回不来，希望你能过去一趟。我觉得有一点难为人，但这年头有资源又肯拿钱的就是老大，我们想合作只能接受，唉……"

程以念微怔，梅兰镇是近年来新开发的一个旅游古镇，地处西南，有山有水，自然风景优美，却因为发生过几次自然灾害而被公众熟知。她在网上看到过相关的信息，倒是不陌生。

只不过梅兰镇位置偏僻，得乘坐近四个小时的飞机，之后还得换汽车，来回一趟怎么也得花费两天时间。

星离能让她一个人去吗？他该不会闹着要一起吧……可这事成不成还另说，她不想这么早透露给他，万一是让人失望的结果就不好了。

程以念正犹豫该怎么跟沈星离讲，没想到晚上沈星离从俱乐部训练回来，不

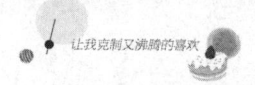

情不愿地跟她说:"学院参加了一个国家级的建筑设计比赛,考现场制图。院长今天联系我,希望我带队去参加,还威胁我说,要是不配合的话,他就不给我假了,以后让我天天去上课。"

他说这些时,眼尾现出委屈的弧度,憋闷的表情生动可爱,看得程以念想笑。

沈星离握着的她手腕摇晃:"念念,你还笑!我要去C市参赛,明晚就得走。前后得有四五天,而且我们是一群人混宿,不能骗你陪我去,你不担心会想我吗?"

"哦?原来你还打算骗我来着?"程以念心里暗自松了一口气。这样一来,她去梅兰镇的事完全可以瞒住他了。

沈星离闷闷地说:"是这么打算的,万一骗不过,我就强行把你带走,可惜……"可惜混宿是有严格规定的,人多眼杂,她去了肯定不方便。他怕照顾不到她,只能把她留在家里。

沈星离又不放心地问她:"我们很久没分开这么长时间了,你会不会想我?"

程以念垂了垂眼,她不知道,也说不出口,干脆轻轻地推一下他的额头,转移话题:"好了,你去换衣服吧,准备吃饭了。"

她刚转过身,沈星离就蓦地拥上来,手臂一揽,从背后把她搂住。

程以念身体一僵,随之开始发软,艰难地抵抗。可他的怀抱是铜墙铁壁,只要他不想放,她根本是笼中鸟,怎么扑腾都白费力气。

沈星离轻轻地说:"我会想你。"

他火热的唇在她颈侧若有若无地蹭过,几个字说得越发沙哑:"每次你不在我身边,我就一直想你,满脑子全是你……

"所以看在我这么可怜的分上,可不可以拜托你在不忙的时候,抽空也想我一下?"

"就一下也好!"他鼻尖蹭过她的头发,乖巧又强势地要求,"行吗?"

第二天傍晚,沈星离恋恋不舍地提着行李箱出门时,程以念还记得他之前说话的语气。好像她不想他,是她天大的罪过一样。

程以念只好把他送到电梯口,在渐渐闭合的电梯门缝里瞧见他失落地低下脑袋，她忍耐了半天，最终还是遵从内心跑到阳台窗户边，探着身子朝底下那道刚走出楼门的身影喊："沈小九！你早点回来！"

沈星离惊喜地仰起脸。傍晚时分，夕阳像把他包裹住一样，将他的五官衬托得更加立体，十二层楼的距离似乎也掩不住他的俊美容颜。

程以念看得直发愣，一边怨自己没出息，一边问："听到没有？"

沈星离展颜一笑，把身子站得笔挺，手指并拢，朝她敬了一个不太正经的礼。

过了片刻，程以念收到了沈星离发来的微信消息："谨遵我家大小姐的命令。你乖乖地照顾好自己，等我拿奖回家。"

程以念在窗边站了许久，直到天黑下来，风变凉了，她觉得冷了才回到屋里。她环视一圈空荡荡的家，还真的不习惯。

03

清晨，程以念早早起床，带上简单的行李和漫画相关的资料，精神饱满地出门，登上去往离梅兰镇最近的城市的飞机。

起飞前，她确认了一下当地的天气预报。最近一周梅兰镇都有雨，想到包里准备的伞，她安心地给沈星离发信息："我要集中精力画稿了，中午十二点前不许来闹。"提前找好借口，以防星离发现她关机会乱想。

十二点，飞机准时降落，程以念马不停蹄地坐上大巴，辗转了两个多小时，经过漫长的山路，终于在下午到达了梅兰镇。

下车之前，她遥遥地看到不远处的某处山脚，郁郁葱葱的树木掩映之下，似乎有一座年代久远的佛像，不禁有些好奇。

车上坐在她旁边的中年妇人爱攀谈，操着带着当地口音的普通话介绍："那里是一个古庙，香火奇好，有不少人远道而来，专门去许愿求平安，特别灵。"

程以念又看了几眼，点头道谢，将她的话默默地搁在了心里。

等程以念在影视公司安排的酒店里办好入住手续后，编辑正巧给她打来电话，顺便把余总的手机号给她，叮嘱道："'大神'，好好谈，'八位数'等着你！"

程以念握拳给自己加油，拨通了那串号码。

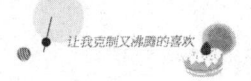

电话响三声后被接通了,听对方的声音,应该是一个很好相处的人:"'合月'是吗?不好意思,麻烦您亲自跑这一趟,您已经安顿好了是吗?如果方便,我现在就过去。"

余总的热情让程以念放松了不少,程以念笑了笑说:"我这里没什么好招待的,不如约下午茶吧。"

半小时后,程以念带着资料,按地址来到附近一家茶坊。余总提前到了,是个温婉俏丽的年轻女人,说话带笑,容易让人亲近。

她给程以念斟好了茶,温柔地说:"尝一尝梅兰镇本地的特产,我觉得很适合你。"

程以念尝了一口,味道却是又酸又苦的。她不动声色地放下,权当是口味差异,没往心里去。她客气地开口问:"余总对梅兰镇很熟悉?"

"是啊。"余总望向窗外,"每年到了这个时候我都会过来一趟,去山里的庙里拜拜。"

"庙?"程以念目光微动,想到来时的路上看到的古庙。

余总点头,并没有立刻解释,而是进入主题,逐一翻看程以念准备的资料。等故事大纲和人物形象都沟通完,余总笑着感慨:"从你一进门,我就觉得和你亲近,好像一见如故。现在聊了这么多,我更确定了,我们有些地方确实很相似。"

程以念眼中透出疑惑。

余总摸了摸食指上的一圈绳结:"坦诚地说,现在流量大、粉丝基础好的小说和漫画有很多,我之所以决定选择你,是因为……我男朋友是打职业拳击的。职业拳击虽然跟格斗有些不一样,但也相似,我对这个领域有特殊的感情。

"做这行不容易,我男朋友在职业拳坛三年,浑身全是伤,好几次差点残疾。最严重的一次,命都险些没了,后来在医院躺了一个多月才能下床。所以看到你漫画里那些比赛情节的时候,我特别感同身受……"

程以念十指扣在一起,缓缓用力。

余总轻轻地叹了一口气:"说到这儿,刚好能回答你之前的疑问,我专门来梅兰镇,就是为了去古庙里给他求平安。还有我手上这根绳结,原本是戴在他无名指上护身用的。但绳结每年需要净化一次,每年只有这几天住持才出关接待香客。我年年按时过来,今年也是一样。

"以前我也不信,求神拜佛不过是图个心理安慰。但自从有了这个绳结,他受伤的次数确实越来越少了。"她轻轻地叹了一口气,"我对他别无所求,输赢更是无所谓,只要他不出事,平平安安就足够了。"

女人娓娓道来的语气含着无限深情,刺中程以念心中最脆弱的地方。

她又何尝不是呢……

余总似是从回忆中惊醒,带着歉意笑着道:"你看我,不知不觉地跟你说了这么多私事。不过你一定可以理解我的。我能看出来你对画里的男主角倾注了多少感情,主要是因为他的原型,那位最近很红的格斗冠军?"

大概是因为情绪受到了感染,程以念睫毛颤了颤,默认了。

余总拍了拍她的手背,同情道:"那你比我辛苦,我男朋友在职业圈没走到那么高的位置,危险程度相对低一些。但你那位格斗冠军不一样,他下一步是亚洲赛了吧?他的对手都很可怕。"

程以念脸上微笑如常,她没有把真正的情绪流露出来,两手却在暗自扣紧。每次想到那些血腥画面可能会发生在星离身上,她就从骨子里感到恐惧。

事实上,从看到新闻开始,她就没有一天睡好过,日夜难安。

"是我不好,不谈这个了。"余总主动中止了敏感的话题,把手边散落的资料整理好,正式地对程以念伸出手,"我对你和你的作品都很满意,预祝我们合作愉快,合同这就开始着手准备,按照谈好的价格,我们尽快签约。"

程以念努力把阴霾挥开,起身握住余总的手,诚心诚意地说:"谢谢。"

余总的眼神意味深长:"我该谢你才对,愿意跋山涉水来到梅兰镇。但我相信,你这一行会很有意义。"说完,她提起包准备离开,"我还有事先走了,你再坐坐?"

程以念欲言又止,等余总走出几步之后,她忍不住出声叫住余总:"余总留步,请问……那座古庙,要怎么去?"

余总背对着她,眉宇间仍旧温婉,嘴角却弯起一丝阴沉的笑意。

程以念从余总口中得知,古庙的位置在山脚下,在已开发景区的周边,直通那里的车并不多,想在车站或网上购票很不容易,香客一般都是自驾游或者从酒店租车。

她在网上查了查,关于古庙的信息很少,转而在微博上搜索,倒是搜出来很多最近发布的内容。从图片上看,古庙看起来的确香火旺盛,景致也很好。她继续查询交通状况,和余总说的一样,最近三天都没有直达车。

她不能等下去了。

程以念回酒店找到前台,前台的态度格外热情:"您想明天上午去古庙?没问题,我这边给您安排车,早上九点出发。"

两件大事顺利落定,程以念心情放松,她在梅兰镇里闲逛,遇到一家手工陶器店,可以自己烧制陶器,设计图案。她看到玻璃窗里两个成对的小风铃,心生喜欢,进去做了一对同样的。

老板见她手巧,善意提醒:"这是情侣款,在上面写字画画都行,回去送男朋友很有意义。"

她哪来的男朋友!

程以念心里是这么想的,手却很有独立意识,提起笔就开始在风铃上勾画。她刚起了个头,手机就响起视频通话邀请的提示音,不用看也知道是哪个"小黏人精"。

程以念纠结,提着笔画也不是放也不是。

视频通话邀请的提示音锲而不舍地响起,程以念认输了。她特意调整了一下角度,把视频打开,看到沈星离的那一刻,她的心脏似乎被填满了。她这才惊觉,原来一天没见他,真的会想……

沈星离贪恋地盯了她片刻,发现了不对劲之处,问道:"你在哪里?不是家里。"

程以念神闲气定地扯谎:"在南英社,画纪念品。"

"有没有画我?念念给我看看。"

"厚脸皮。"程以念嗔怪，可低头一瞧自己手里的小风铃，还真被他给说中了，她假装镇定地说，"我画的是男主角。"

沈星离笑得比蜜还甜，温柔地顺着她说："好——是男主角——不是我——那送我一个好不好？我也想要一个纪念品。"

程以念感觉耳根有点升温，原本就是要送他的，还是手工限量版……

沈星离注视着她把风铃画完，那上面精巧的头像跟他本人如出一辙，他更觉得想她，他低沉地道："我很快就回去了，等我到家，记得把这个亲手给我。"

程以念又是哄又是催，他才挂断了视频。她长舒一口气，想着等再见面时，与影视公司的合同应该有了定论，她可以告诉他，他没有后顾之忧了。

程以念在另一个风铃上画上一张长发杏眼、凶巴巴的女孩儿的脸，她将两个风铃一起贴身放好，走出陶器店。才过去一个小时，外面竟然下起了雨，天色也阴沉得厉害。

老板在后面热心叮嘱："梅兰镇气候特殊，这个月是雨季，出去玩要注意安全。"

程以念唯恐第二天会无法出行，提心吊胆了一整晚。幸运的是天亮时雨停了，天际透出一层隐隐的红。天气虽说有点怪异，但好歹放了晴。

04

上午九点，车准时来接她。程以念一心扑在那古庙上，忽略了司机不时打量她的目光。在车驶出镇子接近山脚时，司机偷偷发了一条信息："人快到了。"

又过了七八分钟，车绕过一个弯停下，司机说："前面的路不通车，再走几步就到古庙了，我在这儿等你。"话音刚落，天际正好响起一道闷雷，司机又催促，"姑娘，你动作麻利点，不然要下雨了。"

程以念连忙下车，周围山势险峻，山上树木杂草丰茂，被阴沉的天空一衬，有种难言的压迫感。而且这条路上前前后后仅有这一辆车，不远处偶尔传来几声撞钟声，显得格外安静。

程以念蹙眉问："没有其他香客吗？"

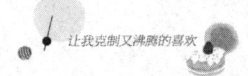

司机是一个面善的女人，看起来憨厚淳朴，对程以念笑着道："你们外地人不懂，这古庙因为灵，讲究自然多。住持出关期间，每天接待的香客有限。你昨天通过酒店订了我的车，我就替你预定了时间，今天这个时段是专门给你留的。前面的人已经走了，后面的人还没来，你要是不抓紧，错过时间，再想求护身符就要等明年了。"

最后一句话刺激了程以念，她想到大巴车上的当地人、余总、酒店前台，还有微博上的信息，都证明这地方值得一去。

如果真能给星离求到保平安的东西，这点害怕算什么？

程以念按按胸口，忍住不安，加快速度往深处走。

她磕磕绊绊地走了两三百米，才见到寺庙古旧的大门，有个小沙弥等在那里，引她进去。

程以念一迈入大门，闷闷的雷声骤然响亮，豆大的雨点噼里啪啦落下，转眼间变成瓢泼大雨。

程以念不由自主地颤了一下，小沙弥诵了一声佛号，温和地道："您不用怕，里面能避雨。梅兰镇的雨来得快去得也快，等您祈愿结束，自然能顺利返程。"

她站在廊檐下，往前就是大殿，已经到了这儿，哪还有回车上避雨的道理？

程以念看殿中烟气袅袅，有几个穿僧袍的人坐在蒲团上等她。她咬了咬牙，穿过雨帘跑向大殿，在门槛外整理了一下仪容，小心地迈入殿中。

给星离求平安，她的模样得整整齐齐才好。

程以念隐约听到外面的大门嘎吱一声关闭，刚想回头去看，一个满脸庄严的中年僧人便开口问："所求何事？"

程以念顾不上想别的事情了，把心头惦念的事情说出来后又小声补充："我想要一个方便随身佩戴的护身符。"

中年僧人点了点头，要她跪在佛像前，闭上眼睛心中默念愿望，没得到他的允许，不能睁眼。

程以念虔诚地照做。闭上眼睛后，她的其他感官变得格外敏感。她从这满殿的焚香中，捕捉到一丝烟草的味道，再一细闻，居然还夹着酒气。就算是香客，也不可能一大早抽烟喝酒过来拜佛。

这两种绝对不应该出现在寺庙里的味道彻底惊醒了程以念,一路过来,诸多奇怪的细节也随之在她脑海中浮现出来。她脑中的弦嗡的一声绷紧,意识到可能要出事,她没有贸然睁眼,合十的双手紧紧地贴在一起。

就在这一刻,背后的殿门也被缓缓关上。在她感到光线越来越暗时,一只男人的手蓦地伸过来,拿着一块湿润的毛巾捂向她的口鼻。

程以念的心脏提到喉咙口,凭着这几秒钟里的声音大致判断出几个人所在的位置。但也因为躲避不及,她吸入了一点毛巾上的古怪味道。头猛地一晕,她把指甲狠狠地掐入手心里,想保持清醒。她出其不意地一甩背包,奋力挡开身边的障碍,站起身不顾一切地冲向那道细窄的门缝。

跑!

她必须从这里跑出去!这不是寺庙,是一个陷阱!

殿内几个男人没料到她反应这么快,愣了一会儿后,急忙上前抓她。

程以念在争取出的短暂时间中一把攥住门环想越过去,脚却被高高的门槛绊住,但她丝毫不敢停,踉跄着挤出殿外,在越来越急的大雨中拼命狂奔。

守门的小沙弥没了之前的温和,迎面阻拦她,狞笑道:"跑?这里可不是景区,深山老林的你能去哪里?你不是迷路困死就是被野兽撕了。你不如乖乖留下来,在你死之前,哥哥弟弟们保证让你快活。"

后面的脚步声逼近,程以念双眼赤红,怒喊:"滚开!我报警了!"

小沙弥仿佛听到天大的笑话:"我告诉你,梅兰镇的雨至少连下一个月,等我们玩够了,随便把你拖到山里找个地方一扔,连痕迹都不会留下!等警察找到你的时候,别说完整的尸体,说不定连你的骨头都已经被野兽啃光了!落到我们手里,你就别想跑!"

他一边得意扬扬地说着,一边用一只手掐上了程以念的脖子。殿内的几个假和尚也叫骂着追上来。

程以念的手机突然铃声大作,听到专属的旋律,她眼眶一热,知道是沈星离!

星离在找她,她怎么能让这群人渣得逞?如果她真的出事了,星离要怎么办?

　　程以念刚摸出手机就被钳制住,她用尽力气挣扎,眼前浮现出星离在训练场时做的那些闪避动作。潜能在这种生死瞬间被逼出,她笨拙地模仿那些动作,用鞋跟狠狠地踢小沙弥的小腿,拿身体撞紧闭的大门。

　　这庙宇年久失修,早已废弃,大门更是脆弱不堪,在强力撞击下裂开一个狭窄的豁口。程以念拼命逃出,衣服被人从身后拽住,撕成两半。一直在响的手机掉在地上,鞋也丢了一只,她不可能回去捡。在逼近的咒骂声中,她赤着脚朝前疾奔,脚底割出一道道血口子。

　　雨水模糊了视线,天地黑得似乎成了一体,所有的光都被吞没。

　　吸入的迷药还在发挥着作用,程以念的眼帘越来越沉,她把舌头咬出血才勉强不倒下。她慌乱地沿着山路跑,满地都是被雨冲下来的树枝和碎石,前面哪里还有什么出租车的影子?

　　同一时间,山上传出某种恐怖的沉闷轰响声,似乎很远,又像近在咫尺。

　　"什么声音?"

　　"别是山体滑坡吧……"

　　"瞎说!梅兰镇几年没出这种事情了!哪能那么巧?赶紧把那女的弄回去,看我今天不弄死她!"

　　程以念能跑到现在,全靠雨中复杂的地形让身后追她的人视线受限,但她知道很快她就会被逮住。因为凭她的体力,想逃出去根本是天方夜谭。她发疯般地在地上搜寻武器,抓到一块锋利的石头紧紧地握在手里。她继续往前跑时,脚下猛地一软,仿佛踩入了泥潭里,她吃力地低头去看,眼睛瞬间惊恐地睁大。

　　从斜前方几步之外的山缝里,一股黑灰色的泥浆混着巨大石块,汹涌地自山上奔流而下。

　　她突然记起出发前看过的那些自然灾害的新闻,梅兰镇由于地形和气候特殊,是一个易在雨季发生山体滑坡的地区,几年前曾经灾祸泛滥。

　　不过一眨眼的工夫,山中传来的响声更大了,穷追不舍的一行人发出恐惧的吼叫声。不止这一处,周围肉眼可见的范围里,数道更宽更急的泥石流冲击下来,伴随着震耳欲聋的轰鸣声,整个地面仿佛都在颤动。

一块半人高的巨石滚落,直奔程以念而来。

她慌乱躲避时,脚下一滑,头重重地磕在了旁边凸起的断树上,她眼前顿时一黑,顺着山路的坡度滚落,碾过一堆盘桓的根茎,摔进一个狭小的山洞里。她随身带的一包东西落在洞外,被泥水冲走。

程以念在失去意识的最后一刻,模糊地看到不断有石头冲击过来,堵住了山洞的入口。

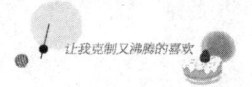

第十三章

喜欢(二)

01

沈星离连续拨了三次电话,都无人接听。

他点开微信,又看了一次程以念清晨给他发的那条"上午我要专心画画,不准打扰"的信息来安慰自己,念念肯定是怕吵调了静音模式,这才勉强压住心中的不安。

"'离神',你真的今天就回去?不多留一天吗?这边挺多好玩的。"一起参赛的同学问。

他们组的设计作品提前完成,其他人一致选择留下来等比赛结果,顺便吃喝玩乐,唯独沈星离立刻改机票要回去。

沈星离摇头,拎起行李箱,说:"你们随意,我走了。"

他到机场又打了一次程以念的电话,依然无人接听,只好发微信消息:"念念,我今天傍晚就能回家了,你乖乖等着我,有礼物。"

飞机起飞时,邻座的乘客小声议论。

"哎,你听说了吗?梅兰镇那地方又山体滑坡了,这次好像挺严重的,有游客被困了。"

"真的吗?那太惨了,就算不死也得重伤吧……"

沈星离本能地皱了皱眉,视线转向窗外,尽力克制着胸中那股越来越烈的焦躁感。

长达四个小时的飞行后,他在落地的第一时间开机,却没有收到程以念任何的消息。他再次拨去电话,对方的手机关机了。

机场大厅正在播放新闻,主持人语气肃穆地陈述着梅兰镇的灾情,屏幕上显示着梅兰镇景区周边多处山体滑坡的惨状。救援队冒雨工作,但搜救困难,目前仅找到两具遇难者的遗体。

沈星离无暇细看,加快脚步朝外走,手机突然嗡嗡振动,他赶紧接听,通了才发现打电话的人不是念念,而是谢晓。

"星离!你到了吗?我跟你说一件事情,你先别慌。"谢晓的声音传了过来。

沈星离定在原地,仿佛有所感应,心里涌上强烈的恐惧感,厉声问:"什么事情?"

谢晓声音干涩地说:"漫画社联系不上你,只好通过俱乐部找到了我。他们说程小姐昨天一早去了梅兰镇,从今天上午开始就失去联系了……"

沈星离的手机砰的一声掉到地上,手机屏幕摔得四分五裂。

程以念醒来时浑身剧痛,一丝力气也没有,脚上肿胀刺痛,喉咙像火烧一样疼。她发不出声,也移动不了,挣扎了许久才吃力地撑起上身。

她在一个黑漆漆的洞穴里,身下都是锋利的石块。唯一的出口被堵住,透不进光,只能恍惚听到外面的雨声。

程以念循声爬到洞口,喘着粗气去推洞口的巨石,却推不动,手很快被划出血。

洞里气温极低,湿冷得刺骨。

程以念身体颤抖,呼吸却滚烫,她知道自己在发高烧,各处的伤口可能都感染发炎了,继续这样泡在雨水里,用不了多久就会昏过去,直到死。

她艰难地摸到地上的一块石头,举起来拼力砸着洞口。哪怕砸不穿,至少能弄出一点响动去求救。

几十分钟过去了,一点效果也没有,她已经精疲力竭,后怕得把自己蜷成一团,靠在冰冷的岩壁上。

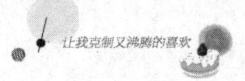

不对,她不能……不能砸啊,外面可能还有那些假和尚。如果被他们找到,她宁愿死在这里。

程以念被绝望淹没,浑浑噩噩地想,原来受伤这么疼。星离每一次遍体鳞伤还笑着对她说没事,是忍受了多少痛和苦?

黑暗中,决堤的泪水涌出眼眶,程以念划破了的指尖无意识地划在地面上,反复写着沈星离的名字,嗓音嘶哑却不断喏喏着:"星离……"

一直以来刻意压抑的情感终于在这一刻冲破屏障。她的声音哽在嗓子里,含糊不清。

星离,对不起,我没有和你说实话……我想你,不是刚刚开始的,其实从你离开家门的时候,我就已经在想你了……

梅兰镇的雨持续在下,虽然势头减缓,但天色始终阴沉,毫无放晴的迹象。

十分钟之前,在受灾最严重的路段人们发现了一辆报废的轿车,里面的女司机受伤严重,被立刻送到医院治疗。但她获救后似乎精神崩溃,语无伦次地哭喊着道歉,声称是贪钱做恶事受了老天的惩罚。

不用人追问,她自己和盘托出:"有个……有个外地游客,是个年轻漂亮的女人,要进山去庙里求平安符,是我带她进去的……其实,其实那庙早废了,是别人的圈套。我……我鬼迷心窍贪钱,老天惩罚我……"

救援基地里一时沉寂,很多人不约而同地望向那道全身湿透的人影。

从队伍驻扎的第一天晚上,他就赶来了,衣服凌乱,眼睛红到渗着血丝,冒着大雨直接冲进重灾区。

起初,救援队想阻拦他,后来发现他根本是个不要命的疯子,谁也拦不住。救援队的人听说他是职业格斗选手,身体素质很好,现在爱人埋在里头生死未卜,才让他以志愿者的身份加入。

只是,这片地区是受灾区中最严重的,而且路况恶劣,两天过去了搜救收效甚微。在救援的黄金时间里,救援队还是把主力调到了其他人多的景区先行施救,这里基本处于半搁置的状态。

在两天四十八小时里，唯有这个人无视"可能还会继续滑坡"的警告，不眠不休地凭手脚之力往里深入。

负责人劝他："你做好心理准备，以我们的经验，这种重灾区若人被掩埋超过二十四小时，那么生还的机会就很渺茫了。何况现在道路阻塞，器械根本进不去，全凭人力，更是……"

他全身发抖，不成调地嘶声怒吼："她活着！她在等我带她出来！"

大家纷纷摇头，心里明白，哪怕最后真能带出来，恐怕也是残破不全的尸体了。

随着时间推移，没有人再抱希望，直到他找到这辆车。里面的女司机因为有车做掩护逃过死劫，还吐露出重要讯息。

谢晓是陪沈星离来的，也早已被折腾得狼狈不堪，他拽着女司机的衣服问："她叫什么？在哪里下车的？"

女司机眼泪横流："只……只知道姓程，长头发，在庙门外两百米左右下车。滑坡之前，我好像听见她从庙里跑出来呼救，我怕摊上麻烦，就……就掉头开车跑了……"

夜空里一道巨雷劈下，映亮雨帘，也撕裂了沈星离疯狂战栗的神经。他的五脏六腑因为这几句话而不断翻滚，血似乎堵在了喉管，胸腔随时要炸开，痛得无法呼吸。

他往后退了两步，转身一头扎入雨里，直奔那女人说的地方。

谢晓和几个救援队成员立马收拾工具随后，却根本追不上沈星离的脚步，一时间只有手电筒的白光在阴森森的山间乱晃。

沈星离深一脚浅一脚，无数次摔倒又爬起来，不断大吼着程以念的名字，眼泪混着雨水汩汩流下。

念念，念念……

别害怕，我来找你了，我带你回家，不会让任何人再欺负你、害你。

山里的晚上这么冷、这么黑，你是不是害怕得躲起来了……别躲，让我找到你，不管你什么样子，让我找到！

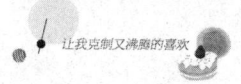

活就一起活,死也一起死,我和你是一体的。念念,你不管去哪里都要带着我,绝对不能孤单一个人。

沈星离从一截断树上跳下,继续踩着泥泞朝前狂奔。鞋底忽然间硌到某个圆滚滚的东西,他踉跄一下,跌在泥里。

他隐约觉得异样,伸手去摸索,从泥泞中翻出一个看不出本色的绸缎小包,里面有两个圆形物体,稍一晃动,就在雨夜里发出低沉的声音。

风铃。

沈星离捧着袋子,手臂不由自主地颤抖。他手忙脚乱地撕开,一对陶制风铃正面朝上,一个画着他,另一个画着长头发的女孩儿。

他张开口,似哭似笑,声嘶力竭地大喊:"程以念!"

程以念缩在洞口边,已经很久没有动过了。她疼到麻痹,烧得神志不清,一直醒醒睡睡,不管是在梦里还是眼前的黑暗中,似乎全是沈星离的影子。

他无处不在,填满她心里的每一点空隙。

她想起那个大火的夜晚,他痛苦地掐着她问:"我这一辈子什么都不要,只要你!程以念,你告诉我,这还是亲情吗?"

今天,她生命快走到尽头的时候,耳中响起的全是这句话。她一遍一遍地反问自己,这样想他、在乎他,为他心潮澎湃,为他吃醋,想回到他的怀里,这怎么可能还是亲情?

她分明早已经爱上他了,与姐弟无关,与其他原因无关。仅仅是程以念这个不敢面对自己内心的懦弱女人,爱上了为她上刀山下火海的沈星离。

只可惜,他吃了太多的苦,她始终让他伤心,连分别的方式也要这么惨烈,把他伤到最深……

程以念再也无力睁眼,任凭身体倾斜,倒在了石地上。头垂下的那一刻,她似乎听到最熟悉的声音在喊"程以念"。她以为是自己的想象,唇角微弯,眼角涌出的泪水混进脏水里。

对不起,星离,我真的坚持不住了……

下一秒，更真实的吼声穿透地面，刺入她的耳朵里，紧跟着还有洞口巨石被踹动、碎石落在地面上的声音。

程以念难以置信地往前挪动了一下。

外面的人歇斯底里地叫着"程以念"。

程以念竭力挤出一丝声音，抓起石块，哪怕是幻觉也好，让她再看他一眼："星离，星离……"

堵了两天两夜的洞口在极度暴力的破坏下蓦地松动出一个缺口，透进一线光亮。

程以念听着他一石之隔的哭喊声和喘息声，拼命睁开眼，一股热血冲到头顶，支撑着她清醒过来。她眼睁睁地看到那缺口越来越大，一双裹满了鲜血的手还在拼命地抠着沙石。接着，缺口中露出沈星离的肩臂、胸膛、锋利的眉眼。他不顾一切地从缺口中挤进来，扑跪到她面前，一把捞起她，用能将人勒断的力气抱紧她，撕心裂肺地痛哭。

他们的世界在这一刻静止。

程以念贴在他满是雨水的颈边，犹如找到了她唯一的归宿。

她知道，从此时此刻起，她这一辈子都将在他的手中了。可她来不及叫他一声，就重重地合上眼睛，陷入了昏迷状态。

02

程以念做了很多梦，梦到跟沈星离初遇的画面，还有那个第一次把他抱入怀中的脏乱小巷；她牵着他走过清晨和黄昏，他看她的目光从依恋到火热，再到蕴含着沸腾炽烈的爱意。后来，两人的位置颠倒，他牵着她走过荆棘，他一双脚血淋淋的，用干净的双手把她抱起来，轻声说："念念别怕，有我在。"

她在梦里哭到窒息，去擦他的血，搂着他说："我不要你这么疼。"

程以念的胸口像压着巨石，喘不过气。蓦地，她睁开眼，茫然地看到屋顶雪白的天花板。空气里飘浮着消毒水的气味，她身体的每一个部位都很酸很疼。但比起这些，被人紧箍着的感觉更加让她无法忽略。

她缓缓转过头,见到沈星离惨白憔悴的脸,他就躺在她的枕边。

他身上添了好多新伤痕,合着眼,睫毛湿漉漉地粘在一起,不停地颤抖。他的唇上裂了大大小小的血口子,双唇轻轻地开合,嗫嚅着什么。

她怔怔地盯着他,过了很久,才听清他在说"念念别怕,有我在"。

梦境和现实轰然撞在一起,程以念止住的泪再一次泛滥。她忍不住,一点点地挪动身体,靠他更近,吻在了他的唇角上。

沈星离没醒,手却下意识地把她往怀里收。程以念顺着他的动作,枕在他的臂弯里,迷迷糊糊地又睡了过去。

再清醒时,程以念看到沈星离睁大着眼,一动不动地瞧着她,还没等她说什么,就听他哽咽了一声,一秒化身成无助可怜的"小狗崽儿"。他的脸上全湿了,裹着被子把她用力困住。他呜咽着对她又亲又蹭,末了拱进她的颈窝里,一滴滴淌出的泪水烫伤她的皮肤。

程以念心里难受,费力地抬起手臂揽住他。

他得到回应,手脚并用地把她拥紧,胡乱亲吻着她的鼻尖和额头,喃喃自语:"念念醒了,回到我身边了。"

程以念在他胸前轻蹭一下:"星离……"

沈星离抚着她的脸,等她接下来的话。

她鼻音浓重,带着难掩的哭腔:"我想你了。"

沈星离怔住,眼中掀起狂澜,克制着问她:"是想弟弟,还是想沈星离?"

程以念悄悄地攥住床单,有些紧张和羞赧,一时涨红着脸没能说出口。她咬了咬唇,鼓起勇气准备坦白时,病房门忽然被人从外推开,谢晓风风火火地领着一群医生和护士进来,大声说:"我从窗户外看见程小姐醒了,赶紧喊医生过来给她检查。"

沈星离立即从她身边坐起,把被子给她盖严实,极力压下心底激烈的情绪。任何事情也没有念念的身体重要,是他疏忽了,光顾着表达情绪,忘记找医生了。

他下床蹲在她旁边,抚摸着她的头发,低声哄道:"念念乖,先做检查。"

程以念在被子底下握了握拳头。既然她这次没说出口,那就先忍忍,找一个更好、更正式的机会……

星离从小到大吃了那么多苦，在这件事上，既然她已经正视了自己的心，她就想给他更多的甜。

程以念听完医生的话，才知道她已经睡了两天。她刚被送来的时候，已发烧至四十度，呼吸微弱得几乎没有了，手脚上都是深浅不一的划伤，身体里还有迷药残留，怎么摆弄她也没反应。

沈星离那时虽然清醒，但非常激动，血红的十指染红了推她的那张移动床。谁碰她一下，他都像要把对方大卸八块似的，精神状态极不稳定。

还是谢晓强行摁住他说："再不抢救，人就没了！你把她从山洞里挖出来，是要看她死吗？"

沈星离被谢晓推倒在医院走廊里，医生这才顺利地把程以念送进急救室。

医生想想当时的情景还很动容，打算再多讲几句。

沈星离抬了抬眼，语气不好地说道："病人需要休息。"

他失控发疯的样子，不想让念念知道太多……他怕她不喜欢，会嫌弃。

程以念的心脏痛得直颤，目光落在他刻意藏起来的双手上。之前只顾着亲近他，竟没看到他手上那么多的伤痕，遮也遮不住。

他每一次让人惧怕的暴烈情绪，都是因为她。

等医生走后，谢晓欲言又止，朝沈星离做了个比较隐晦的手势，先一步出去。

沈星离眸色转冷，垂下眼，盖住里面的戾气，温柔地安慰程以念："念念乖，再睡一会儿，我马上回来。"

程以念窝在被子里，轻轻地说："对不起……我本来是去求平安符的，我以为……"

沈星离听到"平安符"几个字就痛不可忍。不管她肯不肯，俯身在她脸上亲了两下，盯着她水波荡漾的杏眼承诺："你才是我的护身符，只要你在，再凶险的赛场，我也绝对不会出事。"

病房门外，谢晓压低声对沈星离说："那群下套欺负程小姐的人都找到了，一个没少，全被滚下来的巨石压死了。酒店那个帮忙约车的前台当天就辞职了，警

察正在追查她的去向。至于那个余总，在坐车离开梅兰镇的路上因泥石流挡道，发生了车祸，目前处于深度昏迷中，据说可能会变成植物人，嘴巴很难撬开了。不过这些人的目的跟我们推测的一致……是联合起来打算把程小姐……"最后几个字，谢晓不敢说也说不出口。

沈星离双手的骨头快被攥断了，直到听见房间里程以念咳嗽了两声，他才卸掉满身的凶煞气息，忍耐着问道："还有吗？"

谢晓郑重地道："我跟你的想法一样，这不可能是临时起意。他们肯定从最开始就用签约当诱饵，约程小姐来梅兰镇之前就计划好了。如果不是碰巧发生泥石流，她落进了山洞，那会是什么后果？"

后果……是她逃不掉，在远离人群的山中废庙里被那些人伤害、取命、丢进深山。连续的大雨会冲掉作案痕迹，她可能会被野兽吞食，连痕迹也没有，成为一宗失踪悬案。

"别说了……"沈星离紧紧地握住病房的门把手，他受不了。

谢晓叹气。

过了半晌，沈星离才睁开眼，他手臂上的青筋暴起："不止这些事情，对方熟知我和念念的关系。她需要钱，担心我的安全，她想求护身符，我什么时候出门不在她身边，全在这次计划里。对方很清楚，只要有我在就不会让念念落单。毕竟以前策划过那么多次，却次次落空！"

"你的意思，这次跟以前那些'意外'是同一个人干的？"谢晓震惊，"程小姐一个安静画画的女孩儿，又不跟人结仇，谁和她有深仇大恨非要把她赶尽杀绝不可？"

沈星离冷冷地盯着虚空中的某处。

还能是谁？

念念心善，不争。但她越是好，那个阴毒的私生女就越是恨她入骨！

那个私生女用龌龊手段抢走了程家大小姐的位置，却抢不走念念的相貌和气度。以至于念念的优秀都变为她嫉恨的根源，成为非要毁掉念念的理由。

他对谢晓说："你人脉广，帮我查一个人，花多少钱都无所谓。"

沈星离回到病房时，程以念还没睡。他眉目瞬间变得温柔，踢掉鞋上床，不由分说地贴在她的身边，搂住她轻轻地拍她的背。

程以念一大堆想说的话被噎了回去，她犹豫了一会儿，还是开口问道："谢老板找你是不是为这次的事情？从对方说要买那个新作的版权开始，就是个陷阱吗？"

窗口透进来的黄色路灯的光亮，给程以念的眸子抹上一层光芒。只差一点，这双眼睛就会永远闭紧，再也不会睁开看他。

沈星离忘不掉以为要失去她时的肝胆俱裂，贴着她说："不要管是不是，我家念念的画值得更好的公司、更高的价格。但是你记住，绝对不准再为钱、为我的安全担心。你以后去做任何事情，都必须提前告诉我。"

程以念小声地埋怨："你这么独裁啊……"

"是，我还能更独裁，天天把你揣在怀里，看谁还敢碰你一下。"沈星离喉结苦涩地滚动，"看你还敢不敢把自己弄丢。"

程以念鼻子发酸："这次……我真的以为我会死……"

"不会！我的念念不会撇下我！"他沙哑地反驳，凝视她许久，又哽咽着说，"就算真的死，你也不能留我一个人。我一定会找到你，把你带出去……念念，如果要选一个地方，你喜欢山还是海？"

程以念愣住了，不懂他的意思。

哀愁与炽热在沈星离的眼中来回交替，他说："喜欢山，我就背着你找个最漂亮的山顶跳下去；喜欢海，我就抱着你去海边，沉到最深的海底。再也没人能把你从我身边带走。"

他嗓子里像有沙砾在摩擦一样，声音沙哑却又郑重："所以你明白了吗？哪怕是死，我也不会把你放下。"

程以念犹如被岩浆席卷。她手指颤抖，扯住他的衣摆，咬牙切齿地说："不许死来死去，你给我好好活着！"

"那你呢？"

"我……我也不说了。"她败得溃不成军，"为你，我也要好好活着。"

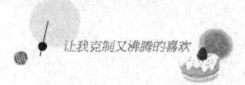

夜深了,沈星离哄她入睡。关于之前那个"想你"的答案,在他心口盘桓了几万遍,到底还是没有追问。他既怕落空,更怕她一时的松口只是因为感动,过后会后悔。

他要她真正的爱,他能等。

03

一周后,程以念被允许出院,但行走还很困难。

沈星离推着轮椅带她到机场,需要步行的时候,一律抱着她。

两个人外形实在太抢眼,帽子和口罩根本挡不住,一路上被很多人抓拍。何况之前灾情严重时,本就有关于程以念受困,沈星离不眠不休找她的小道消息传出。那时还有很多人不相信,现在程以念腿脚不便,坐实了之前的传言。再加上灾区情况趋于稳定,救援进入尾声,公众的注意力自然转到更敏感的事上。

在梅兰镇的这段时间,不管是救灾现场还是医院,目击者不在少数,开始有人发声,揭开当时的惨烈状况。还有照片流出,模糊的画面上,深夜大雨中,沈星离满手是血抱着程以念的样子叫人触目惊心。

这张图和机场的两人亲密同行图放在一起,相当多的网友激动地抹泪,表示"合月"死过一回总算开窍了,如果换成自己,早就哭着喊着嫁给"离神"了。

裴湛坐在电脑前,面无表情地注视着屏幕上的照片和评论。

办公桌前的助理弓着背,一头冷汗。

不知道过了多久,裴湛开口问:"她去梅兰镇,你不知道?"

助理颤抖着声音说:"您让我盯紧她的行踪,我……我知道。但是您最近公事太忙,我就没跟您汇报……"

"是吗?那你准备什么时候告诉我?"裴湛温和的语气突然转冷,"等她头七,还是等她嫁给沈星离?"

助理面无血色,实际上是他家里出事急需用钱,他私下收了程娇给的重金,才缄口不言。

没想到这次程以念真的命大没死,还是被沈星离亲手救的。有沈星离守着,

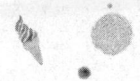

程娇再想搞什么动作根本不可能。这几天来他一直提心吊胆,如今全网皆知,他在裴湛这里等于被判了死刑。

裴湛把鼠标砰的一声扔开,语气阴沉:"又是程娇?"

助理不敢再隐瞒,将功赎罪一般把知道的事情全说了。

裴湛的眼中溢着黑沉沉的光。

程娇针对程以念,他一直都知道。当初这个私生女耍心机上位,逼得程家父女反目,他全程看在眼里。但在那时他并未干涉,反而想这样也不错,一方面惩罚程以念对沈星离过度用心;另一方面,等她失去了依靠,他再给予温暖,正好能得到她的心,把她据为己有。

然而,程以念丢掉一切光环之后,居然平平静静地去上学、画画,继续把沈星离护在她单薄的羽翼下,丝毫没有示弱的意思。

恰逢家中为他物色对象,向来看重另一个儿子、把他当作附属品的裴家,竟准备拿他去当联姻的工具。他反抗,提出以后要娶程以念。他那个永远偏心的父亲大发雷霆,当众用棍子打他。

那又如何?他要的东西也好,人也好,必须得到!既然裴家是桎梏,那他便发誓把裴家变成掌中之物。

所以这几年,他看似听话地被放逐出国,实则利用四年多的时间使羽翼变得丰满,掌握权力,一步步吞掉他父亲的实权。直到把裴家的大权握在手里,他继任集团领导人,得到了裴氏集团至高的地位和财富。

但这四年多来,他从未忘记过程以念。她是他在裴家那个阴暗环境里唯一的光。她明明温暖了他,对他笑,陪他哭,为他过生日,让他日夜惦记,为什么转头就能对别人好?而且那个人脏污、卑微,连路边的一条野狗都不如!她怎么能对他弃之不顾,把属于他的温暖给了这样一个人?

在他回国之前,程娇也许是怕他对程以念不死心,于是弄出抄袭事件,想用五十万元赔偿金把程以念困死。他没阻止,也没帮程以念,反而乐见其成。等程以念走投无路时,他再出手相救,坐享天大的人情。

可他怎么也没料到,沈星离竟插了一脚。那时,他根本不把沈星离放在眼

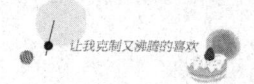

里,更不认为程以念会爱上被她当作弟弟的人。于是,他慢条斯理地温柔引诱,甚至百忙中为她买下南英社,笃定程以念会回到他的身边。

结果,程娇步步紧逼,沈星离步步保护,就这样程以念逐渐心软,渐渐对沈星离动了心!

那他呢?程以念从未把他放在心里?

裴湛攥着桌边的一个玻璃摆件,手指骨节咯咯作响。

沉寂的办公室里蓦地响起手机的振动声,裴湛阴沉的眼睛扫过去,助理吓得浑身僵硬,赶紧去挂电话,却在看到来电人时停住了,诚惶诚恐地把手机捧给他,说:"裴董,是……是程娇……"

"接。"

程娇拔高的嗓音很快传出:"湛哥,有没有看到网上那些……"

裴湛冰冷地打断她:"谁给你的勇气,让你敢把脏手伸到我这里收买我身边的人?"

只这一句话,程娇就被吓得魂飞魄散。

她自从见到裴湛的第一面开始,就对他念念不忘。

无论低声下气也好,耍心机手段也好,只要能走近他的身边,哪怕仅仅是被他多看一眼,她都心甘情愿。

但她知道,裴湛虽然平常优雅温和,动起怒来却极其可怕,她爱意再深,胆子再大,也不敢在这种时候忤逆他。

还好她有准备,说不定能抵消裴湛的怒意,换来他一点温柔。

程娇哭哭啼啼地说:"湛哥,我一时鬼迷心窍,真的不是有意冒犯你。作为赎罪,我有一个刚刚发现的小礼物给你,你一定感兴趣!"

裴湛苍白的指尖在扶手上敲打:"我耐心有限。"

程娇急忙说:"你看看信息,我给你发过去一张照片。"

裴湛顺手点开,瞳孔微微一缩。

照片有些年代感,略微泛黄,上面是个优雅貌美的年轻女人,怀里抱着一男一女两个孩子。女孩儿是姐姐,男孩儿是弟弟。

他认得那个女人,是程以念早亡的母亲,而那女孩儿就是程以念,可这男孩儿四五岁大的样子,眉眼间竟有一丝像小时候的沈星离。

程娇难掩激动:"湛哥,连你也不知道吧,程家以前竟然有过一个男孩子,是程以念的亲弟弟,名字叫程诺。他因为身体不好,从小被养在水乡,五岁就过世了,所以到死也没来过程家。这孩子算是个秘密,大部分人都不知道他的存在。要不是我在爸爸的书房里无意中翻出这些东西,我根本不会知道!"

"你看,程诺长得有点像谁?或者说,谁长得像程诺?"程娇憋不住笑出声,"我总算明白了,为什么程以念会把那个没人要的'脏弟弟'捡到身边,还一带就是十几年。你猜,如果沈星离知道原来他只是人家弟弟的一个替代品,会不会痛苦得直接去死?"

裴湛把照片放到最大,眼睛里寒光堆砌,又染上浓浓的愉悦。

他压低嗓音,听起来似乎有丝温柔:"程娇,这次做得很不错。"

程娇在电话那边开心得快哭出来了。

裴湛嘴角挂着冷笑。

沈星离……

真高兴,程娇这个成事不足的蠢货,总算有用了一次,替他找到了最痛快的惩罚方式。

至于程以念,他已经没耐心再去上演柔情戏码。有时候强取豪夺,也不失为一种省时省力的好办法。

除掉她身边碍眼的存在,让她明白只有权势、地位才能决定她的归宿。这两件让人兴奋的事情,倒是可以同时进行。

裴湛抬眼看向助理:"马上联系程遇江,他们程家最近不是资金困难吗?我有笔稳赚大钱的大生意跟他谈。"

助理战战兢兢:"如果他细问……"

"告诉他,联姻。"

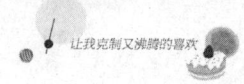

04

　　沈星离和程以念的飞机落地后,机场有不少镜头在等着拍他们,沈星离视若无睹,更严密地把程以念护起来。他气场强悍,再加上大众对格斗选手本能的敬畏感,从下飞机到上车,没人敢凑得太近。

　　车门关闭前,有追到附近的粉丝鼓起勇气喊:"'离神'!'合月'很在乎你的!你一定要追到她!比赛也一定要赢!"

　　沈星离关门的手顿了顿,桃花眼弯出好看的弧度,低声答应道:"当然。"

　　这个笑容毫无悬念地成为当天的热门话题,又是一波惹人疯狂尖叫的"美颜暴击"。

　　下了车,沈星离抱着程以念上了电梯,谢晓带人帮忙把行李放下后赶紧溜了,生怕撞见少儿不宜的场面。

　　再回到只属于两个人的私密空间里,程以念的心境却是天差地别。以前她还能控制自己保持镇定,但现在……

　　沈星离气息的干扰性太强,她又还没做好坦诚的准备,很难招架。

　　"星离,你放我下来吧,我在家能慢慢走的。"程以念小声地说。

　　"谁说的?"沈星离似笑非笑,直接托着她抵到门板上,挨近了轻声说,"我是你的'交通工具',不管在家还是在外面,你都不需要走,我抱着你。"

　　程以念心想这样可不行,她好歹比他大了四岁呢,再这样下去真要被"小狗崽儿"压迫了。她干脆伸手捏住他的下巴晃了晃:"你一开口就没个分寸,不许说了,听不听话?"

　　"小狗崽儿"热情地答应:"当然听——"他含水的眼睛眨啊眨,格外真诚,"但是还有件正事,可以先让我说完吗?"

　　"说。"

　　沈星离敛了笑意,认真地对她说:"念念,月底的那件事情,我已经替你订好了花。有几支需要预约,所以我提前准备了。"

　　程以念心口一震,傻傻地望着沈星离,整个人像浸入了最温暖的水流中,连埋在意识深处的那些负面情绪都被他亲手捞起来,温柔地抚平。

月底,是她妈妈的忌日。妈妈生前最爱的几种花向来稀少,她往年都要费好大力气才买到。而今年出了事被耽误下来,错过预订期,她原以为要遗憾的,他居然……

他怎么能这样懂她?

"念念?"沈星离看她眼圈转红,以为她是伤感了,连忙安慰道,"别难过,到时候我陪你去墓园。当初阿姨对我很好,我也想去看她。"

程以念压了压情绪:"不说这些事情了,你先放我下来。"

沈星离见她神情严肃,依言照做,让她轻轻地落地站稳。

程以念抬头瞪他,鼻音浓重:"你再过来一点。"

他乖乖地迈了半步。

程以念忍不住了,闭上眼张开手臂,往前一靠,主动环住他的腰身,小声地说:"这是给你的奖励。"

因为这一个拥抱,接下来的几天,沈星离觉得家里每个角落都溢满了甜蜜的泡泡。念念看他一眼是疼他,碰他一下是宠他,要是摸摸他的手,那就是天上地下最爱他。

虽然他还不敢追着程以念本人去确认,但稍微回味一下被她抱住的心情,他也能幸福得上天。

距离KC争霸赛亚洲站的初赛还剩下一个月左右的时间,沈星离不能再耽搁,必须恢复训练。他不放心程以念一个人在家,走哪都要带着她一起。程以念也没反对,心甘情愿地陪着他。

沈星离满足得不得了,训练成果突飞猛进,每天深夜回到家也不累,还偷偷地在房间里按照他精心画好的图纸搭建那个在他心底存了许多年的建筑模型。

程以念也不闲着,继续画连载漫画。因为之前的危险遭遇,编辑对她感到抱歉,哭了好几天,还专门给她放了假。但她自己不能懈怠,该做的工作一定要做,毕竟……这是她家星离的故事,这部漫画要冲榜,要红,要拿奖,要成为经典!

编辑哭哭啼啼地向她保证:"'大神',你画吧,这部漫画绝对能拿下本年

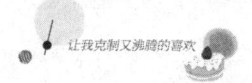

度的'漫画大赏'金奖!"

程以念弯眼笑了笑,随即想起什么,好奇地往外探了探头。这几天某人好老实啊,都不来闹她了,总一个人闷在房间里,还关着门。

程以念放下笔,蹑手蹑脚地走到沈星离门外,贴着门听了听,竟然听到轻微的工具敲打声。

"星离,"她不禁敲了敲门,问道,"你在忙什么?"

她一出声,里面立马兵荒马乱。等了好一会儿,沈星离才探出身,把身后的一切都挡得严严实实的,他乖巧地说:"是学校的设计作业……"

程以念满脸不信的模样,说:"真要是设计作业,你早捧出来给我看了,能这么藏着掖着?快从实招来。"

沈星离忍不住笑了,浅红薄唇翘起的弧线分外迷人。他略微俯身,手掌盖在程以念的头顶揉了揉,声音低沉地道:"好,我说实话。"

程以念突然有些紧张。

沈星离盯着她的眼睛,认真地说:"我在给我心爱的人准备生日礼物,还没完成,现在不能看。"

"所以——"他敏捷地贴近,飞快吻了下她的耳畔,喉咙里溢出一点笑声,"你要暂时忍一忍。"

程以念头晕目眩地被他哄回去,直挺挺地往床上一倒,红着脸拽过被子蒙住头。在床上翻滚了半天,她才慢吞吞地想起来,是啊,她的生日就快到了。

她一直找不到好的机会向沈星离表白,就选在那一天吧。

他送她礼物,她把自己当作礼物送给他。

时间过得很快,程妈妈的忌日转眼就到了。

程以念脚上的伤基本好了,可以正常行走了。但沈星离仍不放心,一只手捧花,另一只手紧紧地牵着她,冒着清晨的微微细雨到了城郊墓园。

台阶湿滑,沈星离把程以念半抱了起来,程以念轻声说:"你这样我妈妈要看到的。"

沈星离长长地应了声，更过分地在她鬓边亲了亲，笑得灿烂："这样就让阿姨看得更清楚一点。"说话时，他踏上最后一级台阶，突然注意到熟悉的墓碑前站着一个人。等看清是谁后，他眸中温度突降。

程以念的脸色也变了："他怎么会来？"

那人影闻声扭过头，快步迎上来，在对上沈星离的瞬间，眼睛流露出毫不掩饰的厌恶感，又自认为很得体地收敛起来，对程以念说道："以念，好久不见。"

程以念看都没看他一眼，抓住沈星离的手腕往前走。

"你就这么对待爸爸吗？"

程以念忍无可忍，转身冷笑道："程先生，请你搞清楚，我们早就断了父女关系，连陌生人都不如。"

程遇江上下打量着她，目光落在她受过伤的双脚上，音量低了下来："是，但你在灾区受了伤，连网上那些不认识你的人都能关心你，那我也可以吧？"

程以念心里厌烦，别开了脸。

抢在她拒绝之前，程遇江又说："我今天过来是对你妈妈忏悔的，另外还想让你回家里一趟。我又找到一些你妈妈的遗物，包括她生前的几幅画作，想交到你的手里。"

程以念抗拒回去，说道："不能找人送来吗？我付钱。"

程遇江问："你妈妈的东西，难道不值得你亲自去取？更何况，爸爸是真的希望你回去，说断绝关系，不过是当时的气话。这么多年过去早该翻篇了，我们还是一家人。"

程以念只觉得无比讽刺，手指狠狠地攥紧，却被沈星离握住。

绵绵细雨里，他温暖的体温给了她温度。

她这一辈子不想再见程遇江，更不愿踏进程家，连靠近都觉得恶心。但妈妈的遗物在那里……如果不取回来，落到程娇那对母女手中，不知道会被怎样糟蹋。

程遇江知道她答应了，意有所指地道："那么后天早上我在家里等你。还有，你一个人来，别带外人，这是家事。"说完，他大步离开，仿佛怕程以念发怒或是反悔。

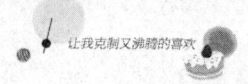

程以念被他最后一句话气得受不了,马上要怒喊出声。

沈星离及时揽住她的肩,低声安抚她:"念念,别生气,别在阿姨面前让她担心……我无所谓,后天我跟你去,就在门外等你。他敢有任何不轨,你马上给我打电话。"

"凭什么?那个地方,谁稀罕!"程以念十分恼火,"我就要你跟我一起进门!"

沈星离静静地望着她。

他本来就是程遇江的眼中钉,如今程遇江看到他跟念念亲昵,当然接受不了。他如果硬是去了,念念可能无法顺利拿到那些遗物,说不定那些遗物还会被恶意损毁,到那时她该有多伤心。

除了这个,还有另一种可能。程遇江也许在借着遗物策划什么事情,他的出现会破坏计划。

不过,无论是哪种可能都无所谓,他就守在门外,随时准备带念念离开。

沈星离抚了抚程以念气红的脸,说服她:"我不进去,也不想进去。程宅里所有美好的回忆都是关于你的,你已经在我身边了,那地方对我来说就只剩下痛苦的记忆。"

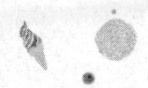

第十四章

喜欢（三）

01

从墓园离开后，沈星离直接带程以念去买车。

"怎么急着买这个？"程以念舍不得花钱，"就算买最普通的车也要几万块，我们得省一点，比赛那边还……"

"念念，我不会输，不用担心违约金的事情。而且不管多少钱，我都能赚得到。"沈星离郑重地说，"但是去程家，我不能让你没有自己的车。"

那宅子里面有多少双眼睛在瞧着她，暗地里想看昔日程家大小姐的笑话，他绝不让那些人如愿。

后天一早，沈星离开车带着程以念出发，越接近程家，周围的风景越熟悉，这里有他童年与少年时所有的光和暗。

沈星离把车停在院门外，皱眉叮嘱："有任何不对，马上给我打电话。"

程以念点头，提起裙摆下车，电子雕花大门应声开启，管家领着所有用人恭敬地等在两侧，像什么都没发生过一样对她躬身，齐刷刷地叫："大小姐。"

这个画面跟过去重叠，沈星离在车里看着，十指握紧方向盘，心口泛起难以言明的疼痛，随即又被强行压下去。

她不再是跟他有云泥之别的程家大小姐，她是他的念念。他更不是从前那个卑微无力的小孩儿，他是有资格拥有她的沈星离。

沈星离紧盯着程以念，直到她的身影消失在视野里为止。

程以念在管家的指引下穿过庭院,往深处的主宅走去。她虽然好几年未曾踏足过这里,但毕竟是她从小长大的地方,根本不需要带路。可头发花白的管家还是微弯着腰陪她同行,眼眶泛红地低声说:"大小姐,我看见你的新闻,你在梅兰镇受苦了。夫人在天有灵,要是知道该多伤心。"

"杨叔。"程以念明白,老人家是真的关心她,"我不苦,我现在过得特别好。"

杨叔抹了抹泪,眼见主宅快到了,轻轻地提醒:"今天老爷找你来,好像不是取遗物那么简单,你要多留心。另外还有一件反常的事情,一大早裴家的那位……"

他刚说到一半,前面忽然有人笑着插言:"在聊什么?可以让我也听听吗?"

程以念微微睁大眼,惊讶地道:"湛哥?"

裴湛正悠然地站在程家的主宅门口,他穿着一身正式的纯黑西装,唇边噙着笑意。

程以念怎么也没料到会在这里遇见裴湛,自从上次生日闹剧以后,她就没跟他再见过面。现在突然碰见,她多少有些尴尬和不自在。

裴家与程家相邻的那套老宅早就被裴湛卖掉了,他回国后一直住在其他地方。程家近两年日渐式微,与裴家的产业无法相提并论。

裴湛应该不会是找程遇江叙旧或是谈生意……

他到底是来干什么的?

裴湛慢慢向她走近:"以念,我听伯父说了你今天会过来,所以专程上门来看看你。不介意的话,你能不能跟我先聊聊,我有些重要的事情想问你。"

此刻的裴湛并无攻击性,态度谦和,程以念没有拒绝的理由。

裴湛抬了下手,指向旁边不远处的越野车:"外面不方便,上我的车吧,我们聊完再进去。"

车门关闭,形成密闭的空间,程以念感觉不太自在,小声催促:"湛哥,你想问我什么?"

裴湛凝视她片刻,摇头叹息:"女孩儿就是没良心,明明小时候对我那么

亲,跟着我跑前跑后,现在长大了就拒人千里,一次比一次冷漠,简直把我当成陌生人。"

程以念看不出裴湛到底是认真的还是在开玩笑,有点为难地解释:"湛哥,你别这么说,我们离小时候已经很远了,生活圈子完全不同,各自都有要忙的事情,怎么可能还像以前那样?"

裴湛眼眸幽深:"那为什么沈星离可以?因为你把他当亲弟弟吗?"

程以念心里涌上怪异感,总觉得今天的裴湛跟以往很不同,语气不禁变得更生疏:"你究竟找我有什么事情?"

裴湛换了个更舒服的姿势靠着椅背,有种戾气突然出现在他身上,覆盖了原本的温和气质。他毫无顾忌地看向她,却慢条斯理地说着话:"在梅兰镇受的伤没事了?"

程以念的不适感越来越强烈,皱眉说:"早就好了,谢谢关心。"

"沈星离呢?"

"他当然也很好。"程以念开门见山,"不用绕圈子,有什么话还是直接说吧。"

裴湛缓缓地笑了一声,说:"以念,我之前不止一次问过你,你对沈星离,不会是动心了吧?"

在正式向沈星离表白之前,程以念本不想对任何人承认这件事情,但面对裴湛,她突然不想隐瞒了。

裴湛以为程以念会如过去一般否认,然而这一次,他却听到她坦然地回答:"是。"

他眼中的火光猝然一跳,似要把她吃了。他懒得再假装温柔,眯起眼问:"你想清楚,沈星离对你来说,究竟是什么?"

"他一直是我最重要的人,但现在多了一样。"程以念终于后知后觉地意识到裴湛的情绪似乎不对劲,她毫不犹豫地说,"我喜欢他,爱上他了。"

裴湛额角青筋暴起:"你们已经在一起了?"

程以念抿了抿唇,语气坚定地道:"马上。"

马上?她的意思就是还没有。沈星离不可能会犹豫,那就是以念在等,等表白的日子?

最近有什么好日子?难道……是她的生日吗?

裴湛攥紧的手略微松开,狭长的眼睛满是幽暗:"以念,你这样不对吧?"

程以念皱眉:"你到底什么意思?"

裴湛唇角拉出弧度,语速放慢,字字清晰:"据我所知,你之所以认沈星离做弟弟,十几年来对他不离不弃,其实是把他当成了程诺的替身。以念,你刚才是在骗我,对吗?你怎么可能爱上亲弟弟的替代品?"

一番话如惊雷般炸响,程以念猛地坐直,眼神冷厉如刀。

"你怎么知道的?"她严肃地问,"程诺的事情从来没有外传过,是谁告诉你的?"

"怎么,被我说中了吗?我看过程诺的照片了,沈星离果然只是一个跟程诺有一点相似的'赝品'而已。"

程以念在这一刻确定,现在的裴湛绝不是她记忆里那个温柔的邻家哥哥了。他根本就是一个彻头彻尾的陌生人,她从未认识过他!

她斩钉截铁地说:"裴湛,不管你从哪个渠道得知程诺的,你都听清楚了。程诺是程诺,沈星离是沈星离,我从来没有把他们当成同一个人,更不可能把沈星离当成替代品!我对沈星离所有的感情,只因为他是他,因为他值得。现在我也非常清楚,我爱他,跟任何人无关。我也请你有点身为裴家家主的矜持,少胡乱臆想,对我和星离放尊重一点!"

说完,程以念果断地摔门下车。

裴湛表情扭曲,他以为程以念会慌,至少会犹豫。可他猜错了,程以念对沈星离居然是彻彻底底的真情实意!

他之前也恨沈星离,但从未这么嫉妒过,嫉妒到想立刻摧毁他。

裴湛伸手探向袖口,那里别着一个微型录音器,早在几个月前就被他携带着,出现在每一次跟程以念见面的场合里。

不是他想要的回答又怎么样?对话是可以改变的,一切都能转变成完全相反的意思。

沈星离不是把程以念看得比命还重吗?有了这个录音,足够让他尝到天崩地裂的滋味,比起直接要他死,过瘾多了。

随后,裴湛整理衣领,优雅地迈下驾驶座,跟随程以念走进程家主宅。

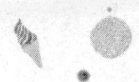

02

程以念做好了见到程娇母女的心理准备,但客厅里只有程遇江一个人,他面前的茶几上摆着茶水果盘,并没有要给她的东西。

"遗物呢?"她站在客厅中央,冷冷地问。

程遇江眼角的皱纹不自然地挤了一下:"你先坐下。"

程以念语气更硬了:"不必了,遗物给我,我马上走。"

"连好好说两句话都不行吗?"程遇江脸上习惯性地露出不满,又匆忙掩饰起来,"以念,你好几年不回来,就没一点怀念吗?这可是你长大的地方。"

程以念跟裴湛谈完后本来就窝着火,现在听到这话,更是怒火中烧。今天是怎么了,让她连续听到这么多可笑的话?

"怀念什么?"她薄薄的脊背挺得笔直,严厉地反问他,"怀念你怎么对妈妈冷言冷语?在她生病期间去外面跟那女人厮混,还反过头来欺瞒我?怀念妈妈尸骨未寒,你就带着外面生的孩子进来?还是怀念你心胸狭窄、猜忌多疑,因为怀疑沈隶害你,就要把当年才十几岁的星离也赶尽杀绝?"

程遇江猛地站起来,抓起陶瓷茶碗想对她摔过去,可转念又想到什么,才生生地克制住:"我不是让你来吵架的,这些事情在你当年离家的时候,我已经说过了。这么长时间过去了,难道你还没忘?"

"忘?"程以念重复这个字,疲惫地摇了摇头,"算了,我跟你有什么可说的。你既然不想吵架,那现在就把东西拿出来。"

程遇江的眼神越过她,看到裴湛逆着光从外面走进来。他精神一振,努力摆出一副慈父的表情,对程以念说道:"那个不急,虽然你不顾生养之恩,但我还是把你当女儿看的,这不是一有好事就马上想到你了。"

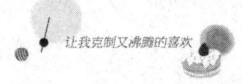

好事?

程以念反射性地把手机摸出来攥住,警惕着他。

程遇江脸上堆出笑容:"你年纪不小了,也该考虑婚姻大事了。承蒙裴董不嫌弃,还念着跟你小时候的情谊,我正好借这个机会恢复你程家女儿的身份。我不跟你计较以前那些事情,婚礼会给你办得风风光光的。你也懂事一点,别枉费我跟裴董的心意。"

他说完好一会儿,程以念都以为是她太生气产生了幻听。

直到身后的脚步声清晰地传来,裴湛不徐不疾走到她身边,侧过头含笑说:"以念,别惊讶,我对这件事情也期待很久了,只不过等你等到现在,没耐心了而已。"

程以念的双手开始发抖,仍旧对自己听到的话感到难以置信。

裴湛抬起手,朝她的头发摸过去:"你不用有顾虑,裴程两家联姻,虽说在名利上是我吃亏,但我喜欢你可以不在乎这些。至于感情,连一个你不可能会喜欢的人都能把你打动,更何况是我。等结婚后,我们有的是时间慢慢……"

"别碰我!"在他的手即将落下时,程以念猛然反抗,一把挥开他,气得唇角颤抖。

她像躲瘟疫一样避开裴湛,又转头紧紧地瞪着程遇江,指甲用力到嵌进肉里:"遗物都是幌子,原来这才是你让我来的真正目的!程遇江,我早就跟你没关系了,你有什么资格这样对我?"

程遇江唯恐她惹怒裴湛,也对她的态度感到恼火,一时激动地低吼出心里话:"集团资金有困难,裴董愿意出手相助,这是多大的情分!外面多少名门闺秀惦记裴董,难得他喜欢你,你竟然还不知足?你以为我想选你吗?娇娇一直爱慕裴董,我这样做可是伤了她的心,你别像你那个妈一样不知好歹!"

他脱口而出的这些话激得程以念全身血液翻涌,太阳穴一下一下剧烈地跳动着,有如刀扎。

程以念眼眶红了,掐着自己的手,硬是忍住了落泪的冲动。

程遇江去墓园是设计好的,那些所谓的"我向你妈妈忏悔""关心你的伤",全部都是为了诓骗她来程家的说辞!她的这位好爸爸,做过那么多无情无义的龌龊事情后,几年来与她毫无联系,现在想起她来,仅仅是为了卖掉她!

其实也不是从一开始就是这样的,她小时候,一直坚信程遇江是世界上最可靠、最温柔的父亲。他对妈妈好,疼爱她,每次出差回来都会给她带各种礼物,抱起她亲亲她的脸,说:"我的女儿真可爱。"

那时,她感觉自己是世界上最幸福的小公主,不是因为那些让人眼花缭乱的名贵礼品,而是因为跟家人在一起的温馨时刻。

然而,妈妈在生她时落下毛病,身体不好,后来又怀了弟弟,孕期更是受罪,连带着弟弟也先天不足。医生说弟弟最多只能活到七八岁,为了避免被外界打扰,始终没有对外公开过弟弟的身份,妈妈带着他一直在气候宜人的江南休养着,很少回来。爸爸也正为事业开疆扩土,早出晚归,她经常一个人守在大别墅里。

她很乖,从不哭闹、抱怨,自己安静地画画。偶尔隔壁的裴湛会偷跑过来,要求她陪他,她便脾气很好地跟他玩。可只有去江南看望妈妈和弟弟时,她才真正感到开心,绕着他们打转,舍不得分开。

直到她八岁那年的初夏,她又来到江南,跟妈妈和弟弟坐在院子里乘凉,很久不见的爸爸突然脸色铁青地冲进来,不顾弟弟的身体拽起他就走,家里一夜之间变了天。

爸爸变得恐怖起来,妈妈以泪洗面,弟弟被强行带到亲子鉴定中心做亲子鉴定,折腾之下直接病倒了。大病来得气势汹汹,小孩子原本还能活两三年,因为这件事情生命却戛然而止。

鉴定结果当然没有问题,弟弟却死了,妈妈疯了。

而导致这出悲剧的竟是爸爸听信了别人的挑唆。别人并不知道弟弟的存在,只道他那个夫人常年住在江南,既不公开露面也不与他亲近,八成是背地有人了。

只是这一句话,他便疑心大起,捕风捉影地认定妈妈和家庭医生有染,更质疑他与儿子的血缘关系。他大张旗鼓地来闹,直接葬送了孩子的性命,也让和睦的夫妻关系有了裂痕。

程遇江当时在商界风生水起,看重名声风评,绝不同意离婚,他把妈妈从江南带回程家别墅,找专人每日照看。起初他也道歉,献殷勤,送礼物,但都被妈妈扔了出来。他便斥责了一句"反正是个早晚要死的孩子,怎么闹得没完没了,真不知好歹"的话,然后拂袖而去。

她年仅八九岁,对这一切很懵懂,还以为只是误会,爸爸带妈妈回来,是为了照顾妈妈并且忏悔的。她根本不知道妈妈是走不出这个宅子的,眼里的绝望日甚一日,直到不再挣扎。

家里的气氛压抑且沉重,她努力用画画排解,拼命逗妈妈开心,却仍然觉得喘不过气。但老天待她好,在她十岁那年的深秋的午后,给她带来了沈星离。

第一眼在二楼的露台上看到星离时,她就震惊得说不出话。他的眉眼真的有些像弟弟,弟弟如果活着,就该长到他这样大了。

但等她跑下去,近距离瞧他,她就明白了。星离跟弟弟完全不同,她绝对不可能把他们混同。

弟弟孱弱温柔,而星离却是一簇跳跃的火,明明遍体鳞伤、饱受欺凌,仍是一副不肯示弱服输的样子。

可星离又很容易满足,她给他一件衣服,他视若珍宝;她用手绢给他擦脸,他就缩着小身子默默地哭。

那种仿佛出于本能的心疼让她抗拒不了他。她并不是因为他像弟弟,仅仅是为了他这个人,她才一定要把他护在怀里。

她失去了弟弟,在这家中感到疲倦也孤单;而星离无依无靠,受尽苦痛。那就让她当他的姐姐,爱护他、疼惜他。从此,他们的喜怒哀乐绑在一起,彼此相伴。

妈妈见到星离是惊喜的,但爸爸皱眉,嫌他脏,嫌他直勾勾的眼神吓人,更嫌他有些像枉死的程诺,会引人不安。

所以她一次次求爸爸,不要让沈隶再打星离。

程遇江却置若罔闻,甚至在某次醉酒时说:"我是纵容你,才让那个招人嫌的'野狗'进我的家门,你可别得寸进尺。当个宠物解解闷就行了,别跟他走得太近！要我说，沈隶哪天真把他打死才好，省得你总把他往家里带！"

她对程遇江的抵触就是这样一天天加深的。

别人都嫌星离，无所谓，她拿他当宝。星离的好，只有她自己知道。

03

她以为日子就会这样过下去，一天，妈妈却忽然病重。弥留之际，她像回光返照般怒视程遇江，低吼道："你别以为我不知道你在外面的事情，当初那种闲话就是她对你讲的！我不管你怎么折磨我，但你不准欺负我的女儿！否则……否则……"

妈妈没说完就闭了眼，她哭得崩溃，星离藏着一身伤，像小兽般伏在她身边陪伴她、安慰她。

她起初不解妈妈话中的意思，但很快，她直面了最让人作呕的事实。

程遇江大摇大摆地带着早在十几年前就养在外面的女人来到程宅，他们还有一个仅仅比她小三岁的私生女，这两个女人一起占据了她的家。

当年，便是这个女人吹了枕边风，害死程诺，害得她一家四分五裂。

那个明面上娇柔怯懦的私生女程娇，背地里阴冷地对她说："姐姐，我们是同一个爸爸，凭什么你就是大小姐？你拥有的，早晚有一天都会属于我。"

程娇母女轻车熟路地装无辜，装柔弱，各种手段齐上。而她本就愤恨和委屈，没多久她和程遇江的关系就降至冰点，成了家里真正的外人。

恰逢沈隶醉酒开车，造成重大车祸，程遇江重伤，沈隶当场身亡。

程遇江清醒后像疯了一般，不顾警方已经判定这是一起意外事故的事实，坚称是沈隶图谋钱财故意害他。

可沈隶死了，没过几天沈隶的老婆也疯疯癫癫地跳了江。程遇江没处发泄，就把怒气全都转嫁给了孤苦伶仃的沈星离，动用权势逼得一个孩子没学可上，甚至把他送去最黑暗的地下拳场做人肉沙袋。

她知道后疯了一般冲进地下拳场找到星离，她把意识模糊的星离护到她的怀里，差点两人一起死在那个地方。

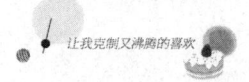

程遇江再见到她时,高高在上地冷笑:"你既然有本事跟我对着干,那就带着那条'落水狗'一起滚出这个家!别再用我的一分钱,别当大小姐,以后我的一切都是娇娇的,你能做到吗?"

她双目充满血丝,决绝地大喊:"我跟你断绝关系。你的财产,我一分不要!不准你再伤害星离,让他好好上学,参加高考,你敢吗?"

以此作为交换条件,从那天起,她与这个让人作呕的家一刀两断。

走出大门时,明明星离伤得更重,他却像个大人一样紧紧地搂住她,声音沙哑地保证:"你是我一个人的大小姐,以后我保护你!"

那时,她以为这不过是小孩子冲动之下许下的承诺,并不当真。

可她想不到,在那之后漫长又短暂的几年里,星离无时无刻不在用他伤痕累累的血肉之躯实践这个诺言。他一次次地把她护在身后,藏在怀里,当成无价珍宝一样爱惜她,让她的身心为他彻底沦陷。

这样的沈星离却被裴湛说成是一个替代品。

而自称是"爸爸"的程遇江,拿妈妈和对她的关心做幌子,要把她卖给裴家去换取利益!还口口声声地说她该感恩戴德,因为他的宝贝女儿娇娇会伤心!

程以念笑出声来,却倔强地忍着眼泪不肯掉落。

她在程遇江和裴湛面前,绝不会流一滴泪!

程以念不再说话,转身就走。客厅里却出现一排保镖挡道,她狠狠地咬牙,去拨星离的手机号码,却发现手机根本没有信号,这里的信号居然被屏蔽了!

随即,她的手机被裴湛抽走。

面对她猩红的眼睛,他笑得很放肆:"以念,你走不了了。"

程以念的心重重地往下坠,像掉入了深渊。

然而下一秒,别墅外面猛地传来极其刺耳的噪音,汽车油门被踩到底的轰鸣声、沉闷的碰撞声,以及嗡嗡的警报声一起大响,穿过偌大的庭院,铺天盖地传进客厅里。

程遇江脸色变了,杨叔跌跌撞撞地跑过来,低垂的眼中却暗含快意,他对程遇江说:"我按您的吩咐把门锁死了。可是沈星离不但不走,还在外面直接开车撞门！拦不住啊！"

他话音刚落，大门轰的一声完全失守，一辆车头碎裂的高大越野车如同巨大的猛兽，带起一阵劲风，穿过大门直奔别墅而来。

沈星离丝毫没有减速的意思，径直撞上落地窗，一瞬间，客厅里仿佛地动山摇般颤动了几下。

保镖们集体愣住，本能地后退躲开。裴湛意外地眯起眼，程遇江则面无血色，哆嗦着手喊不出声。只有程以念浑身轻轻地颤抖，紧紧地盯着车里的人。

玻璃窗一时间撞不开，越野车便迅速地退后，接着蓄足马力，在震耳欲聋的轰响声中强硬地冲破落地窗。碎片到处飞溅，划伤了程遇江的脸。其他人都在躲，唯独程以念面前干干净净的。车撞过去时，避开了可能会误伤到她的位置。

紧接着，车猛然停下，车门砰的一声从里推开，一双笔直的长腿迈了下来。

对上他眼睛的瞬间，程以念突然涌出眼泪。

无数的碎玻璃反射着阳光，映得满地璀璨。沈星离从上面踩过，走到程以念的跟前，声音温柔："我来接大小姐回家。"

他冰冷地环视满屋的狼藉，俯下身，把她稳稳地往上一抱，护在怀里："这里垃圾太多，小心弄脏了你的鞋。"

等把程以念妥帖地放在副驾驶座后，沈星离如刀般的目光扫过在场的每一个人，一句话掷地有声："想动她，除非我死。"说完，他懒得再看，径直上车，一脚踩上油门，将车子倒出客厅，开出了别墅。

越野车来得凶猛，走得更是果决。

车影消失后，只剩下惨不忍睹的现场，昭示着刚刚发生的一切都不是做梦。

程遇江终于从震惊中回过神，大吼道："报警！给我报警！"

他气急败坏地去掏手机，才想起信号被屏蔽了，更加恼怒。他对裴湛道歉："裴董，您别动怒，我这就把她抓回来！"

裴湛盯着车开走的方向，唇角一点点地弯起，阻止道："不必了，随他们去吧，这样更有趣。就让他沉迷在最后的幸福里，自以为可以得到她，之后才能掉进

259

更深的绝望中。"

他把玩着手中小小的录音器,回眸往楼梯上看了一眼,说了一句:"等我玩得过瘾,就轮到你了。"

躲在楼梯拐角偷窥全程的程娇吓了一跳,原来裴湛早就发现她了!

她不敢当着程遇江的面出去,暗自攥紧手,沈星离既然说"想动她,除非我死",那她就遂了他的愿!

因为梅兰镇的事情,沈星离最近居然通过各种关系在暗中查她,还把那成了植物人的余总给严密地看护起来。

她这几年用尽手段从程遇江手中要来了几家公司,放到自己和母亲名下,经营惨淡是小,偷税漏税是大,程遇江根本不知情。如果沈星离继续查下去,就会发现梅兰镇是她母亲的老家,她的嫌疑就更大了。一旦那个余总醒过来指认她杀人未遂,几项罪名加在一起,她一辈子就毁了!更何况,她刚才看得很清楚,程以念分明已经死心塌地爱上了沈星离。

她爱的人,她求而不得,程以念也得尝尝同样的滋味!没了沈星离,程以念才能懂什么是痛苦,到时候更不可能接受裴湛了!

她才有希望得到裴湛。

只要沈星离一死,她所有的麻烦将全部迎刃而解。

灯光暗淡的拐角处,程娇脸上露出了势在必得的冷笑。

04

别墅区附近很安静,人流稀少,越野车在空旷的街道上狂奔,碰上提前等在那里的谢晓才停下。

谢晓眼睛瞪成铜铃,说道:"车子撞成这样?还能修吗?"

沈星离没说话,大步走到副驾驶座边,把程以念抱下来,然后接过谢晓手里的车钥匙,上了另外一辆车。

他跟念念现在受到众人关注,开损毁的车进入市区会引人注意,他不能让她再被舆论伤害。

沈星离没有急着启动车子，等谢晓把坏了的车开走，四周恢复了安静，他立刻起身，单腿半跪在座椅上，把旁边的程以念一把捞起，越过扶手箱将她用力地搂到自己腿上。

程以念跌入他怀里，强撑着冷静地说道："我没事……"

沈星离盯着她红肿的眼睛，声音低沉地说："念念，有我在，你想哭就哭。"

程以念愣了一下，心里压抑的痛苦一下子爆发出来，忍不住把额头抵在他的肩上，紧紧地咬着下唇，眼泪像豆子般滚落。

沈星离双臂抱紧她，压着她的身体，将她扣在他的胸口上："我都懂，你不用忍着。"

程以念情绪崩溃，扯住他的衣襟，把从小到大在程家受的委屈统统释放出来，无所顾忌地哭出来。和眼泪一同涌上来的还有仿佛来自灵魂的契合感和满足感。

真正贯穿了她生命的人，不是那幢别墅里的人，而是像英雄一样把她带走的沈星离。他会和她绑在一起一辈子，有他在，她就什么都不在乎了。

许久后，直到程以念逐渐平息下来，沈星离才声音沙哑地问："程遇江和裴湛到底要干什么？"

他在门外等不到念念出来，想打电话时发现手机信号被屏蔽了，随后程家大门落了锁。姓杨的管家焦急地对他示意，他知道一定是出了大事，再晚念念就回不来了，当即毫不犹豫地开车撞了进去。

程以念低着头，咬牙挤出几个字："他们要我联姻。"

"联姻"两个字像柄尖刀一样扎到沈星离的心上，他浑身的血液冲上头顶，想马上回到那幢别墅里让他们永远闭嘴！他极力克制着，揽过程以念，在她眉心和眼帘上重重地乱吻。

程以念不反抗，颤抖着声音说："他们要是再敢强迫我，我就干脆闹得尽人皆知，我不信他们都不在乎名誉。"

她握住沈星离冰凉的手腕，说道："星离，我们回家。"

那些人算什么？她的生日就快到了，她还要在那一天告诉星离，她再也不想

做他的姐姐了，因为她已经完全爱上他了。

沈星离到家把程以念安顿好，陪她吃饭，逗她开心，看起来一切如常。

傍晚时，他把她哄睡着后，找谢晓安排了不少人守在附近保护她的安全，随后亲了亲她的额头，低声道："念念，我不会让任何人伤害你。"

他在她手机里找到一个号码，起身出门。

门关闭的那一刻，沈星离再也不掩饰满身的戾气。

听筒里嘟嘟响了三声后，裴湛接起了电话，似笑非笑地说："我在等着你找我。"

"你在哪里？"

"裴氏总部顶楼，董事长办公室，我欢迎你来参观。"

半小时后，夜幕降临。

裴湛靠坐在宽大的办公椅上，幽深的眼睛盯着门口，他的电脑上显示出从大厅到顶楼的数个监控画面，沈星离的身影依次闪过，距他仅剩几步之遥。

他数到五，办公室的大门被粗暴地推开。

沈星离站在明暗光线的交界处，轮廓透着一股慑人的危险气息。

当年，裴湛从没正眼看过的"脏东西"，竟在逆境里长成这么棘手的存在。只可惜，沈星离唯一赖以生存的生命源，即将被斩断了。

裴湛笑了一声，在沈星离开口质问之前，摇了摇头说："星离，这世上的事情真是难说，我也没想到以前我有多厌恶你，现在就有多同情你。"

沈星离眼里烧着怒火，无视他的奚落，直奔主题："废话免了，你也不用再做梦，念念不可能和你扯上任何关系。"

"不和我，难道和你吗？"裴湛似乎恍然大悟，"你看我，差点忘了，她和你有关系很正常，毕竟——她一直把你当成亲弟弟。"

沈星离被他刺激到，语气冰冷："不只是弟弟，她早晚是属于我的人。如果你硬要和程遇江联手违背她的意愿，那就做好付出代价的准备。"

裴湛悠然地站起来，双手撑着桌子望着他："我不否认，你早不是过去那只

脏兮兮的'落水狗'了，我也相信你会不计代价地和伤害她的人对抗到底，但有一件最重要的事情，你还没有搞清楚。"

"念念，"裴湛唇间叫着这个只属于沈星离的亲密称呼，"不管是过去还是以后，这辈子都只能做你的姐姐，其他的，绝无可能。"他笑得残忍，"星离，做梦的人不是我，是你才对。"

沈星离双手握紧，直勾勾地盯着他，眸中的火似乎能把裴湛烧成灰。

裴湛迎上他的目光，竟窒息了一会儿，不过这更加激起了他心底的施虐欲。他嘴角上扬，语气称得上温柔："你知道为什么吗？我可以告诉你答案。"说着，他拾起桌上的一张照片，故意把背面朝着沈星离。

沈星离沉默得可怕，向裴湛走近。沈星离每走近一步，裴湛感受到的压迫就强烈一分。

裴湛胸中快意澎湃，翻转照片道："看看和以念坐在一起的这个孩子是谁，你不认识吧？我来帮你介绍——"

沈星离的视线被定在上面，他看到了幼年时的念念，以及她含笑牵着的男孩子。

跟他……眉眼有些相像的男孩子。

他忽然有种喘不过气的致命恐惧感，双拳的骨节绷得发白。

裴湛欣赏着他的反应，极其有耐心地放慢语速："这个孩子叫程诺，是以念从小疼爱至极的亲弟弟。他先天不足，从出生起就养在江南，所以没几个人知道。只可惜，他的命实在不好，五岁时就夭折了。程夫人和以念伤心欲绝，一两年过去了还沉浸在失去他的痛苦里。直到以念十岁那年深秋的某个午后，你记不记得发生了什么？"

沈星离的手腕无法克制地颤抖着，指甲把手心嵌压出深深的凹痕，他冷冷地说："你闭嘴！"

"闭上了，你怎么明白事实真相？"裴湛遗憾地摇头，继续说出弥天谎话，"程诺如果没死，应该是和你一样大的。你的出现正好顶替了他的位置。苦苦思念弟弟的以念在看到你的那一刻，就把你当成了弟弟的替身。否则凭你当时的惨状，

以念一个娇生惯养的大小姐怎么可能多看你一眼?又怎么可能有后面那十几年的事情?以念对你好,程夫人也对你好,是吧?沈星离,现在你该懂了吧,你仅有的资本就是像程诺!你在以念的眼里从来都不是你自己,你只是程诺的一个影子,替代品而已!"

沈星离耳中响起巨大的轰鸣声,痛到极点的心脏似乎快要炸裂。他眼中猩红,大步上前隔着桌子揪住裴湛的衣襟,把满桌子的摆件稀里哗啦地撞满一地。

"你以为我会信你说的话?"他嘶哑地低吼着,"凭一张照片编故事?编得很过瘾?可惜我不吃这一套!就算最开始她关心我是因为程诺,但之后不是!这十几年不是!她没有把我当过谁的替身!"

"你就这么肯定?"裴湛任沈星离扯着,咄咄逼人地抛出早已计划好的说辞,"她给你取名叫'小九'是吗?为什么?是因为九号认你做弟弟?我告诉你,都不是。是因为程诺的生日在九号,她每叫你一次'小九',想的都是程诺!她不辞辛苦地赚钱支持你去国外学建筑专业?不是因为你所谓的梦想,而是因为程诺生前的愿望就是长大以后能做建筑设计师!"

沈星离双眼充满血丝,喉咙里的血腥味让他想吐。

裴湛的语气越发急促:"你为她不顾一切,连命都不要,她除了出于姐姐的心疼和自责以外,更多的情绪是不是为难?你缠着她接受你、爱你,她是不是多次表示要划清界限?答案很简单,对她来说,你们之间的感情相当于程诺与她的感情。你知不知道她会有多失望、多恶心?但因为你无底线地付出和紧逼,她不愿意失去这世上唯一和程诺相像的人,才会一步步地对你妥协!"

"事实上,从你对她表白的那一刻起,你连做替身的资格都没有了!你不会还痴心妄想地以为某一天她能爱上你吧?"

沈星离把裴湛朝后重重一推,嗓音犹如被踏碎了一样:"我不信!我不是替身!"他眼睛通红,"她知道我是沈星离!她对我……"

裴湛见沈星离仍在挣扎,冷笑着拿出录音器,里面存着他早已找人精心剪辑过的一段语音文件:"就在今天上午,以念进入程家之后先上了我的车,我替你把该问的都问了。你既然不信我,那就让她亲口告诉你。"

沈星离忍不住去夺那个能够把他打入炼狱的东西。

裴湛早有所料，迅速地按下了播放键。

录音器中，程以念的声音响起："湛哥，你想问什么？"

沈星离定在原地，确定是念念的音色和语气，他绝不会听错。

录音器中的裴湛说："以念，我之前不止一次问过你，你对沈星离，该不会是动心了吧？"

沈星离像雕塑一样立着，惊惧地凝视那个录音器。

短暂的空白之后，程以念果断地回答："不可能。"

裴湛接着问："沈星离对你来说，究竟是什么？"

她清清楚楚地回答："我只把他当弟弟。"

沈星离的血液像结了冰一样，冷得发抖。他反复对自己说：没关系，当弟弟没关系，他可以等！可以努力地等！

然而裴湛继续播放的录音，根本不给他机会。

"据我所知，你之所以能认沈星离做弟弟，十几年来对他不离不弃，其实是把他当成了程诺的替身。"

一柄刀悬在沈星离的头顶。

"你怎么知道的？"程以念突然语气严肃地问，"程诺的事情从没外传过，是谁告诉你的？"

"怎么，被我说中了吗？看来真是这样，他自始至终只是个替代品，所以无论做什么事情，你都不会爱他。一切看似接受的样子全都是忍耐，你不忍心伤他，实际上一直在为这种关系而痛苦，对吧？"

对话像刀尖一样一寸寸地刺入沈星离的皮肉骨血。

时间似乎静止了，只有一片沉默。过了一会儿，程以念好似放弃了争辩，有些生硬地低声说："是，他是替身，我把他当成程诺的替代品。"

那柄刀把沈星离彻底捅穿。

他的整个世界，从六岁起为之狂热和执拗的光，穷尽所有地想触摸的温暖，连同他的呼吸、心跳、灵魂、活下去的意义，全部坠入深渊。

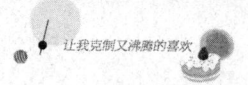

他拼尽全力地要给她幸福,可对她来说,他本身就是痛苦的根源。

他的付出相当于逼迫她,他每一点视若珍宝的甜,都不曾属于他。

她的眼里从来没有沈星离。

沈星离到底是什么?是脏的、多余的、麻烦的,他从来就不该存在。

出门之前,他还吻了她,对她说"我不会让任何人伤害你",原来真正伤害她的人,一直都是他自己。

沈星离的脸上再也没了血色,像木偶一般吃力地往后倒退。

裴湛从未这么畅快过,舍不得错过他的一丝表情:"沈星离,我没有逼以念联姻,我是为了把她从你身边解救出来。我真怕她为了报答你一次次的救命情分,哪天真的奉献自己跟了你。"

"如果你放过她了,我当然也不会勉强她。"裴湛笑着说出狠话,"不过在爱情这件事上,我比你成功的概率要大得多。毕竟我对以念来说是个男人,而你,永远只是个不合格的替身。"

等偌大的办公室里恢复了沉寂,裴湛快慰地盯着监控屏上不断干呕、连站都站不稳的沈星离,给程娇发了一条信息。

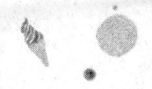

第十五章

喜欢（四）

01

沈星离眼前是黑的，通亮的走廊无法给他一丝光明。

他坚持往前走，口中浓重的血腥味溢出嘴角，眼睛好像很湿，他机械地抹了一下，但手已经麻了，什么都感觉不到。

手机不停地振动，他看不清屏上的字，怕是念念醒来找不到他，用力清了清嗓子便很快接起来。而他听到的，却是最厌恶的那个声音。

程娇高高在上地说："沈星离，今天在我家闹得够大啊，要不是湛哥求情，我爸早就报警了！我知道你在暗中查我，你不就是怕我以后再动程以念吗？我可以放过她，只不过有个条件。下周二的晚上，你出来打一场比赛，如果赢了，我保证再也不碰她。但如果你不来，我有的是办法让她身败名裂，绝对比你抓到我更快！"

沈星离站直身体，对她说："滚。"

程娇气急败坏："沈星离！"

他冷笑："让我去，你也做好等死的准备。"

程以念被噩梦缠住醒不过来，难受地抓着床单，挣扎许久才睁开了眼。她满头冷汗，本能地喊了一声"星离"。

家里是空的，没有人回应。窗外的天黑透了，唯有客厅亮着一盏地灯，似是他走前特意留的。

已经晚上九点多了……他能去哪里？

程以念给他打电话，响了很多声才接通，她着急地问："星离，你怎么还没回来？"

听筒里静得让人胸闷，过了一会儿，他才开口说："学校有事，我今天回宿舍睡。"

程以念敏感地听出他状态不对，立即抓起外套准备出门："你嗓子怎么了？病了是不是？怕我发现才说回宿舍？你现在在学校对吗？我去找你，接你回家。"

外面风很凉，夜幕漆黑，沈星离抱着膝盖，独自坐在不知名的马路边上。听到她说要接他回家，他想笑，笑着笑着就咳了起来，眼眶疼得钻心。

那是程诺的家，不是他的。可他骗不了念念，她担心弟弟的安全和身体，一定会刨根问底。

沈星离闭上眼睛，说："晚上冷，你别出来，我这就过去。"

程以念把家里的感冒药都翻出来，又熬上清淡的粥，尽量让自己忙碌起来，可仍无法压下心中不安的感觉。为什么星离会说"过去"，而不是"回去"？

程以念拍了拍额头，严禁自己乱想，跑到电梯口去等他。她惴惴不安地煎熬了许久，终于等到沈星离出现。她一眼就看到他像白纸一样的脸，吓得赶紧拉他："下午不是还好好的！你是感冒了还是旧伤发作了？"

沈星离垂着眼，低声说："感冒，不用管。"

"乱说什么呢？我不管谁管？"程以念皱眉，拽他进门，"快去换衣服，粥已经好了，等会儿再把药吃了，早点睡。"

沈星离站在玄关处，没有随她去餐厅。

他不走的时候，程以念才发现她根本拉不动他。难言的恐慌感从心底爬上来，程以念抿紧唇，无法习惯这样的他。

"星离……"

"我真的没事。"沈星离不敢看她，不敢听她任何一句关心的话，他怕再多相处一分钟，自己就会在她面前失控，做出让她讨厌的事情。

他想当面问她,他只是一道影子吗?他在她心里,真的从来不曾作为沈星离而存在过吗?

沈星离干裂的唇动了动,冷得战栗。

他到底还是说不出口,念念一旦当着他的面承认,他连今晚都活不过了。但周二,他还有重要的事情要做,要为她扫除最大的障碍。

他还有一点价值。

沈星离第一次慢慢地拂开程以念的手:"对不起……我现在吃不下。别管我了,我回房间了,你也早点休息。"

程以念反应不过来,等他脚步沉重地走到房门口,她才匆匆地追上他,踮起脚探他的额头,摸到的却是一片冰冷:"怎么一下子这么难受?我们现在去医院!"

沈星离像随时要栽倒一样,一双眼干涩得生疼,额上的触感能把他碾成烂泥。他实在克制不了,积攒起最后的勇气,轻声问:"念念,你喜欢我吗?"他忽地哽住,又问,"你喜欢沈星离吗?"

程以念一怔,真话差点就脱口而出。

可下周二就是她的生日了,她计划了那么多,连想要表白的话都偷偷地演练了无数遍,现在承认太不慎重了。等以后老了回忆起来,她对星离的表白竟然是在这么随意的情况下说出来的,恐怕以后每次提起她都会遗憾。

何况……他现在的态度实在反常,若即若离的……

她有些说不清的害怕,不敢在这时承认……

沉默的这段时间,足以凌迟沈星离。他低下头,狼狈地逃进房间,关门前嗓音嘶哑地对她说了晚安。

程以念定在外面,过了片刻后,重重地敲门:"你……你再不舒服也得把药吃了再睡!"

门再次被打开,缝隙间露出沈星离苍白的手,上面的伤痕深深浅浅,数不过来有多少个。

程以念把药递上去,随即想拉住他,但他的手臂已经垂下,呼吸都似乎没

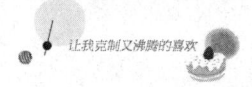

有了。

程以念的心似乎被人狠狠地捏着,脱口问:"你到底怎么了?是不是程遇江因为今天的事情找你麻烦,还是裴湛……"

"都没有,我就是困了,想睡。"

房门被重新关上,程以念的喉咙堵得发涩,她从没觉得星离离她这样远过,几次想敲门又把手收了回来。她突然很想哭,可不愿自己太矫情,揉了几下眼睛后,背贴着他的房门蹲了下去,双手抱住了膝盖。

房间里,沈星离用同样的姿势蜷着,全身痛到冷汗涔涔。

过了许久,他从黑暗中起身,给谢晓发了一条信息:"从明天上午开始,最近四天里尽可能多地帮我安排表演赛,挑价高的打,不用留休息时间。钱分两成给你,不多,是一份心意。"

谢晓立即回复:"什么情况?你不是不屑打这个吗?是不是出啥事了?急用钱,我给你拿。"

"想打而已。哥,你听我的。"

一声"哥",把谢晓感动得七荤八素,转头就乖乖地照做了。

沈星离又打电话给舍友宋理:"学校那边帮我说一声,我过不去了。宿舍里的东西,你们随便用,没用的就扔掉,我给你转钱,你帮我请大家吃顿饭。"

宋理大喊道:"我懂我懂,准备去R国比赛了是不是?离哥,你放心!你绝对能赢!"

沈星离没说话,默默地挂断电话后打开灯,走到床边的一个角落里,小心地搬出他精心做的模型。

还差一些工序就能完工了,来得及在念念生日前做好,哪怕这并不是她想要的。

沈星离不敢睡,一旦合上眼,就全是噩梦。他忙了整夜,天蒙蒙亮时才站起来,把完成的礼物收好。

他想赶在她醒来之前离开,也许这样能少一丝痛苦。然而他打开门,看到程以念竟然没有回房间,就躺在沙发上,窝成一小团睡着了。

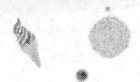

沈星离忍不住走到她身边蹲下。

女孩儿毫无防备,秀气的眉微微皱着,纤长的睫毛盖过眼睑,脸颊上透着红晕。

他曾多少次幻想她这样睡在他的怀里,到老到死都不分开。

"念念,"沈星离发出很小的声音,轻声念着她的名字,"念念……我好疼啊,从来没有这么疼过……你能不能给我吹吹……"

他抬起手,指尖伸向她的唇,轻轻相碰的时候,眼泪流了出来。

他想吻她一下,贴近时又停了,把嘴唇咬出血。

过去的他没资格,他以为自己不够好。现在他才明白,他是真的不配。

程以念忽地惊醒,茫然地环顾空旷的客厅,晨光洒了满室。她爬起来去敲沈星离的房门,没人应,拧了拧门把手,门是锁住的。她连忙回沙发找手机,屏幕上有一条来自他的微信消息。

"念念,这几天主办方有安排,我要出去打训练赛,会比较难联系。你好好在家里,有人在暗地保护你,不用害怕。"

程以念马上打他电话,却提示关机。

关机……她不在星离身边的时候,他从不关机……

程以念又打电话给谢晓,直到第三遍时谢晓才接听。她急促地问道:"星离他……"

谢晓遥遥地瞪了一眼铁笼里仿佛变了个人似的沈星离,转身离开人声沸腾的表演赛现场,按沈星离事先叮嘱的说辞对程以念说:"主办方安排训练赛……"

"在哪里?我现在过去!"

谢晓很心虚,什么训练赛,满满四天全是卖命的表演赛。以前沈星离一概不接的东西,如今他来者不拒。

谢晓捏了捏眉心,不知道星离怎么了。可想到星离反复交代他时的眼神,他也不能轻易漏口风,只是含混地回答:"保密的封闭训练赛,不方便说,你还是等他忙完吧。"

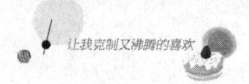

"不对!星离肯定有事!他昨天下午到晚上去哪里了,你知道吗?他今天状态怎么样?"

谢晓为难地说瞎话:"昨天,我……叫他去修车行看车了。他状态很好啊,一点异常都没有。"

阳光温暖,满室安静,程以念握着已黑屏的手机,犹如被关进冰窖。

他寸步不离时,她要躲他。现在他些许的疏远行为,她才意识到自己有多么慌乱。

程以念突然很后悔,如果昨晚她不考虑那么多,直接告诉星离她喜欢他,是不是他就能回到以前的样子?是因为联姻吗?还是因为她迟迟没有明确地接受他……

或许……或许真的只是她想得太多,等他回来,她亲口问他。

02

程以念没想到,她一等就是整整四天。四天里,仅有简短的几条信息,他连电话都接得很少,但能听出他的嗓子一天比一天沙哑。

四天后,她的生日就到了。

零点之前,程以念就守着手机,已经有各种祝福信息发进来。她一动不动,盯着手机屏幕,离零点只有几分钟时,专属的铃声终于响起。

抢在沈星离开口前,她迫不及待地问他:"训练赛结束了吗?你什么时候回来?"

沈星离低声说:"还没有。明天中午……我去找你,你什么都不用准备,我会弄好。"

分针转了几圈,"明天"到了,沈星离的嗓音透过听筒,传入程以念的耳膜里:"念念,生日快乐。"

程以念的眼眶蓦地一热。

她知道自己完了,她竟然会感到委屈。姐姐的姿态在不知不觉中消失,她现在是以真正的小女孩儿的心思看待小她四岁的沈星离了,她想他像往常一样哄她,在她身边。

没有他,她怎么都不可能快乐。

程以念失眠了。清晨时,她接到珠宝店的电话,店员告诉她定制的戒指做好了,可以去取。戒指是她曾在杂志上看到的,无论男女款式她都很喜欢,还被星离发现过。当时她哪会知道自己沦陷至此,生硬地对他说:"不准胡思乱想,戒指和你没关系。"

珠宝店里,店员笑眯眯地把精致的礼盒递给她,好奇地道:"说起来,这款戒指算是情侣款,很难订到货的,这次到店只有一男一女两枚。男款是你要的,女款被一个大帅哥订下了,早上刚取走。"

程以念没有仔细听,回家细心准备午饭。十二点刚过,家门口传来响动。

她赶紧从厨房跑出去,沈星离提着大小袋子站在玄关处。四天不见,好像隔了几年一样,他眼窝深陷,居然瘦了一圈。两人目光相撞时,他浅浅地笑了一下。

"怎么了?这几天比赛是不是受伤了?"她担心地踮脚摸他的脸。

沈星离摇头,摘下她的围裙套在自己身上:"今天是你的生日,你别忙,让我来。"

他买了食材,挺拔地站在烟火气中,认认真真地给她做菜。

程以念盯着他的背影,冲动地想扑过去抱住他。可不知怎么的,她竟越来越感觉鼻酸,满腔的话被他的沉默压着,始终找不到机会开口。

晚上,晚上一定说……到时天黑了,她布置的很多东西就能亮起来。

沈星离做了满桌子的菜,拿出专门买的酒,坐在程以念对面看着她,问:"喝一点吗?"

程以念点头:"喝。"

她认得这瓶酒,以前跟星离喝过两次,味道偏甜,喝完也不会难受,只是会睡很久。既然他想喝,那她就陪他喝一些好了。

程以念主动倒上两杯酒,给沈星离递过去,指尖触上他的皮肤,却碰到一片冰凉。

沈星离乌黑的睫毛低垂,看不到眼中的情绪,手却在跟她相碰的瞬间颤抖了一下,想抓住她,又僵硬地收回。

"星离……"程以念的心落了下去,眼眶微微泛红,有好多话想问他。

沈星离凝视她的眉眼,端起杯子,声音沙哑地打断:"尝尝。"

程以念是打算少喝一点的,可喝了第一口,就忍不住想喝第二口。在沈星离含着浓浓情意的眼神里,她的心翻涌得厉害,一不小心喝了很多,最后醉得迷迷糊糊地趴在桌上,眼帘沉得抬不起来。

她感觉星离走过来,轻轻地把她抱起。

熟悉的温热身躯贴近,她本能地往他怀中凑过去。想搂住他时,意识却不受控制了,她沉沉地睡了过去。

沈星离把她抱到卧室的床上,刚拉好窗帘,手机恰好一振,显示一条信息:"晚上八点,城郊寒江路地下拳场,你应该对那个地方不陌生。"

他没回,将手机关机扔到一边,又把程以念的手机关机。在灰蒙蒙的天光中,他放纵自己,最后一次躺在程以念的身边,把她轻轻地揽住,严严实实地扣在臂弯里。

沈星离呼吸颤抖,脸颊贴着程以念的头顶,失神地喃喃道:"念念,以后不会有人再黏着你,惹你烦了……

"我也想过,像我这样的人怎么会幸运到被你疼爱……原来是梦啊,有这十几年的梦,我就没白活。只是从梦里醒过来太苦了,苦得让我承受不了,我再也没有能去的地方、能回的家了……

"念念,这次不是你扔下我的,是我把自己扔下了。"

沈星离从兜里拿出一个丝绒小盒子,里面是她喜欢的戒指,他摩挲几下,到底还是没有给她戴上。

他小心地把她放平,起身下床,在床头柜的抽屉里找到那卷没用完的红线,然后单膝跪在床边,专心致志地在她左手无名指上绕圈打结。

"以前都是你给我系,我会幻想这根红线就是戒指,现在我给你系上。

"别担心,我会把威胁到你安全的人都收拾干净。"

他哀戚地凝视她,语气又轻又软,像在哄沉睡的小孩儿:"以后没有我了,就让它保护你。"

沈星离走出程以念的卧室，去自己房间里把该准备的东西准备好，然后坐在桌前一笔一画地写字。他写满了整张纸，折起来放在他的礼物上。

等做完这些事情，他把念念那枚褪色的旧耳环重新戴在手指上，又环视了一圈自己住了许久的屋子，再没什么可带的了。七点刚过，他便出了门。

在迈出去前，他忍不住回头再看了一眼，桃花眼弯了弯，说："念念，我走啦。"

城郊寒江路的地下拳场，是当年程遇江把对沈隶的怀疑和愤恨撒到沈星离身上，把沈星离抓去做人肉沙袋的地方。

这是一个见不得光的场所，周围环境荒凉，夜幕笼罩之下，透着一股张牙舞爪的沉闷气息。

沈星离拉低帽檐，把提前编辑好的几条信息分别发出去，接着走进那扇门。

拳场是旧仓库改建的，加上年头久了，更显破旧。进去的通道十分逼仄，拐过几个弯后才到达拳场大厅。大厅里有一群拳手，还有两个高壮的男人抱胸等着。其中一个男人一见到沈星离就嗤笑："哟，这不是大名鼎鼎的'离神'吗？听说你这几天很活跃，不是忙着捞金吗？怎么今天沦落到来这种地方打比赛了？"

说着，那个男人挑衅意味十足地走上前，想抓沈星离的肩膀。

沈星离面无表情，在那个男人即将碰到他时错身闪过，利落地抬手拧住那个男人的脖子。

情势瞬间逆转，厅内一群看热闹的拳手全都变了脸色。

沈星离漠然地问："还有废话吗？"

说完，他向前一推，呼吸困难的男人砰的一声栽倒在地，捂着喉咙，脸上露出难以置信的神情。

十来个肌肉结实的拳手再也没了戏谑的表情，纷纷站直了，握紧手中的武器，把沈星离围住。虽然这里不算正规的格斗场所，但是也算半个武馆，没有严格的规则，各种路数随便打。来这儿看拳的人，要的就是最直观的刺激画面。

不过今夜没有观众，只有——

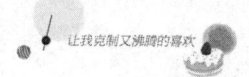

沈星离凌厉地抬眸,视线扫向二层的露台处。

原本以为站得隐秘、正在得意看戏的程娇顿时一僵,下意识地往后退开。

一个眼神,却把她刺得浑身冰冷,仿佛即将葬身的人是她。

程娇随即扬起下巴,怕什么?她可是带了一群保镖来的。沈星离就是她砧板上的肉,进来了就别想再出去!但一想到沈星离已然知道他是个替身,还为程以念不顾性命,程娇就嫉恨得牙痒痒。所以她特意选在程以念生日这天,要亲手把程以念爱的男人烧成灰。

程娇不禁想象半小时后的情景:这些人采取车轮战,结果两败俱伤,沈星离满身是血地躺在地上起不来,设置好的二十分钟的定时器走完最后一秒,砰的一声,燃起漫天大火。

到时候,她就可以在外面安全的车里,欣赏这簇最灿烂的烟花;到时候,消防车赶来,尸体都找不全,她已经干干净净地离开现场。接下来,她只需要欣赏程以念痛不欲生的模样就好。

沈星离确定了程娇的位置,心里满是厌恶地垂下眼帘。

和他预料的一样,程娇今天是要置他于死地。她那种恶毒肤浅的人,不可能不到现场来享受成就感。

来了就好,她要是不设这个局,想抓到她还真不容易。他在死之前,一定会让对念念有威胁的人先下地狱。

"来吧。"沈星离摘掉帽子,脱下外衣扔开,"你们一个一个上,还是一起上?"

拳手们人多势众,又都是在刀口舔血谋生的,在他跟前竟气势低了一头。为首的人怒喝:"你这种打惯了正规赛的人,别以为到了我们这里还能嚣张!车轮赛,你见过吗?用武器的,你见过吗?今天全让你见识见识!"

沈星离踏上擂台,回过头问:"就在这个地方,人肉沙袋,你们做过吗?"

拳手们一时噤声。

沈星离嘴角一弯:"我做过。"

话音刚落,他随手揪过其中一个人,帮他把匕首的刀鞘拔下:"不就是车轮赛吗?就从你开始。你们要是后悔了,随时一起上。"

03

程娇在楼上听不清他们说的话,看到下面开始动手了,她弯起了红唇。

这十几个人全是常年在地下拳场摸爬滚打的最底层的拳手,也是最无底线的拳手。为了钱,他们什么都干得出来,根本是一群亡命的"疯狗",多看几眼她都嫌脏。她给他们许下了天文数字,钱多得夸张,但并不需要她支付。因为除了她,今晚没人出得去。

她扫了一眼定时器上倒数的数字,更是兴奋,准备等看够了,趁这些"疯狗"乱咬时,悄悄地离开这个破烂地方,等他们死。

擂台周围,十来个拳手亲眼看到了沈星离的身手,眼睛渐渐地透出狂热的红色。正在对打的这一个人也被激出疯劲,挥着匕首刀刀扎向沈星离的要害。

沈星离被一群索命的"豺狼"围在中间,眼中尽是厉色。他没打算活,但也不会比程娇死得早。

这些人疯吗?从他把自己和念念斩断的那一刻起,他就远比他们更疯!

车轮战是不停歇的,一个接一个,沈星离自知时间有限,必须用最快的速度解决他们,才能在恰好的时机截下程娇。他红了眼,不管刀刃还是拳脚直接硬碰硬,直到一把刀出其不意地捅来,刺中他的肩膀,鲜血立刻喷出……

程以念在一片雾气里看到沈星离的背影就在她前面。她拼命地追,可怎么也追不上。她哭出来,大喊他的名字,他终于停下并转过身,胸口被血染透,他嘴角猩红,笑着说:"念念,我要走了。"

程以念挣扎着从床上坐起来,剧烈地喘了好半天才抬起头,一时间好像回到了几天前的那个晚上——她下午睡着,夜里才醒,而沈星离已经不知去向。

但今天是她的生日啊。

程以念心里涌起强烈的不安感,她急匆匆地下床跑进客厅,没有看到沈星

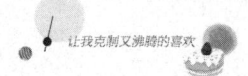

离。但他房间的门虚掩着,他多半是在里面。

程以念深呼吸,强迫自己冷静,先把布置在家里各个隐蔽地方的彩灯全部打开,又拉动几个精心设计的小机关,放下装饰品。还有些需要手动操作的地方没布置好,但她等不及了,先跑到沈星离的房门前敲了敲。

里面没人回应。

她的心渐渐地沉了下去,手在门把上攥了攥,猛地推开。

屋里是黑的,只有一处柔和的光团。

她不禁朝光团走过去,那竟是一个近一米高、两米长的大木箱,中间有一个小铁钩。她的手开始发抖,她跪在地上,轻轻地拎起铁钩,屏息着掀开木箱顶盖,四面的围挡物应声倒下,完整地露出里面包裹着的东西。

程以念惊呆了,跪坐下去,好一会儿回不过神。

居然是一栋手工制作的别墅模型。

她想起他彻夜画的图纸,还有无数次听到的敲打声。他把她拦在门外,含笑说:"在给我心爱的人准备生日礼物,还没完成,暂时还不能看。"

程以念屏住呼吸,睁大眼睛看着里面的一点一滴。这是她喜欢的建筑样式,她向往的带花园的庭院、暖色系风格的家具,茶几上还有她爱用的杯子,客厅墙上、走廊和楼梯侧面的墙上,到处是小小的画框。她仔细看,每一张都是她画过的漫画主角。

她眼前逐渐模糊了,胡乱擦了擦,去找属于星离的漫画人物,也是他最爱的角色。

没有。

那么多漫画人物,却没有一张以他为原型的漫画人物。别墅里布满了她的生活痕迹,却没有他的半点痕迹。

程以念不信,小心翼翼地用指尖推开那些精巧的房门,一定要找到与他有关的痕迹。她说不清原因,泪却越流越凶。直到最后在最不起眼的角落里,她发现了一个写着杂物间的暗色小门。

她用冰冷的手指轻轻顶开房门,然后愣住了。

房间里面很满……堆着一摞小画框，还有各种原本属于他的生活用品，全部孤零零地躺在地上。

星离把自己的东西都扔在了这里。

程以念忽然感觉到不安和害怕，她环视四周，他的房间里是空的，他不在！

她刚要往外跑，就看到别墅模型的屋顶上似乎放着一只丝绒小盒子，底下压着一张对折的信纸。

程以念慌忙按开顶灯，双手战栗着把纸展开。雪亮的灯光眨眼之间变成能将人穿心的利器。

星离写字向来随意，这次却是工工整整的，一张纸被笔尖刺破了好多地方。

"念念，对不起，这个生日没有陪你一起过完。

"我在外面的四天里，每一分钟都在想你。我甚至在想即使是做替身也无所谓，只要你让我留下，不赶我走，我就赖着你一辈子。

"可是不行，我一想到你所有的好都不是给我的。你时时刻刻在透过我看另一个人，我实在疼得坚持不下去。

"念念，我在哪里都可以没有存在感，唯独在你面前我不想做一个透明人。我是有血有肉的，我也会痛。我不叫程诺，我叫沈星离，我不是那个出身优越、身体不好的孩子。我是人人都能打骂的路边'野狗'，是你不嫌脏把我带到身边，我才像做梦一样活到了今天。但我不能自私地装睡下去了，我该醒了。"

程以念头痛欲裂，心脏在胸腔里乱撞。

什么替身？什么透明人？什么程诺？

是裴湛说的吗？那个傍晚是裴湛把他约出去，用令她嗤之以鼻的问题欺骗了他吗？

信纸上的内容还在继续。

"念念，我不要叫小九了，'九'是程诺的生日。

"我的梦想也从来不是做建筑设计师，仅仅因为程以念这个人。

"因为念念小的时候说想要一套属于自己的大房子，按照你的喜好设计，挂满你画的画。也许你已经忘了，但我记得，所以我拼命努力，想为你实现你的愿

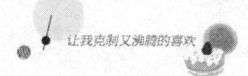

望。可惜我没有更多的时间把它变成真的,只有这个模型,送给你。

"还有那枚戒指,我再也没机会给你戴上了。如果你觉得讨厌,就扔掉。

"当初半年的期限就快到了,没想到是我先退出,我不再缠着你了,我会活得很好,去一个新的地方,过新的生活,不用担心,不用找我。

"我只是一副枷锁,念念把我卸下吧,你就能恢复自由。"

程以念张开口,只有急促的喘息声。她仓皇地去抓那个丝绒小盒子,把戒指捧到眼前。一圈窄窄的金属是熟悉的款式,和她准备的男戒指一模一样。

喘息声迅速变成细碎的呜咽声。她攥着戒指伏下身,痛哭出声。

是她没有给过星离安全感。他早已为她掏空了自己,她却从来不曾回馈给他。她表现出来的关心、温暖、在乎,全都是一副不情不愿的模样。她连一个坦诚的"爱"字都要再三犹豫,不肯给他。

他总在无尽地付出,到头来,却连她的一点爱都得不到。

这些花哨的装饰物,挖空心思制造的惊喜浪漫,对他来说根本不重要。他想要的很简单,仅仅是她爱他,要她亲口告诉他:她非他不可,沈星离无可替代。

程以念咬破嘴角,重重地掐住自己的手腕,用疼痛让自己冷静下来。她从地上爬起,去找手机。

手机被他关掉了,她低头打电话时,才注意到左手无名指上缠绕的红线。

星离不给她戴戒指,却缠上红线保她平安。

程以念再次模糊了双眼。

手机铃声接连响起,来电提醒消息蜂拥而来,大多是谢晓打的。她正要回拨时,谢晓的电话打了进来,她赶紧接通。谢晓着急地说:"你总算开机了!对不起,前几天是我疏忽了,我不知道情况这么严重!"

程以念嗓子沙哑,冲出家门,费力地挤出几个字:"你知道什么事情,都告诉我。"

"压根儿没有训练赛,他打了整整四天的表演赛!除了赚钱,别的事情都不顾了!他怕你以后住得不稳定,给你买了一套新房子,手续完成就找公证处签了赠予书。他走之前把钥匙给了我,让我交给你,还给你留了钱,又分了一些钱给我,

说后面的麻烦要我多担待,别影响到你……"

程以念的五脏被狠狠地绞着。

"我当时没懂,十来分钟之前收到他的信息才搞明白。他说要走,不回来了,比赛也中止了,不需要找他!"谢晓的声音沙哑极了,"比赛不比赛的放一边,我最担心的是他明知IKC的主办方不会放过他,掘地三尺也要找到他,他怎么就能那么笃定他走得了?"

说着,谢晓顿了一下,道:"星离不是说空话的人,除非他确定……"他忽地惊慌起来,脱口而出,"他要去的地方,有去无回。"

程以念挤进电梯,听完这句话后双腿一软,顺着角落滑了下去。要摔倒时,她一把攥住扶手站稳,红着眼低吼:"不可能!"

绝对不可能,她会把他找回来!

04

电梯下行的短短几十秒里,沈星离在地下拳场的擂台上,身上又添了五六道新伤,整个人犹如浴血的阿修罗,不知疼、不知怕,唯一的目标就是把所有阻碍他的人撕碎。

十来个拳手并不比他好,个个狼狈不堪,脸上的表情从亢奋到惊惧,再到彻底被实力征服的敬畏。

他们每天出卖生命,他们自诩疯狂,如今才知道他们不堪一击。

沈星离比他们更强,也更不怕死。

程娇在上面看得一清二楚,亲眼见证沈星离不要命时到底有多可怕。别说这里的十来个拳手,就是再来一倍的对手,她也不确定他会倒下。事态发展偏离了她的计划,她隐隐地感到恐惧,再一看计时器显示没剩多少时间了,不能再耽搁,她匆匆地往楼梯处走去,想赶紧离开。

她一动,沈星离立即注意到她了。

他看都没看对打的人,全是血的手指一把钳住挥刀过来的那只胳膊,然后抬脚踹翻胳膊的主人,那人飞出直接撞倒好几个人。为首的男人见状扬手,一拥而

上,挡住他的去路。

"'离神',别怪我们不讲道义,收钱办事,没办法。"

沈星离声音嘶哑:"她用多少钱买下你们十几条人命?"

男人勃然变色:"你以为你挡得了我们?"

沈星离听出了话里的意思,充满血丝的眸子里戾气难挡:"原来你们不是自愿的?今晚她想要我的命,你们只不过是把我困在这里的工具。接下来你们猜猜,她是准备放火还是爆炸?她现在已经着急要走了,等她出去,谁也别想活。"

包围沈星离的十几个拳手集体呆住。

"她敢让这么多人死?你想跑,也不用编这种谎话!"

沈星离紧盯着程娇的身影,眼见她迈下楼梯急切地往出口奔去。他突然间发狠,生生地撕开包围圈,从擂台一跃而下,冲着程娇直奔过去。

他其实可以在进门时就直接冲到楼上给她好看,他做得到,他也有其他办法让程娇受到惩罚。

但都不行,他对念念保证过,属于她的沈星离永远不会沾上尘埃。

他绝不能用程娇的脏血污了自己的手。

他要做的是让她自食其果!让她为她自己做过的一切事情埋单!

所以在不确定程娇的计划前,他不能轻举妄动,她看不到他输,自然不甘心走。唯有他打下去,等到她心急离开的时候,就证明她的计划将暴露了。

无论结果是什么,她必须亲身承受。

"'离神'用得着编谎话?你看见了吧,他真发起狠来,我们根本挡不住!"

"不对,你们看那个女的,她手里好像拿着个计时器!"

"计时器?难不成真是炸……炸药?她想跑,让其他人全炸死在这儿?"

十几个拳手瞬间面无血色,他们看到沈星离将程娇的保镖踢开,程娇尖叫着朝出口逃,哆嗦着似乎在包里掏什么东西。

有个反应快的拳手恍然大悟,大叫:"是不是她的人把大门给锁了?怕我们中间有人溜出去!钥匙在她包里!快点去抢!"

沈星离已然踢散保镖,扯住程娇,把程娇吓得发疯,计时器啪地掉到地上,在场的人清清楚楚地看到上面的时间显示仅剩两分四十秒。

拳手们的眼睛里顿时充满了血丝，保镖也措手不及，管不了程娇，连滚带爬地往外跑。

程娇被沈星离踩着肩搁在地上，她崩溃了："别走！带我出去！我可是程家的大小姐，我给你们加钱！谁救了我，我给他双倍，不，三倍的钱！"

没人理她。

程娇气急，破口大骂："你们这群垃圾！疯狗！你们的贱命本来就一文不值！连一个沈星离都打不倒！你们活该被炸死！"说着，她拼命向前挣扎，够到一把掉在地上的匕首，猛地捅向沈星离的小腿。

沈星离身体一晃，忍着痛不松脚，不给她任何逃掉的机会，同时抓过她的包丢向拳手们："钥匙在里面，你们先走！"

"那你呢？"

"走！"

如果来不及出去，他就逼问程娇炸药的位置，然后拖着她到放炸药的地方，让自己在爆炸里化成灰烬，不让任何人找到。

他绝不能留下丑陋可怕的尸体，如果被念念看见，那会成为她终生的噩梦。

拳手们紧紧地盯着计时器只剩一分多钟，怒火被点燃。

他们确实是贱命，但不代表不懂得人情道理。程娇不把他们当人看，沈星离却把生路留给他们！

千钧一发之际，拳手们交换眼神，默契十足，几个人拿了包狂奔着去开门。

剩下的人不由分说地一起拽紧沈星离，趁他腿伤不便，强行带着他往外走，不肯把他留下。

没人管程娇，她惊恐地想爬起来。领头的拳手见了，愤恨地一脚把她踹开，她惨叫着摔回地上。

大门已经被打开了，一行人七手八脚地硬是把沈星离先一步推出门外，后面的人才一窝蜂地挤出来。程娇在后面拼命追赶，大声地咒骂他们。

沈星离身体失去平衡，在呼啸的夜风中，听到骂声猛地回眸。

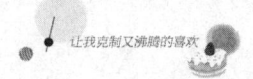

在程娇的手即将搭上门边的那一刻，拳场深处轰然传来爆炸声，脚下的大地都跟着摇晃了一下，紧接着是惊天动地的连续爆炸声。这片老旧的建筑被掀成漫天碎片，烧得夜空一片血红。

程以念茫然地站在车门边，被地面震得一晃。

街上的行人都感觉到了异常，不约而同地停下，往震动传来的方向张望。出租车司机喃喃地道："地震了？爆炸了？"

信息的传播速度相当快，片刻之后，就有人举着手机分享："哎，我朋友说是城郊寒江路那边出事了。他住在附近，还以为世界末日来了，现在从窗口能看见火光，应该是发生爆炸了！"

城郊，寒江路……

熟悉的地名，像钢针刺入脑海。程以念疼得一抖，想起她曾经闯入那里的地下拳场，找到了奄奄一息的沈星离……

她突然有一种预感，稍稍想一下，冷汗就爬满脊背，湿透衣服。

出租车司机探头问："姑娘，你到底去哪儿？"

程以念慌张地拉开车门，跌坐进去，说："去寒江路。"

"啊？"司机惊讶，"你没听说那地方爆炸了吗？多危险啊，再说这时候警车和消防车应该都去了，肯定戒严了。"

司机边说边扭过头，猝不及防地看到女孩儿比火光更红更烈的眼睛，她嗓音嘶哑地重复："去寒江路！"

正如司机所说，寒江路附近道路封锁，严禁通车，但在相隔两条街外，已经能看见冲天的火光和浓烟，到处响着警笛声。

"车只能开到这里了。"

程以念似乎没了心跳和呼吸，也说不出多余的话，她扔下钱，在充满焦味的空气里，往拳场的方向狂奔。

不会的，不会是拳场……

不可能跟星离有关。

她只是去确认他不在的,他一定不在!她还要去机场、车站,去每个他可能在的地方找他,找活生生的沈星离!

程以念突然停下,差点跪下去。

前面不远处,警车、消防车、救护车停在一起,穿各种制服的工作人员面色凝重地在拳场四周穿梭。拳场被炸得面目全非,火势冲天,还没有完全被扑灭,疯狂跳跃的火舌烧着程以念的理智。

拳场里并不存在能够发生意外爆炸的危险设备,变成现在这样,百分之百是有计划的人为事故。

她机械地往前走,被经过的消防员阻止:"危险区域,不能靠近。"

"里面,还有人吗?"程以念眸子里满是凄厉,惨白的唇不住地颤抖,"求你告诉我,有人吗?"

消防员猜测她可能是伤员的家属,叹气说道:"有人,救出来的伤员正要送医院……"

程以念等不及听完,就快步迈到救护车边。医护人员抬着担架依次往车上送人,伤者痛苦的哀叫声不绝于耳。

不是星离!他长这么大,就算受的伤再疼,也从来不会吭声。

她的脸上落了灰,探照灯映出她脸上一道道脏乱的泪痕,她依次去看担架上的人,瘦弱的脊背好似随时能被风折断。

每经过一个担架,都似乎让她死过一回。

担架陆续经过,仍没有她要找的人。她想笑,更想号啕大哭,有人说:"你不是找男人吗?就剩下一个伤得最重的女人了,不认识就赶紧让一让!"

说话间,担架抬着一个半边脸焦黑,头发几乎烧光的女人过来,她呼吸急促,眼睛紧闭,嘴里含糊不清地吼叫着。

程以念直勾勾地盯着她,彻骨的寒意把她吞没。

程娇。

她怎么会出现在这里……难道她是爆炸的策划者?她特意选择拳场,预谋策划爆炸案,针对的人还能是谁?

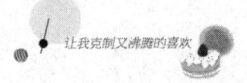

程以念仅存的一丝念想破碎了,她到处抓着人问:"还有没有伤员?"

有的人耐心地说还在找,有的人嫌她捣乱,皱着眉讲实话:"在门口的人都伤成这样了,里面真要有人,还能活吗?尸体都找不到!"

程以念不相信,转身就往废墟里面跑,眼角余光蓦地捕捉到几个隐隐绰绰的人影,藏在远处的阴影里。他们一晃而过,竟是这个拳场的拳手。

她怔住,心底涌出一股岩浆。她快步朝他们跑过去,揪住其中一个人的衣服。没错,这衣服她以前见过!他是拳场里的人!

"沈星离。"程以念拼力挤出几个字,"沈星离在哪里?"

拳手们在危急时刻逃出后,知道马上会有人过来,他们既然没有伤亡,附近也无监控,就不想露面自找麻烦。

尤其是"离神",绝对不适合出现在这种场合里。他们亲眼看着他走到安全区,却又忍不住跑回来确认现场情况。只是万万没想到,他们会被人发现,而这人张口就问"离神"。

领头的拳手正要开口,程以念突然僵住。她松开手,直愣愣地往前迈了两步,目不转睛地盯着街对面。在路灯照不到的昏暗处,有一道背影正拖着伤腿,缓慢地朝前走,往更深更黑的地方走去。

她张了张口,泪如泉涌,拼命地朝着那个背影跑过去。

第十六章

喜欢（五）

01

  沈星离知道程娇被炸伤了，要不了多久，他委托调查的事情就会出结果。到时，她数条罪名一并成立，她不可能再对念念造成威胁。

  念念安全了，他再也没什么能为她做的了。

  夜里很凉，沈星离的腿渐渐地痛到麻木，他不知道自己要朝哪里走，只浑浑噩噩地想着上次在医院问念念时，她是说喜欢山，还是喜欢海。

  她好像没有回答。那就海吧。

  海能把痕迹抹除得更干净，就像从没在世界上存在过一样。

  沈星离咬牙往前走，低头摸着手指上念念的旧耳环，希望念念不知道这场爆炸事故，不会为他伤心。

  天很晚了，她肯定已经醒过来，她在做什么……看到他的信了吗……会不会有一点点，只给沈星离的感情……

  他低着头，看着地上歪歪斜斜的影子。后方喧闹的嘈杂声里，隐约有脚步声在向他逼近。和脚步声一起出现的，还有一道快速扑过来的纤瘦的影子。

  沈星离呆住，沉寂的心脏骤然间狠狠地跳动。他双手颤抖，难以置信地转回身。他还没看清程以念的样子，她就已经冲进他的怀里，紧紧地抱住他。她冰块似的手粗暴地按着他的后颈，然后踮脚仰头，重重地咬上他的唇。

  时间静止。

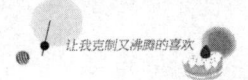

血液在凝固之后像沸腾的水在翻滚,四周的声音全部消失。

他原本黑白的世界开始有了灿烂鲜活的色彩,只因为他臂弯里的这个人。

他全身唯一的温度,是她紧紧贴合过来的双唇。

程以念尝到血腥味,才有了一丝真实感。她的眼泪和沈星离的混在一起,她不舍地松开,轻轻地吻他。她的唇碰着他的唇,感觉到了他的颤抖,她终于不再压抑地痛哭出来。

沈星离声音颤抖:"念念……"

"是我,是我,我找到你了!"她箍着他的腰,话都说不完整,"沈星离……沈星离!你知不知道我快吓死了?"

沈星离抬起她的脸,上面都是哭花了的痕迹,她头发凌乱,狼狈不堪,眼里全是泪水。

程以念这才看清他浑身的新伤口,着急地去摸,手却被他紧紧地攥住。

沈星离嗓子沙哑道:"你看到卧室里的东西了吗?你不用再勉强自己亲近我,我……"

程以念失而复得,既气急又心疼得要命。她无法用语言表达,拽着他的衣襟拉低,然后用力地亲了他一下。

她瞪着他:"我全看到了,现在这么做,你还不懂我的意思吗?"

沈星离不敢眨眼,漆黑的眼眸里逐渐有了灼人的亮光。

他总能因她的一句话而牵动情绪。

程以念搂住他的脖颈,在他头发上温柔地抚摸,哭着说:"裴湛骗你,他知道你爱我,故意欺骗你,认准了你不敢当面来问我。是我不好,没早点告诉你实话,让我家星离在外面受了好多委屈。"

沈星离眼眶里蓦地涌出泪水。

他僵硬的双臂狠狠地收拢,把她拦腰抱紧,失控地往身体里揉。

"他跟你说了程诺。"程以念说。

听到这个名字,沈星离一颤,更加不由自主地箍住她。

程以念安抚地亲了亲他的脖颈:"程诺确实是我的弟弟,我在看到你第一眼

的时候,也确实觉得你和他像。"

沈星离咬紧的牙关里溢出哭声。

程以念紧接着说:"但只有第一眼!从我走下楼跟你面对面开始,你就是你自己,跟别人没有关系!我对你所有的好,我们相伴走过来的十几年,只属于程以念和沈星离!

"程诺的生日根本不是九号,小九的名字就是我给你的。我不管裴湛还编了多少谎话骗你,但是在他来问我的时候,我对他说的是,沈星离不是任何人的替身,他一直是我最重要的人,只不过现在加了一样……"

程以念凝视他,一字一句地说:"我喜欢他,爱上他了。"

沈星离从出生到今天,经受过无数苦痛和折磨,那些盘踞在他灵魂里的悲戚,此时此刻全化成无比的狂热爱意,填满了他的心。

沈星离说不出话,手指穿进她的长发里,俯身含住她的唇。他呼吸急促,迫不及待地放肆侵略,辗转厮磨。

谢晓得到消息急匆匆赶到的时候,正好看见要他老命的沈小祖宗,站在深夜安静的街边抱着女孩儿亲吻,犹如对待无价的珍宝。

一身的伤痕血迹,给这幅画面添了一种悲壮的美感。

谢晓又是欣慰又是叹气,一时没忍心打扰。后来发现沈星离右腿不便,才急忙赶过去,一路飞驰地把小情侣送到医院。

急诊室里,沈星离整晚落下的伤口都暴露出来,腿上被捅的那一下最严重,好在没有伤到筋骨,静养几天就可以恢复正常活动。

处理伤口的过程漫长又痛苦,程以念攥着沈星离的手,跟他十指紧扣。她明知答案,还是忍不住心疼他,问道:"疼吗?"

沈星离的眼睛定在她身上,摇头:"不疼。"

"骗子……"

"我说的是真的。"他一刻也舍不得放开她,把她揽到臂弯里,"你要我,我就不疼。"

让我克制又沸腾的喜欢

程以念看着这些伤口,不难想象他到底经历了什么。一旦中间出现任何差错,她可能就永远失去他了。她的星离,差一点就孤零零地葬身在那场爆炸里,至死都不知道他被她深深地爱着。

他没有能去的地方,找不到回家的路,只知道燃烧自己,在最绝望的时候还要照亮她。

程以念蹲在他身边,贴着他默默地流泪。

等医生走后,沈星离立刻把她抱到腿上,用唇蹭她的眼角:"再哭的话,我家念念真变成小花猫了。"

程以念发泄似的咬他一下,轻轻地问:"那你喜欢小花猫吗?"

"爱。"

不是喜欢,是爱。

从现在开始,星离没有苦难了,她要让他以后的人生只有甜蜜。

她眨了眨通红的杏眼,苍白的脸颊泛出一丝血色,她鼓起勇气,凑到他耳边叫了一声:"喵。"

就算我是小花猫,也一样爱着你。

两人回到家时已经是凌晨。

沈星离站在门外,感觉恍如隔世。他近乎虔诚地慢慢拧开锁,迎接他的是满室温馨的彩灯和精心布置的场景。

沈星离惊呆了,连忙拉着程以念进门,不顾腿伤,像渴望光明的小孩子一样跑到彩灯中间,绕了一圈转回来,然后一把搂住她,桃花眼里满是璀璨:"念念,这是什么?"

程以念陷在紧到窒息的怀抱里,丝毫不想挣扎。

更紧一点吧,勒到疼也没关系,只要是他,把她融化了与他凝为一体才好,他就不会再从眼前消失了。

程以念带着鼻音说:"我本来想今天晚上跟你表白的……"

沈星离的胸腔剧烈振动:"那你现在跟我说,我想听。"

她耳根通红,不轻不重地拍他:"你要无赖,我不是都说过了吗?"

"还想听。"他干脆把她托起,放到玄关处的柜子上,不容拒绝地逼近她。他从程以念的眉心开始吻起,像电流一般传入她的皮肤里,他嗓音沙哑,"念念,求你告诉我。"

程以念轻轻地战栗,微微喘着气合上眼,把真心向他敞开:"沈星离,你听清楚,以后再也不许离开我。你把我撩拨成这样,你就得一辈子负责任!我早就开始为你心动,输给你了……"

后面的话她说不出了,只剩下心脏跳动的声音。

沈星离也忍耐不了了,深深地吮住她的唇,灼热的手掌扣着她的后脑,贪婪索取,恨不得将她嵌入自己的身体里。

程以念手脚发软时,听到他在耳畔沙哑地说:"念念不会输,有我在,我只让你赢。"

已经是凌晨了,程以念还惦念着房间里的别墅模型。她指着储物间委屈地说:"把拆掉的都拿出来好不好,摆到该摆的地方。"

沈星离拥着她一起坐下,亲手把画框依次挂好。在那个建筑模型里,他把他的生活用品都摆到程以念的旁边,最后还把枕头特意放到程以念的床上,然后侧过头在她脸上亲了亲,问:"这样喜欢吗?"

程以念点头。

他呼吸灼热,又问:"可以变成现实吗?"

程以念捏捏他的鼻尖:"有一个条件。"

"一个太少了。"他的目光能把人灼伤,"念念,我整个人都是你的,不管你让我做什么,我都做得到。"

程以念从贴身的衣兜里捧出两枚戒指:"我没有别的要求,就这一个。"

她温柔的杏眼凝视他:"星离,红线不算,我要你给我戴这个。"

月光银白,给戒指披上一层纱。

在这间卧室里,他曾绝望地为自己画下句号,但在这一刻,卧室里的每一个角落都被幸福填满了。

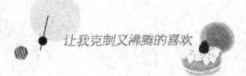

躺下时天已经快亮了，沈星离的枕头真的摆在程以念的旁边，他紧密地挨着她，被子下的身体热烈相拥，没有一丝空隙。

他搂着朝思暮想的人，怕怀抱不够牢固，又努力地掖了掖被角，把她缠在里面。

沈星离不敢睡，怕这一切只是个梦，怕会醒来。他甚至想自己是不是已经死在那场爆炸里了，这些只是他最后的幻觉。

他固执地不肯合眼，用唇轻柔地碰她。有时拥抱的力气大了，她迷迷糊糊地醒过来，往他胸前蹭蹭，软绵绵地咕哝："星离……"

沈星离眼眶通红，沉声应着："念念，我在。"

不是梦，不是幻觉，他愿意倾其所有，换她愿意爱他。

不知道过了多久他才睡着，梦里也是惶恐的，隐约感觉身边有响动，他忽然惊醒，以为念念不见了，脱口喊她。

而满室阳光里，程以念正眨着眼，乌黑的长发铺在他的一侧肩膀边。她脸颊微红，拉住他的手，笑着说："早安。"

沈星离的不安感轰然倒塌，心落到最温柔的地方，他用力地抱紧她，低声说："早安，我爱你。"

中午的时候，谢晓登门，精神亢奋，满面红光，带来很多刚确认的消息。

地下拳场算是毁了，警方也已经基本认定了爆炸的前因后果。

由于拳手们及时脱身，受波及的只有程娇和她的一众保镖。保镖们死的死，伤的伤，能开口说话的没两个，他们把程娇策划爆炸的过程如实交代了，证据确凿，程娇再也跑不掉了。

谢晓喝了口水："那些拳手还真的有心，谁也没有透露你的情况。只说程娇要害人，但不清楚要害谁。程娇最后阴差阳错地把她自己毁了，罪有应得。那个领头的拳手偷偷地找过我，说让你放心，你救了他们所有人的命，他也会在这件事上保护你。"

程以念了解了事件全过程，明白当时要不是那些拳手坚持带走星离，他也许来不及……

沈星离揽过她的肩,低声说:"念念,没事了,别怕。"

他抬头看向谢晓:"哥,他们离开地下拳场没地方去,可以的话让他们进俱乐部吧,薪水我来出。"

谢晓瞪他:"哪还用你花钱!"他又一乐,说,"其实我也是这个想法,这帮人虽然野,但实力还可以,我打算都收进来,让他们以后走个正道。"

谢晓顿了顿,脸色变得凝重:"另外还有一件事,昨天半夜,程娇死了。"

程以念脊背一挺,双手用力地扣住。沈星离轻轻地掰开她的手指,握到自己的手心里,眸色深沉。

谢晓压低声音:"据说警方把她锁定为爆炸案主犯之后,她一直在疯疯癫癫地念叨一个字——裴。后面还有什么,她说不清楚,就翻来覆去地说着这个字。"谢晓意味深长,"她的伤虽然重,但应该不至于这么快死。结果一宿过去了,她就没了呼吸,我看这事有点蹊跷。"

沈星离蹙了蹙眉,眼神示意谢晓打住,别在念念面前说这些让她忧心的事。

谢晓立马转换方向:"我没来得及告诉你,那个余总恢复了意识。她虽然说话困难,但该交代的信息一样没少。她是程娇的表姐,证实梅兰镇的事情是程娇策划和指使的,包括以前的抄袭事件、咖啡店着火,还有签售会泼硫酸,她都有参与。我们在暗中调查的事情也都有了着落,几个委托人昨晚收到你发的信息后,就着手办事了。程娇名下几家公司偷税漏税,非法经营证据确凿,她是一死了之,程遇江可疯了。程家的集团本来就资金短缺,这一波下来,不说别的,公众形象就毁了,他是让这个女儿给坑了。"

话音刚落,程以念的手机响起。

来电是一串没存名字的号码,但无论是程以念还是沈星离,都认得是谁。

沈星离摸摸她的头发,打开电话免提键,替她接起:"有事?"

"是星离吗?"程遇江的语气不复以往的傲倨,透着讨好,"星离,以念在你旁边吗?你帮叔叔劝劝以念,我不逼她联姻了,我这就去墓园跟她妈妈道歉,以后家产都给她!她能不能看在父女一场的分上帮我一回。她公众形象好,如果

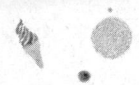

主动承认我们的关系,对记者说我们父女是被程娇蒙蔽的,我是无辜的受害者,可能……"

沈星离厌恶得想直接挂断。

程以念攥了攥他的手,把手机接过来,只问了一句:"你是谁?"然后她笑着对沈星离说话,让那头的人听得一清二楚,"以后陌生号的电话,咱们再也不接了。"随即挂了电话。

她的爸爸,早在程诺过世时,妈妈过世时,星离被丢进地下拳场时,就在她心里死了。

这个程遇江,她不认识,只觉得恶心。

她既不恨也不怨,她拥有了沈星离,就是最好的人生。至于程遇江以及和他有关的一切事情,都不够资格影响她。

谢晓瞧着静静地黏在一起的小情侣,不得不清清嗓子:"星离,大事落定,咱是不是得专心备战了?亚洲预赛迫在眉睫,要中止很难,你……还打吧?"

沈星离斩钉截铁:"打。"

他既然活着,就绝不放弃,他要把胜利给念念,也给念念笔下的男主角。他知道,这部漫画已经通过今年"漫画大赏"的审核,有资格争夺最高的金奖——念念一直想要也应得的那个荣誉。

他想把这一份光荣当作送她的礼物,并且是求婚礼物。

02

在家养伤期间,程以念把沈星离照顾得无微不至。他苦惯了,一下子掉进了蜜罐里,不知不觉恢复了"小狗崽儿"的本性,又爱撒娇又黏人。

程以念对他哪有抵抗力,经常前一秒还弯着眼摸他的头,下一秒就被他强势扑倒,铺天盖地的吻压下来,她挣扎不了。

更何况,她根本就不想挣扎。

这么好看好吃、又强又乖的沈小九,天生有种让人上瘾的魅力。等她真的尝到嘴里,更是一发不可收拾,她宠他、惯他都来不及。

沈星离从没这样满足过,连伤也好得很快。三天过后,他牵着程以念的手,高调地出现在俱乐部,正式开始赛前准备。

谢晓领着一大帮人列队欢迎和围观,大伙儿见到两人手上的同款戒指,激动地起哄尖叫:"我们'离神'终于成功地把自己推销出去了!可喜可贺啊!"

沈星离向来冷漠的脸上破天荒地露出笑容,就像冰雪融化、铁树花开,叫人移不开目光。沈星离一双桃花眼弯成月牙儿状,笑着说:"给你们发糖吃。"

还吃什么糖?

"离神"的笑比糖甜!

密集的训练持续一周,出发前往R国时,沈星离的身体状态已经达到巅峰。他这次受的外伤已经好全了,再加上感情的浸润,整个人十分耀眼。

他不爱花哨,去机场时穿着一身黑色衣服,平直的肩膀撑起宽松的卫衣,下面一双长腿笔直瘦劲。他怀里的女孩儿则穿了一条米色长裙,五官明艳娇俏,黑色长发垂过他的手臂,两个人宛如一体。

照片一曝光就迅速地成为热门话题。操碎了心的网友们直抹泪:不容易啊不容易,可算是把彼此搞到手了!这种小情侣就应该天天出来秀恩爱才对!

飞机上,沈星离给程以念扣好安全带,见她正微微蹙眉,望着窗外出神。

已经好几天了,她一直在为接下来的比赛担心,又怕他分神,所以默默地忍着不说。

沈星离懂她的心思,帮她把碎发挽到耳后,探身在她小巧的耳郭上轻轻地吻着:"念念乖,相信我。"

抵达R国之后,预赛的日期转眼就到了。各国的顶尖选手在比赛馆会集,因为沈星离参赛,到场的各方媒体比往年多出几倍,观众席的票价更是翻了几番。主办方借此狠狠地赚了一笔,却对沈星离之前不配合宣传的事情依然耿耿于怀,点名提醒他别忘了,如果拿不到冠军,他将要面临什么后果。

沈星离一概置之不理,嘴上说什么都是空的,唯有用实力证明。

预赛计划在一天之内进行并出结果,每位选手要面临五场以上的对抗赛。能到这一级别的都是顶尖高手，每一场比赛都意味着高风险和高难度。

程以念仔细地研究过几个重点对手的资料，危险系数最高的就是T国那位选手凉坤。

凉坤的技巧和体能不是很突出，比起另一个热门夺冠选手成田来说还有些差距，但他出手狠毒，经常导致对手受伤严重。

程以念翻着之前他劣迹斑斑的记录，心里满是惶恐。

后台休息室里，沈星离把她揽到腿上哄着，唇角翘起的弧度格外好看："别想那么多了，还不知道会不会对上。就算对上了，你的男人也不会输。"

自从关系变得亲密后，他就喜欢用这个姿势抱她，像对待小女孩儿一样。

程以念脸色发红，更过分的是，他将长腿左右微晃，摇得她坐不稳，只能往他怀里扑。

沈星离心满意足地把她接了满怀，刚搂紧亲了一下，就听见敲门声，谢晓面色难看地进来，说："刚才凉坤接受采访，记者问他有没有特别关注的选手。他说想尝尝把漂亮的'离神'碾碎在脚下的滋味！"

这句话说得可恶，既是挑衅，又是贬低沈星离。

沈星离也不恼，只是漠然地冷笑。

选手的入场时间很快到了，在手上缠防护绷带之前，沈星离不舍地摘掉戒指交给程以念，继而把手摊开，伸到她面前，声音软软地道："念念，给我缠红线。"

程以念站在他面前，仰头望他："不缠红线了，换一个。"

"什么？"

"你当初最想要的……"

她托起他的手，低下头，在他掌心落下一个吻，接着把他五指扣住，轻声说："沈星离的专属护身符，一定能保护你。"

沈星离走出休息室时，黑金长袍的帽子底下，露出湿润的唇，嘴角弯出甜蜜的弧线。

守在门口的记者们一时愣住了，他们都以为凉坤的恶意挑衅会让他动怒，万万没想到大冰山"离神"居然在笑,还笑得这么好看!

当天的比赛,程以念不再坐在遥远的观众席,而是以随行人员的身份站在离铁笼最近的位置,亲眼看着他所向披靡。

五轮对抗,每打完一轮,笼中的"离神"都能把戾气一扔,转头温柔地奔向他最爱的人,丝毫不避讳无数镜头和尖叫声,乖乖地等着他的念念给他喂水、擦汗、处理伤口。

虽然知道这种比赛难免受伤,可程以念还是心疼得不行。她张开手,闷闷地说:"要抱。"

沈星离低头看看自己一身血汗,硬是忍住:"念念听话,我脏。"

程以念听不得这两个字,干脆不跟他商量,踮着脚直接抱上去。直到感受到他的剧烈心跳,她才安定下来。

"离神"的广大女粉丝被这幅场景刺激到了,满场喧嚣大叫。没人注意到坐在最后一排角落里的一道颀长的身影,狭长的眼睛里阴沉得可怕。

预赛五轮抽签,沈星离没有跟凉坤碰上。

晚上,预赛出了最终结果。进入KC争霸赛亚洲站决赛的两位选手,一个是沈星离,另一个则是凉坤。

凉坤的预赛对手是R国的著名选手成田。结果,成田这位实力超强的热门夺冠选手惜败,让很多格斗迷和赞助商感到诧异,纷纷唏嘘不已。

这一场比赛结束得晚,凉坤在胜出后,已经知道自己在本赛季的最后一个对手是沈星离。

他赛前就挑衅过沈星离,这时记者更是把他紧紧围住。

凉坤阴狠的目光扫向观众席,似乎在寻找某个身影,随即对着镜头轻蔑一笑,说出更加过激的言论,似乎在有意激起沈星离和大众的怒火,也把他推上备受关注的风口浪尖。

大众对比赛的关注度,打破了开赛以来的纪录。

此时,沈星离不仅仅代表自身,还代表着国家。他必须打败凉坤,让这个在

国际赛场上出言不逊的浑蛋付出代价。媒体大肆宣扬这件事情,担心"离神"是否会压力过大。

沈星离把一切声音屏除在外,趁着离决赛还有三天的时间,和程以念逛遍R国的大街小巷。

沈星离正在街边排队给程以念买奶茶,一群可爱的R国女学生指着他叽叽喳喳,脸颊通红。

程以念看得有点来气,晃着他的手说:"不买了。"

"不行——念念想喝——"

程以念学着他的语气:"不行——念念的星离不能给别的小姑娘看——"

沈星离一怔,拽过她就亲,女学生们发出激动的尖叫声。

他舔着她的唇角,笑得低沉又无赖:"小傻子,走有什么用?这样才是最有效的办法。"

程以念的心里软成一团棉花,她攥了攥拳,不甘示弱地踮起脚,主动吻了他一下,红着耳朵说:"宣示主权。"

沈星离牵着她走到海边,大海湛蓝无垠,深不见底。

海风吹乱他的头发,他侧过头,盯着程以念的脸,静静地说:"念念,那天晚上,在你跑过来抱住我之前,我是想来海边的。"

"为什么?"

他神色平和:"记不记得在梅兰镇的医院里,我问过你什么?"

程以念仔细地回想,心脏骤然一缩。

她记起了他说过的话:你喜欢山还是海?喜欢山,我就背着你找个最漂亮的山顶跳下去;喜欢海,我就抱着你去海边,沉到最深的海底,再也没人能把你从我身边带走。

那时,他想为自己的人生画上句号,想孑然一身沉入海底,他装作远走他方,不让她知道他不在这个世界上了。

程以念双眼通红,扯着他狠狠地说:"沈星离,你敢有事,我马上就跟着你去!"

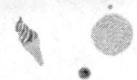

在湿润又带着凉意的海风里,沈星离紧紧地拥住她:"念念,我们再也不要分开了。"

程以念用力地点头,忍不住生气地打了他一下,哽咽着说:"不分开,你不能没有我,我也是一样的。"

从海边离开,路过一间响着钟声的寺庙。院内风景如画,中央一棵繁茂的大树上挂满了用来许愿的木牌,风一吹就发出悦耳的碰撞声。

程以念牵他进去,两人一人领一块木牌,分别写上自己的愿望。

她的泪已经干了,笑着把木牌藏起来:"你不许偷看我的。"

等到悬挂木牌时,程以念仰起头,看到并排的两块牌子,不同的字体,写的竟是同一句话。

"一生一世,生生世世。"

他们过完这厮守的一生一世,还盼着有无数个生生世世。

03

三天后,KC争霸赛亚洲站,冠军争夺战正式拉开帷幕。不等比赛正式打响,各界关注度已呈爆炸式上升趋势。

冠军赛不同以往,赛前要进行专门的检查。

沈星离不得不把程以念留在休息室:"等我,很快。"

程以念推了推他:"快去,放心吧。"

沈星离刚离开几分钟,就有一个赛场的工作人员急匆匆地跑过来,急出一头汗,问程以念:"是程小姐吗?'离神'出了点状况,你能不能赶紧跟我去一趟?"

程以念心一坠,急忙跟他出去:"在哪里?出什么事了?"

工作人员引她拐了几个弯,路越走越安静,程以念迅速地意识到不对,停住脚步转身往回跑。一块气味刺鼻的毛巾蓦地从她身后捂过来,昏迷之前,她听到裴湛低沉的声音响起:"以念,好久不见了,我真想你。"

程以念意识昏沉,不知道过了多久,开始感到太阳穴处有些刺痛。她强迫自己清醒过来，却发现眼睛被遮挡，口中被堵住，手脚被绑着，身下触感柔软——她正躺在一张床上。

裴湛！

她咬紧牙关，血腥味溢出，头脑更加清晰。

自从拳场爆炸事故后，程遇江一落千丈，裴湛也销声匿迹，似乎是遇到了一些麻烦。而这个麻烦的根源，就是裴湛也参与了爆炸案，为程娇提供方案和炸药，最终又因为程娇口中的"裴"字，裴湛不得不暗中派人灭口。

据说警方正在密切地关注他，已经把他列为重要嫌疑人。这些小道消息四处传播，裴氏集团因此也受到了影响。

人人都以为裴湛自顾不暇，谁会想到他竟出了国门，专程来到R国，赶在沈星离最重要的一场比赛前绑架了程以念！

他是存心想逼死沈星离！

程以念控制呼吸，不敢发出太大的响动，拼命地挣动身后的绳索。来回磨蹭绳索时，她眼上的布条松动垂落，视野透入光线。

她蓦地停住动作，吃惊地看到裴湛就站在床尾，一言不发、似笑非笑地盯着她看。

刚刚她自以为安静地挣扎的行为，全落在他的眼睛里，而他正在津津有味地欣赏她！

程以念不禁想大喊，声音却被堵住了。

"以念在喊我吗？"裴湛衬衫的领口敞开着，他缓缓地俯下身，双手撑在床上，盯着她说，"你猜猜看，我带你来这里做什么？"

程以念顺着他露骨的目光看下去，惊觉自己的外套被脱掉了，只穿着里面的连衣裙，裙摆向上卷，只盖住了腿根。

她心中一震，绑住的双手紧紧攥住，不想在他面前失态。

裴湛继续问："再猜猜，沈星离现在怎么样了？"

这是她的死穴，程以念忍不住颤抖。

裴湛笑吟吟地把手表给她看："九点五十，离比赛还剩十分钟了，选手该准备入场了。他今天的对手是凉坤,不妨告诉你,凉坤收了我的钱,是我的人。他今天接到的命令是不计代价地让沈星离死在铁笼里。"

迎着程以念几乎睁裂的眼眶,裴湛愉悦地向床上爬,离她更近:"你虽然这么生气,却还是这么漂亮……那不如再多听一点。

"他现在到处找不到你,只是慌而已,如果我给他看看你躺在我床上的样子,他会是什么表情?"

程以念躲避,不肯和他接近。

裴湛冰凉的手抚上她的肩膀:"比赛马上开始了,主办方严禁选手出入。沈星离有两个选择,要么先去比赛,反正最多十几分钟而已;要么公然反抗主办方,突破安保包围,离开比赛馆来找你,但他那样做就是严重犯规。如果是后者,他不但找不到你,还会背上千万违约金,永远离开格斗圈。沈星离临阵脱逃,公众会用最不堪的舆论讨伐他,他在国内将无法做人,落得一场空。以念,你希望他怎么选?"

程以念眼眶通红,恨不得把裴湛挫骨扬灰。

裴湛的手指继续往上,去碰她的脸:"如果是我,我当然选前者。女人嘛,得到了,执念就该没了,不再那么重要。而他好不容易拼死拼活有了今天的地位,能彻底挣脱过去的阴影,怎么能为一个已经到手了的女人葬送掉?"他神色愉悦,"不过可惜,沈星离无论怎么选,都没有活路。前者,他会死在凉坤手里;后者,他会死在一无所有里!"

程以念呜呜地叫着,声音发不出来几乎要把嗓子胀裂,可她偏偏强撑着不哭。

裴湛笑容转冷:"你在我面前连哭都不肯?只对他不一样?"

看到程以念满是恨意的目光,他一直忍耐着的情绪突然爆发。

"你以前不是对我好过吗?为什么不能继续下去?你能拯救沈星离,为什么不能拯救我?非要变成我的执念?"他音量加大,狠狠地道,"别的女人对我投怀送抱,唯独你看不见见我!你也不过是一个普通女人,没什么特别的,你爱我一下不行吗?说不定我很快就对你腻了,到时候你想找谁就找谁,我也不用再因为得不到

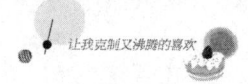

你而嫉恨，甚至因为不甘心而越走越偏，还被程娇那个蠢货连累，走到了今天这种可笑的境地！这都是你害我的！"

程以念睁大的眼睛里烧着怒火。

她对他好？她对身边每个人都好！没有特殊的原因！

她这一辈子，唯独对沈星离的好是不同的！

裴湛却不能理解，神色越发癫狂，眼眸漆黑阴森："程以念，你把我害成这样，我凭什么看你们幸福，看沈星离得意地昭告天下？他早该死了，既然活到了今天，我就要让他知道谁才能决定一切！叫他尝尝以为掌握在手里，最后又全部失去了的滋味！"

裴湛撕破程以念的领口，露出她锁骨下雪白的皮肤。他打开手机，向沈星离拨了一通视频电话。

在拨过去的一瞬间，电话就被接通了。

比赛当口，他这么快就接起，这行为让裴湛更为愤恨。

有那么重要吗？程以念不过就是一个女人，能超越一切？

以前沈星离穷困孤独，他还能试着理解，现在沈星离离地位和钱财只有一步之遥，连十几分钟也不等吗？

裴湛眯着眼看着屏幕上的沈星离，毫不遮掩满身的戾气，似要把他千刀万剐一样。他把摄像头对准程以念，拍她身体的每一处细节，问他："星离，好看吗？"

程以念对上沈星离通红的眼睛，用尽力气摇头，可一个字也说不出来。

听到沈星离暴怒的声音，裴湛笑了："人生就是这么残酷，决定结局的人永远不会是你。沈星离，去比赛吧，比完了，也许就能见到她了。你不用白费力气了，你找不到……"

话音未落，窗外一阵风穿堂而过，有隐隐的钟声和木牌撞击声夹在其中。

裴湛根本没有注意到，沉浸在扭曲的快意里。

程以念被压制住，她动不了，也开不了口，表达不出任何意思。

她不哭，通红的眸子紧紧地凝视沈星离。

她听到沈星离开口，用沙哑的声音对她说："等我，很快！"依然是在休息室分别时的那一句。

然后,屏幕剧烈晃动,声音嘈杂不堪。沈星离推开阻拦他的安保,强行闯出比赛场地。

裴湛哈哈大笑,笑完又骂沈星离是蠢货,只有蠢货才做无用功!可说完之后,他心里空得可怕。

他脸上阴晴不定,半晌之后问程以念:"你是因为沈星离这么对你,才爱他的吗?"

沈星离从不衡量她的生命、金钱、地位、声名,从不把这些东西和她相提并论。但他不是,他觉得重要的东西太多了。女人的爱是唾手可得的,得到了,他就不在乎了。

他只是想得到她而已,想让她延续小时候对他的好,这是他化解不了的执念。

程以念喉咙干涩,但仍然没有哭。她除了最初的痛苦和憎恨,现在竟然更坚强了。

裴湛盯着她,突然想听到答案,他取掉她口中的东西,问她:"你不是怕吗?为什么不哭?"

程以念声音沙嘶地道:"哭给你看?做梦!星离活,我就活;星离死,我就死!他背多少骂声、赔多少钱,我陪他!我爱他,因为他是值得我爱的人!他的逆境比你多多少?他受的苦你尝过一分一毫吗?但他坦荡荡,从不怨恨别人、迁怒别人。他想要什么就努力付出。你呢?你连做人都不合格,谁的爱也拯救不了你!"

这番话让裴湛觉得自己像被剥光了衣服扔在大街上示众,他额头青筋暴起,一把掐住程以念的脖子,恶狠狠地撕她的衣服,想让她收回这些话。

突然,门外传来急匆匆的脚步声,有人敲门说:"裴董,我好像听见有警笛声。"

裴湛充耳不闻。

程以念双眼通红:"以前你瞧不起星离,不把他放在眼里,等发现他威胁到你的时候,你就想让他消失!爆炸事故是程娇做的,背后引导的人其实是你!她死了,也是你的杰作!可你有没有想过,她毁容、残废、意识不清的时候还念着你的

姓,并不是想把你牵扯进来害你。她能想得到是你在暗中布局吗?她只是因为喜欢你,为自己再也得不到你的青睐而痛苦!裴湛,你根本不懂感情,从最开始就错了,所以堂堂裴家家主才会变成今天的杀人犯!你之所以追来R国,是因为知道事情败露,警察马上要抓你,你拉我们一起下地狱的机会不多了,是不是?"

"闭嘴!"裴湛恼羞成怒地道。

"裴董!真的有警笛声!"门外的人继续说。

裴湛抬头怒吼:"不可能!这么大的R国,怎么找得到我?"

这里是一家并不起眼的庭院酒店,还藏在一间寺庙的背后,游客稀少,根本不会有人注意。但他想起沈星离那句"等我,很快",心里突然腾起荒谬的念头,也生出隐隐的不安。于是,他重新堵上程以念的嘴,粗鲁地抓起她往门外走。

刚到门口,就听到车声以及两种语言混杂的人声。

他脸色难看,立刻架着程以念掉转方向走向另一侧的角门。程以念不配合,拼尽全力拖延时间,望着外面。

裴湛强硬地拉起她,要把她扛到肩上,她即将被拖离的时候,一抹漆黑的身影蓦然闯入她的视野。

程以念眼前一下子模糊了,呜咽起来。

一瞬间,她看到那个身影风一样冲过来,一脚踢开裴湛。她随即坠地,被他一把扣住,紧紧地拥入怀里。

程以念头晕目眩,听见他狂乱粗重的喘息声,身体随着他跳动的胸口起伏。

她口中的东西被拿走,手脚被松开,紧接着就被箍得更紧了。他拼命地抱着她,像要把她深深地嵌入自己的骨血里。

程以念的精神一下子松弛下来,似哭似笑地说:"星离,我等到你了。"

程以念意识模糊了片刻,等恢复过来时,发现自己仍被沈星离抱着,身上包上了干净的被子。她稍一活动,他就慌忙按住,像是害怕她凭空蒸发了。

程以念抬眼,看到他煞白的脸色,伸手去抚摸。沈星离直愣愣地看了她一会儿,然后把脸埋入她的颈窝里,呼吸急促,许久也不动一下。

谢晓进来后,他才勉强恢复状态,沙哑地问:"人带走了?"

"带走了。裴湛本来就涉嫌杀人案,这次都能算畏罪潜逃了,加上绑架,罪名响当当的。他要是不出国可能还好,敏感时期出国,国内警方早把他盯上了,不然也不会我们一报警,这边这么快就采取行动。"谢晓摇摇头,"今天太险了,真是吓死我了,还好人找到了。"

程以念想想还是觉得不可思议:"这么大的R国……"

沈星离凝视她:"这么大的R国,可是有钟声和木牌声的地方是我们才去过的。我们在那里许了愿,要生生世世在一起。"

视频中能听到寺庙里的钟声和木牌撞击在一起的声音,从窗口的光线判断应该是一楼,方向朝阳,基本能够锁定范围。谢晓在R国待过几年,没有语言阻碍,负责去报警。沈星离则带同行的人在寺庙周围疯狂地寻找,终于把她找到了。

哪怕没有这些提示信息,哪怕裴湛把她带得更远,他就算翻天覆地,也会把她找出来。

谁也不能从他身边抢走念念!

沈星离的手还在发抖:"这是最后一次,我不会再让你有危险!"

程以念轻轻地盖住他的眼睛,不准他流泪:"这是最后一次,我不会再让你受惊吓。"

直到外面平静下来,程以念也没有见到主办方的人,按理说他们早该过来追责才对。她刚一问,谢晓就嘿嘿一笑:"情况反转,现在要被追责的不是星离,而是他们了。"

由于沈星离严重违规,临时弃赛,比赛整个崩盘。主办方震怒,凉坤不战而胜,得到冠军。

但确定成绩后,在国际专业官方机构的监控下,选手必须接受体检。

凉坤却一反常态,在赛场上拒绝检查,甚至想袭击工作人员。等他被制服后送检,结果引起哗然。

他使用了一种少见的稀有药物,有强烈的亢奋作用。如果用量少,很难检测出来,以往他用过多少次都没人知道。但这一次,裴湛交代的是让沈星离死,凉坤知道沈星离有多强,唯恐做不到,于是孤注一掷地增加了剂量。反正最后得不得冠

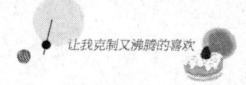

军无所谓,他要的是裴湛给的一笔天文数字的酬金。

只是他没想到,沈星离连赛场都没上。他满盘皆输,直接被取消成绩和比赛资格,遭格斗圈封杀。

为了平息众怒,主办方现场请来在预赛中跟凉坤对打过的选手,重新在观众面前进行选拔。R国选手成田毫无悬念地以实力胜出,取代凉坤进入决赛。

程以念觉得实在不可思议,问:"所以说……"

沈星离低头亲了亲她,说:"所以今天的赛事作废,咱们反而协助抓捕有功,明天下午重新进行决赛,对手是成田,真正的顶级选手。我可以堂堂正正地跟他打一场,把冠军赢给你。"

尘埃落定,程以念闭上眼睛,小小地啜泣一声,唇角却弯起,给他露出最甜的笑容。幸好,老天待他们温柔。

她从被子里拱出,环住沈星离的脖颈。两人的心脏贴在一起,让心跳的震动声变为同一个节奏。

"星离,咱们一定赢。"

04

这场充满戏剧性的KC争霸赛亚洲站总决赛,在隔天下午真正打响。

沈星离出场的一幕,此后许久都被列为一个非常经典的镜头。

这个镜头不是出自任何一部影视作品,而是出自一场国际赛事的直播,却让很多人惊为天人。即使两年后,以他为原型的漫画故事被改编成了电视剧,里面扮演他的年轻影帝也无法百分之百地还原这一刻他给人的冲击力。

场馆里很黑,唯有四角亮起星点灯光。

一束雪亮的追光横扫全场,之后在入场口落定,巨大的帷幕被拉开,身披长袍的身影稳步出现。追光像是最虔诚的信徒,随着他的脚步一寸寸地跳跃。

全场观众屏息。

长袍在半途中滑落,随意地坠到台下,被一边的工作人员取走。光束中的人,正是战无不胜的俊美"离神"。

哨声吹响，沈星离跟成田握手，眼里交换的是对彼此、对格斗比赛的敬意。两人随即拉开距离，这场代表亚洲最高水平的对抗赛，在万众的狂喊声中开始。

沈星离迅捷地发出猛攻。

铁笼不再是小时候的囚牢，他也战胜了过去的阴影和惶恐。在一次次挥出的拳头里，他保护了最爱的人，走近她、得到她、守护她。

格斗绝不是暴力，不是殴打。它值得他热爱和骄傲！

念念就在台下看着，他要把冠军奖杯亲手交给她。

场馆的气流在鼎沸的叫喊声中嗡嗡颤动，翻滚着汇聚成云团。沈星离强势绞住成田的手臂将其按倒，裁判开始倒计时。直至倒计时结束，成田仍然无法起身，全场起立，爆发出最盛大的喝彩声。

裁判一边吹哨一边举高沈星离被血汗浸湿的手，高声宣布新一届KC争霸赛亚洲站冠军诞生。多国解说员在直播画面里交叠，媒体的高清镜头全方位地捕捉这位KC争霸赛亚洲站中年纪最轻的冠军。

谢晓在人群中悄悄地抹泪，想起了当初星离为了五十万，初次走向铁笼的情景。那年轻的身子骨里有着傲人的风骨，只一眼就把他打动。直到今天，他已心甘情愿地仰望沈星离。

程以念看沈星离看到失神，心脏没有章法地乱撞，在心底大叫着他的名字。但等她张开口时，却只是小小地唤了一声："星离……"

笼中的沈星离居然像是有所感应，朝她看过来。

比赛结束，笼门已经打开，记者们一拥而上，把沈星离层层围住，话筒多得快要伸不进去。

沈星离却说："抱歉，我有更重要的事情。"

记者们怔住，不由自主地纷纷退后让开通道。

沈星离稳步向前走，程以念目不转睛地盯着他，像受了蛊惑般迎着他上前。

镜头和追光一起跟过去，把两个越来越近的身影笼罩在其中。

放置铁笼的台子很高，沈星离走到边缘处，似要一跃而下。

程以念加快脚步跑到他跟前，微微地踮起脚，拉近和他的距离。

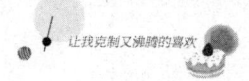

女孩儿仰起的脸单纯无瑕。

沈星离等不及了,直接在台边低下身,扣着她的后脑,深深地吻上她的唇。

程以念离开赛场时脸还是滚烫的,刚一进休息室就接到编辑的电话:"'大神'!金奖!你看到没有?金奖公布了!"

她脑海里还尽是场馆里的尖叫声,一下子没听清楚。

直到编辑又喊了两遍,她才反应过来:"金奖?我吗?"

"就是你!画咱们'离神'的漫画拿到最高奖项了,刚刚公布了名单!颁奖典礼就在今晚举行,你没忘吧?现在名单一公布,你就是万众瞩目了!'大神',虽然你不是专门为颁奖去R国的,但能碰上绝对是命中注定啊。你晚上一定要到场,保证艳压全场!"

程以念失笑。

她手背贴着额头降温,没等她回复编辑不打算去,身后就传来了敲门声。带着水汽的身体随即拥上来,双手扣在她的腰间。

程以念含笑,顾不上手机了,揉弄他湿漉漉的短发,抬脸轻吻他。果然……他的唇比想象中还甜。

沈星离眼尾弯着:"我听到了,我家念念得到了最厉害的金奖。晚上是颁奖典礼,念念要艳压全场的,我想去看。"

"你也拿这个开玩笑……"程以念捏了捏他的鼻尖,软声说,"我不去,你更不能去啊!晚上也是KC争霸赛亚洲站冠军的金腰带仪式,我陪你。"

沈星离眸光柔软,拥着她商量:"那这样好不好,我参加金腰带仪式,你乖乖地去'漫画大赏'的颁奖典礼。两个地方离得不远,谁结束得早,谁就去找对方。"他轻轻地吻她的耳垂,"你的荣誉,我不想让你错过。"

程以念为难地点头:"好。"

反正结束的时间,还不是她说了算?她可以提前出来找他。

"漫画大赏"的颁奖典礼和KC争霸赛亚洲站授金腰带仪式都是在晚上八点举

行。沈星离给程以念选了一条灰蓝色的精致礼服裙，送她出发后，他快速返回酒店，换上他偷偷准备的一套纯黑西装，以及……挑选了许久的钻石戒指。

之前那一枚戒指，承载着过去。现在这一枚戒指，他要用它许诺未来。

晚上八点整，程以念站在颁奖典礼现场的入口，迟迟不愿进去，心里想着的全都是星离的金腰带仪式要开始了。

同一时间里，沈星离盛装走出酒店，跟主办方再次表明他无法出席仪式，请身边的人代领。他从金腰带仪式的场地前经过，目不斜视。想着念念的颁奖典礼快开始了，他要去看她。

两个地点相隔十几分钟的路程，因为活动密集，所以八点以后两地的中间路段被限制车流，只能步行。

程以念提起裙摆，在"漫画大赏"颁奖典礼的入口处果断转身，往回跑。

沈星离也迫不及待，西装革履地冲进夜风里。

自以为行动隐秘的两个人，没过多久就在充满月色的街头撞见对方。还隔着几十米远，他们就准确地捕捉到了对方的身影。

程以念愣住，鼻子不禁一酸，又生气又想哭，最后却弯着腰笑了起来。

沈星离大步跑向她，把她紧紧地抱住。

程以念发亮的杏眼瞪着他："你又骗人——"

沈星离认真地看她："那你被我骗一辈子好不好？"

他抓着她的手，缓缓地向后错开一步。在异国长街，在奔向彼此的这条路上，他郑重地单膝跪下，眼里凝出璀璨的水光："念念，求你，把一辈子交给我，答应嫁给我。"

程以念的裙摆被风扬起，视线顿时变得模糊。

他语气急促地说："这些话，我在比赛现场就想说！不对，不只是在赛场上，我每分每秒都想说！但我要给你最高的光荣，穿干净的衣服，正式地对你说。"

头顶的月亮皎洁，银光洒在沈星离灿烂的眼底，映出的全是她的影子。

他仰脸凝视她，目光缠绵，一字一字地说："程以念，求求你，把自己交给我。"

钻戒被他握得滚烫,在光怪陆离的城市中闪出最温柔的光晕。

他渴求一个回答。

风徐徐地吹动,沈星离感觉有泪坠落在自己脸上。她一伸手臂把他搂住,柔软的嘴唇贴在他的耳畔。

接下来,他听到了世界上最动听的声音。

她对他说:"星离,我愿意。"

她愿意和他长相厮守,愿意用尽力气与他相爱一生。

只要是他,她什么都愿意。

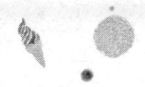

番外

▼

结婚

三年后。

婚礼定在了秋天,是当初沈星离在程家别墅遇见程以念的季节。

看一眼,定一生,所以他想在同样的日子里和她相守一生。

沈星离和程以念都已经是广受欢迎的公众人物了。他们的结婚事宜一直被媒体关注着,但两个人都不愿意在最重要的时刻被外界打扰,所以他们的婚礼并没有公开举办,只请了亲近的朋友。

当天清晨,程以念穿着精致又繁复的大红色刺绣嫁衣,紧张地坐在房间里,等待沈星离出现,抱起她,亲手为她开启新的人生。

童宁兴奋地打算堵门要红包。

程以念笑着说:"不能堵,我着急嫁。"

事实证明,堵也是堵不住的。

沈星离一秒不差地踩着良辰吉时出现。他颀长的身形被西装包裹,脸上少了几分少年的青涩,添了几分沉稳。

沈星离身后跟着一群意气风发的格斗选手。

他们浩浩荡荡,气场十足,又广撒"红包雨",哪有人敢拦着沈星离?

沈星离迫切地进入房间,怔怔地望着身着盛装的程以念,眼睛有些湿润。他

一刻也不能等，抱起她就走。

程以念的裙摆拂过他的手臂，她靠在他肩上笑着说："我的少女时代结束啦。"

沈星离低头亲了亲她的眉心，告诉她："念念一辈子都是我的少女。"

整个婚礼中，程以念都无暇关注别的事情，眼里只有紧紧地牵着她的沈星离。

他为她戴上戒指，吻她的唇，在她耳边执拗地央求："不能离开我。"

程以念仰头回吻，心里酸甜交织，答应他："不离开。"

婚礼仪式结束后，还有中午和晚上两场酒宴。等到两场酒席全部结束，宾客散场，天已经黑透了。

程以念晚宴时穿了旗袍，长发盘起，俏丽又柔美。

沈星离看得眼神幽暗，一直在忍耐着。终于盼到回房间没人打扰，他在关上门的一瞬间，就扣住她的腰，把她拽进怀里，重重地吻上她的唇。

他抵开她微微闭合的牙关，深深地吻她。

程以念手中的包掉在地上，环着他的脖颈温柔地迎合他。

沈星离得到回应，更加急切了。他如愿地听到她轻轻的喘息声，才减缓攻势，咬着她的耳垂，声音沙哑地叫："老婆。"

程以念的脸很红，靠着他胸口轻轻地答应了一声。

他十分满足，连声逗她："老婆，老婆——"

她有些紧张，又掺杂一丝害羞，转移话题问："饿不饿？"

酒宴进行到这么晚，他们一直在忙碌，沈星离什么都没吃，只中途给她喂了半碗甜品。

"饿，"沈星离回答，嗓音低沉有磁性，"但跟老婆说的'饿'，应该不是同一种。"

程以念迎上他意味深长的眼神，心跳加快，一边感叹自己越来越抵挡不了他的诱惑了，一边偷偷地心动。

沈星离故意含笑盯着她看，看得她耳根都红透了，才把她往上一托，慢慢走向露台。

举行婚礼的地点是他精挑细选的一座海岛,入住的是当地景观最好的酒店。此刻露台上已经提前布置好彩灯和蜡烛,餐桌上备着丰盛的夜宵。

程以念惊讶地道:"你都准备好了?"

沈星离一双桃花眼弯着:"念念需要的,我都会想到。"

餐桌边有两个单人沙发,沈星离坐下,直接把程以念放在自己腿上,根本没打算给她自由。

程以念拍拍他:"你让我坐过去,这样怎么吃?"

他的嘴角翘着,说:"我喂你啊。"

桌上的东西都是程以念爱吃的。

沈星离舀起一勺送到她唇边,看着她咽下,她吃得开心,他就心情极好,无比享受整个喂食的过程。

"别只是喂我,你也吃啊。"

程以念说话时,沈星离刚给她夹了一块虾仁。他听完,干脆倾身过去吻她,把虾仁抢回来,笑眯眯地说:"这样吃,好不好?"

一顿夜宵吃得程以念面红耳赤,她以为吃完了沈星离会把她放下。没想到他抱着她起身,径直走向卧室。

程以念明白要发生什么,耳朵烫得快烧起来,她没抗拒,任由沈星离把她放在大床上。

她眼前的灯光下一刻就被他遮住,他覆身上来,抚着她的脸颊,用目光描摹她的五官,看得入神。

程以念心跳不禁加快,问他:"还没看够吗?"

"看不够。"

他的眼神热切而幽深。

以前看她,像是仰望不敢触及的月亮。

现在看她,是看只属于他一个人的、他深爱的妻子。

"念念……"沈星离嗓音沙哑,"你不知道我有多幸福。"

程以念眼眶红了。

星离从小到大受了那么多苦,拼了命才走到今天。对他唯一渴望的感情,她给予的还远远不够。

现在,他幸福得像拥有了全世界。

她笃定地说:"以后,会越来越好的。"

沈星离的长睫毛微垂,紧紧地搂住她,喃喃自语:"可我害怕……"

太满足,每天都像生活在最向往的梦里。

所以他害怕会失去她。

如果有一天梦醒了,念念反悔,不再爱他,甚至有一点点要抛下他的念头,他都会疯。

他想余生都把她留在自己的身边。

他只求她不离开。

沈星离抬起眼,眼里有少许的血丝:"你喜欢孩子吗?"

程以念微微一怔,点头回答:"喜欢。"

她要抚平星离受过的伤,要给他全部的爱情。他缺失的亲情,需要真正的血缘之亲来治愈。

一个会叫他"爸爸"、叫她"妈妈"的小孩儿,血液里流着他的基因,长得也像他,信赖他、依恋他……

程以念的目光柔软,她小声地问:"星离,想要宝宝吗?"

沈星离笑得很灿烂,嗓音微颤:"要孩子,不要宝宝。我的宝宝,永远只有你一个。"

孩子会分走她的爱,但孩子是他们的爱情结晶,让他们永远不分开。